EMERY

CORA ROSE

Für meinen Eagle Scout.
Ich weiß, ich weiß …
Aber der Schlafsack ist heiß.
Wenigstens habe ich die Schneehöhle erwähnt.
Bist du nun zufrieden?

VORWORT

Emery und August haben sich nur langsam zu dem entwickelt, was sie heute sind.

Ich hoffe, ihr liebt sie genauso sehr wie ich.

Und ich hoffe, ihr wisst, dass ihr es verdient, so geliebt zu werden, wie ihr seid.

Inhaltswarnung:
Kurze Erwähnung von vergangenem sexuellem Missbrauch.

PROLOG

EMERY

Heute habe ich *sie* gesehen. Sie sah mich von der anderen Straßenseite an, und sofort drehte sich mir der Magen um. Es war, als hätte ich gerade eine wilde Achterbahnfahrt hinter mir. Ich presste eine Hand auf den Mund und würgte, während mir die Galle in die Kehle stieg.

»Emery«, hatte sie gerufen. »Hey Süßer, warte doch!«

Auf keinen Fall. Sie hat kein Recht, mich so zu nennen. Mit zitternder Hand winkte ich meiner Mutter zu, drehte mich um und rannte in die entgegengesetzte Richtung. Während ich versuchte, die Uber-App aufzurufen, um mir einen Wagen zu bestellen, stolperte ich, und mein Handy fiel mit einem unangenehmen Geräusch auf den Bürgersteig. Ich wusste, ich hätte heute nicht aufstehen sollen.

Sie zu sehen, bringt mich immer wieder aus der Fassung und weckt entschieden zu viele Erinnerungen. Nachdem ich vor ihr weggelaufen bin, als ob mein Leben davon abhinge, ist der einzige logische nächste Schritt, mich in die Vergessenheit zu trinken und all diese Erinnerungen zu verdrängen.

Ich sitze am Bordstein und starre auf mein kaputtes Handy, bis das Auto vorfährt und ich den Fahrer bitte, mich an einer Bar abzusetzen, die um diese Uhrzeit schon Alkohol ausschenkt. Was ist schon dabei, bereits an einem Dienstagmittag zu trinken, oder? Das ist auch eine Art Therapie. Carpe diem.

Da ich Medikamente nehme, darf ich eigentlich keinen Alkohol trinken, aber das ist mir im Moment wirklich scheißegal. Dr. K. kann mich mal. Die Bilder, die sich vor meinem inneren Auge abspielen, sind viel zu überwältigend.

Bei meinem letzten Termin hat er mir gesagt, ich hätte eine posttraumatische Belastungsstörung.

Ach, wirklich?

Ich habe mehr psychische Probleme als ein Kriegsveteran.

Mich können ganz gewöhnliche Dinge aus der Fassung bringen – bestimmte Gerüche, das Gefühl von etwas auf meiner Haut, eine Aussage. Dunkelheit.

Und natürlich meine Mutter. Wenn ich sie nur sehe, verkrampft sich mein ganzer Körper. Wenn man all diese Traumata noch zu meinem ADHS addiert, kommt das heiße Durcheinander heraus, das ich jetzt bin.

Das Auto hält vor einer schäbigen Kneipe, vor der ein Schild steht, auf dem Drinks für fünf Dollar angeboten werden. Fantastisch, wenigstens *eine Sache,* die heute zu funktionieren scheint.

Ein paar Stunden später hänge ich über einer klebrigen Theke, und eine wütende, bullige Frau starrt mich an. Sie sieht aus, als hätte sie drei Köpfe. Verdammt große Köpfe.

Ziemlich unheimlich.

»Du bist ein Arschloch«, sagt einer ihrer Köpfe schroff. »Ruf jemanden an, der dich abholt. Hier kannst du jedenfalls nicht bleiben.«

»Ist das dein Ernssst?«, lalle ich. »Glaubsst du wirklich, ich habe jemanden, der für mich den ganzen Weg hierherfährt? Sehe ich auss, als hätte ich viele Freunde?«

Sie lehnt sich etwas näher heran und greift mit ihrer fleischigen Hand nach meinem Handy. Dann schnappt sie sich meinen Cocktail und versteckt ihn hinter der Theke.

»Hey, damit bin ich noch nich ... nicht fer ... fertig.«

»Das ist mir egal. Ruf jemanden an, bevor ich dir mit meinen eigenen Händen den Hals umdrehe.«

»Ich wette, das könntesst du«, murmle ich. »Du bist ein Ochse. Pflügst du in deiner Freizeit Felder? Oder fällst du Bäume?«

Sie verengt die Augen, und ich fuchtle wie wild mit der Hand herum. »Gut. Gib her. Mein *Handy*. Ich werde jemanden anrufen.«

Ich blinzle mit einem Auge auf das kaputte Display, während ich durch die kurze Liste der Namen scrolle. Lex arbeitet gerade; ihn kann ich nicht anrufen. Dann sehe ich Augusts Namen.

Vermutlich sollte ich meinen zukünftigen Stiefbruder nicht kontaktieren. Nein, das sollte ich *definitiv* nicht. Aber andererseits weiß ich gerade nicht mehr genau, warum ich es nicht tun sollte.

Eines weiß ich jedoch mit Sicherheit: Ich mag es, ihn zu provozieren und zu sehen, wie rot sein hübsches Gesicht wird, wenn er versucht, seine Wut über mich zurückzuhalten. Dafür lebe ich. Wenn ich ehrlich bin, liebe ich jede Reaktion, die ich von ihm bekomme. Wenn es um ihn geht, bin ich wie ein Kind, das Aufmerksamkeit sucht. Auch wenn sie meist negativ ist.

Ich würde sagen, dass ich nicht weiß, warum ich es tue, aber das wäre eine Lüge. Ich tue es, weil ich sehen will, wie seine perfekte Fassade Risse bekommt. Ich will einen Blick dahinter werfen und sehen, was wirklich in seinem scheinbar perfekten Köpfchen vor sich geht. Er scheint sein ganzes Leben im Griff zu haben, was ihn im Grunde zum kompletten Gegenteil zu mir macht.

Außerdem ist er einfach immer so verdammt nett. Er würde niemals nein zu mir sagen. Er kann einfach nicht anders. Auch wenn er mich hasst und mich für einen Vollidioten hält, wird er mich abholen kommen. August tut einfach immer das Richtige.

Ich drücke auf die Anruftaste, halte das Handy ans Ohr und lege mich dann mit dem Gesicht auf die Theke. Sie stinkt furchtbar. Wenn ich nicht schon eine Alkoholvergiftung habe, werde ich mir hier ganz sicher eine Lebensmittelvergiftung holen.

»Emery?«, fragt Augusts tiefe Stimme am anderen Ende der Leitung, und mein Herzschlag beschleunigt sich sofort. Hilfe, das hier ist ein Notfall. Wenn ich jetzt ohnmächtig werde, wird mich die Ochsenfrau in den Müllcontainer draußen werfen. Drei Tage später wird man meine Leiche auf der Mülldeponie finden, von Aasgeiern zerpflückt.

Gibt es überhaupt Aasgeier in der Stadt?

Vielleicht Raben?

»Du musst mich abholen«, kann ich gerade noch flüstern.

»Wo zum Teufel steckst du?«, fragt er wütend, und ich hebe meine Stirn von der Theke, um zu der Ochsenfrau hochzuschauen.

»Wo zum Teufel bin ich?«

Sie rattert eine Adresse herunter, und als ich sie nach ein paar Versuchen nicht richtig wiederholen kann, reißt sie mir das Handy aus der Hand und sagt August, wo er mich finden kann, bevor sie auflegt.

Ich schiebe mein Handy zurück in die Tasche meiner schwarzen Jeans und schließe die Augen. Der Raum dreht sich, und mir ist übel. Plötzlich bin ich schrecklich müde.

Ich habe nicht einmal besonders viel getrunken, zumindest für meine Verhältnisse. Aber die Medikamente verstärken die Wirkung und mein Blutzucker ist wahrscheinlich zu hoch. Ich habe mir vor ein paar Stunden Insulin gespritzt, aber ich brauche wahrscheinlich mehr. Scheiß Diabetes.

Und es hilft auch nicht, dass ich nachts nicht schlafen kann.

Schlafen kann ich auch noch, wenn ich tot bin.

Wer braucht schon Schlaf?

Als ich wenig später die Augen wieder öffne, sehe ich, wie August mich in seine starken Arme zieht. In seinen grünen Augen liegt ein enttäuschter Blick. Ich spüre einen Stich der Scham in meiner Brust und muss den Blick abwenden. Stattdessen starre ich auf sein perfekt gestyltes honigbraunes Haar und sein leicht stoppeliges, kantiges Kinn. Der Typ sieht aus wie ein verdammtes Model.

Nach einem Nachmittag voller beschissener Mai Tais mit der Ochsenfrau, sehe ich wahrscheinlich aus wie ein Zombie-Komparse vom Set von *The Walking Dead*.

Ich würde ihn gerne weiter ansehen, aber ich kann meine Augen nicht fokussieren. Vermutlich sehe ich ziemlich lächerlich aus, aber ich kann nichts dagegen tun. Also drücke ich mich einfach weiter an seine muskulöse Brust und atme seinen Duft ein.

Verdammt, er riecht wirklich gut. Sauber, wie frische Wäsche und Seife. Er ist einfach immer so *verdammt perfekt*.

Als ich das nächste Mal zu mir komme, schnallt er mich gerade auf dem Rücksitz seines Autos an, und ich sehe, wie sein kleiner Freund mich vom Beifahrersitz aus stirnrunzelnd ansieht. Ich möchte etwas murmeln, ihm sagen, er solle mich nicht so verurteilend ansehen, aber verdammt, meine Augenlider sind viel zu schwer, als dass ich sie auch noch eine Sekunde länger geöffnet halten kann.

Ich lehne mich zurück und kann nur beten, dass ich nicht sabbere. Wenn ich mich ein wenig ausgeruht habe, wird es mir sicher schon viel besser gehen.

Natürlich irre ich mich.

Die Augen zu schließen, ist eine furchtbare Idee.

Ich erwache keuchend, mit einem lauten Klingeln in den Ohren und schrecklichen Kopfschmerzen. Die Gerüche aus meinem Traum verflüchtigen sich fast sofort, aber ich erinnere mich nur zu gut an sie.

Urin. Erbrochenes. Allzweckreiniger.

Ich blinzle schnell über das Stechen in meinen Augen hinweg und sehe mich um. Ich befinde mich in einem mir unbekannten Raum und gerate sofort in Panik, weil es so verdammt dunkel ist. Wer weiß schon, was im Schatten lauert. Langsam bekomme ich es mit der Angst zu tun …

Doch dann nehme ich trotz meines Herzklopfens und meiner verschwommenen Sicht jemanden wahr. August schläft neben mir im Bett. Er ist nur wenige Zentimeter von mir entfernt, aber ich kann seinen ruhigen, warmen Atem an meinem Hals spüren. Plötzlich fällt meine Anspannung von mir ab, und mein ganzer Körper fühlt sich ruhiger, aber auch gleichzeitig wacher an. Es ist ein verdammt seltsames Gefühl, denn die Reaktionen in mir sind völlig widersprüchlich. Aber inzwischen habe ich mich in seiner Gegenwart schon fast daran gewöhnt. Er macht Dinge mit mir, die mich glauben lassen, dass ich langsam aber sicher den Verstand verliere. Und das alles tut er, indem er einfach nur existiert.

Ich starre eine Minute lang auf sein entspanntes Gesicht, mein Schwanz zuckt schamlos in meiner Hose, mein Herzschlag beruhigt sich. Er sieht so friedlich aus. Wie ein verdammter Engel. Wenn nur etwas von diesem Licht und dieser Güte auf mich übergehen könnte, dann würde ich vielleicht ein wenig gesünder und glücklicher durch dieses Leben gehen.

Aber dann holt mich die Realität wieder ein.

Das reicht jetzt, denke ich, während ich in meiner Tasche nach meinem Handy krame. So sehr ich es auch möchte, ich kann nicht hierbleiben. Ich kann nicht einfach wieder einschlafen und riskieren, dass er sieht, was meine Albträume mit mir anstellen. Das ist mir zu peinlich. Ich muss mich zusammenreißen. In ein paar Monaten wird er mein verdammter Bruder sein.

»Lex«, flüstere ich, als ich aus dem Schlafzimmer über einen dicken Teppich stolpere. »Ich schicke dir meinen Standort. Komm und hol mich ab.«

TEIL EINS

4 Monate später

KAPITEL EINS

EMERY

»Du hast dir aber verdammt viel Zeit gelassen«, sage ich und steige in den schwarzen Geländewagen, mit dem August gerade vorgefahren ist. Es sieht so aus, als hätte er ihn gerade erst poliert, was absurd ist, da wir eine achtstündige Fahrt zur Hütte unserer frisch verheirateten Eltern in Utah vor uns haben. Auf diesem Weg wird er auf jeden Fall wieder schmutzig.

Andererseits ist August eben ein Perfektionist. Manchmal macht mich das ziemlich verrückt.

Selbst in seinem grauen College-Kapuzenpulli, den engen Jeans und der großen Sonnenbrille sieht er frisch und ziemlich gut aus.

Ich blicke auf mein leicht zerknittertes Ramones-Shirt und meine zerrissenen Jeans, die ich seit über einer Woche nicht mehr gewaschen habe, und zucke fast unmerklich zusammen.

Ich spiele bei Weitem nicht in seiner Liga.

Das Leben ist ungerecht und grausam.

Ich seufze, ziehe meinen Kirschlutscher aus dem Mund und sehe ihn an.

»Du hast gesagt, du wärst um zehn Uhr hier.«

Er mustert mich und schaut dann auf meinen nicht angelegten Sicherheitsgurt.

»Ich bin doch nur fünf Minuten zu spät. Ich musste noch tanken. Und seit wann bist du jemals pünktlich?«

»Ich bin auf dem besten Weg. Da kannst du gerne meinen Therapeuten fragen. Er ist ziemlich stolz auf die Fortschritte, die ich dieses Jahr gemacht habe. Möchtest du seine Nummer haben? Dann könntet ihr beide euch mal unterhalten.«

August schließt die Augen und schüttelt langsam den Kopf, was ich als unterdrückte Wut wahrnehme. »Schnall dich bitte an«, knurrt er dann.

Ich stecke mir den Lutscher wieder in den Mund und schnalle mich an. Dann beuge ich mich vor und krame in meiner überfüllten Reisetasche, die voll mit zerknitterter Kleidung und Snacks ist.

So ein Mist. Lex hat meine sauren Weingummis gestohlen. Arschloch. Er nimmt immer das gute Zeug. Der Kerl ist sogar noch süchtiger nach Zucker als ich. Einmal hat er mir eine riesige Tüte mit kleineren Smartiesrollen gestohlen und sie *alle* in wenigen Stunden verschlungen. Ich habe tagelang überall in der Wohnung leere Rollen gefunden. Sogar in einer meiner Socken. Ich habe keine Ahnung, wie sie dahin gekommen ist. Vermutlich will ich das auch gar nicht wissen.

»Willst du einen Snack?« Ich lächle breit und halte eine Tüte Skittles hoch. »Ich teile normalerweise nicht gerne, aber ich soll versuchen, netter zu sein. Mein Therapeut sagt, ich soll mich anstrengen.«

Ich werde mich bemühen, Dr. K.

Ich werde mich bemühen.

August sieht mich an und schüttelt den Kopf. »Nein. Ich habe meine eigenen Snacks.«

Ich schnaube. Sein Pech, das bedeutet mehr für mich.

»Was hast du denn dabei? Lass mich raten ... Müsliriegel? Avocados? Proteinpulver? Quinoa?«

August starrt mich wieder an. »So spricht man das nicht aus«, murmelt er.

Ich verdrehe nur die Augen und greife nach meinem Handy.

»Okay, Mr. Sprachwissenschaftler. Wie Sie meinen.« Mein Blick fliegt auf mein neu installiertes Display und ich öffne meine Musikapp. »Was ist das eigentlich für ein Scheiß, den du da hörst?«

»Deinem Tonfall entnehme ich, dass dir meine Musik nicht gefällt.«

Ich zucke mit den Schultern und ziehe den Lutscher aus dem Mund. »Nicht wirklich, aber hey, wir können nicht alle cool sein«, sage ich grinsend. »Was dagegen, wenn ich mein Handy anschließe und ein wenig *richtige* Musik anmache. Lex hat uns eine Playlist für die Reise zusammengestellt. Er meinte, das würde uns in die richtige Stimmung bringen, was auch immer das heißen mag.«

August fährt sich mit der Hand durch die Haare, schiebt dann seine Sonnenbrille hoch, und sieht immer noch verdammt gut aus. Seine Haare liegen immer noch perfekt. Ich brauche nur zu niesen und meine Haare sind vollkommen durcheinander.

»Okay. Gut. Mach an«, zischt er leise.

Ich drücke ein paar Tasten, und einen Moment später ertönt Musik aus den Lautsprechern.

Wir lauschen einen Moment lang schweigend, mein Kopf wippt im sanften, sinnlichen Takt, und dann dämmert es mir.

»So ein Arschloch«, murmle ich und drehe mich dann grinsend zu August um. »Lex hat uns eine Sex-Playlist gemacht. Das sind ...« Ich scrolle durch die Liste. »Wahrscheinlich über fünfzig Songs.«

»Eine Sex-Playlist?«

»Du weißt schon, Musik zum Ficken. Ich weiß nicht, wie es dir geht, aber ich brauche keine fünfzig Lieder, um zu kommen. Vielleicht eins. Zwei, wenn ich Glück habe. Meistens halte ich nicht besonders lange durch.«

Augusts Wangen erröten bei meinem Geständnis ein wenig, und er schaut schnell weg.

Er hat die Hände die ganze Zeit über am Lenkrad, wie ein verdammter alter Mann. Seine Augen weichen nicht eine Sekunde von der Straße. Sie bleiben einfach auf den Horizont gerichtet.

Ich frage mich, wie das wohl ist.

Es fällt mir schwer, mich so auf eine Sache zu fokussieren. An den meisten Tagen gelingt es mir noch nicht einmal, auch nur einen klaren Gedanken zu fassen.

Ich drehe die Lautstärke ein wenig auf und wippe mit dem Kopf.

»Und was zum Teufel sollen wir eine ganze Woche lang in den Bergen machen?«, frage ich und beiße in den Lutscher, der laut knackt.

Ich kaue weiter darauf herum, als August mit seinen großen grünen Augen zu mir herüberschaut und mit den Schultern zuckt. »Du fährst vermutlich weder Ski noch Snowboard, oder?«

»Nein, ich hatte nie die Chance, es zu lernen. Meine Mutter war zu sehr damit beschäftigt, sich Nadeln zwischen die Zehen zu stecken, um mit mir in den Schnee zu fahren. Das hatte keine Priorität. Ich habe tatsächlich noch nie Schnee gesehen, kannst du das glauben? Ich bin sogar ein wenig aufgeregt. Ich will einen Schneemann bauen. Hey August ...«

»Tu es nicht«, sagt er.

»*Willst du einen Schneemann bauen? Oder vielleicht was andres bauen. Gut, dann nicht*«, singe ich grinsend.

»Oh mein Gott«, sagt August und ich kann sehen, wie sein Mund zuckt und sich ein Lächeln ankündigt. »Du redest wirklich gerne, nicht wahr?«

»Ja, das tue ich«, antworte ich, lehne mich zurück und strecke mich ein wenig, wobei mein Hemd ein bisschen über meinen Bauch rutscht. »Und ich habe ein ziemlich dreckiges Mundwerk. Das solltest du mal in Aktion erleben. Ist ziemlich beeindruckend.«

August räuspert sich, und ich beobachte ihn wieder, während sein Gesicht errötet. Ich freue mich über die Tatsache, dass ich zu ihm vordringe und sein kühles Auftreten langsam durchbreche. Das wird eine lustige Woche werden.

Er beißt sich auf die Lippe und verdammt, er ist heiß ... auf eine Mr. Rogers-Art.

Ich meine, er trägt zwar keine Cardigans, aber in seinem Inneren ist er auf jeden Fall ein älterer Herr. Wahrscheinlich singt er den Kindern, die er unterrichtet, vor und lernt in seiner Freizeit inspirierende Zitate auswendig. Ich bin sicher, er hat auch ein paar gruselige Puppen in seinem Schrank.

Ich erschaudere und schaue auf meine tätowierten Hände hinunter. Dann werfe ich einen Blick auf seine glatte, makellose und unbefleckte Haut.

»Hey, Bruder. Hast du eigentlich irgendwelche Tattoos?«

Ich weiß. Ich *weiß*, ich mache mich lächerlich, aber ich kann nicht anders. Ich bin neugierig. Vielleicht hat er ja ein verstecktes Tattoo, an einer versteckten Stelle, wie auf seinem Hintern oder direkt über seinem Schwanz. Ein Goldjunge mit einem Geheimnis. Der Gedanke daran erregt mich.

»Nein«, antwortet er.

»Wie schade«, sage ich und ziehe mein Shirt hoch und meine Hose ein wenig herunter. Seine Augen huschen über meine Haut und weiten sich. Ich kann seinen Blick auf mir spüren. Mein Schwanz zuckt ein wenig in meiner Hose.

»Das hier muss ich noch ausfüllen lassen. Wie gefällt es dir? Ich finde es ziemlich cool.«

August beißt auf seine Unterlippe, während er das große, verschlungene Muster auf meiner Hüfte betrachtet und sich dann wieder auf die Straße konzentriert.

»Ich fahre. Ich muss es mir in Ruhe ansehen.«

Ach, muss er das?

Ich verkneife mir ein Lächeln, beuge mich vor und nehme mir einen weiteren Lutscher. Die Verpackung stopfe ich in den Türgriff, bevor ich mich wieder an ihn wende. »Klar. Jederzeit. Du musst einfach nur fragen. Mit welchem Tattoo möchtest du anfangen? Ich habe einige.«

Er ignoriert mich, und ich stoße ein kleines Lachen aus. Denn ernsthaft, wenn ich nackt vor ihm stünde und seine Hände auf meiner Haut wären, würde ich wahrscheinlich innerhalb von zehn Sekunden kommen. Das mit den ein bis zwei Liedern beim Sex war kein Scherz. Ich habe ein minimales Durchhaltevermögen. Es ist praktisch nicht vorhanden.

Außerdem geht es hier um August.

Als ich ihn letztes Jahr zum ersten Mal gesehen habe, habe ich fast augenblicklich den Verstand verloren. Nach dieser ersten Begegnung konnte ich stundenlang nicht stillsitzen. Er ist einfach so verdammt attraktiv, dass ich dieses zwanghafte Verlangen habe, Dinge mit ihm zu tun.

Ihn schmutzig zu machen.

Ihm die Haare zu zerzausen.

Ihm mein Sperma ins Gesicht zu spritzen und es in seine Haut zu reiben.

Oh Gott, daran sollte ich jetzt wirklich nicht denken.

Ich rutsche auf meinem Sitz umher und schaue aus dem Fenster, während ich versuche, meine Gedanken zu ordnen.

Diese Reise ist verdammt lang, und ich kann nicht alle meine verrückten Karten auf einmal aufdecken. Wenn wir sonst zusammen abhängen, und das meine ich nicht böse, dann schleppt August mich irgendwo hin und verschwindet, sobald wir an unserem Ziel angekommen sind. Ein paar Mal, auf einer Party oder einem Familientreffen, habe ich bemerkt, dass er mich gelegentlich beobachtet. Jedes Mal, wenn ich das bemerke, beginnt meine Haut zu kribbeln. Aber die meiste Zeit beachtet er mich kaum.

Ich verstehe ihn. Er tut das nur für seine Mutter. Sie ist eine nette Frau und will, dass wir miteinander auskommen. Wahrscheinlich tut er es auch für meinen Vater.

Aber eigentlich sind August und ich keine Freunde.

Ich habe keine Freunde. Abgesehen von Lex. Falls man uns überhaupt so nennen kann.

Und das liegt daran, dass Lex genauso verrückt ist wie ich. Wir kennen uns schon ewig und kommen einfach nicht voneinander los.

»Wann machen wir eine Pause?«, frage ich.

»Ist das dein Ernst? Wir sind doch erst seit dreißig Minuten unterwegs. Wird das etwa die ganze Fahrt so gehen?«

Ich lächle ihn an. »Ja, wahrscheinlich. Du arbeitest doch mit Kindern, oder? Ich helfe dir nur, sich an sie zu gewöhnen.« Für einen Moment halte ich inne. »Sind wir schon da, Mr. Arnette?«, frage ich mit kindlicher Stimme.

August umklammert das Lenkrad so fest, dass seine Knöchel weiß werden. »Oh Gott, nenn mich nicht so.«

»Warum nicht? Hast du schmutzige Lehrer-Schüler-Fantasien? Denn ich kann gerne ein Rollenspiel daraus machen.«

Augusts Kiefer zuckt und er weigert sich, mich anzuschauen. Dann seufzt er schwer. »Wir werden noch etwa siebeneinhalb Stunden in diesem Auto verbringen, Emery. Wirst du das schaffen?«

»Ja. Vielleicht. Und du?«

»Ich komme schon klar. Kannst du trotzdem bitte aufhören, so zu zappeln?«

»Na ja, ich kann offen gestanden nicht anders. Nur damit du es weißt, ich werde wahrscheinlich ein paar Mal anhalten müssen, damit ich mich *bewegen* kann.«

August justiert die Lüftungsschlitze in der Nähe seines Gesichts, und ich beobachte seine langen Finger. Er spielt Baseball. Das hat mir seine Mutter erzählt. Sie ist mächtig stolz auf ihren Sohn, und ich kann es ihr nicht verdenken. Er ist unglaublich, innerlich und äußerlich. Ich hatte im letzten Jahr viele Gelegenheiten, ihn zu beobachten. Einfach zu beobachten, wie er ist. Ich bin zu dem Schluss gekommen, dass er ein wirklich netter Mensch ist, der zufällig auch noch wie ein Sexgott aussieht.

Ich betrachte seine muskulösen Oberschenkel und stelle mir vor, wie er Baseball spielt. Er füllt seine Hose sicher gut aus. Und was seinen Hintern angeht, nun, er hat auf jeden Fall den Hintern eines Sportlers, rund und knackig.

Am liebsten würde ich meinen Schwanz in ihm vergraben. Ihn einfach zwischen seine Backen schieben.

Scheiße, ich hätte mir einen runterholen sollen, bevor ich die Wohnung verlassen habe.

Lex hat mir sogar noch dazu geraten. Er sah mich mit seinen ausdrucksstarken Augenbrauen an und sagte: »Emery, du wirst mit *ihm* in einem Auto sitzen. Entweder du nimmst ein paar zusätzliche Pillen oder du holst dir einen runter, bevor ihr losfahrt.«

Ich habe weder das eine noch das andere getan, und jetzt bereue ich es. Meine Gedanken rasen in meinem Kopf umher und ich kann nicht verhindern, dass mein Bein nervös zuckt.

»Wenn du es unbedingt wissen willst, ich habe keinen Lebensplan«, platze ich heraus und schlage ein Bein über das andere, in dem schwachen Versuch, ruhiger zu werden und die Beule in meiner Jeans nicht zu offensichtlich werden zu lassen. Denn in diesem Moment scheint mein Schwanz Augusts volle Aufmerksamkeit haben zu wollen. *Hallo, August. Komm mal her. Wirf einen schönen, intensiven Blick auf mich.*

»Haben wir denn über deinen Lebensplan gesprochen?«

»Ähm, nein, aber jetzt tun wir es, und die Wahrheit ist, dass ich keinen habe.«

»Hast du nicht?«, fragt August und erlaubt sich, meinem ADHS-

Gedankengang zu folgen. Das ist nicht einfach, denn dieser Zug fährt nicht nur auf einem Gleis. Er fährt auf zehn Gleisen gleichzeitig.

Passt auf, Leute. Hier komme ich.

»Nee, ich meine, die meisten Leute in meinem Alter haben vermutlich schon einen groben Plan, aber ich versuche aktuell einfach nur, zu überleben, weißt du? Mein Therapeut sagt immer, ich soll es ruhig angehen lassen. Einen Tag nach dem anderen nehmen. Ich versuche wirklich, diesen Rat zu befolgen.«

Ich drehe meinen Lutscher im Mund und ziehe ihn dann heraus. Ich will nicht, dass er mich für einen totalen Verlierer hält, also füge ich hinzu: »Ich habe allerdings einen College-Abschluss. Nicht, dass mir das viel bringen würde. Ich muss mich noch entscheiden, was ich im Bachelor studieren will. Andererseits frage ich mich, ob ich wirklich einen Bachelorabschluss brauche. Ich meine, sind die nicht irgendwie nutzlos? Vielleicht fange ich einfach direkt an zu arbeiten. Werde Dolmetscher oder so.«

»Dolmetscher? Kannst du denn noch eine andere Sprache sprechen?«

»Nein, aber ich bin mir sicher, dass es nicht allzu schwer sein kann, eine neue Sprache zu lernen.«

Ich nehme den Lutscher wieder in den Mund und denke über unser Gespräch nach. Ich weiß, dass ich etwas zu viel rede, aber ich kann einfach nicht aufhören. Der neurodiverse Teil von mir macht mal wieder Überstunden. Selbst ich kann nicht vorhersagen, was ich als Nächstes sagen werde.

»Ich meine, es ist ja nicht so, dass ich den ganzen Tag Däumchen drehe. Momentan helfe ich Lex mit seinem IT-Business. Ich kümmere mich um die Buchhaltung. Bin ziemlich gut in Mathe.«

»Wer ist Lex?«, fragt August, der sich wahrscheinlich wundert, warum ich einfach nicht die Klappe halte. Normalerweise sind unsere Fahrten so kurz, dass wir uns nicht viel zu sagen haben. Bisher sind wir nur von einem Ende der Stadt zum anderen gefahren. Bei einer zwanzigminütigen Fahrt kann ich mir buchstäblich auf die Zunge beißen, bis wir an unserem Ziel ankommen, aber diese Fahrt hier ist lang.

Sehr lang.

Ich kann einfach nicht anders. Ich bin wie eine Tür, die halb aus dem Rahmen hängt.

»Oh, er ist ein Freund. Ich wohne vorläufig bei ihm. Wir waren als Kinder zusammen im Pflegesystem. Früher haben wir viel Zeit miteinander verbracht und jetzt sind wir unzertrennlich«, erkläre ich.

August tippt mit dem Daumen auf das Lenkrad, und ich zwinge meinen Blick von ihm weg. Am liebsten hätte ich seinen Daumen in meinem Mund, damit ich daran lutschen und knabbern kann.

»Du willst es wohl unbedingt wissen, hm?«, frage ich und lehne mich ein wenig näher an ihn heran. Ich kann seine Neugierde beinahe riechen.

»Kannst du jetzt etwa schon Gedanken lesen?«, fragt er, und meine Lippen verziehen sich zu einem kleinen Lächeln.

»Nein, aber ich kann *dich* lesen.«

»Das glaube ich nicht.«

»Oh doch. Du bist leicht zu durchschauen. Du willst etwas über meine Zeit im System wissen. Soll ich es dir erzählen? Das kann ich tun, wenn du willst.«

August blickt zu mir hinüber und fährt sich mit der Hand durch die Haare. Natürlich fällt es sofort wieder perfekt.

»Ja. Okay.«

Ich winke ihm mit meinem Lutscher zu. »Okay, was bekomme ich dafür?«

Augusts Augenbrauen heben sich. »Wie bitte?«

»Was würdest du mir im Gegenzug für diese Informationen geben? Ich bin offen für Verhandlungen.«

»Du willst, dass ich dich bezahle?«

»Na ja, ich will kein Geld«, antworte ich und werfe einen Blick auf seine muskulösen Beine. »Aber ich könnte mich dazu überreden lassen, für einen Kuss ein wenig von mir zu erzählen.«

August lehnt sich von mir weg und hustet leicht. »Ähm, nein, auf keinen Fall. Das wird nicht passieren.«

Ich lache laut über seinen entsetzten Gesichtsausdruck, rutsche ein Stück von ihm weg und stecke meinen Lutscher wieder in den Mund.

»Dein Pech. Dann werde ich dir wohl für immer ein Rätsel bleiben. Stell dir mal vor, wir würden ficken. Ich würde dir alles erzählen. Ich würde mich dir einfach vollkommen öffnen, und du könntest einen guten Blick darauf werfen.«

Seine Augen weiten sich und sein Atem stockt. Er sieht entsetzt aus, geradezu beschämt, dass ich so etwas überhaupt vorgeschlagen habe. »Ich werde dich weder küssen noch ... ficken«, murmelt er.

»Schade«, sage ich, lehne mich mit dem Kopf gegen das Fenster und ziehe mein Handy heraus. Ich hätte mir einen runterholen sollen, wie Lex vorgeschlagen hat. Verdammt.

Ich: Du hattest recht.
Lex: Du hast gerade einen Ständer, nicht wahr?
Ich: Jap.
Lex: Geh bei der nächsten Raststätte einfach auf die Toilette.
Ich: Es wäre mir lieber, wenn August sich um mein kleines *Problem* kümmern würde.
Lex: Träum weiter. Der Kerl steht auf Frauen.

Ich schaue zu August hinüber und dann wieder auf mein Handy. Ja, er steht nicht auf Männer. Oder? Ich habe ihn nie mit einem anderen Kerl gesehen, abgesehen natürlich von seinem kleinen Freund Magnus, der immer ziemlich verrückte Klamotten trägt. Könnte ich vielleicht doch falschliegen?

»Hast du schon mal einen Kerl gefickt, August?«, platze ich heraus.

August, der gerade etwas getrunken hat, verschluckt sich und seine Wangen färben sich rosa, während er nach Luft schnappt.

Na gut, vielleicht bin ich zu weit gegangen. Ich hätte mit etwas weniger Intensivem beginnen sollen. Küssen, vielleicht. Oder leichtes Petting.

»Wie bitte? Nein.«

»Warum nicht? Bist du grundsätzlich gegen die Idee?«, frage ich.

Er mustert mich und richtet dann seinen Blick wieder auf die Straße. »Ich bin *prinzipiell* nicht dagegen.«

Oh, Mist. Das hätte ich nicht fragen sollen, denn jetzt kommt es mir so vor, als ob es vielleicht eine Möglichkeit wäre.

»Ich würde nur dich nicht ficken«, fügt er hinzu, und mein Grinsen verwandelt sich in ein Stirnrunzeln. Okay, also doch keine Möglichkeit.

»Das ist aber nicht sehr höflich«, murmle ich. »Was hast du gegen mich?«

August befeuchtet seine Lippen und richtet seinen Blick auf die

Straße. »Na ja, du bist impulsiv, chaotisch und unberechenbar. Um nur ein paar Gründe zu nennen.«

Okay, das ist ziemlich direkt. Um nicht zu erwähnen, völlig korrekt.

»Na und? Du bist langweilig, nett und verlässlich, aber ich würde dich trotzdem ficken.«

»Das wird auf keinen Fall passieren. Ich habe Ansprüche.«

»Ach ja? Welche Ansprüche? Ich bin heiß.«

Na ja, so heiß bin ich nun auch wieder nicht. Manchmal neige ich zu Übertreibungen.

Er wirft mir einen schnellen Blick zu und richtet seinen Blick dann wieder auf die Straße. »Vielleicht, aber du bist trotzdem nicht mein Typ.«

Mein Gehirn hängt an dem *vielleicht* in diesem Satz fest, aber ich kann mich jetzt nicht ablenken lassen. »Oh, und was genau ist dein Typ?«, frage ich interessiert.

Ich muss zugeben, dass ich ein wenig beleidigt bin, obwohl ich derjenige bin, der dieses dumme Gespräch überhaupt erst begonnen hat. Ich hätte einfach nie fragen sollen, ich hätte stattdessen einfach in meinen Träumen leben sollen.

In meinen Träumen will August mich immer.

Er bettelt sogar darum.

»Jemand ... der nicht du bist.«

Ich schnaube. »Okay, wie du meinst. Das muss ich mir nicht anhören. Vermutlich würde ich dich doch nicht ficken. Ich nehme alles zurück. Du bist schlecht für mein Selbstwertgefühl.«

Er sieht mich an, als wolle er noch etwas sagen, aber ich drehe die Musik auf. Wir fahren schweigend und ich zapple auf meinem Platz herum, denn verdammt, ich kann einfach nicht lange stillsitzen. Es ist wie ein körperlicher Tick.

»Geht es dir gut?«, fragt August nach einer gefühlten Ewigkeit. Er dreht die Musik leiser, und jetzt ist das Quietschen meines Hinterns auf den Ledersitzen, wenn ich mich bewege, deutlich zu hören.

»Oh, das wüsstest du wohl gerne«, sage ich und wippe mit einem Bein. Ich muss dringend hier raus und eine Minute herumlaufen. Oder zehn. Vielleicht sollte ich einfach per Anhalter nach Utah fahren.

»Du musst dich bewegen, was?«

»Ja, das muss ich. Wie kommst du darauf?«

Er schenkt mir ein Lächeln, und meine Brust schwillt ein wenig an. Er lächelt *mich* an. Das ist noch nie passiert, aber es gefällt mir verdammt gut. Er hat ein schönes Lächeln. Sehr gerade, weiße Zähne.

»Wir können kurz anhalten und tanken. Würde das helfen? Dann kannst du aussteigen und dir die Beine vertreten.«

»Ja, Bruder. Damit kann ich arbeiten.«

Ich ziehe mein Handy heraus und fange an, ein wenig auf Reddit zu scrollen und mich auf dummes Zeug zu fokussieren, bis ich aufblicke und sehe, dass wir von der Autobahn abfahren. Scheiße, es ist schon eine Stunde her, seit ich das letzte Mal auf die Uhr gesehen habe. Wo ist nur die Zeit geblieben?

Willkommen in meinem Leben. Manchmal bekomme ich kaum mit, wie schnell die Tage vergehen.

Als August an der Tankstelle hält, springe ich blitzschnell heraus und laufe in Richtung Toilette.

Erstens muss ich mir dringend einen runterholen, und zweitens muss ich ein oder zwei Runden über das Gelände drehen. Und dann kann ich mich *vielleicht,* wieder zusammenreißen und mich für den Rest der Reise wie ein halbwegs normales menschliches Wesen verhalten.

Offen gesagt würde es mich nicht überraschen, wenn er mich hier zurücklassen und ganz allein in die Berge fahren würde.

Oh Gott, plötzlich stelle ich mir vor, wie er ohne mich in der Hütte auftaucht.

Wo ist Emery?, würde seine Mutter fragen.

Oh, ich habe ihn irgendwann einfach aus dem fahrenden Auto geworfen. Er hat einfach zu viel geredet.

Thomas würde sicher nur verständnisvoll nicken, und dann würden einfach alle ihre Leben weiterleben. Ohne mich.

Ich bin mir nicht sicher, ob sie mich überhaupt vermissen würden. August würden sie sicher vermissen. Verdammt, sogar *ich* würde ihn vermissen, und dabei kennen wir uns kaum. Ich sehe ihn einfach nur gerne an. Er scheint permanent glücklich zu sein. Sein Lächeln ist einfach ansteckend. Ich bin mir nicht sicher, was die Leute sehen, wenn sie mich ansehen, aber das ist es ganz sicher nicht.

»Hey, Mann! Raus aus der Kabine!«, sagt eine laute Stimme, begleitet von einem heftigen Klopfen. Ich stecke meinen Schwanz weg und seufze.

Das war äußerst unbefriedigend. Die ganze Toilette riecht nach Scheiße. Der Geruch lenkt mich so ab, dass sich sogar mein Schwanz davor ekelt, und das ist gar nicht so einfach, denn er hat normalerweise kaum Ansprüche.

Während ich versucht habe, mir einen runterzuholen, musste ich mir sogar mit der anderen Hand die Nase zuhalten. Selbst der Gedanke, dass August mich anlächelt, half nicht weiter.

»Ja, ja«, sage ich, wasche mir schnell die Hände und gehe nach draußen. Ich jogge zweimal um das Gebäude und laufe dann zurück zum Geländewagen. August ist gerade dabei, zu tanken. Er lehnt ganz lässig und cool, mit seinem Handy in der Hand und überkreuzten Knöcheln an der Beifahrertür.

Er ist wie ein wahr gewordener feuchter Traum. *Mein* feuchter Traum.

Seine tiefen smaragdgrünen Augen blicken zu mir auf und beobachten mich, während ich mich auf ihn zubewege. Ich stolpere ein wenig und richte mich dann so lässig auf, wie ich kann. Ich kann seinen Blick nicht einmal erwidern, aber ich *spüre* ihn und mein Schwanz kribbelt in der Hose.

Innerlich stöhne ich auf.

Verdammt.

Du hast deine Chance vertan, Arschloch, schimpfe ich im Geiste mit meinem Ständer.

»Ich kann gerne übernehmen«, sage ich zu August und gestikuliere in Richtung Zapfsäule, denn ich brauche noch einen Moment, um mich zu sammeln, bevor ich wieder in dieses Folterwerkzeug steige.

August schiebt sein Handy in die Hose, direkt über seinen strammen Hintern, und ich bin ein wenig neidisch. Da würde ich auch gerne mal hineinrutschen.

»Im Ernst, ich habe das im Griff«, murmle ich, als ich mich neben ihn stelle. Unsere Schultern berühren sich und ich breche in nervösen Schweiß aus. Er ist mir wirklich verdammt nah, und als mir das klar wird, bekomme ich eine Gänsehaut.

Als er sich nicht bewegt, schaue ich auf und unsere Augen treffen sich. August seufzt schwer, als würde er die Last der ganzen Welt auf seinen Schultern tragen.

Dann greifen seine langen, starken Finger sanft nach meinem Kinn, und seine Lippen senken sich.

Sein Mund bewegt sich wie in Zeitlupe auf mich zu und ich kann nichts anderes tun, als zu erstarren und zu versuchen, vor Aufregung nicht ohnmächtig zu werden.

Doch dann streift sein Mund sanft meine Wange. Sofort entfernt er sich wieder, und nach der Reaktion meines Körpers zu urteilen, könnte man meinen, er hätte sich hingekniet und mir einen unglaublichen Blowjob gegeben.

»Das war ... w-wofür war das?«, stottere ich.

Er tritt einen Schritt zurück und hält meinem Blick stand, während er sich mit einer Hand im Nacken kratzt. »Ich will mehr wissen. Du hast gesagt, diese Informationen würden mich einen Kuss kosten ...«

Ich lache, versuche, cool zu wirken, und reibe mir mit der Hand über die Wange. Ich reibe den Kuss nicht weg. Ich massiere ihn in meine Haut ein.

»Und du erwartest wirklich von mir, dass dieser Kuss dafür ausreicht?«

Er errötet und schaut auf den kaugummiverschmierten Zement hinunter. Oh Gott, jetzt geht's los. Ich weiß wirklich nicht, was ich mir hier erhoffe.

»Für einen mickrigen Kuss auf die Wange werde ich dir auf keinen Fall mein Herz ausschütten. Ich brauche wenigstens etwas Zunge ...«

Noch bevor ich meinen Satz beenden kann, presst August seine Lippen so fest auf meine, dass mein Kopf gegen die Scheibe des Geländewagens stößt. Ein Schauer läuft mir über den Rücken, als er seinen Kopf neigt und seine Zunge *einmal* in meinen Mund gleiten lässt. Es ist nur ein kurzer Kuss, und dann zieht er sich zurück.

»Besser?«, murmelt er und sein Gesicht errötet, die Lippen noch feucht von meinen.

»Verdammt«, keuche ich und presse meine Hand auf den Mund. Was zur Hölle war das denn? Oh Gott, jetzt habe ich all diese schmutzigen Ideen in meinem Kopf, denn das war verdammt unglaublich, obwohl es nur eine Sekunde gedauert hat. Was könnten wir wohl tun, wenn wir eine ganze Stunde Zeit hätten? Einen ganzen Tag? Scheiße, ich bin so was von verknallt in diesen Kerl.

Er tritt zurück, sieht aber immer noch völlig unbeeindruckt aus, als hätte er mir gerade keinen unfassbar heißen Kuss gegeben, und ich verspreche mir, dass ich das nächste Mal – falls es ein nächstes Mal gibt – mit meinen Fingern durch sein Haar fahren werde. Vielleicht werde ich sogar ein wenig daran ziehen und ihm hoffentlich ein Stöhnen entlocken.

Die Zapfpistole klickt und signalisiert, dass der Tank voll ist, und ich drehe mich um. Meine Hände zittern so sehr, dass ich es kaum schaffe, die Zapfpistole aus dem Loch zu ziehen und sie wieder in die Pumpe zu stecken. Und natürlich beobachtet August das Ganze mit besorgtem Blick.

»War ich zu grob? Habe ich dir wehgetan?«, fragt er leise.

Ob er mir wehgetan hat ... großer Gott. Nein, natürlich hat er mir nicht wehgetan. Er hat nur mein Gehirn noch ein wenig mehr verwirrt, als es ohnehin schon ist. Ich kann keinen klaren Gedanken mehr fassen. Es gibt kein Zurück mehr zu dem, was wir vorher waren. Nein, ich werde mich für immer an das hier erinnern.

»Nein. Natürlich nicht. Es ist nur ... ich bin einfach *überrascht*.«

Er blickt zu Boden und steigt dann schnell wieder ins Auto. Ich folge ihm. Ich möchte auf keinen Fall, dass er mich hier zurücklässt. Meine Mutter hat das einmal mit mir gemacht, als ich klein war. Sie hat mich einfach in einem Supermarkt stehen lassen. Ich musste nach Hause laufen ... habe mich verlaufen und schrecklich geweint. Nein, das will ich nicht noch einmal erleben.

Erst als August den Motor startet, beginnt er wieder zu sprechen. »Willst du jetzt mit mir reden?«

»Hm?«, frage ich, weil ich gar nicht zuhöre. Ich spiele den Kuss in meinem Kopf wieder und wieder ab. Jetzt fehlt nur noch ein kitschiger Soundtrack, denn eine Eintrittskarte und das Popcorn habe ich schon gekauft.

»Du wolltest mir etwas über dich erzählen. Für einen Kuss meine ich ...«

Oh, verdammter Mist, das hatte ich beinahe vergessen.

Ich fuchtle abwesend mit der Hand herum, weil ich eigentlich nicht wirklich darüber reden will. »Was möchtest du denn wissen? Der Kuss war ziemlich kurz, also erwarte nicht meine gesamte Autobiografie.«

August sieht mich an und schnaubt. »Na gut, wie wäre es, wenn du mir erzählst, wie du im System gelandet bist?«

Scheiße.

»Oh, das ist eine *lange* Geschichte. Dafür bräuchte ich vielleicht ein wenig mehr. Vielleicht eine Art von Vertrauensvorschuss.«

Er starrt auf meine Lippen, und ich denke, *ja verdammt*. Dieses Spiel könnte ich *tagelang* spielen. Als Nächstes könnte er meinen Schwanz in den Mund nehmen.

»Erzähl mir einfach irgendwas«, sagt er. »Das habe ich verdient. Ich habe mich gegen all meine Vernunft gewehrt, nur um dich ein wenig kennenzulernen. Es ist wirklich schwer, dich besser kennenzulernen, Emery.«

Plötzlich wird mir ganz flau im Magen. »Okay. *Okay.* Vernachlässigung. Dadurch bin ich im System gelandet.«

Er seufzt und beißt sich gedankenverloren auf die Innenseite seiner Wange, denn er weiß, dass ich ohne eine Anzahlung nicht weitererzählen werde. Ich atme nicht einmal, während ich abwarte, wie er sich entscheidet. Plötzlich ziehen mich seine großen Hände praktisch über die Konsole, und er presst seinen offenen Mund auf meinen, während seine Zunge einen kleinen Tanz in meinem Mund aufführt.

Leider ist es viel zu schnell vorbei, und als er sich schließlich zurückzieht, sind seine Lippen rot und geschwollen, und ich zittere.

»Das könnte ich stundenlang machen«, murmelt August und fährt sich mit der Zunge über die Zähne.

Oh Gott, das hoffe ich doch.

»Also, gib mir etwas, wodurch ich dich kennenlernen kann. Jetzt habe ich es mir *wirklich* verdient.«

Verdammt, ich will nach dem besten Kuss meines Lebens eigentlich nicht an meine Mutter denken. Aber andererseits habe ich es versprochen. Ich möchte nicht, dass er denkt, ich würde mein Wort brechen, denn dann würde er vielleicht nie wieder mit mir verhandeln wollen.

»Gut. Wie du ja weißt, habe ich Typ-1-Diabetes. Aber das wussten wir damals noch nicht. Ich meine, ein durchschnittlicher Elternteil hätte die Veränderungen an mir bemerkt – Bettnässen, Gewichtsverlust usw. –, aber wenn man die ganze Zeit über high ist, neigt man dazu, drastische Veränderungen an seinem Kind nicht zu bemerken. So kam es, dass ich eines Tages in der Schule ohnmächtig wurde, und als meine liebe Mutter nicht zu erreichen war, fuhr die Polizei zu unserer Wohnung. Die Beamten fanden sie ohnmächtig und mit einer Nadel im Arm. Der Rest ist Geschichte. Willst du mehr wissen?«

»Wird es mich etwas kosten?«

»Natürlich. Aber für den richtigen Preis bin ich bereit, dir mehr zu erzählen. Was möchtest du denn sonst noch wissen? Ich kann ein offenes Buch sein, wenn du willst. Ich könnte dir sagen, welche Medikamente ich einnehme. Oder was mit meinen Geschwistern ist? Ich kann dir alles über sie erzählen.«

Schnell versuche ich, mich an all die interessanten Seiten von mir zu erinnern, obwohl die meisten von ihnen einfach nur deprimierend sind.

Aber vielleicht bringt mir die traurige Scheiße ja auch ein paar Mitleidspunkte und einen Mitleidsfick ein.

Wenn ich sage, ich habe keine Ansprüche, dann meine ich das auch so. Ich habe gar nichts. Ich würde liebend gern einen Mitleidsfick von August annehmen. Das wäre wahrscheinlich der beste Sex, den ich je hatte.

August mustert mich und schaltet einen Gang höher. Seine Hand auf dem Schaltknüppel zu sehen, erregt mich. Es kommt mir fast so vor, als hätte dieser Kuss die Schleusen geöffnet, und jetzt spüre ich jedes Hormon in meinem Körper gleichzeitig. Plötzlich ist alles sexuell. Er könnte furzen, und es würde mir gefallen.

»Vielleicht später«, murmelt er.

Gott sei Dank, diese Aussage gibt mir Hoffnung. Ich habe die letzten vierundzwanzig Jahre mit einem winzigen Fünkchen Hoffnung überlebt. Damit kenne ich mich also bestens aus.

Ich ziehe mein Handy heraus, um Lex eine Nachricht zu schreiben.

Ich: Mayday! Er hat mich geküsst. *Wir* haben uns geküsst. Zweimal!

Lex: Tut mir leid, aber wie kann das ein Hilferuf sein?

Ich: Er hat mich nur geküsst, um an Informationen zu kommen. Nun bin ich praktisch seine Geisel.

Lex: Ich bezweifle sehr, dass er dich dafür als Geisel halten musste. Ich wette, du hast dich ihm an den Hals geworfen und ihm deine unsterbliche Liebe gestanden.

Ich: Hey, langsam bekomme ich Panik. Warum kannst du mich nicht einfach unterstützen? Du bist nutzlos.
Lex: Okay. Hier ist mein Rat. Bleib einfach ruhig. Geh eine Runde laufen … oder zehn.
Ich: Ich sitze in einem *Auto*. Mit ihm. Er hat so schöne Lippen. Ich muss sie permanent anstarren und würde zu gern daran knabbern.
Lex: Ich bete für dich, Hannibal Lecter. Du bist in meinen Gedanken und Gebeten.

Kopfschüttelnd schiebe ich mein Handy zurück in die Tasche. Lex ist nutzlos. Und nicht besonders hilfreich. Ich weiß nicht, warum ich überhaupt mit ihm befreundet bin. Oh, stimmt ja, wir halten bis zum bitteren Ende zusammen. Seine Worte, nicht meine.

Meine Gedanken kreisen immer noch um den zweiten Kuss. Ich will mehr.

Tausend weitere Küsse.

Ich drehe den Kopf und beiße mir auf die Unterlippe.

Scheiße.

Wie soll ich mich jetzt noch einigermaßen normal verhalten? Ich meine, normal für mich. Denn das eben fühlte sich nicht wie ein normaler Kuss an. Wie kann August danach so ruhig sein? Gerade war noch seine Zunge in meinem Mund. Ich weiß nicht, ob er überhaupt schon mal einen Mann geküsst hat. Warum flippt er nicht aus?

»Küsst du alle deine Stiefbrüder?«, frage ich nach einer Weile.

Er sieht mit gerunzelter Stirn zu mir herüber, als hätte ich gerade etwas Verrücktes gefragt. Man sollte meinen, er hätte sich inzwischen an mich gewöhnt. »Ich hatte noch nie einen Stiefbruder«, sagt er.

»Was ist mit anderen Männern? Hast du schon mal einen anderen Mann geküsst?«

»Nein.«

»Hm.« Ich wende mein Gesicht wieder ab, denn ich muss dringend aufhören, auf seine vollen Lippen zu starren. Das wird langsam zu einem echten Problem.

»Und du flippst nicht aus?«

»Sollte ich das denn?«

Ich wippe mit dem Bein und schaue ihn an. »Na ja, nein, ich will nur nicht, dass du auf dem Weg in den Urlaub eine Art sexuelle Identitäts-krise bekommst.«

»Es geht mir gut. Keine Krise in Sicht.«

Verdammt. Warum kann er mir nicht mehr geben? Eine ausführli-chere Erklärung wäre nett. Diese stumpfen Antworten machen mich wahnsinnig. Ich will ihn nicht einfach so fragen, ob er bisexuell ist. Das sollte er mir schon selbst sagen.

»Okay ... und wie hat es dir gefallen?«, frage ich, als August still bleibt.

»Was meinst du?«

»Den Kuss natürlich ...« Langsam werde ich ungeduldig.

Er zuckt mit den Schultern. »Er war in Ordnung.«

Mein wippendes Bein hält inne, und ich beiße nervös auf meinem Daumennagel herum. Verdammt, bin ich ein schlechter Küsser? Viel-leicht hat es ihm deswegen einfach nicht gefallen. Der Gedanke bereitet mir Bauchschmerzen. Bisher hat sich noch nie jemand bei mir beschwert. Die meisten Leute, die ich bisher geküsst habe, schienen mit meiner Leistung zufrieden.

Das hoffe ich zumindest.

Es sei denn, sie sind alle hervorragende Schauspieler. Das könnte natürlich auch eine Möglichkeit sein.

»Nur in Ordnung?«, frage ich nach einer Weile. Wie erbärmlich.

»Ja.«

»War der Kuss nicht phänomenal? Der Beste, den du je hattest?«

Er blickt zu mir herüber und seine Lippen zucken. »Bist du etwa auf Komplimente aus, Emery?«

August starrt mich an und ich bin mir sicher, dass meine Wangen nun knallrot sind.

»So ein Quatsch. Ich denke einfach nur, wir sollten beide so tun, als wäre der Kuss nie passiert.«

»Klar, kein Problem«, sagt August, und verdammt, das stört mich mehr, als es sollte.

Ich möchte, dass er sich an den Kuss erinnert, denn ich werde ihn ganz sicher nie vergessen.

Ich ziehe mein Handy heraus und scrolle noch einmal durch Reddit, um mich abzulenken, denn wenn ich das nicht tue, muss ich meine Aufmerksamkeit leider wieder auf August und seine heißen Lippen richten. Ich lese mir etwa eine Million Kommentare durch, bis mich ein sanfter Stupser zusammenzucken lässt.

»Oh Scheiße, hast du mich erschreckt«, keuche ich, als ich sehe, wie August zu mir hinüberschaut, bevor er seinen Blick wieder auf die Straße richtet.

»Entschuldigung. Das wollte ich nicht, aber du hast einfach nicht auf deinen Namen reagiert.«

»Ja, das kommt vor.«

»Willst du ein Stückchen fahren?«, fragt August, und ich verschlucke mich fast an meinem Bonbon. Ich schaue auf die Uhr und stelle fest, dass zwei ganze Stunden vergangen sind.

Und schon wieder habe ich jegliches Zeitgefühl verloren. Ich weiß, dass es August wirklich nervt, wenn das passiert, das hat er mir einmal ganz offen gesagt. »*Denk das nächste Mal nicht nur an dich.*«

Ich musste mir eine Antwort verkneifen, weil er extra gekommen war, um mich abzuholen, und ich hatte vergessen, dass ich überhaupt gefragt hatte, weil ich zu sehr mit dem beschäftigt war, was ich gerade tat. Und das war nicht das erste Mal. Nein, davor war es schon dreimal passiert. Und das Schlimme ist, dass ich nichts wirklich Wichtiges getan habe. Ich weiß gar nicht mehr, was ich gemacht habe. Aber er hat auf mich gewartet.

Ich kann ihm nicht einmal vorwerfen, dass er mich nicht mag. Ich kann ein richtiges Arschloch sein, auch wenn ich es nicht will.

Aber er hat mich trotzdem geküsst. Zweimal.

Und jetzt bietet er mir auch noch an, sein Auto zu fahren.

Jetzt bin ich wirklich verwirrt.

»Du würdest mich wirklich dein Auto fahren lassen?«, frage ich, und meine Augenbrauen berühren fast meinen Haaransatz.

Er wirft mir einen verwirrten Blick zu. »Sollte ich das denn nicht?«

»Ähm, doch, das *solltest* du, aber das hast du mich noch nie gefragt. Ich habe einfach angenommen, dass du mir nicht vertraust.«

August zuckt mit den Schultern. »Ich vertraue dir *noch* nicht, weil ich dich nicht so gut kenne, aber es ist eine lange Fahrt, und ich denke, wir sollten uns besser abwechseln. Vielleicht können wir an der nächsten Raststätte tauschen.«

»Klar. Kein Problem.«

August schweigt einen Moment. »Ich weiß, dass du dein letztes Auto zu Schrott gefahren hast. Das hat dein Vater mir erzählt. Wenn du also fährst, könntest du vielleicht versuchen, uns nicht umzubringen. Ich würde es gerne lebend in die Berge schaffen.«

Ich nicke und zappele dann noch etwas auf meinem Sitz herum, denn verdammt, ich hasse es, dass er mich für unverantwortlich hält. Ich meine, das bin ich auch … aber nicht so. Ich fahre nicht einfach so zum Spaß Autos zu Schrott. Es war ein Unfall. Außerdem habe ich Thomas gebeten, meine Geheimnisse *geheim* zu halten. Und bis jetzt hat er das auch getan. August kann mich gar nicht wirklich kennenlernen. Ich lasse niemanden an mich heran.

Wobei … wenn ich jemanden an mich heranlassen würde, dann vermutlich August.

»Wie hast du das überhaupt geschafft?«, fragt August.

»Willst du wirklich eine Antwort?«, erwidere ich und starre wieder auf seinen Mund, denn jedes Mal, wenn er sich bewegt, werden meine Augen davon angezogen.

»Kannst du nicht einfach ein normales Gespräch führen? Ich stelle eine Frage und du beantwortest sie?«

Als ich nur mit den Schultern zucke, verdreht er die Augen.

»Keine Sorge. Ich werde es schon noch herausfinden.«

»Ach ja? Und wie?«

»Ich werde einfach Thomas fragen. Er wollte nicht darüber reden, als ich es erwähnte, aber er ist mir etwas schuldig.«

»Thomas kennt nicht die ganze Geschichte.«

»Gut. Dann erzähl du sie mir.«

»Gut. Na *gut*. Diese Geschichte ist gratis, aber die nächste musst du dir verdienen.«

»Du bist verrückt«, murmelt er.

»Das wärst du auch, wenn du meine Vergangenheit hättest. Wir können nicht alle perfekt sein. Und langweilig.«

»Ich bin nicht langweilig«, murmelt er und kratzt sich mit einer Hand im Nacken.

Nein, das ist er wirklich nicht, denn dieser Kuss war das Gegenteil von langweilig. Ich habe das Gefühl, dass ich ihn völlig falsch eingeschätzt habe. Er ist nicht Mr. Rogers. Nein, er ist etwas viel, viel Schlimmeres.

Als er eine Weile später endlich an einer Raststätte anhält, bin ich schrecklich nervös. Ich überlege, ob ich vielleicht noch ein oder zwei Runden laufen soll. Aber ich bin mir nicht sicher, ob ich mit der Erektion zwischen meinen Beinen überhaupt laufen kann. Es tut jetzt schon weh und zu viel Bewegung könnte zu Scheuerstellen führen.

Ich stecke mir ein weiteres Bonbon in den Mund, als August mich ansieht.

»Darfst du mit deinem Diabetes überhaupt so viele Süßigkeiten essen?«

»Oh, das ist in Ordnung. Solange ich mein Insulin nehme und nur kleine Mengen auf einmal esse, bleibt mein Blutzucker ziemlich stabil.«

»Ok. Aber warum hast du kein Karies?«

»Oh, den habe ich, aber ich liebe Süßigkeiten. Fast so sehr wie Sex. Süßigkeiten und Sex ... eine unschlagbare Kombination.« Ich küsse meine Fingerspitzen und lächle August an.

Plötzlich taucht in meinem Kopf ein Bild von August in einer essbaren Unterhose auf, und schnell springe ich aus dem Auto. Was zum Teufel ist nur los mit mir? Daran sollte ich nicht denken. Diese Gedanken sind schuld daran, dass ich schon seit Stunden so steinhart bin.

Ich weiß, dass die Möglichkeit, dass noch mehr zwischen uns passiert, fast unmöglich ist, weil August nicht auf Männer zu stehen scheint, und ganz sicher nicht auf mich, aber verdammt, mein Gehirn will es *nicht* wahrhaben.

Anscheinend habe ich auch zwanghafte Tendenzen. Es ist, als ob ich dem Scheiß-Eisbecher, der mein Leben ist, auch noch eine geistesgestörte Kirsche obendrauf setze.

Ich jogge fünfmal um die Raststätte herum, und als ich zum immer noch sehr sauberen Geländewagen zurückkehre, fröstelt es mich. Ich steige ein und drehe die Heizung auf.

»Ich nehme an, dir ist kalt«, sagt August und trinkt einen Schluck von seinem Wasser. »Wahrscheinlich solltest du dir etwas ... mehr anziehen.«

Er betrachtet meine zerrissene Jeans und mein abgenutztes T-Shirt und runzelt die Stirn.

»Sehr scharfsinnig von dir. Vergiss die Lehrerausbildung. Du solltest stattdessen zur CIA«, sage ich und beobachte dann, wie August seinen Kapuzenpulli auszieht, wobei sein T-Shirt über seinen straffen Bauch rutscht, und ihn mir dann reicht.

Heilige Scheiße. Jetzt werde ich ihn an mir riechen. Es ist schon schlimm genug, dass ich weiß, wie er schmeckt. Langsam wird es wirklich gefährlich.

Ich starre auf den Pullover in meinem Schoß und tue so, als würde ich ihn nur widerwillig anziehen. Als ob das eine lästige Pflicht wäre, wobei ich in Wahrheit fast in Ohnmacht falle.

Dann drehe ich meinen Körper von ihm weg, damit ich tief einatmen kann, ohne dass er es sieht. Meine Nase pfeift jedoch laut und verrät mich.

»Schnupperst du etwa an meinem Pulli?«, fragt er.

Ich schaue weg, denn ja, ich werde verdammt noch mal rot. »Das hättest du wohl gerne.«

»Du hast eindeutig an meinem Pullover gerochen. Ich habe dich gehört. Selbst ein Elefant wäre leiser als du.«

»Wie auch immer. Ich habe nur daran gerochen, weil ich nicht herausfinden kann, woher dieser schreckliche Geruch kommt. Und warum gibst du mir überhaupt deine Klamotten? Hm. Ich dachte, du hasst mich.«

»Ich bin mir nicht sicher, was ich für dich empfinde, aber ich weiß, dass es richtig ist, dir meinen Kapuzenpullover zu geben«, sagt er.

»Du bist so ein selbstgerechtes Arschloch. *Der heilige August.* Soll ich dich jetzt etwa anbeten?«

Jetzt sieht er wütend aus. »Ich bin ganz sicher kein Heiliger.«

»Bis jetzt dachte ich, du wärst einer, aber jetzt, wo ich weiß, wie du küsst ...«

Seine Augenbrauen heben sich. »Und wie küsse ich?«

»Wie eine gut bezahlte Sexarbeiterin.«

Er errötet und wendet sich ab. Dann legt er den Gang ein und fährt rückwärts aus der Parklücke. Erst jetzt erinnere ich mich wieder an das Gespräch vor unserer kleinen Pause.

»Warte. Sollte ich nicht fahren?«, frage ich.

»Thomas hat mir gerade eine Nachricht geschickt und mir erzählt, was mit deinem letzten Auto passiert ist, da du es ja nicht sagen wolltest.«

»Das hat er nicht«, schnaufe ich. »Er wurde zur Verschwiegenheit verpflichtet. Dieser Idiot weiß offenbar nicht, wie man ein Vater ist.«

»Nun, er hat es mir gesagt, weil ich sehr überzeugend sein kann. Vielleicht fahre ich also noch etwas länger. Ich möchte nicht, dass du uns von der Straße in einen Graben fährst.«

»Ach, halt die Klappe. Meine Süßigkeiten sind vom Sitz gerollt, okay? Ich war dabei, sie einzusammeln, als ich die Kontrolle verlor.«

»Deshalb hast du das Auto geschrottet? Wegen ein paar M&Ms?«

»Nein! Na ja, irgendwie schon, aber es waren Erdnussbutter-M&Ms und jeder weiß, dass das die besten sind. Außerdem war es die letzte Tüte, und ich bin extra dreißig Minuten gefahren, um sie zu kaufen.«

»Das klingt nach einem ziemlich lausigen Grund. Wer fährt schon eine halbe Stunde für eine Tüte Süßigkeiten.«

Okay, August weiß anscheinend nicht, was im Leben wirklich wichtig ist, aber darauf werde ich jetzt nicht eingehen.

»Komm schon, vertrau mir. Ich kann fahren. Ich bin ein fantastischer Fahrer.«

»Wie wäre es mit einem Kompromiss? Bei der nächsten Raststätte kannst du übernehmen«, sagt er.

»Oh, ich kann uns also zur Hütte fahren, ja?«

Daraufhin lächelt er leicht und seine Augen beginnen zu funkeln. Verdammt, sie sind so hell.

»Ja.«

»Perfekt. Das schaffe ich. Ich kann *wirklich* gut fahren. Du wirst beeindruckt sein.«

»Wir werden sehen.«

KAPITEL ZWEI

AUGUST

Ich hätte ihn niemals fahren lassen sollen. Aber dieser Kuss hat mich verwirrt. Ich weiß immer noch nicht, warum ich das überhaupt getan habe. Es gibt keine logische Erklärung, außer, dass ich es *wollte*. Meine Ausrede war, dass ich mehr Informationen über ihn benötigte. Eigentlich wollte ich einfach nur meinen Mund auf seinen legen, um seine Lippen zu schmecken. Den ganzen Tag zuzusehen, wie er an diesem Lutscher leckte, war auf eine verrückte Art und Weise heiß, und anstatt es zu analysieren, wie ich es hätte tun sollen – denn wann habe ich mich jemals zu einem Kerl hingezogen gefühlt? – habe ich ihn geküsst.

Von da an geriet alles außer Kontrolle. Ich überließ Emery mein Auto und jetzt weiß ich nicht, wo zum Teufel wir sind.

Ich habe darauf vertraut, dass er die letzte Stunde bis zur Hütte fahren kann, also bin ich eingeschlafen, und jetzt sind wir irgendwo im Nirgendwo.

»Verdammt, Emery?«, schnaube ich, sehe mich um und spüre, wie sich mein Magen zusammenzieht. Es ist wie bei *Into the Wild*. Um uns herum ist absolut nichts.

Nichts.

»Ähm, ja. Ich weiß. Ich bin wohl irgendwo falsch abgebogen.«

Ich werfe einen Blick auf die kahlen Bäume und die schneebedeckten Hügel. Die Sonne geht langsam unter, und ich weiß, dass es bald dunkel sein wird. Stockdunkel.

»Du bist ... Emery, das ist nicht mal eine Straße. Ich glaube, das ist ein Weg für Rettungsfahrzeuge.«

»Ja, das vermute ich schon seit einer Weile, aber so schnell wollte ich nicht aufgeben. Irgendwo musste dieser Weg doch hinführen.«

»Emery«, stöhne ich. Ich kann nicht anders, als immer wieder seinen Namen zu wiederholen. Was zum Teufel hat er sich dabei gedacht? Offensichtlich nichts. Denkt der Kerl überhaupt nach? »Du musst umdrehen. Wir können nicht auf diesem Weg bleiben, wenn es dunkel wird. Wir werden nicht sehen können, wohin wir fahren.«

Er seufzt. »Ich habe schon versucht, umzudrehen, aber ich habe schlechte Nachrichten, Bruder. Wir stecken fest. In einer Art Graben.«

»Tut mir leid ... wie bitte?«

»Wir stecken fest. So richtig fest. Ich glaube, wir müssen abgeschleppt werden. Siehst du, dass wir ein wenig schräg stehen? Ich bin mit dem Auto irgendwie vom Weg abgekommen. Nur ein wenig. Aber ich schwöre, dieses Mal hatte es nichts mit Süßigkeiten zu tun.«

»Oh Gott«, stöhne ich und reibe mir mit den Fingern über die Augen. Dann atme ich einmal tief durch und springe aus dem Auto. Ich laufe durch den knöcheltiefen Schnee und rutsche ein wenig aus, bevor ich die Fahrertür erreiche.

»Lass mich mal versuchen. Rutsch rüber.«

Emery klettert über die Mittelkonsole und starrt mich dann an, während ich vergeblich versuche, uns wieder auf die Straße zu bringen. Die Reifen drehen durch und wir bleiben an Ort und Stelle.

»Ja, wir stecken wirklich fest«, sagt Emery, beißt sich auf die Unterlippe und sieht mich mit seinen ausdrucksstarken braunen Augen an.

Verdammt, ich hätte ihn niemals fahren lassen sollen, aber ich konnte einfach nicht anders. Ein paar Stunden lang mochte ich diesen Kerl wirklich.

Ich bin mir allerdings nicht sicher, was ich im Moment von ihm halte.

Aktuell bin ich eher aufgeregt, gereizt und auf jeden Fall ziemlich frustriert.

Andererseits möchte ich ihn auch wieder küssen.

Was für ein Desaster.

»Ja, das tun wir.«

»Tut mir wirklich leid«, sagt er, und diese vier Worte, die ihm aus dem Mund gleiten, lassen mich innehalten. Das hat er noch nie zu mir gesagt. Auch nicht, als er mich vor Monaten ins Gesicht geschlagen hat.

»Warum bist du nicht einfach dem GPS gefolgt?«, frage ich so ruhig, wie ich kann.

»Das bin ich, und es hat mir gesagt, dass ich hier abbiegen soll.«

Das glaube ich zwar kaum, aber natürlich kann ich mir nicht sicher sein. Vielleicht war es das GPS, vielleicht hat er nicht aufgepasst. Ich neige eher zu Letzterem, denn er hat die Aufmerksamkeitsspanne einer Fruchtfliege.

Ich greife nach meinem Handy, schalte es ein, und mein Herz bleibt stehen. *Kein Empfang.* Ich unterdrücke die Panik, indem ich es schnell wieder ausschalte.

»Mein Handy hat auch keinen Empfang«, flüstert er und ich schließe die Augen.

Wir können also keinen Abschleppdienst rufen. Und es ist schon spät. Die Chancen, dass uns jetzt noch jemand sucht, sind minimal. Unsere Eltern werden uns vermutlich nicht vor morgen früh vermissen.

Scheiße.

»Das ist nicht gut, was?«, fragt er leise.

»Nicht wirklich.« Ich fahre mir mit der Hand über das Gesicht und seufze. »Nun, wir sollten uns auf eine lange, kalte Nacht einstellen.«

Emery blickt zu mir herüber, eine Locke seines dunklen Haars fällt ihm über die Augen. Es sieht so aus, als würde er schon eine ganze Weile mit den Händen hindurchfahren.

»Du bist nicht wütend auf mich?«

Ich knirsche mit den Zähnen und schaue aus dem Fenster. Ich bin mir nicht sicher, ob Wut irgendetwas lösen wird. Ich weiß, dass er sich schon schlecht genug fühlt. Das muss ich ihm nicht auch noch unter die Nase reiben. Ich nehme einen langsamen, reinigenden Atemzug.

»Nein«, lüge ich, und Emery schnaubt.

»Du bist ein schlechter Lügner. Ich kann sehen, wie der Muskel in deinem Kiefer arbeitet. Du willst mich anschreien. Nur zu. Ich halte das aus.«

Er stützt die Hände auf die Oberschenkel und zieht die Schultern hoch. Seine Körperhaltung lässt mich ein wenig die Luft anhalten.

»Ich werde nicht schreien. Das bringt nichts.«

Emery fängt an herumzuzappeln, spielt mit seinem Ladekabel herum und wickelt es um seinen Finger. »Komm schon. Ich bin daran gewöhnt. Ich wurde schon sehr oft angeschrien. Ich kann damit umgehen.«

Ich drehe langsam meinen Kopf und starre Emery an. Ich nehme ihn erst jetzt richtig wahr – sein zotteliges braunes Haar, das zur Seite gekämmt ist, die rasierten Seiten seines Kopfes, seine großen braunen Augen mit den dichten schwarzen Wimpern, die komplizierten Tätowierungen, die sich an seinen Armen und seinem Hals entlangschlängeln. Ich habe noch nie jemanden wie ihn gesehen, und so sehr er mich auch nervt, so sehr fasziniert er mich auch.

Aber das, was mich gerade wirklich fertig macht, ist, dass er in diesem Moment wie ein verlorener Welpe aussieht. Ich werde auf keinen Fall etwas tun, was ihn verletzen könnte.

»Ich werde dich nicht anschreien, Em«, sage ich sanft. »Es ist okay. So etwas kann passieren.«

Ich höre, wie er scharf einatmet, und merke einen Moment zu spät, was ich getan habe. Ich habe ihm einen Spitznamen gegeben. So weit sind wir eigentlich noch nicht.

Aber irgendwie passt der Name zu ihm.

Emery nickt und kaut auf seiner Unterlippe. »Nun, okay, aber wenn du deine Meinung änderst ...«

»Ich werde meine Meinung nicht ändern«, murmle ich und drehe mich dann um, um einen Blick in den hinteren Teil des Geländewagens zu werfen. In meinem Kopf gehe ich unser Gepäck durch.

Meine Mutter und Emerys Vater haben für eine Woche eine Hütte in den Bergen gemietet, und meine Mutter hat mich gebeten, etwas zu essen mitzubringen, sodass wir in dieser Hinsicht versorgt sind. Wir haben Müsli, Müsliriegel, Wasserflaschen, Äpfel, etwas Brot und Erdnussbutter. Wir werden bestimmt nicht verhungern. Und jeder von uns sollte genug warme Kleidung haben, die wir anziehen können.

Da ich immer gerne vorbereitet bin, habe ich außerdem noch eine kleine Schaufel, eine Taschenlampe, eine Decke für den Notfall und einen Schlafsack dabei, worüber ich jetzt mehr als froh bin.

Gott sei Dank.

Dann schießt mir ein Gedanke durch den Kopf, und ich drehe mein Gesicht zu Emery.

»Bitte sag mir, dass du ausreichend Insulin dabeihast?«

Emery fummelt immer noch an seinem Ladekabel herum, erstarrt aber bei meinen Worten.

»Ja, das habe ich«, antwortet er schnell. »Zumindest glaube ich das.«

»Oh Gott, bitte sieh sofort nach.«

Emery beugt sich vor und fummelt am Handschuhfach herum, wobei eine kleine schwarze Tasche auf den Boden fällt. Er flucht und stößt sich den Kopf am Armaturenbrett, und erst in diesem Moment merke ich, dass er am ganzen Körper zittert.

»Hey«, sage ich sanft. Ich beuge mich vor, hebe die Tasche auf und reiche sie ihm. Dabei lege ich meine Hand auf seine. »Es ist alles in Ordnung. Wir schaffen das schon.«

Das ist eine Lüge. Wenn er nicht genug Insulin hat, sind wir am Arsch, aber das sage ich natürlich nicht.

Er öffnet den Reißverschluss der Tasche, wirft einen Blick auf das Innere und scheint sich ein wenig zu entspannen. »Ja, es ist alles gut. Ich wusste, dass ich genug dabeihabe, aber ich bin einfach in Panik geraten.«

»Okay, das ist gut«, wiederhole ich und wische mir mit einer Hand über das Gesicht. Wenigstens wird er hier draußen nicht an Überzuckerung sterben. Mein Gott, allein bei dem Gedanken daran verkrampft sich mein Magen unangenehm.

»Was sollen wir nun tun?«, fragt Emery zögernd, als hätte er Angst, dass ich ihn angreifen könnte. »Sag mir, was ich tun soll?«

Ich kann seinen ängstlichen Gesichtsausdruck nicht ertragen, also greife ich leicht nach seinem Kinn und streiche mit dem Daumen über seinen Kiefer. »Hey, sieh mich an. Sieh mir in die Augen.«

Seine braunen Augen treffen auf meine, und sie flattern leicht. »Ich bin dir nicht böse. Ich werde nicht schreien. Bitte hör auf, so zu tun, als würde ich dir wehtun wollen. Das würde ich nie tun, Em. So bin ich nicht.«

Er beißt sich auf die Unterlippe, nickt einmal und blinzelt heftig.

Ich lasse ihn los und schaue dann nach draußen.

»Scheiße, es schneit«, sage ich und werfe einen Blick auf Emery, der sich über seine feuchten Augen wischt.

»Wir werden hier draußen sterben, nicht wahr?«, flüstert er.

»Nein, wir werden nicht sterben, aber uns wird sicher sehr, sehr kalt werden«, antworte ich. »Und es wird stockdunkel sein.«

»Scheiße, ich hasse die Kälte«, murmelt er und schlingt die Arme um sich. »Und die Dunkelheit.«

»Ich weiß. Es ist nicht ideal, aber bevor wir in Panik geraten, werde ich den Auspuff freimachen, und dann werden wir die Rücksitze herunterklappen, um Platz zu schaffen, damit wir uns ausbreiten können. Und wenn wir morgen aus irgendeinem Grund noch hier sind, grabe ich uns eine Schneehöhle.«

»Was zum Teufel ist eine Schneehöhle?«, fragt Emery, aber seine Stimme wird vom Wind übertönt, als ich die Tür öffne. Ich stapfe zum hinteren Teil des Geländewagens und befreie den Auspuff. Der eiskalte Schnee hinterlässt ein stechendes Gefühl in meinen Händen. Als ich fertig bin, klettere ich wieder hinein, schließe die Tür und lege meine Hände auf die Lüftungsschlitze der Heizung. Sie kribbeln von der Kälte, während sie auftauen.

»So. Jetzt werden wir zumindest nicht an einer Kohlenmonoxidvergiftung sterben.«

Emery starrt mich nur an. »Oh mein Gott. Woher weißt du das alles?«

»Ich war früher ein Pfadfinder.«

»Natürlich warst du das.« Er mustert mich. »Ergibt absolut Sinn.«

»Eigentlich bin ich ein Eagle Scout, wenn wir es ganz genau nehmen wollen.«

»Was zum Teufel ist das?«

»Eine Art Elite-Pfadfinder.«

»Oh, Gott. Wie hast du das denn geschafft? Welchen Pfadfinderführer musstest du ficken, um ein *Elite-Pfadfinder* zu werden?«

Ich schüttle ungläubig den Kopf. »Denkst du wirklich immer nur an das Eine?« Ich schaue zu ihm rüber, und er starrt mich an, als würde er denken, ich würde lügen. »Ich habe wirklich niemanden dafür gefickt. Was ist nur los mit dir? Ich bin einfach nur zu allen Truppentreffen gegangen und habe mir die Abzeichen verdient. Ich habe Popcorn verkauft und einen Schuppen gebaut.«

»Ach, das ist alles?«, fragt er und klingt fast ein wenig unbeeindruckt. »Hast du auch eine dieser komischen kleinen Uniformen getragen? Die, mit der man aussieht wie ein kleiner UPS-Fahrer? Es gab einen Jungen in einer meiner Klassen, der diese Uniform in der Schule trug. Er wurde schrecklich gehänselt. Ich glaube, einmal hat sogar jemand ein Sandwich nach ihm geworfen. Danach war er voller Senf.«

»Ja, ich habe so eine Uniform getragen. Das war allerdings das, was ich an den Pfadfindern am wenigsten mochte«, antworte ich und werfe einen Seitenblick auf Emery, der mich immer noch intensiv anstarrt. »Warum siehst du mich so an?«

»Ich stelle mir gerade nur vor, wie du ...«, murmelt er und schüttelt dann den Kopf. »Schon gut. Frag nicht. Und was machen wir jetzt? Ich möchte helfen, denn ich habe das Gefühl, dass das alles hier meine Schuld ist.«

Ja, es ist seine Schuld, aber das sage ich natürlich nicht. Nein, dieser Typ ist viel sensibler, als ich dachte. Ich muss vorsichtig sein.

»Nun, ich denke, wir sollten versuchen, uns darauf vorzubereiten, dass das Benzin bald zur Neige geht.«

Als ich einen Blick auf die Anzeige werfe, stelle ich fest, dass wir nur noch einen viertel Tank haben. Natürlich. Wir sind echte Glückspilze.

Emery zappelt wieder auf seinem Sitz herum. »Okay, jetzt kommt eine ernst gemeinte Frage: Müssen wir uns ausziehen, um warm zu bleiben?«

Ich sehe ihn fragend an, aber er scheint die Frage tatsächlich ernst zu meinen.

»Nein, das ist ein Mythos. Wir müssen nicht nackt sein, um uns warmzuhalten, aber wir sollten uns trotzdem gegenseitig Körperwärme spenden.«

Er schluckt. »Alles klar. Das ist kein Problem.«

»Noch eine essenzielle Frage. Was muss ich tun, wenn ich pissen muss?«

Oh mein Gott, dieser Kerl bringt mich wirklich um den Verstand. Bei ihm ist es manchmal schwer, den Überblick zu behalten. Seine Gedanken gehen erst in eine Richtung, nur um dann wieder in eine ganz andere Richtung zu gehen. Das ist verwirrend und liebenswert zugleich.

»Pinkel einfach hinten aus dem Auto.«

Er senkt seine Stimme. »Und wenn ich scheißen muss?«

Ein Lächeln huscht über meine Lippen bei der Vorstellung, die sich mir aufdrängt. »Tagsüber kannst du draußen ein Loch graben. Nachts hängst du deinen Arsch hinten raus. Du willst doch jetzt nicht da rausgehen und dich verirren.«

»Ich scheiße auf keinen Fall vor dir. Das würde unserer Beziehung einen harten Dämpfer verpassen. Ich will auf keinen Fall, dass du, immer wenn du mich siehst, *daran* denken musst.«

Ich lache. »Willst du dir lieber Erfrierungen holen, wenn du draußen einen Baum suchst, hinter den du gehen kannst? Deine Finger oder deinen Schwanz verlieren? Wie willst du dir noch einen runterholen, wenn du nichts mehr von beidem hast.«

»Glücklicherweise gibt es ja noch eine Menge Spielzeug, das dabei helfen kann. Ich kann *sehr* kreativ werden«, scherzt er.

Ich will mir Emery gar nicht mit einem Dildo vorstellen, denn wenn ich ehrlich bin, gefällt mir das ein wenig zu sehr. Er rutscht auf dem Sitz herum und sieht mich an.

»Okay. Da wir jetzt wissen, wo du scheißen wirst, lass uns sehen, was wir tun können, um diese Nacht erträglicher zu machen.«

»Ich glaube nicht, dass das möglich ist«, murmelt er, als wir beide auf den Rücksitz klettern. Ich klappe die Sitze um, sodass wir beide ausreichend Platz haben. Wir sind beide ungefähr gleich groß, sodass wir uns zumindest ein paar Zentimeter mehr ausstrecken können.

»Bevor wir irgendetwas anderes tun, sollten wir erst einmal sehen, ob wir uns beide in diesen Schlafsack quetschen können«, sage ich. »Falls nicht, haben wir ein Problem.«

»Warum hast du überhaupt einen Schlafsack mitgebracht?«, fragt Emery. »In der Hütte gibt es doch Betten, oder?«

»Ja, aber du weißt ja ... allzeit bereit. Bist du nicht froh, dass ich so gut vorbereitet bin?«

»Ja, ich denke schon.«

Ich rolle den Schlafsack aus, öffne den Reißverschluss, ziehe meine Schuhe aus und schlüpfe hinein.

»Ich denke, du solltest oben liegen, da ich größer bin.«

Emerys Augen weiten sich ein wenig und er schluckt merklich, bevor er sich die Schuhe auszieht und auf mich klettert.

Eine Strähne seines Haares streicht über mein Gesicht und kitzelt mich, als er sich auf mich herabsenkt. Instinktiv greife ich nach oben und streiche sie hinter sein Ohr.

»Oh Gott, fass mich nicht so an, wenn ich auf dir liege«, murmelt Emery und drückt dann seinen Körper gegen meinen.

»Tut mir leid, das ist eine Angewohnheit.«

»Eine Angewohnheit?«, fragt er. »Wem streichst du denn sonst die Haare aus dem Gesicht? Wartet etwa jemand zu Hause auf dich?«

Ich verdrehe die Augen und greife dann nach dem Reißverschluss. »Nein. Niemand. Scheiße, ich komme nicht ran«, murmle ich.

»Lass mich mal versuchen«, sagt Emery, dreht sich zur Seite, greift nach dem kleinen Metallverschluss und schließt den Reißverschluss.

Die Metallzähne spannen sich, als er sie zuzieht, und dann werden wir eng aneinandergepresst.

»Oh scheiße, ist das eng«, sagt Emery und sein Atem trifft meinen Hals. »Ich kann jeden Zentimeter von dir spüren. Verdammt.«

Ich hatte erwartet, dass sein ganzes Gewicht auf mir unangenehm sein würde; ich hatte noch nie einen erwachsenen Mann auf mir liegen. Aber ich merke, dass es gar nicht so schlimm ist. Eigentlich ist es sogar ganz schön.

»Ja«, hauche ich. »Es ist wirklich eng.«

»Ach du Scheiße. Sag das nicht so. Sonst muss ich an andere Dinge denken. Oh, Scheiße. Jetzt werde ich hart«, murmelt Emery. Seine Stirn sinkt auf meine Schulter. »Tut mir wirklich leid, August. Er hat seinen eigenen Willen. Man kann ihn nicht kontrollieren.«

Ich gluckse nervös, denn ja, ich spüre deutlich, wie hart sein Schwanz wird, aber es ist nicht so schlimm, wie ich dachte. Ich finde es eher faszinierend. Plötzlich erkenne ich den Reiz an all dem.

»Ist schon in Ordnung. Du brauchst dich nicht zu entschuldigen. Wir müssen nicht jetzt schon im Schlafsack bleiben. Ich wollte nur sichergehen, dass wir zusammen reinpassen.«

Emery nickt, als ich den Reißverschluss öffne, und er rollt sich keuchend von mir herunter.

Dann schiebt er sein Haar zurück und seufzt. »Ich fürchte mich vor heute Nacht. Das wird eine echte Horrorshow.«

»So schlimm wird es schon nicht werden.«

Er drückt seine Handfläche gegen seine Hose, und ich kann nicht anders, als hinzusehen. Scheiße, seit wann interessiere ich mich denn für Schwänze?

»Es wird schrecklich demütigend. Dein schlimmster Feind liegt mit einem harten Schwanz auf dir. Wie kommst du damit klar?«

Ich stoße ein Lachen aus. »Mein schlimmster Feind bist definitiv *nicht* du, und außerdem geht es hier ums Überleben. Wir tun, was wir tun müssen. Ich bin mir sicher, dass unsere Eltern uns bald als vermisst melden werden, und ehe wir uns versehen, sind wir in unserer Hütte.«

»Oh Gott, das hoffe ich. Ich will mir gar nicht vorstellen, lange hier drinzubleiben. Was sollen wir denn mit der ganzen Zeit anfangen? Ich werde noch verrückt, wenn ich hier drin festsitze«, sagt Emery und schüttelt seine Beine aus. Sein Schwanz ist immer noch hart, und ich muss meinen Blick abwenden, weil ich ebenfalls langsam hart werde.

Verdammt, ich hätte ihn vorhin nicht küssen und damit in ein Wespennest stechen sollen.

Ich räuspere mich und starre angestrengt auf die Tüte mit den Äpfeln. »Ich denke, wir könnten ein wenig schlafen, wenn du müde bist, oder uns unterhalten?«

»Ja, oder wir könnten rummachen?«, fragt er, und ich schaue zu ihm rüber und sehe, dass er grinst und mir zuzwinkert. Ich kann mir ein Lächeln nicht verkneifen.

»Ja, das wäre natürlich auch eine Möglichkeit.«

Er bekreuzigt sich vor der Brust, schaut weg und murmelt etwas vor sich hin.

»Du ärgerst mich schon wieder. Tu das bitte nicht. Mein Schwanz verkraftet das nicht.«

Meiner anscheinend auch nicht. Schnell ziehe ich meine Hose zurecht. Emerys Augen bleiben an der Bewegung hängen und ich spüre, wie sich meine Wangen röten. Er weiß es. Er muss es wissen. Es ist offensichtlich.

Aber anstatt es zu erwähnen, sagt er: »Ähm, klar, okay, sag mir, was ich tun soll. Ich kann alles tun.«

Ich räuspere mich und greife nach der Kiste mit den Lebensmitteln. »Lass uns ein wenig umräumen, damit wir mehr Platz haben, um uns auszubreiten, und dann sollten wir uns wahrscheinlich einfach hinlegen.«

Emery nickt, und dann schieben wir beide das Essen und unsere Reisetaschen zwischen die umgeklappten Mittelsitze. Ich greife nach der Taschenlampe und lege sie neben den Schlafsack und die Rettungsdecke, während Emery auf den Vordersitz krabbelt. Ich höre, wie er dort oben herumwühlt, und einen Moment später kommt er mit einer großen Tüte Süßigkeiten in der Hand zurück.

»Oh Gott, ich bin so froh, dass ich besonders viel eingepackt habe. Ohne die würde ich hier draußen sterben«, murmelt er, wühlt in der Tüte und zieht einen Lutscher heraus.

»Du bist eindeutig zuckersüchtig«, sage ich, und er nickt hektisch.

»Ich weiß, aber Dr. K. sagt, es ist immer noch besser als Heroin. Oh, Gott, du solltest meinen Freund Lex kennenlernen. Er ist noch anfälliger als ich. Vor zwei Jahren hatte er eine Phase, in der er rauchte, Nikotinpflaster trug und täglich fast eine Palette Cola Light trank. Das war echt verrückt ... ich meine, er ist auch ziemlich verrückt, also war es nicht wirklich überraschend, aber das kann nicht gut für die Gesundheit sein, weißt du?«

Meine Augenbrauen heben sich, und Emery nimmt seinen Lutscher aus dem Mund und winkt mir damit zu.

Seine Lippen sind kirschrot, und ich beiße mir auf die Unterlippe. Gütiger Gott, hab Erbarmen. Dieser Kerl hat wirklich ein dreckiges Mundwerk, aber gleichzeitig ist er auch verdammt sexy. Warum ist mir das bis heute noch nie aufgefallen? Wahrscheinlich, weil ich heute zum ersten Mal seine Lippen auf meinen gespürt habe und es jetzt kein Zurück mehr gibt.

»Ich will damit sagen, dass es schlimmer sein könnte. Ich könnte hier drin rauchen und unglaublich viel Cola-Light trinken, die übrigens ekelhaft ist. Warum nicht einfach echte Cola? Ich meine, ich schätze, jeder hat seine Laster, aber verdammt ...«

Ohne darüber nachzudenken, nehme ich den Lutscher aus seinen tätowierten Fingern und lasse ihn langsam zwischen meine Lippen gleiten. Ich habe wirklich keine Ahnung, warum ich das tue, aber es scheint, dass Emery die wilde Seite in mir hervorbringt. Vielleicht ist das der

Grund, warum ich ihn all die Monate gemieden habe. Vielleicht wusste ich tief im Inneren, was er mit mir anstellen würde. Oder vielleicht ist es einfach nur die Tatsache, dass ich mit ihm in diesem geschlossenen Raum bin, in einer stressigen Situation, die mich durcheinanderbringt. Oder vielleicht habe ich den Auspuff nicht richtig von Eis und Schnee befreit, und ich atme langsam Gift ein.

Emery schnappt nach Luft, als ich den roten Lutscher über meine Zunge rolle und dann meine Lippen um ihn schließe, an ihm sauge und meine Wangen aushöhle, während ich ihn mit einem hörbaren *Plopp* wieder herausziehe.

»Oh, mein Gott«, keucht er und sein Mund ist leicht geöffnet. »Warum tust du mir das an, August?«, murmelt er, und ich lächle sanft.

»Ich wollte einfach mal probieren«, antworte ich schulterzuckend und gebe ihm den Lutscher zurück.

Er starrt eine Weile darauf, bevor er den Blick hebt und sich unsere Augen treffen. Etwas knistert in der Luft zwischen uns, und ich weiß, dass ich jetzt nicht mehr aufzuhalten bin.

»Mach das noch einmal«, flüstert er, und mein Gesicht wird heiß.

Ich weiß nicht, warum ich mir das überhaupt antue. Es gibt wichtigere Dinge, auf die ich mich konzentrieren sollte, wie mich auf die eisige Nacht vorzubereiten und dafür zu sorgen, dass wir hier lebend rauskommen. Und doch lehne ich mich nur zu ihm hinüber, während meine Augen an seinen kleben, öffne meinen Mund und nehme den Kirschlutscher zurück in meinen Mund.

»Oh, scheiße«, stöhnt Emery mit glasigen Augen. »Nochmal.«

Langsam lecke ich über den Lutscher und kitzle die Spitze mit meiner Zunge, und Emerys Augenlider flattern.

»Das ist einfach nur gemein«, sagt er, und ich lehne mich zurück. Kurz darauf nimmt er den Lutscher, den ich kurz zuvor noch im Mund hatte, wieder in seinen Mund, und ich kann nicht anders, als genau hinzusehen.

Unsere Blicke treffen sich wieder, und Emerys Atem geht stoßweise.

»Wir sollten jetzt eigentlich etwas ganz anderes tun«, sagt er leise und seine Lippen sind unglaublich rot. »Zum Beispiel darüber reden, wie man am Leben bleibt, oder ficken.«

»Oh Gott«, antworte ich und schlucke schwer.

Wir starren uns eine Minute lang an, und dann zwinge ich mich, den Blick abzuwenden, weil die Versuchung so groß ist. So habe ich mich schon lange nicht mehr gefühlt.

Natürlich muss ausgerechnet Emery, mein nerviger Stiefbruder, solche Gefühle in mir auslösen. Das kann ich nicht zulassen.

Ich muss hier raus.

»Die Sonne ist fast untergegangen. Warum bleibst du nicht einfach hier drin, und ich sehe mich draußen etwas genauer um. Nur um zu sehen, wo wir genau sind.«

Der lüsterne Schleier in Emerys Augen lichtet sich plötzlich, und er klettert auf mich zu, krabbelt fast auf meinen Schoß.

»Warte, ich glaube, ich sollte bei dir bleiben. Nur für den Fall.«

»Für welchen Fall?«

»Bären. Wölfe. Möglicherweise Eulen. Bei diesen unheimlichen kleinen Scheißern weiß man nie. Sie können ihren Kopf ganz herumdrehen, als ob sie besessen wären. Es ist offensichtlich, dass der Teufel selbst sie erschaffen hat«, plappert er, und ich strecke die Hand aus und berühre sanft seine Wange. Er verstummt sofort, und blinzelt mich nur an.

»Hey, ich komme schon klar. Ich gehe nicht weit weg.«

»Ich würde mich besser fühlen, wenn ich dich begleiten könnte. Ich will hier nicht allein sein, ohne dich. Lass mich nicht allein, August. Bitte.« Das letzte Wort klingt so verzweifelt, dass ich zustimmend nicke.

»Okay, dann müssen wir dich aber dick einpacken, damit du draußen nicht erfrierst«, sage ich und greife nach unseren Reisetaschen und öffne sie.

»Hast du noch etwas anderes zum Anziehen dabei als Kleidung für einen Hawaii-Urlaub?«

»Ähm, ja. Vielleicht. Ich bin mir nicht sicher.«

»Hast du eine Mütze? Handschuhe? Eine richtige Jacke?«

Emery zuckt mit den Schultern. »Wo wir leben, brauchen wir so etwas nicht. Ich habe nicht für einen Survival-Trip gepackt.«

»Oh mein Gott, Em«, sage ich.

Ich wühle in seinen Kleidern, die mir für einen Winterurlaub in den Bergen völlig unpassend erscheinen, als meine Hand auf etwas Hartes trifft.

Langsam ziehe ich es heraus.

»Ist das dein Ernst?«, frage ich mit hochgezogenen Augenbrauen, während ich einen großen roten Dildo hochhalte. »Du hast weder Mütze noch Handschuhe, aber dafür einen *Dildo* eingepackt?«

Emery krabbelt auf mich zu, seine Wange ist vom Lutscher ausgebeult, und er reißt mir den großen Silikonschwanz aus der Hand.

»Oh mein Gott. Lex. Ich werde ihn umbringen. Ihn ermorden. Ihn in Stücke hacken und die Toilette herunterspülen.«

»Du musst Lex nicht die Schuld für alles geben«, sage ich lachend, und Emery wirft mir einen bösen Blick zu.

»Ich meine, ja, er gehört mir, aber ich habe ihn nicht eingepackt. Das war Lex. Er ist ein echter Scherzkeks ... und ein Arschloch.«

Emery versteckt den Dildo hinter seinem Rücken und schaut überallhin, nur nicht zu mir, während ich in meiner Tasche krame. Ich kann nicht anders, als leise zu lachen, weil er so verlegen aussieht. Verdammt, er ist wirklich süß.

Schließlich ziehe ich eine Mütze und ein zusätzliches Paar Handschuhe heraus und reiche sie Emery, der langsam seine Tasche zu sich zieht.

Als sich unsere Blicke treffen, errötet er. »Ich kann dich ganz deutlich sehen. Du sitzt direkt vor mir. Mach schon. Steck ihn weg. Ich werde dich nicht weiter damit aufziehen ... zumindest nicht sehr.«

Emery schnaubt. »Mach die Augen zu. Du musst ihn dir nicht noch einmal ansehen. Es ist schon schlimm genug, dass du ihn einmal gesehen hast.«

Ich neige den Kopf und lasse dann langsam meine Augenlider zufallen.

»Du kannst sie wieder öffnen«, murmelt er ein paar Sekunden später.

Als ich es tue, sehe ich, dass Emery mich finster ansieht, während er sich meine Mütze auf den Kopf setzt. Seine Haare ragen in seltsamen Winkeln darunter hervor und ich grinse, als ich die Strickmütze über seine Ohren ziehe. Dann schnappe ich mir einen Schal und wickle ihn locker um seinen Hals, und dann – ich kann einfach nicht anders, weil er so süß aussieht in meinen Sachen – streiche ich mit dem Daumen über sein Kinn.

»In Ordnung. Bist du bereit, dich ein wenig umzuschauen?«, frage ich.

»Wir werden nicht weit gehen. Ich will mir nur ein Bild von der näheren Umgebung machen.«

Emery nickt, löst sich leicht von mir und zieht sich Handschuhe an.

Ich werfe ihm eine Jacke zu und ziehe mir selbst eine an, bevor wir in die kalte Winterluft hinausgehen. Die Sonne ist schon fast hinter dem Horizont verschwunden, und ich weiß, dass die Temperatur sehr schnell und sehr stark sinken wird. Wir sollten uns beeilen, bevor es wirklich gefährlich wird.

Ich gehe zur Fahrerseite und stelle den Motor ab, und als ich mich wieder umdrehe, stoße ich fast mit Emery zusammen, der mich misstrauisch beobachtet.

»Glaubst du, dass es hier draußen wirklich Bären gibt? Ich meine, wie stehen die Chancen?«, fragt er.

»Wahrscheinlich halten sie Winterschlaf«, sage ich und schließe den Reißverschluss seiner Jacke bis zu seinem Kinn.

Er blickt sich schnell um. »Natürlich. Winterschlaf. Und Wölfe?«

»Ich bin mir nicht sicher. Offen gestanden, glaube ich, dass wir eher erfrieren werden.« Ich wickle den Schal etwas fester um ihn und lasse meinen Finger *versehentlich* über seine Unterlippe streifen.

»Ich würde lieber erfrieren, als gefressen zu werden«, sagt er.

Emery lehnt sich an meine Seite, während wir weitergehen, und ich kann nicht anders, als meinen Arm um seine Schulter zu legen. Seine Hand gleitet um meinen Rücken, während wir uns von dem festgefahrenen Geländewagen entfernen.

»Was, wenn wir den Rückweg nicht mehr finden?«, fragt er.

»Das wird nicht passieren«, sage ich. »So weit gehen wir nicht.«

Emery stolpert über etwas, und ich ziehe ihn noch enger an meine Seite.

»Oh Gott, das erinnert mich an das eine Mal, als meine Mutter vergessen hat, dass sie ein Kind hat und ich die ganze Nacht draußen war. Wenn ich ganz ehrlich sein soll, ist das sogar ein paar Mal passiert.«

Ich schaue zu Emery hinüber, aber er sieht mich nicht an. Er kaut nur auf seiner Unterlippe herum und schaut sich die kahlen Bäume an, die sich über uns erheben. Wahrscheinlich sucht er nach den teuflischen Eulen, von denen er vorhin gesprochen hat.

Er zittert. »Zum Glück fand mich meistens ein Nachbar und nahm mich für die Nacht auf, aber verdammt, es war kalt. Das ist der Hauptgrund, warum ich die Kälte so sehr hasse.«

Er schaut zu mir hoch, und ich betrachte seine rote Nase und seine rosigen Wangen.

»Heute Abend wird es richtig kalt«, sage ich, weil es keinen Sinn ergibt, ihn anzulügen.

»Ja, aber du hast doch den Schlafsack und diese goldene Decke. Wir kommen schon klar.«

»Das ist eine Rettungsdecke, und ja, du hast recht.«

Wir gehen noch einen Moment schweigend weiter. »Em, wie alt warst du, als deine Mutter dich draußen vergessen hat?«, frage ich zögernd.

»Oh scheiße. Ähm, lass mich nachdenken. Wahrscheinlich so um die sechs Jahre, aber es kann auch früher passiert sein, und ich kann mich einfach nicht mehr erinnern. Aber ich sage dir eins, ich habe die große, kalte Außenwelt jederzeit dem stickigen Schrank vorgezogen.«

Ich bleibe stehen und schließe ihn in meine Arme. Er dreht sein Gesicht so, dass wir nur wenige Zentimeter voneinander entfernt sind.

»Was meinst du damit?«

Emery schaut jetzt überallhin, nur nicht zu mir. Nervös tritt er von einem Fuß auf den anderen.

Dann räuspert er sich. »Na ja. Du weißt schon ... es ist eigentlich keine große Sache. Es ist wirklich nicht wichtig.«

Ich nehme sein Gesicht in meine Hände und zwinge ihn, mir in die Augen zu sehen. Denn das *ist* wichtig. Das könnte alles zwischen uns verändern. Ich wusste zwar von seiner traumatischen Vergangenheit, aber ich kannte bisher keine Details. Habe ich ihn wirklich die ganze Zeit über falsch eingeschätzt? Wie ungerecht bin ich zu ihm, seit ich ihn kenne?

»Em.«

Er schließt die Augen und seufzt. »Können wir vergessen, dass ich etwas gesagt habe?«, fragt er leise. »Ich habe eine große Klappe, und ich kann sie nicht lange genug schließen, um all die schlechten Gedanken zu unterdrücken. Du willst den ganzen Scheiß sicher nicht hören.«

»Doch, das will ich«, sage ich. Er atmet zittrig aus, aber ich lasse sein Gesicht nicht los.

»Gut, aber bist du sicher? Denn niemand will es wirklich hören.

Niemand. Außer Dr. K., weil ich ihm viel Geld dafür zahle. Na ja, eigentlich wird er vom Staat bezahlt, weil ich ...«

»Em«, unterbreche ich ihn leise und er verstummt.

Dann blinzelt er schnell. »Tut mir leid.«

»Es muss dir nicht leidtun.«

Wir stehen schweigend da, ein eisiger Wind weht um uns herum, aber das scheint im Moment weder ihn noch mich zu stören. Anschließend beginnt Emery leise zu sprechen. »Sie hat mich tagelang in einen Schrank gesperrt. Deshalb habe ich Angst vor kleinen Räumen und der Dunkelheit. Es war immer so verdammt dunkel.«

Ich keuche und drücke ihn fester an mich.

»Du tust mir weh, August«, stöhnt Emery, und ich lockere sofort meinen Griff und trete einen Schritt zurück.

»Scheiße.«

»Hey«, er streckt seine Hand aus und drückt sanft meinen Arm. »Es ist okay. Keine große Sache, ja? Das ist vorbei und ich arbeite hart daran, das alles hinter mir zu lassen. Das tue ich schon seit Jahren ... ich werde wahrscheinlich für den Rest meines Lebens in Therapie sein, aber es hilft. Zumindest ein wenig.«

Ich fahre mir mit der Hand übers Gesicht, und bevor ich darüber nachdenken kann, schlinge ich meine Arme um ihn und ziehe ihn an meine Brust.

Er entspannt sich spürbar, als ich ihn an mich heranziehe, und dann spüre ich seine Finger an meinem Rücken. Er klammert sich an mich.

»Geht es dir gut?«, fragt mich Emery, und es bricht mir das Herz, weil ich derjenige sein sollte, der *ihm* diese Frage stellt. Warum wusste ich nicht, dass er so schwer misshandelt wurde? Warum hat mir das niemand gesagt? Wenn ich das gewusst hätte, wäre ich vielleicht netter zu ihm gewesen. Hätte verstanden, warum er manchmal so ... anders ist.

»Es geht mir gut«, sage ich, obwohl das nicht stimmt. Nicht wirklich. Es ist schrecklich, was er schon alles durchgemacht hat. Wie kann er nur so beiläufig darüber reden, als wäre es keine große Sache, obwohl es in Wirklichkeit verheerend ist? Ich kann mir nicht einmal vorstellen, noch ein ansatzweise funktionsfähiger Mensch zu sein, wenn ich durchgemacht hätte, was er durchgemacht hat. Er ist so viel stärker, als ich je gedacht hätte.

»Sollen wir, du weißt schon, zurückgehen. Ich glaube, ich habe einen Schrei gehört ...«, sagt Emery leise gegen meinen Hals.

Langsam ziehe ich mich zurück und starre ihn an. »Ja, aber lass uns nur noch schnell nachsehen, was in der anderen Richtung ist. Dann gehen wir zurück ins Auto.«

Wir sehen uns noch ein paar Minuten um, und ich finde eine Bank, die sich perfekt für eine Schneehöhle eignet, falls wir sie brauchen sollten. Dann klettern wir wieder in den Geländewagen, ziehen unsere nassen Hosen aus und Jogginghosen an.

Emery zittert, also schalte ich die Heizung ein und ziehe ihn an mich, öffne den Reißverschluss des Schlafsacks und lege ihn über uns. Emery liegt zwischen meinen Beinen, seine Brust an meiner und meine Arme sind um ihn geschlungen. Er zieht sie fest an sich und schmiegt sich unter mein Kinn.

Dann dreht er sich leicht, sodass seine kalte Nase meinen Nacken berührt.

»Glaubst du, dass Knutschen hilft, die Zeit totzuschlagen und uns schneller aufzuwärmen?«, fragt er. »Ich bin bereit, das auszuprobieren.«

»Vielleicht sollten wir uns das Rummachen für später aufheben, ja? Wenn das Benzin alle ist.«

Er stößt ein kleines Lachen aus und wackelt zwischen meinen Beinen hin und her. Der Kerl kann einfach nicht stillsitzen.

»Warst du als Kind auch schon so unruhig?«, frage ich, während er sich immer noch bewegt.

»Ja. Deswegen war ich auch nie gut in der Schule. Die Lehrer haben mich gehasst.«

»Das bezweifle ich«, sage ich und versuche, mir den kleinen Emery mit seinem wirren Haar und den großen braunen Augen vorzustellen.

»Oh doch, ja, das haben sie. Sie haben alle zehn Ave-Maria gebetet, als sie erfuhren, dass ich in ihren Kursen war. Wahrscheinlich haben sie sich gefragt, in welchem Leben sie irgendeine schreckliche Tat begangen haben, um das zu verdienen.«

»Em, hör auf«, sage ich und gluckse. »So denken Lehrer nicht. Ja, wir haben schwierigere Schüler, aber wir mögen alle gleich gern.«

Emery schnaubt. »Du bist so ein verdammter Lügner. Du magst nicht alle Kinder gleich gern. Manche sind einfach nur schrecklich. Gib's zu.«

»Kinder sind nicht schrecklich«, sage ich stirnrunzelnd, aber vergesse, was ich als Nächstes sagen wollte, weil ich plötzlich seine Zungenspitze an meinem Hals spüre.

»Hast du ... hast du gerade an mir geleckt?«, frage ich. Das Gefühl, nein, nur der Gedanke, dass er das mit mir macht, lässt meinen Schwanz aufhorchen.

Emery bemerkt meinen inneren Kampf nicht und tut es wieder und zeichnet die dicke Ader in meinem Nacken mit seiner Zungenspitze nach.

»Stell dir vor, ich wäre ein Vampir. Dann könnte ich einfach in diese sexy Ader beißen und mich von dir ernähren«, sagt er und knabbert sanft an meiner Haut. »Ich wette, du würdest ausgezeichnet schmecken.«

Ich lache und bete in Gedanken, dass er nicht merkt, wie hart mein Schwanz wird. »Ich kann nicht glauben, wie dein Verstand manchmal arbeitet.«

»Verrückt, hm? Ich habe übrigens meine ADHS-Medikamente nicht dabei, also drehe ich langsam wirklich durch. Du wirst nicht mithalten können.«

Seine Finger gleiten nach oben und fahren durch mein Haar, während er mir etwas fester in den Nacken beißt. Ich versuche, das Gefühl, was durch mich hindurchschießt zu unterdrücken.

»Scheiße, ich würde dein Blut trinken, wenn du mich lässt.«

Bei jedem anderen, der so etwas sagt, würde ich ausflippen, aber Emery ist einfach ... Emery. Mittlerweile habe ich gelernt, dass man sich einfach damit abfinden muss. Vielleicht kann ich sogar versuchen, es auf eine verrückte Art und Weise zu genießen.

Seine Lippen saugen sich an meiner Haut fest. Er wird einen großen Knutschfleck hinterlassen, wenn er so weitermacht. Und doch tue ich nichts, um ihn aufzuhalten. Ich liege einfach nur da und lasse ihn machen, genieße es, den Gedanken, dass er mich markiert, bis er seinen Mund mit einem hörbar feuchten *Plopp* von meinem Hals entfernt.

In diesem Moment bin ich sein persönlicher Lutscher.

»Puh«, schnauft er und beugt sich dann etwas näher, um die Stelle zu begutachten. »Das ist ein wunderschönes Exemplar. Ich glaube, Lila ist genau deine Farbe.«

Ich greife nach oben, berühre die empfindliche Haut an meinem Hals und Emery grinst mich an. »Steht dir gut, schöner Mann. Deine Haut ist viel zu perfekt. Du solltest dir unbedingt ein Tattoo stechen lassen. Vorzugsweise an einer unanständigen Stelle. Ich kenne da jemanden. Sag mir einfach, was du willst, und wir können es für dich anfertigen lassen.«

»Was wäre denn deiner Meinung nach ein erstes gutes Tattoo?«, frage ich, und Emery setzt sich ein wenig auf. Okay, wenn er noch einen Zentimeter näherkommt, wird er meine missliche Lage bemerken. Meine Hände streichen über seinen unteren Rücken und versuchen, ihn ruhig zu halten, aber zappelt zu sehr, und eine Sekunde später berührt sein Unterleib den meinen. Er wirft einen Blick auf meine ausgebeulte Hose und sieht mir dann direkt in die Augen. Unsere Lippen liegen sich direkt gegenüber. Ich bräuchte mich nur ein wenig nach vorn zu lehnen und ...

»Du bist hart.«

»Das kommt vor. Ist ganz natürlich«, sage ich und räuspere mich. »Du wolltest mir gerade sagen, was mein erstes Tattoo werden soll.«

Emery blickt auf meinen harten Schwanz hinunter, drückt sich dagegen, und ich schnaufe verärgert. Natürlich lässt er sich davon ablenken.

»Em«, flüstere ich, und sein Blick trifft noch einmal meinen.

»Tut mir leid. Ich bin etwas abgelenkt. Wegen deines Schwanzes kann ich mich nicht richtig konzentrieren. Ähm, richtig! Tattoos.« Er tippt sich auf die geschürzten Lippen. »Kommt darauf an, ob du etwas Lustiges oder etwas Bedeutungsvolles willst.«

»Offen gesagt, habe ich noch nie darüber nachgedacht.«

»Hm«, sagt er und schaut weg. »Dann vielleicht etwas Lustiges. Zwei pralle Brüste ... oder vielleicht einen großen Arsch. Oder einen Schwanz.«

Er blickt wieder auf meinen Schritt, und ich seufze.

»Ich will keine Brüste, keinen Schwanz und auch keinen Arsch als erstes Tattoo.«

»Ja, ich kann es dir nicht verdenken. Das waren alles schreckliche Vorschläge. Oh, vielleicht ein *Ich liebe Mom*-Tattoo, weil deine Mutter cool ist. Wenn ich so eine Mutter hätte, würde ich es mir sofort tätowieren lassen.«

»Nein danke.«

»Hm ...«, sagt er und zappelt noch mehr. Ich bin mir nicht sicher, ob er das mit Absicht macht oder nicht, aber langsam macht er mich damit wahnsinnig. Ich versuche, seine Hüften festzuhalten, aber es hilft nicht. Nichts kann diesen Kerl aufhalten.

»Wie wäre es dann mit etwas Ernstem? Zum Beispiel«, er greift zwischen uns hinunter, zieht das Sweatshirt über seinen Bauch und zeigt auf seine Hüfte. Oh Gott, seine Haut, all diese Farben und Details. Ich würde ihn am liebsten stundenlang ansehen.

Er lehnt sich zurück und atmet zittrig aus. Natürlich ist er genauso hart wie ich.

»Ähm, ja, richtig«, er stockt, während er versucht, sich zu konzentrieren. »Siehst du dieses Tattoo hier?«, fügt er hinzu, und ich neige meinen Kopf nach unten, um es besser sehen zu können. Mein Daumen fährt über die verschnörkelten Buchstaben. »Wir gewöhnen uns an die Dunkelheit, wenn das Licht verschwindet.«

»Das ist ein Teil eines Gedichts von Emily Dickinson. Oh Gott, dieses Mädchen war echt verrückt, aber verdammt, sie konnte schreiben. Es ist eine Erinnerung daran, mir schöne Dinge zu gönnen«, erklärt er und lässt das Sweatshirt wieder nach unten fallen. Ich lasse meine Hand auf seiner nackten Haut liegen und zeichne langsame Kreise auf seiner Hüfte. Ich mag es, wie er sich anfühlt, seine weiche Haut über den harten Muskeln. Er ist so anders als alle anderen Menschen, die ich je so berührt habe. Ich habe das Gefühl, süchtig nach ihm zu werden.

»Okay ...«, murmelt er und schluckt, »ich schätze, das war noch eine gratis Geschichte. Ich bin so ein Schwächling. Lex sagt mir immer, ich soll mich nicht ausnutzen lassen, aber höre ich auf ihn? Natürlich nicht. Niemals. Ich hätte mir erst etwas von dir holen sollen, bevor ich dir mehr von mir erzähle.«

Ich ziehe ihn noch etwas näher zu mir, unsere Schwänze drücken jetzt direkt gegeneinander. Und dann kann ich nicht mehr anders. Sein Mund ist genau vor mir.

»Was schulde ich dir?«, flüstere ich, und meine Lippen berühren beinahe seine.

»Oh mein Gott«, sagt er fast unhörbar, und dann atmen wir einander ein, während er eine Entscheidung trifft.

»Wie wäre es mit mehr Zunge und vielleicht ein paar kleinen Streicheleinheiten? Ich hätte auch nichts gegen Trockenbumsen. Um ehrlich zu sein, habe ich gegen nichts etwas einzuwenden. Du kannst mich anfassen, wo immer du willst. Nicht, dass du das musst, aber du weißt schon ... wir können uns auch Grenzen setzen.«

Seine liebenswerte Art bringt mich zum Lächeln. Ich neige meinen Kopf und drücke meinen Mund auf seinen. Er lehnt sich dagegen und stöhnt natürlich laut.

Dieser Typ kann einfach nicht die Klappe halten, auch wenn er eine fremde Zunge im Mund hat.

Er zappelt immer noch unermüdlich auf meinem Schoß, während seine Hände in mein Haar gleiten und sanft daran ziehen. Er stöhnt wieder und saugt dann an meiner Zunge, als wäre sie ein Lutscher.

Ich stöhne auf, als unsere Schwänze gegeneinander gleiten und seine Hände sich in meinen Haaren festkrallen. Er reibt sich jetzt grob an mir, während sich seine Zunge immer wieder in meinen Mund schiebt.

Nach einer Weile löst er sich zitternd von mir.

»Oh scheiße«, sagt er, während seine Hände immer noch in meinen Haaren sind. »Oh, *scheiße*.«

Er blickt auf unsere ausgebeulten Jogginghosen und stöhnt laut. »Sag mir, dass ich dich anfassen darf. Ich will deinen Schwanz anfassen.«

»Was bekomme ich dafür?«, frage ich, und Emerys Wangen werden knallrot.

»Was willst du denn? Mit mir kann man verhandeln. Darin bin ich *sehr* gut.«

Ich befeuchte meine geschwollenen Lippen, und seine Augen verfolgen die Bewegung.

»Hm«, murmle ich, und Emerys Augen flattern zu.

»Oh Gott, du klingst wie Geralt aus *The Witcher*, wenn du das machst. Mach das noch mal.«

Ich lächle ihn an, und er öffnet ein Auge und runzelt die Stirn, als er mich lächeln sieht.

»Warum lächelst du?«

»Du bist witzig.«

»Das ist nicht witzig. Ich meine es vollkommen ernst. Mach. Das. Noch mal.«

»Ich muss kurz darüber nachdenken, was ich im Gegenzug will. Ich habe vom Besten gelernt.«

Seine Finger ziehen an meinen Haaren, und ich zucke zusammen, aber ich sage nichts, weil es mir irgendwie gefällt. Zumindest ein wenig. Die Frauen, mit denen ich bisher zusammen war, waren nie aggressiv, aber jetzt merke ich, dass ich darauf stehe.

»Beeil dich. Ich sterbe hier«, sagt er, bewegt wieder seine Hüften und ich keuche bei dem heißen Gefühl, das durch meinen Unterleib und direkt zu meinen Eiern schießt.

»Hm«, knurre ich wieder, und sein Mund trifft erneut auf meinen. Er beißt mir grob in die Unterlippe und ich stöhne vor Schmerz auf, bevor er seinen Mund von mir wegzieht und von meinem Schoß rutscht.

Er blickt auf meinen Schritt hinunter und bedeckt dann seinen eigenen mit der Handfläche.

»Scheiße, das war zu hart. Ich bin zu grob.«

Ich berühre meine Unterlippe mit meiner Zunge, und er folgt dieser Bewegung. Es tut weh, aber es fühlt sich auch gut an. Ich will, dass er es wieder tut. Zu grob? Nein, ich will es gröber. Härter.

»Es tut mir leid. Ich habe kurzzeitig die Kontrolle verloren. Ich neige dazu, mich ein wenig ... mitreißen zu lassen. Ich habe einfach all diese, du weißt schon ... Fantasien über dich.«

Daraufhin heben sich meine Augenbrauen, und ich ziehe meine Beine hoch und verschränke meine Arme über den Knien. »Du hast Fantasien über mich?«

Er verdreht die Augen. »Na klar.«

Ich neige meinen Kopf und beobachte, wie Emery mit den Schnüren des Kapuzenpullis herumfummelt und eine davon in den Mund nimmt. Das ist mein verdammter Pulli, und er saugt daran. Warum gefällt mir das nur so sehr?

»Und worüber genau fantasierst du?«, frage ich, weil ich wirklich neugierig bin.

»Oh. Diese Tür solltest du besser nicht öffnen. Das ist wie die Büchse der Pandora, weißt du. Man weiß nie, was herauskommt.«

»Das ist es, was ich will. Das sind meine Bedingungen. Ich will etwas aus der Büchse der Pandora.«

Emerys Augen treffen meine, und er zieht die Schnur aus seinem Mund. »Gut. Aber ich bin dabei, deine zarten Gefühle zu verletzen, Bruder.«

»Stiefbruder«.

Er schnaubt und begegnet dann meinem Blick.

»Ich will auf deinem Gesicht kommen und auf deine heißen Lippen und dann will ich meinen Samen mit meinen Fingern in deinen Mund schieben und dich dazu bringen, ihn zu schlucken.«

Seine Worte überwältigen mich, und ich spüre, wie ich rot werde. Emery wickelt ein Band meines Kapuzenpullis um seinen Finger, während er mich beobachtet.

»I-interessant«, stottere ich.

»Oh nein, tu das nicht. Hör auf, mich zu analysieren. Das macht deine Mutter schon zur Genüge. Es ist schon schlimm genug, dass Dr. K und deine Mutter es tun, fang *du* bitte nicht auch noch damit an.«

Als ich nichts sage, rückt er mit großen Augen ein wenig näher. »Warum ist das interessant?«

»Ich hätte nur nicht gedacht, dass das das Erste wäre, was du mit mir machen würdest ... wenn du die Chance dazu hättest.«

Ich möchte mich nicht beschweren. Ich glaube, das würde mir sogar sehr gefallen.

»Nun, es gibt noch viel mehr, was ich tun würde«, sagt er und sieht mich an. »Aber vor allem würde ich dich gerne endlich weniger perfekt sehen. Ich will sehen, wie du dich gehen lässt, Stück für Stück ...«

Er erschaudert, und ich muss wegschauen. Ich habe das Gefühl, dass ich mich mit Emery wirklich gehen lassen könnte. Das tue ich bereits, und wir haben bisher kaum etwas getan.

Ich bin mir jedoch nicht sicher, wie viel weiter ich überhaupt gehen möchte.

Was, wenn ich danach nicht mehr an mich halten kann?

Ich drehe mich ein wenig und beginne, die Rettungsdecke auszupacken. Das Knistern durchbricht die Stille, die schwer zwischen uns liegt.

»Jetzt habe ich alles ruiniert, nicht wahr?«, fragt Emery leise. »Das war zu merkwürdig, hm?«

Ich halte inne und schaue zu ihm hinüber. Denn es ist nicht der Gedanke an Sex mit ihm, der mich stört. Es sind die Gefühle, die ich danach haben werde, falls wir es tun.

»Ist schon in Ordnung, Em. Wir sollten ... das Benzin wird bald verbraucht sein. Wir sollten ...« Ich deute auf die goldfarbene Decke, und er starrt sie an.

»Okay, ja. Klar. Das ergibt Sinn. Kann ich dir irgendwie helfen?«

Ich atme tief durch und schüttle den Kopf.

»Ich glaube nicht.«

Emery saugt jetzt an den beiden Schnüren meines Pullovers, starrt aus dem Fenster und zittert leicht.

Ein Teil von mir möchte ihn an sich ziehen, um ihn zu beschützen, aber der andere Teil sagt mir, dass ich mich besser von ihm fernhalten soll.

Er ist gefährlich.

KAPITEL DREI

EMERY

Okay, ich habe *alles* vermasselt. Ich hätte niemals sagen sollen, dass ich ihm ins Gesicht spritzen will. Aber es schien ihm zu gefallen. Sein Schwanz war hart und sein Gesicht gerötet, und ich konnte sehen, wie erregt er war. Er wollte mich. Aber natürlich habe ich es nicht wie ein normaler Mensch durchdacht.

Nein, ich bin einfach damit herausgeplatzt. Ich habe ihm genau gesagt, was ich mit ihm machen würde, habe es ihm *direkt* ins Gesicht gesagt.

Und jetzt verhält er sich seltsam.

Zum Glück ist er trotzdem noch nett zu mir. Vorhin hat er mir sogar mein Insulin geholt und dafür gesorgt, dass ich etwas esse, aber verdammt, er sieht mich nicht einmal an.

Und zu allem Überfluss ist das Benzin gerade ausgegangen und mir ist kalt.

Scheiße, ich hasse es zu frieren.

»Komm her, Em«, sagt er. Jedes Mal, wenn er mich so nennt, macht mein Herz einen kleinen Hüpfer. Warum muss er mich auch so nennen? Der Kerl hat nur meinen Namen abgekürzt und ich himmle ihn bereits an. Was würde ich wohl tun, wenn er einen oder zwei Schritte weitergehen würde?

Ich bin erbärmlich. Genau wie Lex gesagt hat. Ich dachte einfach, er sei ein Arschloch, aber ganz offenbar ist er das nicht. Er war einfach nur ehrlich.

Ich bin in meinen Stiefbruder verliebt, weil er mich geküsst und mir einen Spitznamen verpasst hat.

Das ist wirklich absolut lächerlich.

Sogar so lächerlich, dass ich über das Stadium des Mitleids hinausgeschlittert und direkt in das Stadium der Traurigkeit gerutscht bin.

»Komm schon. Komm her. Dir ist doch kalt.«

»Ich bleibe lieber hier«, sage ich leise, und August hält mir eine Tüte Skittles hin und schüttelt sie ein wenig.

»Ich bin doch kein Hund«, schniefe ich, schiebe mich aber trotzdem ein paar Zentimeter vor. »Du kannst nicht einfach Süßigkeiten nach mir werfen und erwarten, dass ich zu dir gerannt komme.«

Er spreizt seine Beine ein wenig und schüttelt erneut mit der Tüte, sodass ich gar nicht anders kann, als zu ihm hinüberzukriechen. Kurz bevor ich da bin, steckt er die Skittles jedoch zurück in die Reisetasche und hält eine Zahnbürste hoch, die definitiv nicht mir gehört. Der Mistkerl hat mir eine Falle gestellt.

»Ich habe deine Zahnbürste nicht gefunden. Dein Freund hat zwar deinen Dildo eingepackt, aber keine Zahnbürste«, sagt August mit einem leichten Kichern, drückt etwas Paste auf die Borsten und reicht sie mir.

»Ja, Lex versucht, mir zu helfen, weil ich mir wichtige Dinge nur schwer merken kann, aber es ist ein wenig so, als würde der Blinde den Blinden führen«, sage ich, schrubbe mir kurz die Zähne und gebe sie ihm dann zurück.

Mein ADHS-Gehirn ist oft so abgelenkt, dass ich, wenn ich etwas nicht sofort erledige, vieles vergesse. Überall in Lex' Wohnung liegen Haftnotizen. Die meisten Notizen sind von mir, aber von ihm sind auch ein paar. Sie helfen mir, mich zu erinnern. Zumindest manchmal.

Ich weiß noch genau, dass ich einen Zettel an den Badezimmerspiegel geklebt habe, um mich daran zu erinnern, meine Zahnbürste einzupacken. Offensichtlich hat es nicht funktioniert. Wenn wir nach

Hause kommen, finde ich die Zahnbürste sicher irgendwo, zum Beispiel unter meinem Kopfkissen oder auf meiner Kommode.

August spült die Bürste mit etwas Wasser ab und schrubbt dann seine eigenen Zähne. Dass wir uns eine Zahnbürste teilen, ist heißer, als es sein sollte.

Wie ich schon sagte. Ich bin wirklich erbärmlich.

Offensichtlich stehe ich auf Mundhygiene.

»Gut, wir sollten uns jetzt besser in den Schlafsack legen. Es wird immer kälter«, sagt August und pustet in seine Hände. Die großen Hände, die vorhin auf mir lagen, mich an ihn drückten und mein Gesicht so zärtlich berührten, dass ich fast geweint hätte.

Ich muss mich zusammenreißen, bevor ich etwas Verrücktes tue. Zum Beispiel betteln. Oder etwas ausplaudere, was ich nicht zurücknehmen kann. Schon wieder.

August schlüpft in den Schlafsack, ohne mich anzusehen, und ich wünsche mir sehnlichst, dass er nackt wäre.

»Gib mir die Rettungsdecke«, sagt er und hält mir seine Hand hin.

Ich klammere mich an die zerknitterte Decke, dann krabble ich zu ihm hinüber und drücke mich an seinen harten Körper. Mit einer Drehung der Gliedmaßen und einem Grunzen sind wir beide im Schlafsack, die Rettungsdecke über uns.

»Es ist ziemlich warm«, murmle ich in seinen Nacken und versuche, nicht hart zu werden. Es klappt nicht, und jetzt schwitze ich auch noch.

»Es ist sogar ziemlich heiß. Verdammt heiß. Wie in Florida. Die Decke ist wirklich gut.«

»Möchtest du den Pullover ausziehen?«, fragt er und gluckst leise.

Ich nicke, aber verkneife mir, was ich gerne noch zu ihm sagen würde. *Am liebsten würde ich all meine Sachen ausziehen.* Ich schaffe es, diesen Gedanken in meinem Kopf zu behalten, und zwei Minuten später habe ich mein Oberteil ausgezogen und wir liegen wieder im Schlafsack. Mein Kopf ruht auf seiner Brust. Ich kann sein Herz unter mir schlagen hören, langsam und gleichmäßig.

Ich liebe dieses Geräusch.

»Besser?«, fragt er.

Oh Gott, ja, das ist viel besser. Am liebsten würde ich den Rest meines Lebens in diesem Schlafsack mit ihm verbringen. Vielleicht könnte das mein persönlicher Winterschlaf werden. Ich würde nur kurz im Frühling herauskommen, um zu essen, und dann gleich wieder zu ihm kriechen.

»Ja.«

Ich muss meine Antworten kurz und bündig halten. Er ist wegen der Sache vorhin ziemlich ausgeflippt. Wie würde er wohl reagieren, wenn ich meine Fantasien über seinen Arsch preisgeben würde? Mein Gott, er würde mich vermutlich mit einer Schaufel bewusstlos schlagen und mich im Schnee vergraben. Man würde mich in tausend Jahren entdecken und mich den Iceman nennen.

»Schläfst du?«, fragt August leise.

»Nö. Ich hasse es, zu schlafen«, antworte ich.

»Warum?«

»Du weißt, warum«, murmle ich und schmiege mein Gesicht an seinen Hals und atme tief ein, weil ich versuche, mich nicht daran zu erinnern, wie ich August ins Gesicht geschlagen habe, als er mich aus einem Albtraum geweckt hat.

Vor ein paar Monaten war ich dummerweise mitten am Tag auf dem Sofa eingeschlafen und erst aufgewacht, als ich Hände auf mir spürte. Ich hasse es, einfach so berührt zu werden. Dadurch fühle ich mich schrecklich hilflos. Also schlug ich plötzlich zu, und meine Faust landete genau auf Augusts Auge, und der Ausdruck von Wut und Verachtung in seinem Gesicht brach mir ein wenig das Herz.

Ich hatte versucht, mich zu entschuldigen, aber brachte die Worte nicht heraus. Sie blieben mir in der Kehle stecken, hinter dem Klumpen meiner Scham. Also drehte ich mich einfach um und ging, ohne ein weiteres Wort zu sagen.

Lex holte mich eine Stunde außerhalb der Stadt ab. Danach hatte ich tagelang Blasen an den Füßen.

Ich fühlte mich verdammt schuldig.

Das tue ich immer noch.

»Du bist so still«, sagt August.

»Ja.«

Ich spüre, wie er sich unter mir bewegt, und dann streichen seine Hände über meinen Rücken, und er massiert langsam und zärtlich meine Wirbelsäule. Verdammt, ich schmelze innerlich ein wenig, weil mich nie jemand so berührt, als wäre ich wirklich wichtig. Meine Mutter hat das nie getan, mein Vater schon gar nicht, und Lex hält mich auf Abstand, es sei denn, er will ficken. Und selbst dann ist es nur schnell, kalt und zielgerichtet. Aber auch das haben wir schon lange nicht mehr gemacht. Ich konnte es einfach nicht mehr.

Und zwar *seinetwegen*.

Seit einem Jahr bin ich auf lächerliche Weise auf meinen Stiefbruder fixiert.

Ich wusste, dass es mit ihm so sein würde. Heiß und doch so verdammt schön.

»Du kannst mit mir reden, wenn du willst«, sagt er.

»Nein, danke. Ich denke, es ist am besten, nicht darüber zu reden, wenn ich nicht muss«, murmle ich, und meine Lippen berühren die Vene in seinem Nacken.

Ich verstehe jetzt, warum Edward so besessen von Bella war. Ich würde genauso unheimlich neben Augusts Bett stehen und ihn beim Schlafen beobachten.

»Ich nehme es dir nicht übel ... dass du mich geschlagen hast. Ich glaube, mittlerweile verstehe ich es.«

Ich seufze leise. »Okay.«

Eine Zeit lang liegen wir einfach nur schweigend da. »Erzählst du mir von deinen Geschwistern? Ich wusste bis heute nicht, dass du welche hast.«

»Ja, ich versuche, nicht über sie zu sprechen, weil es deprimierend ist, aber wenn du darauf bestehst, werde ich es tun.« Ich mache eine kurze Pause. »Ich habe vier Geschwister. Drei Schwestern und einen Bruder. Wir haben alle unterschiedliche Väter.«

»Wo sind sie?«, fragt er, während seine Hände immer noch sanft meinen Rücken massieren, und ich verkneife mir ein zufriedenes Stöhnen.

»Zwei sind bei ihren leiblichen Vätern, und die anderen beiden sind im System. Das Letzte, was ich gehört habe, ist, dass meine Mutter daran arbeitet, das Sorgerecht für die beiden Jüngsten zu bekommen.«

»Und wie soll sie das schaffen?«, fragt August.

»Das System begünstigt immer die leiblichen Eltern«, sage ich ihm. »In vielen Fällen sollte das zwar nicht passieren, aber so ist es eben.

Meine Mutter macht gerade eine Art Programm durch, um sie zurückzu-bekommen. Die Sozialarbeiterin sagt, sie sei trocken. Ich muss es aber erst sehen, um es zu glauben. Und wenn sie es wirklich ist, bezweifle ich, dass sie lange trocken bleiben wird. Damals hat sie es nie geschafft.«

August schweigt eine Weile. »Ich hoffe, sie bekommt sie nicht.«

»Oh Gott, ich auch. Ihre Pflegeeltern sind eigentlich ganz nett. Sie haben eine Chance auf ein stabiles Zuhause verdient, weißt du?«

»Ja.«

Ich schließe meine Augen für eine Minute und atme seinen Duft ein. Wenn ich könnte, würde ich ihn rollen und rauchen. Einfach von ihm high werden, tagein, tagaus.

»Amber, Lexi, Ruthie, und Jax. Das sind ihre Namen.«

»Ich mag ihre Namen.«

»Magst du auch meinen Namen?« Ich kann nicht anders, als ihn zu fragen, weil ich mich so verdammt müde fühle, seit ich meine Augen geschlossen habe, aber ich muss es hören. Denn wenn er meinen Namen mag, mag er mich vielleicht auch.

»Ja, Em. Das tue ich.«

Ich seufze und erlaube mir dann, etwas Leichtsinniges zu tun.

Denn vielleicht kann August mich auch in meinen Träumen beschützen.

Also lasse ich zu, dass ich einschlafe.

———

Ich kann sie hören, die Stimmen. Meine Mutter und zwei andere Männer.

Ich weiß, was sie da draußen machen. Ich kann es riechen.

Ich drehe mein Gesicht und atme in meinen Pullover ein, um den Gestank auszublenden.

Ich strecke meine Beine ein wenig und zucke zusammen, weil sich meine Waden verkrampfen. Leider kann ich sie nicht ganz durchstrecken. Dafür ist der Schrank zu klein. Ich vergrabe meine Finger in meiner Handfläche und spüre, wie sich meine Fingernägel in die Haut dort bohren.

Tränen laufen über meine Wangen, aber ich kann nicht in Panik geraten. Ich darf keine Geräusche machen. Denn wenn sie mich weinen hören ... dann kommen die Monster.

Ich schließe meine Augen und atme tief ein, aber ich versinke trotzdem darin.

In der Verzweiflung.

In der unendlichen Spirale.

Zitternd atme ich ein, fahre mit der Hand an der Wand entlang und grabe mit dem Nagel in eine Rille.

Nur noch ein wenig länger. Die Zeit vergeht hier in Minuten. Nicht in Tagen. Tage sind zu lang. Wenn das Wochenende vorbei ist, wird sie mich vielleicht rauslassen. Dann kann ich zur Schule gehen.

Ich kann für eine kurze Zeit entkommen.

»Er ist da drin«, sagt meine Mutter, und ich halte den Atem an.

Weil ich lieber hier drin eingesperrt bin als da draußen. Es ist nie gut, mit ihnen da draußen zu sein.

»Nein, lass ihn«, sagt sie, und ich atme zittrig aus.

Vielleicht lassen sie mich dann in Ruhe. Ich möchte im Zementboden versinken und dort verschwinden, wo mich niemand finden kann.

Aber dann wird die knarrende Tür geöffnet und plötzlich sitze ich im Licht. Ich öffne meinen Mund, um zu schreien …

———

Ich erwache keuchend, mein ganzer Körper schwitzt und mein Herz rast.

Es ist dunkel und ich versuche, mich aufzusetzen, aber ich kann mich nicht bewegen. Jemand hält mich fest.

Nicht schon wieder.

Nicht schon wieder. Ich stoße einen lauten Schrei aus, kratze nach dem Mann, dem Monster und vergrabe meine Fingernägel in seiner Haut.

Ich werde kämpfen, bis ich sterbe. Ich stöhne und tobe wie ein wildes Tier, Speichel läuft mir im Mund zusammen, während ich gegen die Fesseln ankämpfe.

Ich muss hier weg.

Ich muss fliehen.

»Emery. Pssst. Beruhige dich, es ist alles in Ordnung«, ruft eine vertraute Stimme, die mich aus meiner Panik holt. Augenblicklich erstarrt mein Körper. Ich blinzle schnell und schaue nach unten, um

Augusts Gesicht im schwachen Mondlicht zu sehen. Der schöne, sanfte August.

Seine Augen sind weit aufgerissen, während er mich festhält, Kratzer zieren sein Gesicht, sein Haar ist zerzaust, und seine Lippe sieht geschwollen aus.

»Oh mein Gott«, rufe ich, ein Schluchzen bleibt mir im Hals stecken, und ich reiße mich von ihm los. Der Reißverschluss reißt, als ich aus dem Schlafsack schlüpfe und mich aus dem hinteren Teil des Geländewagens in den Schnee stürze. Ich falle auf Hände und Knie, und ich habe das vage Gefühl, dass alles brennt, aber ich kann es nicht spüren. Nicht wirklich.

Ich spüre nichts.

Ich springe auf die Füße und renne durch den Schnee, ohne mich darum zu kümmern, dass ich keine Schuhe anhabe oder ich nicht für die eisigen Temperaturen angezogen bin.

Es ist mir egal, weil ich ihn verletzt habe. Ich habe sein perfektes Gesicht entstellt.

Ich dachte, er sei eines dieser Monster aus meinem Albtraum, aus meiner Vergangenheit.

Ich habe Mist gebaut und ihn wieder verletzt, und jetzt wird er mir nie verzeihen. *Ich* werde mir nie verzeihen.

Und das alles nur, weil ich unachtsam war und eingeschlafen bin.

»Ich bin so dumm«, murmle ich durch meine klappernden Zähne, als ich endlich stehen bleibe. Ich beuge mich vor und atme zittrig ein. Meine Lunge schmerzt, und meine Augen brennen. »So verdammt dumm.«

»Emery!«, ruft August in der Ferne, und ich drehe mich um und sehe die Bewegung einer Taschenlampe, die die Dunkelheit durchdringt.

Ich atme zittrig ein und merke erst jetzt, dass ich ganz nass bin und meine Füße brennen. Ich kann meine Finger nicht spüren. Wie lange bin ich schon hier draußen?

»Em!«, schreit August panisch, und ich möchte weglaufen, aber ich bleibe unbeweglich stehen, bis er direkt vor mir auftaucht. Ich schließe meine Augen, damit ich ihn nicht sehen muss – sehen, was ich ihm angetan habe.

»Em«, sagt er leise, und dann zieht er mich an seine Brust. Seine

Hand schiebt sich in mein Haar, sein Mund an meinem Hals und seine Körperwärme lässt mir einen wohligen Schauer über den Rücken laufen. »Komm schon. Du musst mit mir zurückkommen. Wir müssen zurück zum Auto.«

Als ich mich nicht bewege, geht er in die Hocke, hebt mich hoch und stapft mit mir zurück zum Geländewagen. Er scheint sich nicht einmal besonders anstrengen zu müssen, er trägt mich einfach, als würde ich in seine Arme gehören. Er ist so stark, so fähig, so besonnen. So ganz anders als ich.

Ich schmiege mein Gesicht in seinen Nacken und habe das überwältigende Gefühl, dass er das schon einmal gemacht hat, aber ich weiß nicht mehr genau wann.

Ich werde sanft auf den Rücksitz des Geländewagens gelegt und höre, wie die Heckklappe zugeschlagen wird.

August atmet schwer, aber ich schaue immer noch nicht hin, denn wenn ich es täte, müsste ich vermutlich weinen.

»Ich muss dich ausziehen«, sagt er leise, während er mir vorsichtig die nassen Klamotten auszieht, ein Teil nach dem anderen. Ich höre, wie sie neben meinem Kopf auf einen nassen Haufen plumpsen.

Dann spüre ich es.

Seine nackte Haut an meiner.

Ich öffne meine Augen und sehe August, der mich aufmerksam beobachtet. Die roten Kratzer auf seiner Wange sind noch immer da und auch seine Lippe ist noch immer geschwollen. Dieser Anblick bricht mir das Herz, sodass ich meine Augen schnell wieder schließe.

»Hey, Em. Es ist alles in Ordnung. Wir müssen dich warmhalten«, sagt er und zieht erst den Schlafsack über uns und dann die Rettungsdecke. »Ich bin nackt. Ist das in Ordnung?«

Ich lache verlegen, denn ich bin zwar ein totales emotionales Wrack und sterbe wahrscheinlich an Unterkühlung, aber mein Schwanz versucht immer noch, sich an seinem Oberschenkel zu reiben. *Ist das in Ordnung?*, fragt er. *Natürlich ist es in Ordnung.* Wenn ich ihn nicht vorher verletzt hätte, wäre das ein wahr gewordener Traum.

»Ja«, flüstere ich.

August schlingt seine Schenkel um mich und zieht mich mit einem leichten Ruck auf sich.

Ein Grunzen entweicht ihm, und dann streicheln seine Hände meinen Rücken auf und ab, um mich zu wärmen.

Er weiß es nicht.

Er weiß nicht, dass es genügt, dass er einfach hier bei mir ist. Niemand hat mich je so gehalten. Niemand hat sich jemals so um mich gekümmert.

»Was ist passiert?«, fragt er nach einem Moment. »Warum bist du weggelaufen?«

»Ich habe dich verletzt«, krächze ich, und ich kann mir immer noch nicht ansehen, was ich getan habe.

»Ist schon in Ordnung, Em. Das wolltest du doch nicht.«

»Es ist nicht in Ordnung. Das tut mir so leid, August. Du weißt gar nicht, wie leid es mir tut«, sage ich, balle meine Hände zu Fäusten und drehe mein Gesicht zu ihm.

»Hey«, sagt er, und als ich seinen Blick nicht erwidere, fasst er an mein Kinn und hebt mein Gesicht an. »Hey. Ich komme schon klar. Es ist keine große Sache. Es tut nicht einmal mehr weh.«

Eine Träne läuft mir über die Wange, und ich weiß, dass er sie sieht, denn er folgt ihr mit seinem Blick, um sie kurz darauf mit dem Daumen wegzuwischen.

Verdammt, wenn das nicht symbolisch ist.

Ich könnte Gedichte darüber schreiben.

»Em«, flüstert er, und dann streichen seine Lippen sanft über meine, und ich drücke mich begierig an sie. Ich nehme all die Liebe, die er mir zugesteht. Ich brauche sie ohnehin mehr als er.

Er hat so viel Liebe in sich; er kann sicher ein wenig entbehren.

Dann beißt er mir sanft auf die Unterlippe, und ich stöhne auf, weil ich jeden Zentimeter von ihm spüre.

Jeden *einzelnen* Zentimeter.

Von den Haaren an seinen Beinen, über die Art und Weise, wie seine Brustwarzen an meiner Brust kratzen, bis hin zu den Stoppeln in seinem Gesicht, die an meiner Wange reiben, wenn er sich an mich presst. Meine Finger klammern sich an seine breiten Schultern, und ich spüre, wie sich seine Muskeln unter meiner Berührung anspannen und zusammenziehen.

Ich bin jetzt ganz hart, mein Schwanz drückt gegen sein Becken, und ich bewege mich, um etwas Reibung zu bekommen, weil ich Befreiung brauche. Verdammt, ich brauche mehr.

Nein, ich brauche *ihn*.

Nur ihn.

Als ich meine Hüften gegen seine drücke, spüre ich, dass er bereits hart ist. Oh Gott, sein Schwanz ist *meinetwegen* hart, und jetzt schiebt sich auch noch seine Zunge in meinen Mund. Und dann macht er das heißeste Geräusch überhaupt.

Ein kurzes, tiefes Knurren.

Oh, verdammt, ist das geil.

Ich könnte allein schon von den Geräuschen kommen, die er macht. Da ich ihn so noch nie gehört habe, versuche ich, sie alle in mich aufzunehmen. Ein Stöhnen entweicht mir und hallt in seinem Mund wider. Er schluckt es hinunter und hält sich an meinem Hintern fest, führt mich, bewegt mich genauso, wie er es will. Die Luft um uns herum ist kalt, aber durch unsere keuchenden Atemzüge wird es hier drinnen feucht, die Fenster beschlagen, während er immer näher kommt. Unsere Schwänze tropfen und gleiten gegeneinander, während ich meinem Orgasmus immer nähergebracht werde.

Ich bin außer Atem und mein ganzer Körper scheint zu brennen.

Ich stehe in Flammen.

Ich bin überrascht, dass der Schnee draußen noch nicht geschmolzen ist.

Wärmebildsatelliten können uns nicht übersehen.

Ein leises Stöhnen entweicht meinem Mund, und dann wird es immer lauter, bis es alles ist, was ich hören kann – nur mein Stöhnen füllt den kleinen Raum und hallt von den Wänden des Wagens wider. Augusts Hände halten mich fester, während er sich fast gewaltsam aufrichtet.

»Oh Gott«, haucht er und stemmt seine Hüften immer wieder gegen mich. »Diese. Verdammten. Geräusche. Die. Du. Machst. Du bist so verdammt heiß.«

Seine Worte, seine Stimme. Jetzt bin ich wirklich verloren.

»August«, schreie ich, und er wirft den Kopf zurück, die Sehne in seinem Nacken wölbt sich, und ich beiße darauf, während ich über den Rand falle.

Ich spüre, wie mein Sperma herausschießt und zwischen unsere heißen, sich windenden Körper spritzt. August zittert unter mir, als er seine eigene Erlösung findet.

»Scheiße«, stöhne ich, als ich schlaff auf ihm zusammensacke.

»Em«, haucht August, und ich stöhne nur, unfähig, mich zu bewegen. »Geht es dir gut?«

»Hm.«

Er fährt mir mit den Fingern durchs Haar und flüstert: »Das verstehe ich als Ja«.

Ich seufze. Ich kann keine Worte formulieren. Dazu bin ich gerade nicht fähig.

»Ich schätze, ich habe endlich deinen Aus-Knopf gefunden«, gluckst er, und ich schaue zu ihm hoch und sehe diese grünen Augen, die mich direkt ansehen. Ich meine, ich kann sie nicht wirklich gut sehen, weil es ziemlich dunkel ist, aber ich kenne ihre genaue Farbe, weil ich sie mir schon sehr oft und sehr lange angesehen habe.

Ich habe eine Tätowierung auf meinem Arm, die genau den gleichen Farbton hat. Ich habe ewig gebraucht, um ihn zu finden.

Sein Wesen ist in meine Haut eingraviert. Es ist eine Erinnerung daran, dass er viel zu gut für mich ist, aber wenn ich Glück habe, färbt vielleicht etwas von seiner Güte auf mich ab, von seiner Liebe.

Seine Hand streicht mir eine Haarsträhne aus dem Gesicht und schiebt sie hinter mein Ohr.

»Wir sollten vermutlich das Chaos beseitigen.«

»Gleich«, sage ich, schließe die Augen und denke an seinen Mund auf meinem, an seinen Schwanz, der an mich gepresst ist. Das verdrängt die anderen Bilder, die schmerzhaften.

Ich döse, halb wach und halb schlafend, und höre nur seinen Atem. Spüre seine Hände auf meinem Rücken. Keinem von uns scheint es etwas auszumachen, dass wir immer noch in unserem eigenen Sperma liegen.

»Ist das komisch für dich?«, frage ich schläfrig.

»Seltsamerweise nicht.«

Ich schaue zu ihm hoch und er lächelt mich sanft an. Ich gewöhne mich langsam an diese Blicke. Ich möchte sie nicht mehr missen. Was werde ich nur tun, wenn wir gerettet sind? Was, wenn er mich dann nie wieder so ansieht?

»Okay, ich werde uns schnell säubern, bevor ich die Motivation dazu verliere«, murmle ich und setze mich auf. Ich schaue mich um und weiß ehrlich gesagt nicht, womit ich uns säubern soll.

August scheint zu wissen, worüber ich nachdenke, denn er reicht mir ein altes T-Shirt. Als wir beide einigermaßen sauber sind, erlaube ich mir, einen Blick in sein verletztes Gesicht zu werfen, und sofort holt mich die vorherige Situation wieder ein.

Der Traum, die Art und Weise, wie ich ihn verletzt habe.

»Ich muss ...« Ich schlucke hart, blinzle die Tränen zurück und berühre sanft sein Gesicht. August umklammert mein Handgelenk, drückt seinen Daumen leicht gegen meinen Puls, als würde er meine Herzfrequenz messen.

»Hier«, sagt er und plötzlich taucht sein Erste-Hilfe-Kasten aus der Dunkelheit auf. Er zündet die Taschenlampe an, und ich blinzle schnell. Oh Gott, es im Licht zu sehen, ist noch schlimmer.

Ich wende meinen Blick ab und versuche mit zitternden Fingern, den Erste-Hilfe-Kasten zu öffnen, verteile dabei aber alles im Wagen. Mit gemurmelten Flüchen versuche ich, alles aufzusammeln. Aber ich komme nicht dazu, denn August setzt sich plötzlich auf und nimmt meine Hände in seine.

»Hey«, sagt er sanft und drückt mir einen Kuss auf die Finger. »Das ist jetzt nicht wichtig. Du bist schon wieder ziemlich kalt. Komm schon.«

Er greift in seine Reisetasche, holt eine Hose und ein Langarmshirt heraus und reicht mir die Sachen. Seine Sachen. Oh Gott, am liebsten würde ich für den Rest meines erbärmlichen Lebens nur noch seine Kleidung tragen.

Nachdem ich mich angezogen habe, wickelt er die Rettungsdecke um mich, und mir ist sofort wieder warm. Als ich August dabei zuschaue, wie er sich seine eigenen Sachen anzieht, wird mir klar, dass er sich zuerst um mich gekümmert hat. Mein dummes Herz setzt sofort einen Schlag aus, denn ich kann mich nicht erinnern, dass ich jemals bei jemand anderem an erster Stelle stand. Aber August tut es immer, auch wenn er es nicht will, auch wenn er es nicht sollte. Er stellt mich immer an die erste Stelle.

August säubert schnell sein Gesicht, bevor er wieder in den Schlafsack schlüpft.

Ich zögere nicht einmal, wieder auf ihn zu krabbeln. Mittlerweile brauche ich seine Nähe. Wir kuscheln uns ein, und dann streicht er mit seinen Händen über meinen Rücken. Seine Hände schaffen es jedes Mal, meine verspannten Muskeln zu lockern, bis ich tatsächlich entspannt bin. Ich bin verletzlich, und doch habe ich mich nie sicherer gefühlt, und das, obwohl es vollkommen dunkel ist.

»Wird das wieder passieren, wenn du versuchst, weiterzuschlafen?«, fragt er und reißt mich aus meiner Trance.

»Ja.«

»Das tut mir leid, Em.«

Ich schließe meine Augen. »Bitte, entschuldige dich nicht bei mir. Ich habe dir wehgetan … du hast nichts falsch gemacht.«

»Nein«, sagt er und drückt seine Lippen auf meinen Scheitel. »Es tut mir leid, dass du Dinge erleben musstest, die solche Albträume verursachen. Das hätte nicht … das hätte dir nicht …«, seine Stimme bricht, und er atmet tief ein. »Das alles hätte dir nicht passieren dürfen. Kein Kind hat das verdient. Ich hoffe, du weißt das, Em.«

Er schnieft und atmet zittrig aus.

Scheiße. Weint er etwa? Es hat noch nie jemand um mich geweint.

Nicht meine Mutter, als ich weggebracht wurde.

Nicht einmal Thomas, als er von meiner Existenz erfuhr. Er hat mich nur leicht schockiert angestarrt.

Aber Augusts Stimme bricht, und ich kann es nicht ertragen.

»Ist schon in Ordnung.«

»Es ist nicht in Ordnung. Nichts davon.«

»Ich weiß, aber so ist das Leben. Ich komme schon klar.«

August greift nach meinem Kopf, hebt mein Kinn an und drückt mir einen sanften Kuss auf die Lippen.

Wir liegen schweigend da, und meine Gedanken rasen in zehn verschiedene Richtungen. Gedanken an meine Mutter schießen mir durch den Kopf – die Farbe ihrer Haare, ihre Augen, die Art und Weise, wie sie einfach nur vor sich hinstarrte, wie der Geist einer Person, als wäre sie nicht wirklich da. Sie war vom ersten Tag an eine beschissene Mutter. Ich bin mir nicht sicher, ob es jemals einen Tag gab, an dem sie mich wirklich geliebt hat, oder ob sie überhaupt wusste, wie man liebt.

Und dann muss ich an meinen Vater denken und daran, wie er mich angesehen hat, als wir uns das erste Mal trafen. Er war verwirrt und wütend. Und das zu Recht. Er hatte nie Kinder gewollt, aber plötzlich hatte er mich am Hals, einen sechzehnjährigen Jungen, der so misshandelt worden war, dass er einen ganzen Haufen Probleme hatte – psychische, physische und verhaltensbedingte – die es zu bewältigen galt.

Aber er hat mich trotzdem nach Hause gebracht, die Fahrt war unangenehm. Keiner von uns beiden hatte ein Wort gesagt, als er die Matratze des Gästezimmers bezog.

»Du kannst erst einmal hier schlafen«, hatte er gesagt, und ich verstand das so, dass ich bald wieder weg sein würde. So habe ich jahrelang aus meinem Rucksack gelebt und mir nie erlaubt, jemandem wirklich nahezukommen.

Aber ich schätze, mein Vater hat sich an meine Anwesenheit gewöhnt, denn er hat mich nie gebeten zu gehen. Wir lebten wie höfliche Mitbewohner zusammen, bis ich meinen Abschluss machte und ausziehen konnte.

Ich bewege mich auf August, während ich versuche, meine Gedanken zu beruhigen und mich wieder auf die Gegenwart zu konzentrieren. Ich muss diese Zeit mit ihm auskosten. Ich weiß nicht, wie viel uns davon noch bleibt.

Ich spüre, wie sich seine Hände um mich legen und versuchen, mich zu beruhigen.

»Tut mir leid, ich weiß, ich bin zappelig. Ich bin mir sicher, dass es verdammt nervig ist, aber ich … ich muss mich einfach bewegen. Ich habe in meinem ganzen Leben noch nie versucht, mich so lange nicht zu bewegen. Es könnte sein, dass ich zur Statue werde. Möglicherweise wirst du mich von dir runtermeißeln müssen.«

August stößt ein kleines Lachen aus und seufzt dann. Er sieht nachdenklich aus.

»Woran denkst du?«, frage ich.

»Ich wünschte, ich hätte dich besser gekannt … du weißt schon, vor all dem hier. Dann hätte alles viel mehr Sinn ergeben. Vielleicht hätte ich dich besser behandelt. Nein, das hätte ich *definitiv*.«

Ich schnaube. »Du hast mich immer gut behandelt, August. Du bist wahrscheinlich der netteste Mensch, den ich kenne. Wenn du jemals ein wenig unhöflich warst, dann nur, weil ich es verdient habe.«

Ich streiche mit einem Finger über sein Ohrläppchen und lege mich wieder auf ihn.

»Was ist?«, fragt er.

»Was hat Thomas dir über mich erzählt? Ich bin sicher, er hat etwas erzählt ...«

»Er hat mir nicht annähernd genug erzählt. Er behält solche Dinge für sich. Aber ich habe meine Mutter einige Dinge gefragt ...«

Ich hebe den Kopf und starre auf ihn herab. »Ach ja? Und was?«

Ich bewege mich noch mehr. »Oh Gott, sag es mir, die Spannung bringt mich um. Ich brauche noch einen Lutscher.«

»Em, so viel Zucker zu essen, kann nicht gut für dich sein.«

»Oh, das weiß ich, aber ich kann einfach nicht anders. Und es heißt entweder Süßigkeiten oder harte Drogen. Süßigkeiten sind auf jeden Fall das kleinere Übel.«

August schnaubt nur. »Warum hast du keine Insulinpumpe? Hilft das nicht, deinen Blutzucker besser zu regulieren?«, fragt er dann.

»Oh Gott. Hat Thomas dir das nicht gesagt? Deswegen hatten wir nämlich *tagelang* Streit. Und damit meine ich, dass er mich mit Schweigen gestraft hat, was viel schlimmer ist, als zu schreien. Ich dachte, er hätte es allen erzählt.«

»Mir nicht. Aber jetzt bin ich interessiert.«

»Willst du es wirklich wissen?«, frage ich grinsend und ziehe die Stirn in Falten, woraufhin August schnaubt und mich zu einem Kuss zu sich heranzieht. Es ist so verdammt heiß, dass ich kurz vergesse, worüber wir eigentlich reden.

»Du wolltest mir sagen, was mit der Insulinpumpe passiert ist«, merkt August an, als er sich nach einer Weile zurückzieht.

»Oh, richtig!« Ich befeuchte meine Lippen. »Na ja, du weißt ja, dass die Dinger Tausende Dollar kosten, und natürlich habe ich meine kaputt gemacht. Frag mich nicht wie, denn du würdest mir ohnehin nicht glauben.«

August drückt sich fester an mich. »Komm schon, sag es mir. Ich glaube, das habe ich mir verdient.«

Allein die Erinnerung daran, *wie* er sich das verdient hat, macht mich wieder hart. »Oh Gott, das hast du wirklich. Lass mich dir nur vorher eine Frage stellen. Wie kommt es, dass du mit all dem so gut klarkommst? Ich meine, wir hatten gerade Trockensex ... du und *ich*. Dein Stiefbruder, der ein Kerl ist, und den du früher gehasst hast.«

»Ich habe dich nie gehasst, und es geht mir gut, Em. Es war heiß. Es hat mir gefallen. Sonst gibt es nicht viel zu besprechen. Jetzt erzähl mir von der Insulinpumpe. Hör auf, abzulenken.«

»Na *gut*. Okay, also, die älteren Insulinpumpen hatten einen Schlauch. Ich habe ihn irgendwo eingeklemmt, sodass er abgerissen ist, und dann musste ich ihn natürlich ersetzen, also habe ich die ganze Pumpe abgenommen und ... nun ja, ich bin mit Thomas' Auto darübergefahren. Ich habe sie einfach zerstört.«

»Du bist ... darübergefahren? Du hast deine Pumpe in die Einfahrt gelegt und bist einfach ... darübergefahren? Und zwar ... aus Versehen?«

»Ja. So könnte man es sagen.«

August sieht mich einen Moment lang an und bricht dann in schallendes Gelächter aus, wobei sein Körper vor Lachen bebt.

»Hey, so lustig ist das auch wieder nicht«, sage ich, aber ich kann mir ein Lächeln nicht verkneifen. Sein Gesicht ist so verdammt hübsch, wenn er glücklich ist.

»Tut mir leid«, sagt er schließlich und wischt sich die Tränen aus den Augen. »Sprich weiter.«

»Also, ja, Thomas sagt, er wird mir nicht helfen, eine neue Insulinpumpe zu bekommen, bis ich verantwortungsbewusster bin. Aber ich denke nicht, dass das je passieren wird. Ich meine, sieh mich an. Glaubst du, mein ADHS-Gehirn wird sich jemals ändern?« Ich schnaube. »Nein. Nein, das wird es nicht. Damit muss ich einfach *leben*. Die Medikamente helfen, aber sie bringen mich nur eine Stufe runter. Eine Stufe. Ich bin immer noch impulsiv, vergesslich und unorganisiert. Das wird nie verschwinden. Es ist also gut möglich, dass ich auch meine nächste Pumpe und so ziemlich alles andere Wertvolle, das ich in die Hände bekomme, zerstöre. Wenn ich die Sachen nicht zerstöre, werde ich sie verlieren. So bin ich nun mal.«

»Scheiße.«

»Ich bin praktisch eine wandelnde Ansammlung von Problemen. Meine armen Neuronen wissen nicht, in welche Richtung sie feuern sollen. Du willst wirklich nicht wissen, wie das ist, glaub mir.«

Wir schweigen für ein paar Sekunden. »Ich will es aber wissen. Ich möchte alles über dich wissen. Erzähl mir mehr«, murmelt August nach einer Weile.

Einen Moment lang frage ich mich, ob ich es tun soll oder nicht, denn wenn er es einmal weiß, dann *weiß* er es. Diese Scheiße lässt sich nicht mehr zurück in irgendeine Schublade stopfen. Ein Teil von mir macht sich Sorgen, dass er mich nicht mehr mögen wird, wenn er die ganze Wahrheit erfährt. Dass er schreiend in die Berge rennen wird. Aber da es bisher nicht passiert ist, schätze ich, dass es nicht mehr viel schlimmer werden kann. Immerhin habe ich sein Gesicht bereits wie ein streitsüchtiger Berglöwe zerfleischt.

»Gut. Du hast es so gewollt«, ich beiße mir auf die Unterlippe und fange kurz darauf an zu erzählen. »Okay, von meinem ADHS weißt du ja schon. Ich bin ein Mischtyp, also sowohl unaufmerksam als auch hyperaktiv. Ich kann nicht aufhören, mich zu bewegen, und ich bin die meiste Zeit ziemlich abgelenkt. Natürlich wurde ich damit geboren, aber mein Therapeut hat mir vor Kurzem auch gesagt, dass ich eine posttraumatische Belastungsstörung habe, wegen all der schlimmen Dinge, die mir als Kind passiert sind. Im vergangenen Jahr hatte ich zum ersten Mal das Gefühl, nicht mehr depressiv zu sein, aber ich bin immer noch die meiste Zeit ein ängstliches Wrack ... und dann wären da noch die Schlaflosigkeit und die Albträume. Zu allem Überfluss habe ich auch noch große Bindungsprobleme. Ich habe unglaubliche Angst, verlassen zu werden, die ich scheinbar nicht ablegen kann ... vielleicht sollte ich ein Buch schreiben, eine Autobiografie über mein lächerliches, beschissenes Leben ...«

»Em«, sagt August leise, und ich verstumme, als ich ihn ansehe. Er legt mir eine Hand an die Wange, und ich lehne mich dagegen.

»Du musst nicht vorgeben, als wäre das alles kein Problem.«

»Doch, verdammt, das muss ich. Entweder das oder ich verfalle in unkontrolliertes Schluchzen. Manchmal ist es einfach besser zu lachen.«

August überlegt einen Moment. »Es ist okay, wenn du so bist«, sagt er dann leise.

Ich atme aus. »Was meinst du?«

»All das ist in Ordnung. Du musst nicht ändern, wer du bist.«

»Nun, mein Therapeut ist da anderer Meinung. Er redet immer von Bewältigungsmechanismen und persönlichem Wachstum ...«

»Ich weiß, und das ist ja auch gut so, aber ich meine ...«, er schluckt. »Ich akzeptiere dich so, wie du in diesem Moment bist. Das braucht dir nicht unangenehm zu sein.«

Verdammt. Kann ich diesen Mann bitte heiraten? Wer sagt überhaupt so einen Scheiß? Meinetwegen haben wir uns in den verdammten Bergen verirrt und dann habe ich ihn auch noch im Schlaf angegriffen, und er labert so eine Liebesfilmscheiße. Soll ich mit *»Du machst mich komplett«* oder *»Ich wünschte, ich wüsste, wie man dich verlässt«* antworten?

Ich schniefe und drücke mein Gesicht in seinen Nacken.

»Bitte hör auf, so perfekt zu sein«, murmle ich. »Das ertrage ich einfach nicht.«

»Ich bin nicht perfekt.«

»Oh doch, das bist du. Ich habe dich bereits auf ein so hohes Podest gestellt, dass du nie wieder von dort herunterkommen kannst. Du steckst da oben fest. Ich muss mir schon meinen Hals verrenken, um zu dir hochzuschauen.«

Er schnaubt und drückt seine Hände gegen meinen Rücken, um mich zu beruhigen.

»Ich habe meine eigenen Probleme, Em. Tu nicht so, als wäre ich perfekt, wenn ich es nicht bin.«

»Du kannst nichts falsch machen«, murmle ich, und August lacht leise.

»Wenn du so denkst, werde ich dich nur enttäuschen.«

»Das wird nie passieren.«

August bewegt sich unter mir, und wir liegen ein paar Minuten schweigend da. Ich gähne. Zweimal.

»Vielleicht sollten wir noch einmal versuchen, zu schlafen«, sagt August. »Du klingst müde.«

»Ich bin immer müde, aber das ist mit Abstand die schlechteste Idee, die du je hattest. Wenn ich schlafe, kommen meine Monster raus.«

Ich schließe trotzdem meine Augen und lasse meine Gedanken schweifen.

Irgendwann fällt mir jedoch nichts mehr ein.

August akzeptiert mich so, wie ich bin.

KAPITEL VIER

EMERY

Oh Gott, bin ich geil. Die letzte Nacht hat sich immer wieder in meinem Kopf abgespielt, und ich weiß, *ich weiß,* ich bin hyperfokussiert, aber ich kann einfach nicht anders. Ich will es wieder und wieder tun.

Ich bewege mich auf August, und er stöhnt.

»Kannst du wirklich nicht einen Moment stillliegen?«

»Nein, aber zum Glück akzeptierst du mich ja so, wie ich bin, also komm damit klar.«

Er gluckst und schiebt den Schlafsack von uns, woraufhin ich von ihm herunterrolle. Mein Atem kommt in weißen Wolken heraus, und ich zittere, bis August mir die Rettungsdecke über die Schultern zieht. Im Morgenlicht kann ich die roten Schrammen in seinem Gesicht und seine geschwollene Unterlippe sehen, aber er erwähnt es gar nicht. Er lächelt mich nur sanft an.

Als ob er mich anbetet.

Das ist verrückt, also bilde ich es mir wahrscheinlich nur ein.

Ich bin offenbar dem Tod nahe.

»Wie war der Rest der Nacht?«, fragt er und holt seine Zahnbürste heraus. »Ich glaube, du hast ein wenig geschlafen. Irgendwann hast du sogar geschnarcht.«

Ich beobachte ihn beim Zähneputzen und spüre, wie ich schon beim Anblick seines Mundes eine Erektion bekomme. Und dann reicht er mir seine Zahnbürste, und ich putze auch meine Zähne.

»Ich schnarche nicht.«

»Doch, das tust du. Es war süß.«

Ich schnaufe und August sieht mich an. »Und, hast du gut geschlafen?«

»Na ja, ich bin immerhin nicht schreiend aufgewacht, also scheint es ganz so.«

»Gut«, sagt August. »Was willst du zum Frühstück? Wir haben Müsli und ein paar Müsliriegel.«

Ich öffne den Mund, um zu antworten, aber er hebt nur eine Hand. »Keine Süßigkeiten. Noch nicht.«

Ich schmolle, als wäre ich drei Jahre alt.

»Sieh mich nicht so an«, erwidert er glucksend und reicht mir einen Müsliriegel und die Tasche mit meinem Insulin. Ich messe ab, was ich glaube, zu brauchen, und spritze es mir. August schaut neugierig zu, und ich grinse ihn an.

»Willst du mich das nächste Mal stechen? Das kannst du gerne tun.«

»Ich möchte dir nicht wehtun.«

»Das könntest du gar nicht. Ich bin an Nadeln gewöhnt. Was glaubst du, wie ich all diese Tattoos bekommen habe?«, frage ich grinsend. »Ich würde dich sogar meinen Blutzucker testen lassen. Und keine Sorge, meine Fingerspitzen sind ohnehin schon taub von der Kälte, ich werde also nichts spüren. Wusstest du, dass es mittlerweile diese kontinuierlichen Blutzuckermessgeräte gibt, sodass man sich nicht mehr in die Finger stechen muss?«

»Das ist cool.«

»Ja, aber die sind wahnsinnig teuer. Ich glaube nicht, dass Thomas mir helfen wird, eins davon zu bekommen.«

»Bist du dir sicher?«

»Ja, ich meine, ich sollte ihn vielleicht fragen, aber ich will ihn nicht damit belästigen.« Ich möchte nicht von ihm abgewiesen werden, also habe ich das Thema vermieden, aber das sage ich August nicht.

Stattdessen packe ich meinen Müsliriegel aus. »Thomas wollte kein Kind, nicht wirklich. Es ist einfach passiert und jetzt hat er mich am Hals. Ich bin wie ein Kaugummi, der an der Unterseite deines Schuhs klebt. Man kratzt und kratzt, aber er geht nie wirklich weg. Er bleibt einfach jahrelang haften. Und dann siehst du ihn eines Tages an und denkst dir, *hm, immer noch da. Schade.*«

August reicht mir einen Apfel, den ich ihm aus der Hand schlage.

»Ich glaube nicht ...«, beginnt August und sieht zu, wie der Apfel davonrollt.

»Ist schon in Ordnung. Ich habe mich damit abgefunden.« Ich greife nach meiner Snack-Tasche, krame darin herum und ziehe einen Lutscher heraus. Ich stecke ihn mir in den Mund und stöhne fast auf, als der süße Geschmack auf meine Zunge trifft. »Hör zu, ich sage nicht, dass er ein schlechter Mann ist. Er ist genau das, was ich erwartet habe ... uninteressiert und unbeteiligt. Mehr brauche ich sowieso nicht.«

August beobachtet mich, ich sitze im Schneidersitz und wippe wie besessen mit den Beinen. Die Rettungsdecke knistert bei jeder Bewegung, während ich den Lutscher hektisch in den Mund schiebe und wieder herausziehe. Ich bin ein lautes, lächerliches Durcheinander, während er immer noch tadellos und perfekt aussieht. Wenn auch ein wenig realer in diesem Moment. Die Kratzer in seinem Gesicht und sein leicht zerzaustes Haar machen ihn nur noch heißer.

»Also, was machen wir heute?«, frage ich und hoffe, dass er einfach nur »*Sex!*« schreit und dann zwischen meine Beine greift, um meinen Schwanz zu packen.

Langsam verliere ich wirklich den Verstand.

Aber August blickt nur nach draußen. »Ich weiß nicht. Wenigstens ist die Sonne da«, sagt er. »Unsere Eltern haben uns bestimmt schon als vermisst gemeldet. Vielleicht sollten wir ein Leuchtsignal aussenden, falls jemand nach uns sucht.«

»Oh, verdammt, ja. Hast du eine Leuchtpistole dabei? Kann ich auch damit schießen?«, frage ich und versuche, mich abzulenken. Es klappt nicht wirklich. Ich habe immer noch Lust auf ihn.

»Ja«, antwortet August, zieht sich die Schuhe an und schnappt sich die Leuchtpistole. »Kommst du mit?«

»Na klar«, murmle ich und folge ihm nach draußen.

Die kalte Luft macht mir immer noch zu schaffen, aber die Sonne, die auf uns herab scheint, ist eine angenehme Abwechslung von der Kälte.

August stellt sich hinter mich und presst seinen Körper an meinen, während er mir die Leuchtpistole in die Hand drückt. Ich kann nicht anders, als meinen Hintern an seine Leiste und seinen Schwanz zu schmiegen. Er lacht, aber er hält mich nicht auf, sondern hebt meine Arme hoch, während er die Pistole in die Luft richtet. Vermutlich sollte ich mich beschweren, weil ich das verdammte Ding auch allein in die richtige Richtung schießen kann. Aber ich verstehe es, es besteht immer noch eine kleine Chance, dass ich die Windschutzscheibe treffe oder den Wald abfackele.

Ja, ich weiß, es ist Winter und normalerweise würde sich zu dieser Jahreszeit kein Feuer ausbreiten, aber ich habe wirklich verdammt viel Pech.

Das liegt natürlich auch daran, wer mich geboren hat − schlimmer geht's nicht.

Karma is a Bitch, vermutlich war ich in meinem früheren Leben Jack the Ripper.

Die Pistole schießt mit einem Knall, und ich beobachte, wie sich die orangefarbene Leuchtrakete in den Himmel erhebt. Als sie schließlich verschwindet, drehe ich mich um und sehe August mit einem breiten Lächeln im Gesicht an.

»Das möchte ich noch einmal machen. Wie viele hast du?«

Er drückt mir einen kleinen Kuss auf die Nasenspitze.

Und *oh mein Gott*, mein Herz schwillt auf seine zehnfache Größe an. Wenn er so weiter macht, wird es nicht mehr lange in meine Brust passen. Dann wird es außerhalb meines Körpers leben müssen. Vielleicht kann August es irgendwo sicher aufbewahren.

Ich starre ihn an und dann kann ich nicht mehr an mich halten. »Ich will ficken. Ich will den ganzen Vormittag mit dir ficken. Wir könnten morgen oder heute sterben, und ich will all die schmutzigen Dinge mit dir tun, bevor ich gehe. Danach kann mich Gott gerne holen. Oder Satan. Für mich wäre beides in Ordnung.«

August räuspert sich, und seine Wangen erröten, und dann knabbere ich an meinem Lutscher, weil ich ein solcher *Idiot* bin.

Warum kann ich nicht einfach meinen Mund halten? Normale Menschen platzen auch nicht einfach damit heraus. Sie arbeiten darauf hin, flirten ein wenig. Vielleicht machen sie ein paar Andeutungen. Aber ich nicht. Ich bin so subtil wie eine ... wie eine Leuchtrakete.

»Ich weiß nicht ...«, beginnt er, aber hält irgendwann inne, und mir dreht sich der Magen um.

»Weißt du was, vergiss, was ich gesagt habe. Das war verrückt. Kein Druck. Du weißt, dass manchmal nur mein ADHS oder meine Medikamente aus mir sprechen. Ich bin einfach nur ein wenig aufgeregt. Und ich denke ständig an letzte Nacht und bin gelangweilt und ängstlich, weil es hier draußen nichts zu tun gibt. Ich werde stattdessen einfach ein paar Runden laufen gehen.«

Ich entferne mich von ihm, und er lässt mich. Ich nehme es ihm nicht übel.

Ich sollte einfach in den Wald gehen und nie mehr zurückkehren. Das Ganze wäre ziemlich Fantasy-mäßig. Ich bräuchte einen Umhang und vielleicht einen alten Spazierstock, um die perfekte Illusion zu erzeugen.

»Em«, sagt August und folgt mir.

Dann liegen seine Hände auf meinen Armen, und er hält mich fest.

»Vielleicht können wir darüber sprechen, wenn wir wieder zu Hause sind. Wenn wir beide wieder klar denken können.«

»Darüber sprechen. Du meinst, darüber sprechen ... Sex zu haben?«

Meine Worte kommen keuchend heraus, denn, heilige Scheiße. Es passiert. *Es passiert wirklich!*

»Ich war noch nie ... mit einem Mann zusammen, und dann wäre da noch die Tatsache, dass du ... mein Stiefbruder bist. Und die letzte Nacht war ... verdammt, sie war gut, aber ich denke, wenn wir so weitermachen, könnte die Sache aus dem Ruder laufen.«

»Ich lebe am Limit.«

Er lacht leise. »Ich weiß, aber ich nicht, und wenn die Dinge zwischen uns schlecht enden ...«

Ja, ich verstehe. Unsere Eltern sind verheiratet. Es könnte etwas schiefgehen, und es würde mehr als nur uns beide betreffen. Aber um ehrlich zu sein, ist es mir egal. Ich kann bei Thomas bleiben oder ihn verlassen. Ja, er ist mein Vater, aber auch nicht wirklich. Für mich ist er eher ein Samenspender. Aber ich mag Lisa. Sie ist ziemlich nett. Ich meine, man muss sich nur ihren Sohn ansehen, um zu wissen, dass sie einen guten Job macht.

Ein Sohn, der über Sex *reden* will, bevor er Sex hat.

Ja, er ist ein echter Pfadfinder.

Vielleicht überrede ich ihn, seine alte Uniform anzuziehen, nur damit ich sie ihm ausziehen kann. Oder vielleicht lasse ich einfach die Hose herunter, damit ich ihn über den Küchentisch beugen kann, um mich hinter seinen schönen runden Arsch zu knien, um meine Zunge …

»Woran denkst du? Du scheinst plötzlich ganz woanders zu sein.«

»Oh, das willst du nicht wissen«, antworte ich grinsend.

Er tritt ein wenig näher, sein Atem kommt in weißen Wolken heraus. »Ich habe da so eine Vermutung.«

»Du musst nur wissen, dass es schmutzige Gedanken sind und du in deiner Pfadfinderuniform steckst.«

August nimmt seine geschwollene Lippe zwischen die Zähne und mustert mich. »Wow, du hast wirklich schmutzige Gedanken. Ich denke, das ließe sich vielleicht einrichten.«

»Oh, siehst du, jetzt machst du dich über mich lustig. Jedes Mal, wenn du solche Sachen sagst, kann ich kaum an mich halten.« Ich rutsche auf meinen Füßen hin und her und ziehe die Rettungsdecke enger um mich herum. »Und jetzt werde ich mich einfach so lange darauf konzentrieren, bis es tatsächlich passiert.«

»Was hilft dir dabei, dich zu konzentrieren?«

»Was mir jetzt helfen würde, wäre, wenn ich masturbieren könnte.«

August schaut sich um. »Dann mach das doch.«

»Was? Du meinst, genau hier? Wenn ich meinen Schwanz rausziehe, wird er sicher wie ein Eis am Stiel gefrieren. Und es könnte sein, dass uns gerade Bären beobachten. Vielleicht haben sie ja Lust auf einen eiskalten Snack.«

»Bären schauen nicht zu, wenn sich jemand einen runterholt. Und sie essen ganz sicher kein Penis-Eis.«

»Woher willst du das wissen? Verdammt, ich würde ein Penis-Eis essen.«

Er schüttelt den Kopf und lächelt mich an. »Komm schon, du Spinner. Lass uns zurückgehen und ein paar Runden Karten spielen. In ein paar Stunden können wir noch eine Leuchtrakete abschießen.«

»Ich würde lieber mit etwas anderem spielen und etwas anderes … *abschießen*«, murmle ich vor mich hin.

»Was hast du gesagt?«, fragt er.

»Nichts.«

Als wir zum Geländewagen zurückkommen, klettere ich hinein und versuche, meinen Schwanz unauffällig zu streicheln, aber verdammt, diese Decke ist laut. Sie knistert bei jeder meiner Bewegungen. Wer hat dieses Ding überhaupt entworfen? Warum um alles in der Welt sollte jemand eine Decke herstellen, unter der man sich nicht diskret einen runterholen kann?

»Was machst du denn da?«, fragt August und mustert mich, während er ein Kartenspiel in den Händen hält.

»Nichts. Ich sitze einfach nur hier«, lüge ich, während ich und die Decke immer noch knistern. Ich presse meine Handfläche auf meinen Schwanz und drücke ihn nach unten.

»Natürlich«, brummt er mit einem kleinen Grinsen, und ich verdrehe die Augen. »Was machst du unter dieser Decke?«

»Das würdest du wohl gerne wissen, was?« Als er eine Augenbraue hochzieht, seufze ich. »Okay, dir entgeht offensichtlich nichts. Vielleicht solltest du einen Moment nach draußen gehen. Ich werde nicht lange brauchen.«

»Du bist hart?«

»Natürlich bin ich das. Ich kann nicht aufhören, über letzte Nacht nachzudenken. Also geh bitte, damit ich mich um mein Problem kümmern kann.«

August schaut nach draußen und schluckt dann. »Nein, danke.«

»Nein?«, frage ich, fast atemlos. Warum zum Teufel hat er nein gesagt? Und das auch noch so höflich.

»Ich würde gerne … zuschauen. Wenn das für dich in Ordnung ist.«

Okay, wenn er unbedingt will.

Ich reagiere nicht einmal. Ich spreize nur schnell meine Beine. Die Decke knistert bei jeder kleinen Bewegung und ich grummele leise vor mich hin.

»Verdammt, dieses Ding verdirbt einem echt die Stimmung. Wenn sie uns nicht das Leben retten würde, würde ich sie in Brand stecken.«

Ich lasse sie von meinen Schultern rutschen und spüre sofort die eisige Kälte. Sie stört mich jedoch nicht, denn August befeuchtet seine Lippen und seine wunderschönen grünen Augen bohren sich in meine. Das ist alles, woran ich denken kann.

Oh, verdammt ja. Ich werde mir so was von einen runterholen, während wir einander anstarren. Ich fummele an meiner Jogginghose herum und fluche, als ich sie nicht schnell genug ausgezogen bekomme. Als mein Schwanz am Hosenbund hängenbleibt, zische ich frustriert auf.

Schließlich springt er heraus und klatscht gegen meine Bauchmuskeln. Ich verschwende keine Zeit damit, ihn zu packen und mich mit langen, langsamen Bewegungen zu streicheln. Ein Stöhnen entweicht meinem Mund und dann ein weiteres, als ich sehe, wie Augusts Blick immer intensiver wird.

»Fühlst du dich gut?«, fragt er, und ich nicke.

Er wirft einen Blick auf meine Leistengegend, dann streckt er eines seiner Beine aus und schiebt meine Füße weiter auseinander.

Er lehnt sich ein wenig näher heran, und dann blitzt etwas in seinen Augen auf.

»Du hast ein Piercing.«

»Gut erkannt«, hauche ich, halte meinen Schwanz in der Hand und lasse ihn einen Blick auf das Piercing werfen, das direkt unter der Eichel aus der Haut ragt. Es stechen zu lassen, tat höllisch weh, und wenn ich kann, zeige ich es gerne. Allein für diesen Moment war es das wert.

»Hat es sehr weh getan?«

»Ich habe geweint«, gebe ich zu. »Du kannst es gerne anfassen, wenn du willst. Und ich weiß, dass du es willst.«

Das hoffe ich zumindest.

August beißt auf seine Unterlippe und streicht dann mit einem Finger leicht über mein Piercing.

Ich stöhne bei dem Gefühl, nicht, dass ich viel spüren kann, aber ich stelle es mir vor. In meiner Fantasie kann ich August ausziehen, ihn dazu bringen sich auf den Rücken zu legen und seinen Schwanz in den Mund nehmen.

Sein Finger fährt um meine Spitze herum und ich schlucke ein

Stöhnen hinunter. Es klappt nicht. Ich bin verdammt laut, wenn ich geil bin.

»Bist du immer so laut?«, fragt August in diesem Moment und befeuchtet die Lippen erneut.

»Ja. Es fällt mir schwer, meine Gefühle unter Verschluss zu halten«, sage ich, während er mich weiter anfasst. »Ich neige dazu, mich einfach gehen zu lassen. Das ist bei dir wohl eher nicht der Fall, was? Du frisst lieber alles in dich hinein. Ich werde mich anstrengen müssen, um dir ein Stöhnen zu entlocken.«

Er starrt mich an und zieht dann seine Hand zurück, lehnt sich an das Fenster mir gegenüber und deutet mir mit einer Hand an, weiterzumachen.

»Oh.« Das ist alles, was ich sagen kann. Das ist viel zu heiß.

Ich streichle mich, während er zusieht, seine Augen sind leicht glasig. Und trotz all der schmutzigen Gedanken, die mir in diesem Augenblick durch den Kopf schießen, kann ich mich nicht dazu bringen, zu kommen.

»Normalerweise habe ich nicht so ein Durchhaltevermögen. Ich glaube, das ist die Angst zu versagen«, sage ich, als weitere Minuten vergangen sind und ich immer noch schmerzhaft hart bin.

Augusts Blick schwankt zwischen mir und meinem Schwanz hin und her. »Soll ich dir helfen?«, fragt er wenige Sekunden später.

»Nur, wenn du willst. Ich weiß, dass du erst darüber reden möchtest ...«

Aber August bewegt sich schon direkt vor mir, und dann streckt er die Hand aus, und ich sehe, wie seine Hand mich umschließt.

Seine Hand ist auf meinem Schwanz.

Ich keuche, während er ein kehliges Brummen von sich gibt und anfängt, seine Hand zu bewegen.

Ich verdrehe die Augen, mein Stöhnen wird lauter, denn allein seine Faust zu ficken ist unglaublich. Mein Stiefbruder hat es ziemlich drauf. Seine große Hand gleitet meinen Schaft hinauf und dreht sich um den Kopf, bevor sie wieder nach unten gleitet.

»August«, stöhne ich. »Scheiße. Wo hast du das denn gelernt? Was immer du tust, hör nicht damit auf.«

Er antwortet nicht, lehnt sich nur etwas näher und zieht meinen

Mund zu seinem, während er seine Zunge in meinen Mund schiebt. Der Kuss ist schmutzig und intim, und ich bin kurz davor zu kommen. Das hätte er ruhig von Anfang an tun sollen.

Er hält mich fester im Griff und bewegt seinen Arm schneller und ich stöhne und keuche. Die Decke knistert unter mir, während ich meine Hüften immer wieder nach oben schiebe und nach Erlösung lechze. Dann spüre ich, wie sich meine Eier zusammenziehen, und ein Schauer der Lust schießt durch meinen Unterleib. Schnell löse ich mich von seinem Mund. »August, verdammt, ich ...«

Ich komme direkt in seine Hand. Er fängt jeden Tropfen auf, und ich erschaudere, als das Nachbeben des Orgasmus mich durchfährt.

Ich lasse mich gegen das Fenster sinken, seine eine Hand liegt noch immer auf mir.

»Verdammt«, murmle ich, völlig entkräftet vom besten Handjob, den ich je hatte.

Natürlich.

Selbst in meinen Träumen hätte er nicht besser sein können.

»Sehr beeindruckend«, hauche ich und betrachte seinen Mund. Es ist wirklich sündhaft. »Bist du ein Pitcher?«

Er zieht sich von mir zurück und schüttelt den Kopf. Fast nachdenklich blickt er auf seine Hand hinunter. »Ich glaube, du meinst Catcher, und nein. Normalerweise bin ich Left Field.«

Verdammt. Ich muss ihn unbedingt spielen sehen. Ich werde ihn mir jedes Mal genau so vorstellen. Ich werde mir sicher einen runterholen müssen, bevor ich zu einem seiner Spiele gehe.

Er wischt seine Hand an einem schmutzigen Shirt sauber, und ich schaue ihn an. »Mit solchen Fähigkeiten könntest du Profi werden.«

Jetzt sieht er mich direkt an. »Nein, ich bin nicht gut genug, aber ich habe auf dem College gespielt. Jetzt spiele ich nur noch während der Saison im Verein. Manchmal, wenn ich Zeit habe, schlage ich ein paar Bälle im Batting Cage.«

»Ich würde gerne mal zuschauen«, sage ich. »Wann ist dein nächstes Spiel?«

»Ich spiele gerade nicht, aber du könntest mit mir Bälle schlagen, wenn wir nach Hause kommen und du Lust hast.«

Oh, ja. Darauf habe ich definitiv *große* Lust.

»Trägst du dann auch eine dieser engen Baseballhosen?«, frage ich, als August sich zu mir herüberbeugt und meinen Schwanz wieder in meiner Hose verstaut. Oh ja, das hatte ich beinahe vergessen.

»Pfadfinder und Baseball. Hast du etwa eine Schwäche für Uniformen?«

»Ich habe eine Schwäche für *dich* in Uniform, wie es scheint. Ich will gar nicht erst an Halloween denken. Bist du schon mal als halbnackter Feuerwehrmann gegangen? Oder als sexy Polizist? «

August gluckst, dann zieht er mich zwischen seine Beine und legt den Schlafsack über uns.

»Was hast du letztes Jahr an Halloween gemacht?«, fragt er.

»Oh Gott, Lex hat zwei wirklich dumme Kostüme gefunden. Einen Stecker und eine Steckdose. Obwohl wir uns gestritten haben, weil er der Stecker sein wollte, wobei ich doch *immer* der Stecker bin.«

August erstarrt hinter mir.

»Meinst du ... seid du und Lex ... ich dachte, er wäre nur ein Freund?«

Oh, Scheiße. Das hätte ich vermutlich nicht sagen sollen. »Ähm, na ja, Lex und ich sind Freunde mit gewissen Vorzügen. Zumindest manchmal. Aber es ist schon eine Weile her, dass wir etwas gemacht haben und es war nie etwas Ernstes.«

August räuspert sich, und ich spüre, wie mir das Herz in die Hose rutscht, denn August ist nicht der Typ, den ich mir in einer solchen Beziehung vorstellen könnte. Zumindest vermute ich das. Allerdings hat sich schon so manche Annahme über ihn als falsch erwiesen.

Ich wette, dass er, wenn er mal einen One-Night-Stand hat, sich nicht einfach mitten in der Nacht davonschleicht. Und wenn er aus irgendeinem Grund plötzlich gehen muss, hinterlässt er wahrscheinlich einen netten Zettel und eine kleine Tafel Schokolade auf dem Kissen.

»Ich verstehe.«

»Ach ja?«, frage ich, drehe mich leicht um und sehe ihn an.

»Ja, natürlich.«

Oh, Gott, ich hasse es, zwischen den Zeilen zu lesen. Ich bin schrecklich darin.

Vielen Dank auch, Mom.

»Kannst du mir genau sagen, was du *verstehst*, denn die Wahrnehmung ist bei jedem anders, und ich bin mir nicht sicher, ob du verstehst, was ich meine.«

»Du und Lex fickt manchmal, und wenn du immer der Stecker bist, dann ... kann ich mir denken, was das bedeutet.«

»Aber es ist wichtig zu erwähnen, dass ich gesagt habe, dass wir das schon sehr lange nicht mehr getan haben. Es war einfach praktisch ... bis es das nicht mehr war. Ich meine, ich mag Lex nicht einmal wirklich. Er ist nervig. Ein bisschen wie ein Mückenstich.«

August sieht mich an und nickt knapp, und ich zappele zwischen seinen Beinen.

»Ich denke, wir sollten dieses Gespräch führen und *darüber* reden. Ich sterbe buchstäblich, wenn wir es nicht bald tun. Und wir haben nichts anderes zu tun. Warum können wir nicht einfach loslegen? Müssen wir wirklich warten, bis wir gerettet werden?«

Nervös greife ich nach einer Schachtel Bonbons und schiebe zwei davon in meinen Mund, lasse sie über meine Zunge rollen und warte.

»Ich denke wirklich, wir sollten damit warten, bis wir zu Hause sind«, sagt August, und ich stöhne laut.

Oh Gott, dieser Mann macht mich fertig. Wenn ich nicht an blauen Eiern sterbe, dann sterbe ich daran, dass ich darauf warte, dieses verdammte Gespräch zu führen.

»Na gut«, brumme ich und lege dann meine Wange an seine Brust. »Ich hoffe, es kommt bald jemand.«

»Ich auch«, sagt August und halte ihm das Kartenspiel hin. »Wollen wir in der Zwischenzeit ein Spiel spielen?«

»Solange es nicht Poker ist. Ich bin ein ziemlich guter Schauspieler, du hättest keine Chance.«

August gluckst. »Das kann ich mir gut vorstellen. Wie wäre es mit Go Fish?«

Ich bin an August gepresst, während er döst. Ich kann nicht schlafen, weil ich die letzten Stunden in Gedanken immer wieder durchspiele. Wir haben Go Fish gespielt, weil ich bei nichts anderem eine Chance hatte.

Und dann habe ich ihn auch noch davon überzeugt, dass derjenige, der verliert, sich ausziehen muss.

Wir stellten jedoch fest, dass es zu kalt war, um uns wirklich auszuziehen, also stellte ich die Regel auf, dass der Gewinner sich ein Körperteil des anderen aussuchen und es anfassen darf.

Ich winde mich auf ihm und drücke meine Nase in seinen Nacken. Scheiße, wir haben seit Tagen nicht geduscht und er riecht immer noch nach frischer Wäsche. Wie ist das überhaupt möglich? Ich muss einen Weg finden, diesen Mann einzusperren und ihn zu behalten. Ich frage mich, ob männliche Schwangerschaft eine echte Sache ist ... das sollte ich recherchieren, wenn wir zu Hause sind.

Wie auch immer, wo war ich doch gleich? Ach ja, das Kartenspiel. Bis auf zwei Spiele habe ich alles verloren, denn Go Fish ist viel schwieriger, als ich es in Erinnerung hatte. Aber als ich gewonnen hatte, fiel es mir schwer, mich zu entscheiden, welchen Teil seines Körpers ich am liebsten sehen wollte. Es gab so viele zur Auswahl, und ich zappelte und murmelte vor mich hin, bis ich mich endlich entscheiden konnte. Und ich muss sagen, ich wurde nicht enttäuscht.

Als ich das erste Mal gewann, drückte ich ihn auf den Rücken, zog sein Hemd hoch, und ließ meine Hände seine breite Brust erkunden. Er blieb eine Weile so liegen und ließ mich an seinen Brustwarzen spielen und mit den Fingerspitzen seine Rippen entlangfahren. Als ich den Bund seiner Hose erreichte, begegnete ich seinem Blick und ließ meine Finger immer tiefer gleiten.

Ich konnte sehen, wie er mit sich rang, aber dann räusperte er und setzte sich auf, wobei sein Hemd herunterrutschte und all die schöne, makellose Haut bedeckte.

Die nächsten Spiele verlor ich, und August verbrachte eine Ewigkeit damit, mich über meine Tätowierungen auszufragen. Er ließ seine Finger und Augen über die komplizierten, bunten Muster wandern, die ich in sechs Jahren gesammelt hatte, und ich genoss jede Sekunde davon.

Einmal hielt er sogar inne, um die Schildkröte auf meinem Bizeps zu studieren, die genau den gleichen Grünton hat, wie seine Augen. Ich habe lange gegoogelt, um ein tolles Design zu finden, das all das repräsentiert, was ich bei August fühle – Ruhe und Schutz – und bin schließlich bei der Schildkröte gelandet.

Als er mit den Fingerspitzen darüberfuhr, hielt ich eine ganze Minute lang den Atem an, weil ich dachte, er würde den Sinn dahinter verstehen. Dass er es verstehen und wütend werden würde. Aber selbst, wenn er es verstand, erwähnte er es nicht, sondern strich nur mit dem Daumen über die Hautstelle und dann über meine Wirbelsäule.

»Wirst du mir jemals die Bedeutung dieser Tätowierung erklären?«, fragte er und zeichnete ein großes Bild auf meinem unteren Rücken nach. Er hatte sein Zeitlimit mittlerweile überschritten, aber ich beschwerte mich nicht. August könnte mich ruhig den ganzen Tag lang anfassen.

»Wenn du es dir verdienst«, hauchte ich.

Er beugte sich vor und küsste mich, und als er schließlich seine Lippen von meinen löste, war ich etwas benommen.

»Verdammt«, sagte ich, und er lachte leise.

»Es ist symbolisch. Das vernachlässigte Haus, das mit Brombeeren bedeckt ist, repräsentiert mein Leben. Manchmal verzehren mich die Erinnerungen einfach, überrollen mich. Das Tattoo habe ich mir vor ein paar Jahren stechen lassen, als ich an einem besonders tiefen Punkt war. Damals hatte ich das Gefühl, als würden mich meine Erinnerungen vernichten. Mich zerstören.«

»Em«, sagte er traurig.

»Ich weiß, ich weiß, aber jetzt geht es mir gut. Und wirklich, du hast dieses Geständnis aus mir herausgesaugt wie ein Todesser, und damit musst du jetzt leben.«

Er strich mir mit der Hand über den Kiefer, und ich musste die Tränen zurückblinzeln. Er ist immer so sanft zu mir, benutzt seine großen Hände, um mich zu beruhigen.

»Ich hoffe, du kannst neue Erinnerungen schaffen, Em. Gute Erinnerungen.«

Ich musste den Blick abwenden. »Ja, August. Das hoffe ich auch.«

Danach entfernte ich mich von ihm, weil ich etwas Abstand brauchte. Und die nächste Runde gewann ich wie durch ein Wunder. Ich habe immer noch den Verdacht, dass er mich gewinnen ließ. Aber das spielt jetzt keine Rolle mehr. Ich drehte ihn also auf den Bauch und zog ihm die Hose bis über den Hintern herunter. Es war, als würde ich ein Geschenk auspacken. Ich tat es langsam und genoss jeden Zentimeter, der zum Vorschein kam. Das war besser als jedes Weihnachten, das ich je erlebt hatte.

Dann fuhr ich mit meinen Händen über seinen muskulösen Hintern und spreizte seine Backen, um einen langen Blick auf sein Loch zu werfen.

Er ließ mich gewähren, stützte seinen Kopf auf die verschränkten Arme und schloss die Augen. Sein Gesicht war gerötet, und in diesem Moment wünschte ich mir, Lex hätte daran gedacht, Gleitmittel einzupacken, denn ich hatte das Gefühl, dass August mich vielleicht ein bisschen mit ihm hätte spielen lassen.

Aber ich wollte es nicht übertreiben, also fuhr ich nur mit der Fingerspitze über ihn und genoss es, wie er bei diesem Gefühl keuchte. Dann zog ich meine Hand zurück und zog mit großem Widerwillen die Hose wieder über seine Hüften.

Wir sprachen nicht weiter darüber. Aber natürlich kann ich nun an nichts anderes mehr denken. Was bedeutet es, dass er mich das hat machen lassen? Können wir wirklich irgendwann Sex haben?

»Bist du noch wach?«, fragt August, und ich seufze, meine sinnliche Tagträumerei wird unterbrochen und löst sich in Luft auf.

»Natürlich.«

»Woran denkst du?«

»An deinen Arsch«, sage ich, und er lacht, als ob das ein Scherz wäre.

Dabei ist es kein Scherz. Es ist ein sehr ernstes Thema, und ich bin bereit, darüber zu sprechen, wenn er es ist.

»Und woran denkst *du*?«, frage ich, und August streicht mir mit der Hand über den Rücken.

»An gar nichts.«

Ich blicke zu ihm auf, mein Haar fällt mir gegen die Wange und August schiebt es mir hinters Ohr.

»Du hast wirklich an gar nichts gedacht?«

August beißt sich auf die Lippe und seufzt dann. »Wenn ich ehrlich bin, habe ich gerade an meinen Vater gedacht.«

»Oh, wieso?«

»Ich weiß es nicht. Ich habe erst an dich gedacht und dann habe ich angefangen, über meine Mutter nachzudenken und wie glücklich sie mit

Thomas zu sein scheint. Und dann habe ich mich gefragt, ob sie mit meinem Vater jemals so glücklich war.«

»Da bin ich mir sicher.«

»Ich nicht. Er war wirklich deprimiert.« August schluckt und wendet den Blick ab. »Du weißt, dass er gestorben ist, oder?« Als ich nicke, spricht er weiter. »Er hat sich das Leben genommen. Hat sich erschossen. Meine Mutter hat ihn gefunden.«

»Oh Gott, das tut mir wirklich leid«, murmle ich und nehme Augusts Gesicht zwischen meine Hände, um ihm direkt in die Augen zu sehen. »Wie gehst du damit um?«

August schüttelt den Kopf. »Es geht mir gut. Ich habe damit nicht zu kämpfen. Er war einfach nur ... meine Mutter sagte, er war nicht glücklich. Das war er schon eine ganze Weile nicht mehr. Man muss schon große Schmerzen haben, um so etwas zu tun, weißt du?«

Ich schlucke. »Ja.«

»Ich wünschte nur, ich hätte ihn kennengelernt. Ich habe mich immer gefragt, wie er war, aber ich kann mich nicht an ihn erinnern. Ich war zu jung.«

»Ja, ich frage mich, ob er dir ähnlich sah.«

»Ja«, sagt August, und ich lächle ihn an.

»Kannst du mir irgendwann mal Fotos zeigen? Diesen heißen Kerl muss ich unbedingt sehen.«

August gluckst. »Das werde ich.«

Wir schweigen eine Weile, bevor August zu sprechen beginnt. »Meine Mutter war so viele Jahre allein, Em. Sie hat mich ganz allein großgezogen, und ich stand immer an erster Stelle. Sogar während des Studiums war sie immer für mich da. Durch Thomas hat sie sich das erste Mal selbst an die erste Stelle gestellt. Das will ich ihr nicht verderben.«

Ich schüttle den Kopf. »Das könntest du gar nicht.«

»Ich möchte sie nicht enttäuschen.«

»Ich glaube nicht, dass du in deinem ganzen Leben auch nur einen einzigen Menschen je enttäuscht hast«, antworte ich, beuge mich vor und küsse ihn. Ganz sanft. Er umklammert meinen Nacken und drückt seinen Mund auf meinen.

Gott, er ist ein so guter Küsser ... seine Küsse sind schmutzig und gleichzeitig zuckersüß.

»Em«, haucht August und nimmt seinen Mund von meinem. »Hast du das gehört?«

Ich halte den Atem an und lausche. In der Ferne höre ich das Geräusch von Motoren.

»Sie haben uns gefunden«, flüstert er, krabbelt unter mir hervor und zieht sich die Schuhe an. Schnell stolpert er aus dem Wagen und in den Schnee.

Plötzlich fühlt sich alles so surreal an und ich weiß nicht, ob ich mich freuen soll oder enttäuscht bin. Unsere kleine Seifenblase der Intimität ist geplatzt und mir wird klar, dass wir nie wirklich darüber gesprochen haben, was wir tun werden, wenn wir wieder zu Hause sind. August hat die Möglichkeit von Sex erwähnt, aber hat er das wirklich ernst gemeint? Oder hat er nur versucht, meine Gefühle zu schonen? Wird er wollen, dass wir vortäuschen, als wäre das alles nie passiert?

Ich bin mir nicht sicher, ob ich das kann.

»Jetzt komm schon, Em!«, ruft August, lächelt breit und fuchtelt wild mit den Händen, als zwei Schneemobile auf uns zurasen.

Ich ziehe meine Schuhe an, lege mir die Rettungsdecke um die Schultern und steige ebenfalls aus. Ich bin froh, dass sie uns gefunden haben, wirklich, aber verdammt, ein paar Stunden hätten sie sich wirklich noch Zeit lassen können.

Ich schaue hinüber und sehe, wie August mit einem Mann spricht und ihm dann auf die Schulter klopft. August zeigt auf mich und dann joggt er in meine Richtung. Natürlich sieht er dabei aus wie ein verdammtes Supermodel, und ich kann nicht anders, als ihn unverhohlen anzustarren.

Er schlingt seine Arme fest um mich und drückt mir einen Kuss auf die Schläfe.

»Jetzt geht es nach Hause«, flüstert er.

Und ich zwinge mir ein Lächeln ins Gesicht, weil ich, wie gesagt, glücklich bin. So glücklich.

Und gleichzeitig bin ich es nicht.

KAPITEL FÜNF

AUGUST

Seit wir auf das Schneemobil gestiegen sind, ist Em kalt und distanziert. Er hat mich nicht einmal angeschaut. Und jetzt sind wir im Krankenhaus und werden untersucht, und Emery benimmt sich wie ein absolutes Arschloch.

»Geht es ihm gut?«, fragt meine Mutter und klammert sich an meine Hand. Ihre Augen sind vom Weinen gerötet und ich hasse es, wie gestresst sie von all dem ist.

Sie blickt nervös zu Emery hinüber, der gegenüber der armen Krankenschwester, die sich um ihn kümmert, ziemlich ungeduldig und unverschämt ist. Er verdreht die Augen und versucht, ihre Hände von sich wegzuschieben, und sagt, sie solle ihn in Ruhe lassen.

»Ja, es geht ihm gut. Wahrscheinlich ist das nur die Aufregung. Sie kümmern sich schon eine ganze Weile um ihn und ich glaube, er hat einfach genug«, sage ich, aber das ist alles Quatsch. Ich weiß nicht, was mit ihm los ist. Ich weiß es nicht, weil er mich nicht anschaut, verdammt. Bereut er die letzten Stunden? Bereut er es, mir näher gekommen zu sein?

»Du hast recht. Ich bin nur ... ich habe mir solche Sorgen um euch gemacht«, sagt meine Mutter und zupft an ihrem blonden Pferdeschwanz, ihre besorgten Augen treffen die meinen. Sie fährt mit der Hand über die Kratzer in meinem Gesicht, fragt aber nicht, woher ich sie habe. Vermutlich weiß sie es schon. »Ich bin so froh, dass er mit dir da draußen war, August. Du hast ihm das Leben gerettet, weißt du.«

»Ja«, sage ich und fahre mir mit der Hand durch die Haare. Ich schaue zu Thomas hinüber, der seinen Sohn mit großen Augen beobachtet. Die beiden sehen sich so ähnlich. Sie haben die gleichen Haare und die gleichen braunen Augen. Der einzige Unterschied ist die Neigung ihrer Wangen und die Tätowierungen, die Emerys Körper bedecken.

Thomas rutscht nervös in seinem Sitz hin und her, fährt sich mit der Hand über den Kiefer und mustert seinen Sohn. Es ist mir noch nie aufgefallen, aber er scheint Emery zu lieben, obwohl er ihn offensichtlich verwirrt.

Ich kann ihn nur zu gut verstehen. Gerade als ich dachte, ich hätte ihn durchschaut, führt er sich so auf.

»Ich brauche eine verdammte Minute«, faucht Emery, dann springt er vom Krankenhausbett und geht an mir vorbei. Er schaut mich nicht einmal an, geht einfach weiter, sein Kittel flattert um seine Beine, als er im Badezimmer verschwindet. Die Tür knallt zu, und alle starren sie nur an.

Thomas reibt sich an den Schläfen, und die Augenbrauen meiner Mutter senken sich.

»Vielleicht sollte man ihm einfach etwas Freiraum lassen«, sage ich. »Ich kann ... lasst mich nur eine Minute mit ihm allein. Ich glaube, er ist einfach überwältigt. Die letzten paar Tage waren hart.«

Die Krankenschwester, meine Mutter und Thomas nicken alle, aber bevor sie den kleinen Raum verlassen können, strecke ich die Hand aus und berühre Thomas' Arm.

»Kauft ihm ein paar Süßigkeiten. Lutscher, irgendwas Fruchtiges.«

Thomas nickt schnell, und dann sind wir zum Glück allein. Ich öffne die Badezimmertür und sehe Emery, der mit dem Kopf in den Händen an der Wand lehnt.

»Em«, flüstere ich. »Hey.«

Sein Kopf schießt nach oben, seine dunklen Augen treffen meine.

»Was machst du denn hier?«, schnauzt er.

»Ich wollte nach dir sehen«, beginne ich, doch Emery winkt ab.

»Geh weg, August. Ich brauche etwas Zeit. «

»Zeit wofür?«, frage ich und sehe, wie er von einem Fuß auf den anderen tritt und mit den Fingern den Stoff seines Kittels umklammert.

»Zeit, mich zu sammeln. Es ist schwer, dich nicht zu küssen oder zu berühren, wenn ich in deiner Nähe bin.«

Meine Brust verengt sich bei seinem Geständnis. »Siehst du mich deshalb nicht an?«

»Ich kann nicht. Wenn ich dich ansehe, werde ich sofort hart«, zischt er. »Diese Kittel verbergen nichts. Und jetzt geh bitte weg. Ich brauche ein paar Minuten, um mich zu beruhigen, bevor ich da wieder rausgehe. Diese Hexe von Krankenschwester kommt mir viel zu nahe.«

Ich werfe einen Blick auf seinen Schritt, und er stöhnt.

»Nicht hilfreich, Arschloch.«

Ich fahre mir mit der Hand über den Nacken und spüre, wie sich mein Magen zusammenzieht. »Hey, du bist schon den ganzen Nachmittag gemein zu mir. Könntest du das bitte lassen?«

»Das stimmt nicht. Es war nicht der *ganze* Nachmittag. Ich bin ein Arschloch, seit sie uns gefunden haben. Ich versuche, unsere Eltern davon zu überzeugen, dass wir uns immer noch hassen. Das ist es doch, was du willst, oder? Ich kann sehr überzeugend sein. Lex sagt, ich könnte Schauspieler werden.«

»Em«, seufze ich. »Hör einfach auf, mich wie ein Arsch zu behandeln, okay? Das gefällt mir nicht.«

Er schnauft und schließt dann die Augen.

»Gut. Es tut mir leid. Wir haben bisher nur nicht darüber gesprochen. Ich bin einfach verdammt verwirrt. Ich weiß nicht, was ich tun soll.«

»Ich weiß und das tut mir leid. Wir hätten darüber reden sollen, was passiert, wenn man uns findet. Das ist meine Schuld.«

Er blickt zu mir auf. »Werden wir jemals darüber reden?«, fragt er flüsternd.

»Ja, wie wäre es mit heute Abend?«, schlage ich vor und Emery nickt eifrig und befeuchtet seine Lippen.

»Ja, gut. Aber bis dahin muss ich meine Verteidigung aufrechterhalten, sonst schöpfen sie Verdacht, und dann ist das Spiel vorbei.«

»Okay. Das verstehe ich.«

Emery starrt mich von der anderen Seite des Badezimmers an, und ich muss mich dazu zwingen, nicht zu ihm zu gehen.

»Du solltest gehen«, murmelt er, und ich nicke und verlasse das Bad. Zum Glück sind wir noch allein und ich setze mich auf das Krankenhausbett und warte, dass Emery herauskommt. Wenige Augenblicke später taucht er auf, geht an mir vorbei und klettert ebenfalls auf sein Krankenhausbett. Sobald er sitzt, zieht er die Knie an seine Brust. Sein Gesicht ist von mir abgewandt und er starrt aus dem Fenster.

Ich bin mir sicher, dass er mich absichtlich nicht ansieht.

Aber auch wenn wir gerade darüber gesprochen haben, stört es mich immer noch.

Ich *will*, dass er mich ansieht. Immer.

Ein paar Minuten später sind unsere Eltern zurück, und Thomas geht unbeholfen zu Emery hinüber und reicht ihm eine kleine Tüte mit Süßigkeiten. Emery mustert sie, bevor er sie aufreißt und einen Lutscher auspackt.

Sein Blick wandert zu mir und er runzelt die Stirn.

Verdammter Mistkerl, formen seine Lippen, bevor er sich den Lutscher in den Mund stopft und sich wieder wegdreht.

Stunden später, nachdem unsere Laborergebnisse vorliegen und die Ärzte uns grünes Licht gegeben haben, fahren wir endlich zur Hütte.

Erst als wir vorfahren, wird mir klar, dass das Ding eigentlich gar keine *Hütte* ist. Es ist ein riesiges Anwesen mit zwei Etagen und sicher mehr als dreißig Zimmern.

»Verdammt, Thomas. Kein Grund zur Angeberei. Du hast die Frau doch schon«, sagt Emery und wippt mit dem Bein, als wir in die Garage fahren, in die locker drei Autos gepasst hätten.

Thomas räuspert sich. »Ich wollte genug Platz haben, damit wir uns alle ausbreiten können. Und ich weiß, dass du gerne Schlitten fahren wolltest. Im Hinterhof gibt es einen Abhang.«

»Wirklich?«, fragt Emery und seine Augen weiten sich.

Ich stoße ihn mit meinem Bein an und er sieht zu mir. Dann befeuchtet er seine Lippen und nickt. »Das ist echt cool, Thomas. Danke.«

Thomas scheint sich wirklich zu freuen und fährt sich mit einer Hand über den Mund, um ein Lächeln zu verbergen.

Wir steigen aus dem Auto, und bevor Emery nach seiner Reisetasche greifen kann, werfe ich sie mir über die Schulter und lächle ihn an.

Emery verdreht die Augen, und dann greife ich nach seiner Jacke, weil er einfach so verdammt süß ist, dass ich nicht anders kann. Er schlägt meine Hände weg.

»Tut mir leid«, murmle ich, und Emery seufzt nur und folgt Thomas ins Haus.

Meine Mutter sieht mich an und ich spüre, wie meine Wangen rot werden.

»Frag nicht«, sage ich, und sie lächelt mich sanft an.

»Das werde ich nicht«, sagt sie und hält mir die Tür auf, sodass ich ins warme Innere gehen kann. Wir gehen die Treppe zum Hauptgeschoss hinauf. Oben sehe ich, wie Emery an der Wand lehnt und wie wild auf dem Display seines Handys herumtippt.

Ich möchte, dass er mich ansieht, aber er tut es nicht. Sein Blick ist fest auf sein Handy gerichtet. Schreibt er Lex gerade eine Nachricht?

Meine Mutter zeigt in Richtung eines Flurs. »Da drüben ist dein Zimmer und das von Emery. Ihr zwei teilt euch ein Badezimmer. Ich hoffe, das ist in Ordnung. Thomas und ich schlafen oben und haben ein eigenes Bad.«

Ich ziehe eine Augenbraue hoch. »Ja, danke, Mom.«

Sie lacht und zieht mich in eine Umarmung. »Oh Gott, ich bin so froh, dass es dir gut geht. Ich hätte es mir nie verziehen, wenn dir etwas zugestoßen wäre.«

»Es geht uns gut. Das verspreche ich. Mach dir keine Sorgen.«

Sie seufzt. »Ich werde versuchen, es nicht zu tun, aber es könnte ein paar Tage dauern, bis ich es wirklich verinnerlicht habe. Wollt ihr ... wollt ihr mit uns einen Film sehen? Oder wollt ihr lieber einfach nur ins Bett gehen? Ich weiß, der heutige Tag war anstrengend.«

Scheiße, ich will Zeit mit meiner Mutter verbringen, aber ich will auch einfach nur mit Emery zusammen sein – dem Typen, der mich den ganzen Tag auf Abstand gehalten hat.

Ich schüttle den Kopf und reibe mir die Schläfen. »Ich glaube, ich gehe lieber ins Bett. Ich bin ziemlich erschöpft.«

Meine Mutter nickt und zieht mich dann in eine weitere Umarmung.

»Natürlich, das bist du. Ich hab' dich lieb«, sagt sie. »Wir sehen uns morgen.«

»Ich hab' dich auch lieb.«

Dann verschwindet sie die Treppe hinauf, und ich gehe in mein Zimmer, ziehe mich um und nehme eine dringend benötigte heiße Dusche. Als ich fertig bin, laufe ich ein wenig in meinem Zimmer herum, sehe mich um und warte darauf, dass Emery erscheint.

Aber natürlich taucht er nicht auf. Also zwinge ich mich dazu, mich auf mein Bett zu legen und die ungefähr fünfhundert Nachrichten zu lesen, die mir mein bester Freund Magnus in der Zeit, in der wir verschwunden waren, geschickt hat.

Magnus: Gott sei Dank. Deine Mutter hat mich angerufen, als du verschwunden bist. Ich habe fast den Verstand verloren.

Ich: Ich bin in Sicherheit. Mach dir keine Sorgen.

Magnus: Versprichst du, dass es dir gut geht?

Ich: Ja, es geht mir gut.

Magnus: Du und Emery wart ganz schön lange allein. Ist er noch am Leben? Muss ich dich gegen Kaution aus dem Knast holen?

Ich: Nein, es ist alles okay. Es geht uns beiden gut.

Magnus: Du verheimlichst mir etwas. Das spüre ich doch.

Ich: Ich bin ein offenes Buch.

Magnus: Ich habe da so eine Vermutung, aber darüber würde ich lieber persönlich mit dir sprechen. Wir treffen uns, sobald du wieder zu Hause bist.

Ich: Ja, ich kann es kaum erwarten.

Oh Gott, ich sollte Magnus meiden. Er hat sicher recht mit seiner Vermutung. Er wird nur einen Blick auf mich werfen und es einfach wissen. Oder ich werde nervös und erzähle ihm einfach alles sofort. Ihm kann ich nie wirklich etwas verheimlichen.

Als ich auf die Uhr schaue, stelle ich fest, dass es schon fast Mitternacht ist. Es gibt immer noch keine Spur von Emery.

Ich stehe vom Bett auf und gehe ein wenig auf und ab, während ich mir mit der Hand durch die Haare fahre. Ich sollte einfach zu ihm gehen.

Was, wenn es ihm nicht gut geht? Was, wenn heute alles zu viel für ihn war? Was, wenn er eingeschlafen ist und einen Albtraum hat?

Ich will gerade mein Zimmer verlassen, um ihn zu suchen, als sich die Tür öffnet und Emery hereinschlüpft.

Aus seinem Mund ragt ein Lutscher, er lehnt sich gegen die geschlossene Tür und verriegelt sie mit einem hörbaren Klicken.

Unsere Blicke treffen sich, und wir starren uns durch die Dunkelheit hinweg an. Schnell knipse ich eine Lampe an, und ein warmes Licht erfüllt den Raum.

Er atmet tief aus und bewegt sich dann auf mich zu. Bis auf seine violettfarbenen Boxershorts ist er völlig nackt, wodurch mein Herz nur noch schneller schlägt. Er ist wie eine wandelnde Wand aus durchtrainierten Muskeln und kunstvollen Tattoos, die fast auf jedem Zentimeter seiner Haut zu sehen sind. Und er sagt, ich sehe aus wie ein Model. Er ist derjenige, der auf den Titelseiten der Magazine sein sollte. *Ja, Pornomagazine*, meldet sich mein immer härter werdender Schwanz zu Wort.

Emery bleibt ein paar Zentimeter von mir entfernt stehen und nimmt langsam seinen Lutscher aus dem Mund, wobei er ihn über seine Zunge und Lippen zieht. Sein Atem riecht nach Kirsche, und das bringt mich dazu, ihn unbedingt auch schmecken zu wollen.

»Verdammt, ich habe dich vermisst«, murmelt er, und dann lehnt er sich zu einem langsamen, süßlichen Kuss an mich heran. Als sich unsere Lippen schließlich trennen, fahre ich mit meiner Zunge über meinen Mund, um seinen Geschmack völlig in mich aufzunehmen, und lasse dann eine Hand über meinen Nacken gleiten.

»Wo warst du? Wir sind schon seit Stunden hier.«

Emery zuckt mit den Schultern. »Ich habe mit Lex geschrieben und mich mit einigen Handyspielen abgelenkt.«

»Ist das dein Ernst?« Ich unterdrücke ein frustriertes Stöhnen, denn während ich hier drinnen durchgedreht bin, hat er einfach nur an seinem Handy herumgespielt. Offensichtlich sind wir auf unterschiedlichen Wellenlängen.

»Ich weiß, *ich weiß*. Sei mir nicht böse. Ich musste mich nur ablenken, weil ich etwas durchgedreht bin, als ich von dir getrennt war. Dann habe ich das Zeitgefühl verloren. Das kommt vor. Das wird auch weiterhin passieren. ADHS, erinnerst du dich? Zeit funktioniert bei mir anders.«

Ich atme aus und ziehe ihn dann an mich. Seine Brust stößt gegen meine, und auch unsere Schenkel berühren sich. Ich habe es vermisst, seinen ganzen Körper an mir zu spüren.

»Ich bin dir nicht böse. Ich verstehe das«, sage ich und runzle dann die Stirn. »Unsere Eltern schlafen doch, oder?

Er nickt. »Ja, die Lichter waren alle aus, also nehme ich das an.«

»Okay. Das ist gut.«

Ich führe ihn zum Bett, und wir setzen uns beide hin, wobei sich unsere Beine berühren. Emery bewegt den Lutscher in seinem Mund, als würde er ihm einen blasen und ich kann mich auf nichts anderes mehr konzentrieren.

Warum habe ich vorher nie gemerkt, wie sehr mich dieser Typ anmacht?

Vielleicht, weil ich versuchte, ihn nicht zu oft anzuschauen. Es war, als ob mein Gehirn unbewusst wusste, dass ich sonst verloren wäre.

Er zittert leicht und ich nehme eine Decke und lege sie ihm um die Schultern.

»Wir müssen reden«, sage ich und räuspere mich.

Emery nickt. »Auf jeden Fall.«

Er wippt mit dem Bein, und ich lege meine Hand darauf. Was wahrscheinlich keine gute Idee ist, denn dieser Hautkontakt ist viel zu verlockend. Es erinnert mich sofort an all die Male, als ich mit meinen Händen über seinen Körper gestrichen habe. Mein Schwanz zuckt zwischen meinen Beinen, und ich atme zittrig aus.

»Zuerst sollten wir besprechen, was wir unseren Eltern sagen werden. Über uns.«

Emery nickt. »Ich denke, wir sollten es ihnen so schnell wie möglich sagen, es öffentlich machen. Sagen wir einfach: ›Leute, wir haben im Schnee herumgealbert und werden von nun an ficken. Kommt damit klar‹. Kurz und schmerzlos, wie, wenn man ein Pflaster abreißt.«

Ich schlucke und schaue auf den Boden, meine Hand wandert zu meiner Brust. Ich reibe darüber und spüre, wie das Bett zu wackeln beginnt, als Emery wieder beginnt, mit seinem Bein zu wippen.

»Oh, okay. Sieht aus, als hätte ich die Situation *vollkommen* falsch eingeschätzt. Du willst es ihnen nicht sagen«, murmelt er und klingt dabei fast verletzt. »Du willst doch ein Geheimnis aus mir machen, oder?«

»Em«, sage ich leise. »Sie haben gerade erst geheiratet. Meinst du, sie wären einverstanden, dass wir ...?« Ich kann es nicht aussprechen, und natürlich merkt Emery es. *Er merkt es.*

Er runzelt die Stirn. »Ich weiß es nicht. Thomas wäre es wahrscheinlich egal, und deine Mutter ist cool. Sie sind doch nicht homophob, oder?«

»Nein, aber ...«

Er rückt ein wenig weiter von mir weg und dreht seinen Körper, um mich ganz anzuschauen. »Aber ... was?«

»Ich will einfach nichts tun, was ihr das versaut, verstehst du? Sie hat ihn gerade erst gefunden, nachdem sie so lange allein war, und wenn die Möglichkeit besteht, dass ich ihr das vermasseln oder sie wieder stressen könnte ...« Meine Worte kommen als Flüstern heraus, und er kann wahrscheinlich nicht einmal die Hälfte davon verstehen.

Emery seufzt und schaut überallhin, nur nicht zu mir. »Okay. Ja, ich habe es verstanden. Wenn es das ist, was du willst, dann werden wir es ihnen nicht erzählen.«

Na ja, das ist *nicht* das, was ich will, aber ich bin mir nicht sicher, ob das, was ich will, das Richtige ist. Ich möchte nicht, dass jemand verletzt wird. Weder Emery noch meine Mutter noch ich. Und verdammt, ich will auch niemanden enttäuschen.

»Es tut mir leid«, sage ich, und er nickt und kaut knirschend auf seinem Lutscher herum.

»Mir auch«, flüstert er, und dann möchte er aufstehen, aber ich halte mich an seinem Unterarm fest.

»Warte«, flüstere ich und schlucke dann schwer. »Ich sage ja nicht, dass wir das alles lassen sollen, nur dass wir diskret sein müssen.«

Emery blickt auf mich herab. »Ich kann nicht diskret sein, August, schon gar nicht, wenn es um dich geht. Entweder wir machen es öffentlich oder wir lassen es. Ich kann nicht gut mit Geheimnissen umgehen, und es würde mir verdammt schwerfallen, die Finger von dir zu lassen.«

Scheiße.

Ich klammere mich an seinen Hüften fest und drücke mein Gesicht in seinen Bauch. Ich atme seinen Duft ein, und kann spüren, wie er zittert.

»Verdammt«, murmelt er und seine Finger gleiten in mein Haar.

Und dann zieht er sanft daran, sodass ich gezwungen bin, zu ihm aufzusehen.

»Das wird eine Katastrophe«, sagt er. »Ich kann nicht versprechen, dass ich es nicht vermasseln werde, aber wenn du bereit bist, dieses Risiko einzugehen, dann bin ich es auch. So kann es allerdings nicht ewig weitergehen, August. Ich brauche einen begrenzten Zeitraum, sonst werde ich noch verrückt.«

»Dann nenn mir einen Zeitraum«, sage ich, während sich meine Lippen auf seiner Haut bewegen. »Du entscheidest.«

»Du musst es ihr bis zum Ende dieser Reise sagen. Wenn nicht, dann ist es vorbei. Ich möchte mich nicht wieder verstecken. Mich nicht mehr so fühlen, als wäre ich eingesperrt. Wie in diesem Schrank. Ich hasse Schränke. Ich habe lange genug in einem gelebt.«

Ich beiße mir auf die Unterlippe und nicke. »Okay. Ja, okay.«

Er stöhnt und wirft dann seinen Lutscher in Richtung Mülleimer. Natürlich trifft er nicht. Der Lutscher prallt nur dagegen und rollt dann auf den Boden, aber das ist mir egal, denn sein Körper liegt auf mir, drückt mich in die Matratze und sein Mund ist auf meinem.

»Wir müssen auch noch andere Dinge besprechen«, sagt er, während er an meinem Hals leckt. »Zum Beispiel, wann wir endlich ficken ...«

»*Wann*? Nicht ob?« Ich keuche, klammere mich an seine Schultern und drücke meine Hüften gegen seine. Oh Gott, es sind noch nicht einmal vierundzwanzig Stunden vergangen, und ich sehne mich schon nach ihm. Wie kann es sein, dass ich bis vor Kurzem nur Wut für ihn verspürt habe und jetzt nicht mehr genug von ihm bekommen kann? Ich bin so hart, dass es weh tut.

»Wenn das die ganze Woche so weitergeht, *werde* ich dich ficken. Ich werde tief in dir drin sein, deinen heißen Hintern mit meinem stein-harten Schwanz füllen und es dir so verdammt gut besorgen, dass du mich um mehr anflehen wirst. Hast du das verstanden?«

»Oh Gott. Ja«, ist alles, was ich sagen kann, denn mein Gehirn hat auf Autopilot geschaltet und mein Schwanz die Kontrolle übernommen.

Meine Reaktion scheint Emery auch die letzten Hemmungen zu

nehmen. Er zerrt an mir, zieht an meinen Haaren und drückt seinen halbnackten Körper gegen mich. Wir sind ein einziges Durcheinander aus schwitziger Haut und verhedderten Gliedmaßen, und er wird immer lauter. Langsam mache ich mir Sorgen, dass unsere Eltern uns hören werden.

»Em, sei leise«, keuche ich, und er beißt mir in den Nacken.

»Es ist so verdammt schwer, leise zu sein, wenn ich mit dir zusammen bin«, flüstert er, und dann vergräbt er sein Gesicht in meinem Nacken, während er sich weiter auf mir bewegt.

Dann beißt er erneut in meine Schulter und kommt stöhnend in seinen Boxershorts. Ich folge bald darauf. Als wir beide erschöpft und außer Atem sind – und unser Sperma auf uns, in unserer Unterwäsche und auf den Laken verteilt ist – krabbelt er auf mich. Ich wickle die Decken um uns beide und er seufzt zufrieden.

»August«, sagt er gähnend. »Ich bin so verdammt müde. Weck mich bitte, wenn du merkst, dass ich einen Albtraum habe.«

Ich lege meine Handflächen auf seinen Rücken und drücke ihn an mich.

»Ja, Em. Das werde ich.«

————

Ein Klopfen an der Schlafzimmertür lässt mich aus dem Tiefschlaf aufschrecken. Emery liegt auf dem Bauch neben mir, sein struppiges Haar fällt ihm in die Stirn. Er öffnet nun ebenfalls die Augen und sieht mich an. Sofort schleichen sich Szenen der letzten Nacht in meinen Kopf.

Wie Emery mitten in der Nacht schrie. Wie ich ihn wachgerüttelt habe. Wie er in meinen Armen zitterte, während ich ihn hielt und meinen Finger auf seinen Puls drückte, um seinen Herzschlag zu überwachen. Als er sich irgendwann beruhigt hatte, legte er sich auf mich, seine Wange auf mein Herz.

»August?«, fragt meine Mutter von der anderen Seite der Tür. Sie klingt besorgt.

»Ja?«, rufe ich, und mein Blick wandert zum Schloss der Tür. Zum Glück hat Emery gestern abgeschlossen.

»Tut mir wirklich leid, dass ich dich wecke, aber hast du Emery gesehen?«, fragt sie.

Braune Augen blinzeln mich an, und ich kann nicht anders. Ich greife hinüber und streiche eine verirrte Haarsträhne hinter Emerys Ohr. Er schließt die Augen, sobald ich ihn berühre, und saugt seine Unterlippe zwischen die Zähne. Meine Brust zieht sich zusammen, und ich spüre, wie ich bei diesem Anblick hart werde.

Scheiße.

Man sollte meinen, dass ich langsam eine Pause brauche, aber nein. Ich bin schon jetzt wieder bereit für ihn.

»Nein, habe ich nicht«, antworte ich, streiche mit dem Daumen über seinen Kiefer und nehme sein Gesicht in meine Hand. Er lehnt sich einfach in die Berührung hinein.

Meine Mutter schweigt einen Moment. »Okay, wir können ihn nicht finden, aber ich bin sicher, es geht ihm gut. Wie auch immer, Thomas und ich gehen in die Stadt, um einen Kaffee zu trinken. Willst du auch etwas?«

Ich ziehe Emerys Gesicht etwas näher an mich heran und berühre seine Nase mit meiner. »Nein, ich brauche nichts. Danke, Mom.«

»Oh, und dein Auto ist in der Werkstatt. Es wurde abgeschleppt, und die Mechaniker prüfen, ob alles in Ordnung ist. Bis wir nach Hause fahren, sollte alles wieder okay sein.«

»Danke«, antworte ich und schaue in Ems strahlende braune Augen.

»Okay, tut mir leid, dass ich dich geweckt habe. Wir sind gleich wieder da.«

Ich höre Schritte, die sich von der Tür entfernen, und Emery rückt näher an mich heran.

»Bist du sicher, dass du sie weiterhin anlügen willst?«, flüstert er, und ich spiele mit seinen Haaren, fahre mit den Fingern über die rasierten Seiten seines Kopfes und durch die längeren Strähnen auf dem Kopf.

»Ich weiß es nicht, aber ich weiß auch nicht, ob ich bereit bin, es ihr zu sagen. Wir haben doch noch ein paar Tage Zeit, oder? Bis dahin kann ich es mir überlegen.«

»Das klingt sehr impulsiv, dabei scheinst du gar kein impulsiver Mensch zu sein«, sagt Emery. »Das passt so gar nicht zu dir. Vielleicht habe ich einen schlechten Einfluss auf ich. Ich glaube, das wird böse enden.«

»Das wird es nicht«, sage ich, reibe mir mit der Hand über das Gesicht und seufze. »Aber ich brauche nur noch ein paar Tage, um wieder klar denken zu können.«

»Du bist zu streng mit dir. Das weißt du doch, oder?«

»Ja, ich weiß.«

Emery starrt mich an, dann steht er auf und geht ins Bad. Ich sehe, wie sein nackter Hintern hinter der Tür verschwindet, und eine Minute später kommt er mit meiner Zahnbürste zwischen den Zähnen heraus. Mein Blick wandert zu seinem langen Schwanz, der zwischen seinen Beinen hängt, und ich sehe die Metallkugel seines Piercings.

Er spreizt seine Beine ein wenig, und ich muss wegschauen, denn es ist viel zu verlockend.

»Also«, sagt er, mit einem Mund voll Zahnpasta. »Wie wollen wir das heute angehen? Soll ich so tun, als würde ich dich hassen, so wie gestern?«

Bevor ich antworten kann, verschwindet er aus dem Blickfeld und kommt eine Sekunde später zurück, ohne Zahnbürste, aber immer noch splitterfasernackt. Er ist einfach so lebendig und sexy. In diesem Moment wird mir klar, dass er der schönste Mensch ist, den ich je gesehen habe. Das sollte mich glücklich machen und irgendwie tut es das auch, aber es macht mir auch verdammt viel Angst.

»Also, was meinst du?«, fragt er und zieht sich erneut ins Bad zurück. Ich atme tief durch, richte mich auf und folge ihm. Er betrachtet sich im Spiegel und wischt sich mit einem Handtuch über das Gesicht.

Ich starre ihn an. »Wenn du ständig abhaust, kann ich deine Fragen nicht beantworten.«

Seine Augen mustern mich im Spiegel. »Scheiße. Tut mir leid, ich habe etwas in meinem Gesicht gespürt und konnte mich nicht konzentrieren.«

Ich mustere ihn und stelle mich dann hinter ihn, meine Hände ruhen auf seinen nackten Hüften. »Ist schon okay.«

Emery lässt das Handtuch ins Waschbecken fallen und atmet aus.

»Ich kann mich nicht einmal mehr daran erinnern, was ich dich gefragt habe. Weißt du es noch?«

Ich ziehe ihn etwas näher an mich heran, sodass sein Hintern meinen Schritt berührt. Schade, dass ich gestern Abend Boxershorts angezogen habe, denn nackt könnte ich meinen Schwanz direkt an seiner Haut reiben.

»Du wolltest wissen, ob du so tun sollst, als würdest du mich hassen, solange wir hier sind. Und die Antwort ist nein. Das war furchtbar. Ich denke, wir sollten einfach ... nett zueinander sein.«

»Nett?«, fragt er und drückt sich gegen mich. »Das wird schwer, wenn ich dich eigentlich nur ficken will. Ich könnte zu anhänglich werden und dich zu viel berühren. Ich könnte zum Beispiel aus Versehen meine Hand in deine Hose stecken, wenn ich dir eigentlich nur höflich die Hand schütteln will.«

Ich gluckse und er sieht mich stirnrunzelnd an. »Ich meine das sehr ernst, August. Es ist gut möglich, dass ich mit der Hand in der Keksdose erwischt werde. Oder mit meiner Zunge. Oder meinem Schwanz.«

Seine Finger trommeln auf dem Rand des Waschbeckens, und ich lehne mich zu ihm und drücke mein Gesicht in seinen Nacken.

»Kannst du wenigstens versuchen, dich zu beherrschen?«

Er neigt seinen Hals zur Seite, um mir einen besseren Zugang zu ermöglichen, und seufzt. »Ich brauche eindeutig noch viel mehr Süßigkeiten, um das durchzustehen.«

»Wenn du willst, können wir heute welche kaufen gehen.«

»Okay, ja. Wenn ich etwas habe, womit ich meinen Mund beschäftigen kann, kann ich *nett* sein. Möglicherweise. Ich werde es zumindest versuchen. Wie auf dem College, auch wenn mir das nie besonders gut gelungen ist, also ...«

Ich lächle gegen seine Haut und schaue zu ihm hoch, und unsere Blicke treffen sich.

»Wenn du mich weiter so ansiehst, kann ich nicht für das verantwortlich gemacht werden, was als Nächstes passiert.«

Ich drücke meine Lippen in seinen Nacken und Emery erschaudert, als ich mich langsam zu seinem Ohr hinauf küsse und dann sanft in sein Ohrläppchen beiße. Ich kann sehen, dass sein Schwanz wieder hart wird, und ich widerstehe dem Drang, ihn zu packen.

»Lass mich dir Frühstück machen«, sage ich leise, und Emery stöhnt und zeigt auf seinen harten Schwanz.

»Ernsthaft? Erst drückst du dich ganz dicht an mich, knabberst an mir und kannst deutlich sehen, was du mit mir anstellst und dann schlägst du vor, dass du, anstatt mir einen runterzuholen, stattdessen ein paar Eier für mich brätst?«

Ich lache und ziehe mich von ihm zurück, woraufhin Emery die Augen schließt.

»Du bist wirklich furchtbar.« Dann berührt er meinen Schwanz und sieht mich stirnrunzelnd an. »Gut, aber ich will Pancakes mit Sirup. Viel Sirup. Ich will, dass die Pancakes schreien, weil sie in einem Meer von Sirup ertrinken.«

Ich zwinkere ihm zu, und er stöhnt.

»Du bist böse«, zischt er, und ich gehe lachend in Richtung Küche. Ich gieße mir ein Glas Saft ein und hole alles, was ich brauche, um uns ein Frühstück zu machen, aus dem Kühlschrank. Kurz darauf gesellt sich Emery zu mir. Zum Glück ist er angezogen. Trotz der Anziehsachen sieht er immer noch ziemlich gut aus.

»Hier, ein Friedensangebot«, sage ich, während er sein Insulin abmisst. Ich stelle eine Tasse mit heißer Schokolade vor ihn hin, und er schaut hinein.

Seine Augen treffen meine, und er senkt seine Stimme. »Mini-Marshmallows? Versuchst du etwa, mich zu verführen? Denn das ist wirklich nicht nötig. Du hast mich schon lange am Haken.«

Ich werfe einen Blick zur Tür, um mich zu vergewissern, dass unsere Eltern noch nicht zurück sind, dann nehme ich die Pancake-Mischung und fange an, sie mit den restlichen Zutaten zu verrühren.

Emery nimmt einen großen Schluck, »Die sind zuckerfrei«, sage ich und Emery schnappt nach Luft. »Du hast mich verraten«, murmelt er und ich unterdrücke ein Grinsen.

»Ich möchte, dass du ein langes Leben hast, Em. Zu viel Zucker ist nicht gut für dich.«

Er starrt mich einen langen Moment lang an und seufzt dann. »Gut. Aber dafür bist du mir was schuldig.«

»Was immer du willst.«

»Versprich nichts, was du nicht halten kannst«, sagt er grinsend und trinkt einen weiteren großen Schluck. Als er die Tasse abstellt, ziert ein dunkler Schokoladenrand seine Oberlippe. Scheiße, dieser Typ wird noch mein Tod sein. Er macht alles sexuell.

»Du hast da was an deiner Lippe«, sage ich und zeige auf sein Gesicht.

Emery fährt mit seiner Zunge daran entlang und leckt sie sauber, und ich muss wegschauen. Wenn ich ihn jetzt küsse, ist die Wahrscheinlichkeit groß, dass unsere Eltern auftauchen, und ich bin nicht bereit, das zu erklären. Ich brauche wirklich ein paar Tage mehr, um selbst mit all dem klarzukommen.

Ein lautes Schlürfen bringt mich dazu, mich wieder umzudrehen. Ungläubig starre ich Emery an.

»Hast du ... hast du etwa schon ausgetrunken?«, frage ich und werfe einen Blick auf die leere Tasse.

»Ja«, antwortet er und klopft sich auf den Bauch. »Davon könnte ich zehn trinken.«

Ich gluckse, werde aber von unseren Eltern unterbrochen, die in diesem Moment durch die Haustür kommen. Die beiden plaudern miteinander, aber ihre Stimmen verstummen, als sie uns beide in der Küche sehen.

Emery zappelt nervös hin und her, als sie sich nähern, seine Finger spielen mit der Tasse, während ich mich wieder dem Herd zuwende.

»Ich habe gerade Frühstück gemacht. Wollt ihr irgendetwas?«, frage ich und versuche, meine Stimme ruhig zu halten.

Meine Mutter lässt sich auf den Barhocker neben Emery sinken.

»Gerne. Pancakes?«

»Ja.«

Sie stößt Emery leicht mit ihrem Ellbogen an. »Ich habe heute Morgen versucht, dich zu finden, um zu sehen, ob du etwas aus dem Café willst, aber du warst nicht aufzufinden.«

Er zuckt mit den Schultern. »Ich war spazieren.«

Meine Mutter wirft einen Blick auf seine Pyjamahose und schaut dann zu mir. Schnell drehe ich mich weg.

»Ich bin ein wenig nass geworden und habe mich umgezogen. Mir wurde gesagt, ich hätte nicht entsprechend gepackt«, erklärt Emery und lehnt sich dann zurück und mustert seinen Vater, der unbeholfen in der Küche steht.

»Da ist noch ein Stuhl, Thomas. Du brauchst nicht zu stehen«, sagt Emery.

Thomas schaut sich den Stuhl neben seiner Frau an und lässt sich dann darauf nieder, wobei er seinen Papp-Kaffeebecher noch immer in den Händen hält.

»Wie war es denn im Café?«, frage ich.

Thomas räuspert sich. »Gut. Für einen kleinen Ort haben sie gar keine schlechte Auswahl.«

»Cool, vielleicht gehen wir später auch mal vorbei. Em und ich haben uns unterhalten, und beschlossen, später zum Supermarkt zu fahren.«

Meine Mutter sieht erst mich und dann Emery an. Erst jetzt wird mir klar, was ich da gerade getan habe.

Emery fährt sich mit der Hand über das Gesicht und schaut mich durch seine Finger an.

»Klar, ihr zwei könnt jederzeit das Auto nehmen«, wirft Thomas ein, der offenbar keinen blassen Schimmer hat, was hier vor sich geht.

»Ich verspreche, nicht mehr zu fahren«, sagt Emery und versucht, das Thema zu wechseln. »Ich sollte wahrscheinlich nie wieder Auto fahren. Vielleicht kaufe ich mir einen von diesen elektrischen Rollern. Oh, oder ein Hoverboard! Darauf würde ich bestimmt ziemlich cool aussehen.«

Meine Mutter wendet ihren Blick von mir ab, und ich atme erleichtert aus. Vielleicht ist diese ganze Geheimnistuerei doch nicht die beste Idee. Vielleicht hat Emery recht, und wir sollten ihnen einfach alles erzählen. Aber dann gehen mir all die Konsequenzen durch den Kopf, und ich fühle mich wie gelähmt.

Die Stimme meiner Mutter reißt mich aus meinen Gedanken. »Niemand gibt dir die Schuld, Emery. Jeder macht Fehler. So ist das Leben. Wir sind beide nur froh, dass es euch gut geht.«

»Das bin ich auch«, antwortet Emery. »August war wie ein Superheld da draußen. Er wollte sogar eine Schneehöhle für uns graben, und zwar mit einer Schaufel von der Größe einer Soßenkelle.«

»Das hätte ich auch getan, wenn es nötig gewesen wäre«, sage ich mit geröteten Wangen. »Aber zum Glück war es das nicht.«

»Oh, und er hat mich vor Bären beschützt.«

»Es gab keine Bären.«

»Und Eulen«, sagt Emery und erschaudert. »Die waren wirklich unheimlich. Wie kleine Gespenster mit drehbaren Köpfen.«

Meine Mutter lacht jetzt, und Thomas grinst und beobachtet seinen Sohn mit einer Mischung aus Stolz und Verwirrung.

»Zum Glück hat er diese knisternde Rettungsdecke eingepackt. Die hat uns schön warmgehalten, wenn wir kuscheln mussten.«

Mein Pfannenwender rutscht ab und ich verschütte fast den Pancaketeig, aber zum Glück verrät Emery nicht, *wie* wir gekuschelt haben.

»August hat mir erzählt, dass er ein Eagle Scout ist. Ich schätze, von all den Leuten, mit denen man da draußen hätte festsitzen können, bin ich froh, dass er es war. Wäre es Lex gewesen, wären wir beide tot. Vermutlich wäre ich einfach erfroren und Lex hätte *Don't Fear the Reaper* abgespielt und sich selbst in Brand gesetzt. Er würde niemals einfach nur erfrieren. Das wäre ihm viel zu langweilig.«

Als er Lex wieder erwähnt, spüre ich einen kleinen Stich der Eifersucht in meiner Brust. Ich habe kein Recht, so zu fühlen. Das weiß ich, und trotzdem kann ich nicht anders.

»Ah, der berüchtigte Lex«, sagt Thomas und Emery lächelt.

»Ja, er ist schrecklich verknallt in dich. Das ist widerlich.«

Ich staple die Pancakes auf einen Teller, während ich dem Gespräch nur noch halb folge, und dann bediene ich alle, wobei ich darauf achte, so viel Sirup auf Emerys Teller zu kippen, bis seine Pancakes darin schwimmen.

»Oh Gott«, stöhnt Emery mit vollem Mund, und ich bin dankbar, dass ich mich endlich hinsetzen kann, da mein Schwanz dieses Geräusch sofort zum Anlass genommen hat, wieder hart zu werden. Genau das passiert auch, wenn er seine Zunge in meiner Kehle steckt.

Als wir endlich fertig sind, scheucht meine Mutter uns beide aus der Küche, damit wir einkaufen gehen können.

»Scheiße, das war knapp«, sagt Emery, als wir in Thomas' Auto sitzen und den Berg hinunterfahren. »Deine Mutter hat uns angestarrt, als wüsste sie Bescheid. Deshalb kann ich auch so schlecht lügen, August. Ich breche unter Druck zusammen.«

»Du hast das toll gemacht«, sage ich und drücke dann seine Hand. »Es tut mir leid. Ich weiß, es ist viel verlangt.«

Er seufzt und blickt dann zu mir herüber, wobei er seine Finger mit meinen verschränkt. »Es ist gut, dass du so heiß bist, denn ich würde das für niemand anderen tun.«

»Ich weiß. Dafür bin ich dir wirklich dankbar«, sage ich mit einem kleinen Lächeln.

»Nur noch zwei Tage, August, und dann musst du entscheiden, wie es weitergeht. Wenn es nach mir ginge, würde ich die Karten einfach offen auf den Tisch legen.«

Ich nicke und beiße mir auf die Unterlippe.

»Noch zwei Tage«, sage ich, als wir das Auto vor dem kleinen Supermarkt des Ortes parken.

Emery springt heraus, knöpft seinen Mantel zu und dann gehen wir beide hinein. Die alten Holzböden knarren bei jedem Schritt, den wir durch die kleinen Gänge machen, und plötzlich stöhnt Emery vor Vergnügen.

»Gütiger Himmel«, murmelt er, als er nach einer großen Tüte mit Süßigkeiten greift, sie aufreißt und einen grünen Apfellutscher herauszieht. »Oh, Gott«, murmelt er, während er ihn sich in den Mund steckt, und ich ihn anstarre. »Das ist sooo gut.«

»Wir hätten vielleicht trotzdem erst bezahlen sollen«, sage ich.

»Ich konnte es einfach nicht erwarten«, sagt er, geht den Gang entlang und packt praktisch alle Süßigkeiten in unseren Einkaufskorb.

»Ich glaube nicht, dass ich jemals etwas so sehr geliebt habe, wie du Süßigkeiten liebst. Ob es wohl eine Art Reha für Zuckersüchtige gibt?«, frage ich.

»Wahrscheinlich. Mein Onkel Leroy war in einer Reha-Klinik, weil er zu viele Karotten gegessen hat. Wenn man zu viel Beta-Carotin zu sich nimmt, kann es ähnliche Auswirkungen haben wie Nikotin. Er hat so viele gegessen, dass seine Haut orange wurde und er zitterte, als er aufhören wollte.«

»Du willst mich wohl verarschen?«, sage ich und blinzle ihn an.

»Nein, das ist die Wahrheit. Ich habe es sogar auf Reddit nachgelesen. Überzeug dich selbst, wenn du mir nicht glaubst.«

Als der Einkaufskorb so voller Süßigkeiten ist, dass er fast überquillt, geht Emery in die Kleidungsabteilung. Dort stellt er den überfüllten Korb auf den Boden und wühlt sich dann durch die Regale. Kurz darauf hält er mir ein T-Shirt vor die Brust, zieht ein anderes heraus und macht dasselbe und sieht mich aufmerksam an.

»Hm, eine sehr schwierige Entscheidung. Du bist so verdammt heiß, dass mein Gehirn sich nur darauf konzentriert, dich nackt zu sehen.«

»Und wir brauchen neue T-Shirts, weil …?«

»Na, um den Anlass zu würdigen. Schließlich will ich mich immer daran erinnern, dass ich mit meinem Stiefbruder herumgevögelt habe.«

Ich sehe ihn mit zusammengekniffenen Augen an, aber er schenkt mir keine Beachtung.

»Sollen wir uns zueinanderpassende T-Shirts kaufen?«, fragt er. »Das wäre doch toll, denkst du nicht? Was ist mit dem hier, das schreit doch geradezu nach Pärchenshirt, meinst du nicht?«

Ich schnaube, nehme ihm das T-Shirt aus der Hand und halte es ihm vor die Nase.

»Steht dir gut.«

Emery nimmt es mir ab und dreht sich dann zum Spiegel. Er zuckt mit den Schultern. »Ja, nicht schlecht, aber ich denke, du solltest auf jeden Fall eine Nummer kleiner nehmen, damit ich deine Muskeln bewundern kann, während du es trägst.«

Ich schüttle lächelnd den Kopf und ziehe das T-Shirt in der richtigen Größe aus dem Regal. Dann machen wir beide uns auf den Weg zur Kasse, hinter der ein Mädchen im College-Alter auf ihrem Handy herumscrollt.

»Hallo«, sagt Emery mit einem koketten Lächeln.

Sein Tonfall und die Art und Weise, wie sich sein Körper zu ihr lehnt, irritieren mich.

Es ist ja nicht so, dass ich ihn nicht schon mit Frauen gesehen hätte, aber das war *vorher*.

Vor mir. Vor *uns*.

Das Mädchen sieht sich seinen Korb an und grinst dann. »Wow, bist du etwa eine kleine Naschkatze?«

»Du hast ja keine Ahnung.« Er zwinkert ihr zu. »Ich liebe süße Dinge.«

Sie errötet und lässt ihren Blick über ihn schweifen. »Und ich liebe Tattoos.«

»Hast du welche?«, fragt er, und ich kann es kaum noch ertragen.

Ich stoße ihn mit dem Ellbogen an. »Hör auf damit, Em«, flüstere ich.

Emery dreht sich zu mir um, und dann schiebt sich einer seiner Lippenwinkel nach oben. »Bist du etwa eifersüchtig, *Bruder*?«, fragt er dann.

Ich spüre, wie sich meine Wangen erhitzen, und in diesem Moment weiß ich wieder, warum er mich früher so genervt hat. Er liebt es einfach, mich auf die Palme zu bringen, und das macht mich verrückt.

»Ich warte draußen«, brumme ich und drehe mich um, um zu gehen, wobei ich das T-Shirt, das ich kaufen wollte, auf die Ladentheke werfe.

Scheiß drauf. Ich will es nicht.

Mit einem unguten Gefühl in der Magengegend warte ich draußen auf ihn.

Ein paar Minuten später kommt Emery nach draußen gesprintet und rutscht auf dem eisigen Boden aus, als er auf mich zukommt. Ich strecke die Hand aus, damit er sich daran festhalten kann und nicht hinfällt.

»Oh, verdammt, ich dachte schon, du würdest mich hier zurücklassen.«

»Ich würde dich nie einfach so zurücklassen«, murmle ich und greife nach der Plastiktüte, die mit Süßigkeiten gefüllt ist. »Hast du alles bekommen, was du brauchst?«

Er nickt, greift dann in seinen Mantel und holt die zwei T-Shirts heraus. »Die habe ich auch noch gekauft.«

Ich werfe einen Blick darauf und nehme sie ihm aus der Hand. »Danke.«

»Du bist wütend. Ich habe dich wütend gemacht«, sagt er und joggt neben mir her, während ich zügig zum Auto gehe. Er rutscht wieder aus, und ich strecke die Hand aus und ziehe ihn an mich. »Das war einfach nur ein dummer Scherz. Ich war nicht wirklich an ihr interessiert.«

Ich grunze einfach nur, schließe das Auto auf und setze mich. Kurz darauf nimmt Emery auf dem Beifahrersitz Platz.

Ich starte den Wagen und drehe die Heizung auf, weil ich weiß, dass er friert. Tatsächlich hält er eine Hand an den Lüftungsschlitz, während er mit der anderen seinen Lutscher aus dem Mund zieht. Ich spüre seinen Blick auf mir, aber ich bin immer noch wütend und kann mich nicht überwinden, ihn anzusehen.

»Sieh mal, manchmal mache ich dummes Zeug, um Aufmerksamkeit zu bekommen. Aber ich will nur dich. Das musst du wissen. Ich will dich, seit wir uns das erste Mal begegnet sind. Du hast so verdammt gut ausgesehen. Wie ein Engel. Ich bin dir sofort verfallen.«

Schließlich drehe ich mich zu ihm um, meine Wangen werden heiß, und unsere Blicke treffen sich.

»Aber ich habe nichts in deinen Augen gesehen. Da war absolut kein Interesse. Du hast mich einfach immer nur ignoriert. Nach einer Weile wusste ich, dass nie etwas zwischen uns passieren würde. Dass ich nie gut genug für dich sein würde. Zumindest nicht wirklich. Aber dann ist es doch passiert. Es ist passiert, und es scheint einfach zu schön, um wahr zu sein. Was jetzt? Hatte ich mit meiner ersten Annahme vielleicht doch recht? Bin ich doch nicht gut genug?«

Seine Worte hängen zwischen uns in der Luft, und ich muss mich zwingen, mich daran zu erinnern, dass dieser Typ daran gewöhnt ist, dass Leute aus seinem Leben verschwinden. Er glaubt, dass das vollkommen normal ist.

Mein bester Freund sagt, ich sei die loyalste Person, die er je getroffen hat. Ich habe noch nie jemanden im Stich gelassen. Und ich werde jetzt sicher nicht damit anfangen. Schon gar nicht, weil ich einfach nur eifersüchtig bin.

»Em«, sage ich und schließe dann die Augen. »Du bist gut genug. Natürlich bist du das.«

»Aber du wünschst dir trotzdem, dass zwischen uns nie etwas passiert wäre, oder? Bereust du es?«

Er kaut nervös auf seinem Lutscher herum und zappelt hin und her, während er heftig blinzelt.

Ich atme tief ein, ziehe ihm den Lutscher aus dem Mund und werfe ihn in den Getränkehalter. Dann packe ich ihn an beiden Seiten des Gesichts und ziehe ihn zu mir.

»Nein.«

Dann küsse ich ihn. Plötzlich krabbelt er über die Konsole und auf meinen Schoß. Die Hupe ertönt laut, als sein Rücken dagegen drückt, und wir springen auseinander, beide schwer atmend. Aber als wir merken, dass das nur wir waren, treffen sich unsere Münder wieder. Seine Hände sind in meinem Haar, während er mich an sich drückt.

»Ich will nur dich. Sag mir, dass du mir glaubst und dass du die Sache nicht beenden wirst. Versprich es mir, August. Das könnte ich nicht ertragen«, flüstert er zwischen sanften Küssen mit offenem Mund. Die Hupe ertönt wieder, als wir uns gegeneinander bewegen, aber das scheint keinen von uns mehr zu stören. »Sag es.«

Meine Hände umschließen ihn fester. »Ich verspreche es.«

Er seufzt und lehnt dann seine Stirn an meine. »Gut. Du hast mir eben einen ziemlichen Schrecken eingejagt.«

»Ich würde dich niemals einfach irgendwo stehen lassen, okay? Niemals.«

Er seufzt. »Okay, denn das würde ich auch nicht tun.«

Er begegnet meinem Blick und lächelt mich sanft an. »Ich muss mich erst noch an dich gewöhnen, August. So jemanden wie dich habe ich noch nie getroffen.«

»Das kann ich nur zurückgeben. Wobei ich das Gefühl habe, noch sehr viel mehr über dich lernen zu müssen.«

»Gott, als ob ich das nicht wüsste«, sagt er lachend. »Ich weiß selbst immer noch nicht, was ich will. Vielleicht findest du das ja heraus.«

Ich drücke ihm einen Kuss auf die Nasenspitze. »Wir sollten zurück zur Hütte fahren, bevor sich unsere Eltern Sorgen machen, dass wir uns wieder verirrt haben.«

Emery rutscht von meinem Schoß und starrt dann sehnsüchtig auf seinen Lutscher, der immer noch im Becherhalter liegt.

»Steck ihn dir *auf keinen Fall* einfach wieder in den Mund«, sage ich. »Nimm dir doch einfach einen neuen Lutscher.«

Emery seufzt. »Was für eine Verschwendung. Aber das war es wert.« Er zieht den Lutscher aus dem Becherhalter, inspiziert ihn, und ich erwarte fast, dass er ihn sich allein aus Trotz wieder in den Mund steckt, aber er tut es nicht. Er steckt ihn einfach in seine Tasche und schnallt sich an.

»Also gut, bring uns nach Hause. Ich bin bereit, einfach nur abzuhängen. Und vielleicht können wir uns dabei eine Decke über den Schoß legen und uns darunter befummeln«, sagt er und wackelt mit den Augenbrauen. »Aber möglichst keine knisternde Decke. Diese Dinger sind wirklich nicht zum Masturbieren gedacht.«

Ich schüttle den Kopf und lege den Rückwärtsgang ein.

»Ich denke, unsere Definitionen von Diskretion sind vollkommen verschieden.«

»Was bedeutet Diskretion noch gleich?«

KAPITEL SECHS

EMERY

Heute ist unser letzter gemeinsamer Tag. Die Zeit in der Hütte war ein absoluter Traum. Ein glückseliger Traum. Ich habe jede freie Minute mit August verbracht, wir hatten Spaß im Schnee, haben uns entspannt, geredet und, wenn wir allein waren, haben wir rumgeknutscht wie geile Teenager. Könnte das Leben noch besser werden? Ich meine, es wäre natürlich schön, wenn wir nicht herumschleichen und uns verstecken müssten, aber verdammt, das ist es trotzdem wert.

Endlich habe ich Augusts Aufmerksamkeit.

Wir sitzen im Whirlpool – denn natürlich hat diese Villa einen auf der Terrasse mit Blick auf die Pisten – und mein Bein ist unter Wasser um seins geschlungen, während wir uns entspannen. Ich habe vor, bald meine Hand zwischen seine Beine zu schieben, denn neben ihm zu sitzen und ihn nicht zu berühren, erfordert eindeutig zu viel Willenskraft, die ich nicht besitze.

Ich greife nach hinten, packe ein Bonbon aus und schiebe es in meinen Mund. Als August mich dabei beobachtet, werden seine Wangen noch röter, als sie es durch die Hitze des Wassers ohnehin schon sind. Wahrscheinlich muss er daran denken, was wir letzte Nacht getan haben.

Ich hatte mich nach Einbruch der Dunkelheit in sein Zimmer geschlichen und fand August, nur mit seiner Unterhose bekleidet auf dem Bett liegend, wie eine Art Renaissance-Figur. Ich konnte nicht einmal atmen, so verdammt heiß war er. Ich fing sofort an zu schwitzen und starrte ihn von der anderen Seite des Zimmers an. Ich glaube, ich musste sogar ein wenig sabbern, und ich schäme mich nicht, das zuzugeben. Dann erhob er sich wie Lazarus vom Bett und drückte mich mit seinen großen starken Händen gegen die Wand. Er küsste mich so leidenschaftlich, dass er, als ich endlich wieder zu Atem kam, mein Bonbon im Mund hatte.

Es war in *seinem verdammten Mund*.

Ich bewege meinen Fuß an seinem Bein auf und ab und er leckt sich über die Lippen.

Ich lehne mich nur einen Zentimeter näher an ihn heran und versuche, unauffällig zu sein, weil unsere Eltern hinter uns im Wohnzimmer sind. Ich versuche, Augusts Wünsche zu respektieren, aber verdammt, das ist wirklich schwer, vor allem wenn ich einfach nur in seinen Schoß kriechen und meinen Mund auf seinen drücken möchte ... am liebsten würde ich natürlich noch ganz andere Dinge tun.

»Du denkst an letzte Nacht, nicht wahr? Willst du ein Bonbon? Hat gut geschmeckt, was?«

August wendet den Blick von mir ab. »*Du* hast gut geschmeckt.«

Oh Gott. Das ist doch lächerlich. Warum sagt er nur immer wieder diese Dinge zu mir? Er ist mein wahr gewordener feuchter Traum und ich kann nicht aufhören, an ihn zu denken.

»Meinst du, wir können uns für eine Weile davonschleichen? Ich hatte da nämlich diese Idee und ich möchte ein wenig mit der Zuckerwatte experimentieren ...«

Ich verstumme sofort, als Thomas in seiner Badehose in meinem Blickfeld auftaucht. Natürlich. Dieser Mann lebt dafür, den Moment zu ruinieren. Er ruiniert *alle* Momente.

»Hey«, sagt er und deutet auf den Whirlpool. »Darf ich mich zu euch setzen?«

Na klar, warum auch nicht? Du störst gerade überhaupt nicht, Dad.

»Klar«, sagt August lächelnd. Er versucht, sich von mir zu entfernen, aber ich schließe mein Bein um ihn.

Wage es ja nicht, Bruder.

Thomas bemerkt nicht, wie sich August abmüht, als er in das dampfende Wasser gleitet. Aber Thomas bemerkt eigentlich nie etwas, vor allem nicht, wenn es um mich geht.

»Das ist wirklich schön«, sagt Thomas, während er mit seinen dunklen Augen die Pisten absucht und sich dann wieder zu uns beiden umdreht. »Schade, dass wir morgen früh wieder nach Hause fahren müssen.«

Ich seufze, lehne meinen Kopf zurück und schließe die Augen. »Ja, das nervt. Ich will noch nicht zurück in die reale Welt.«

Thomas schnalzt mit der Zunge und räuspert sich dann.

»Ihr hattet heute anscheinend viel Spaß mit den Schlitten«, sagt Thomas und ich schaue ihn an. Ist das dein Ernst, Kumpel? Dafür hast du uns unterbrochen? Um über das Schlittenfahren zu reden?

August lacht. »Ja, das war wirklich toll. Leider ist mein Schlitten recht schnell kaputtgegangen.«

»Das liegt nur an deinem knackigen Hintern«, murmle ich, und August lacht.

»Hauptsache ihr hattet Spaß«, sagt Thomas und sieht mich an, als würde er auf meine Antwort warten. Ich rutsche nervös hin und her.

»Ja, den hatten wir. Vielleicht kann ich nächstes Jahr lernen, Ski oder Snowboard zu fahren.«

Thomas nickt schnell und begegnet meinem Blick, bevor er schnell wegschaut.

»Ja, warum nicht. Das bekommen wir sicher hin. Wir können dir einen Kurs heraussuchen.«

Ich sehe August an und widerstehe dem Drang, ihm den Schweiß von der Oberlippe zu lecken.

»Willst du nächstes Jahr zusammen mit mir einen Kurs machen?«, frage ich ihn.

Er blickt zu mir herüber und sein Mundwinkel hebt sich. »Klar, Em. Klingt gut.«

Einen Moment lang sind wir alle still, dann wendet sich August an Thomas. »Meinst du, mein Auto ist morgen fertig?«

»Ja, der Mechaniker hat gesagt, dass er rechtzeitig fertig wird. Wir können euch auf dem Heimweg an der Werkstatt absetzen.«

Meine Augen weiten sich vor Aufregung und ich schaue zu August hinüber. Oh Gott, vielleicht können wir auf dem Rückweg in einem Hotel übernachten und ficken. Ich muss dringend Gleitgel und Kondome kaufen, viele Kondome, nur für den Fall, dass er zustimmt. Ich würde ihn auf seine Hände und Knie bringen, mich an diesen breiten Schultern festhalten und meinen Schwanz *Zentimeter für Zentimeter* in ihn hineinarbeiten ...

Hoppla. Mayday. Abbruch! Ich kann hier drin nicht hart werden. Nicht, wenn mein Dad mir gegenübersitzt. Ich muss ganz schnell an etwas anderes denken ... Einhörner, eine grüne Wiese, Baseball. Scheiße, jetzt stelle ich mir gerade August in seiner engen Baseball-Uniform vor, wie er auf einem Einhorn über eine grüne Wiese reitet. Wie komme ich überhaupt auf so etwas?

August räuspert sich, als ob er meine Gedanken lesen könnte. »Das ist gut. Ich bin froh, dass mit meinem Baby alles in Ordnung ist.«

Einen Moment lang denke ich, dass August von mir spricht, und mein Herz flattert aufgeregt in meiner Brust. Aber dann holt mich die Realität ein und mir wird klar, dass er von seinem Geländewagen spricht. Ich bin immer noch ein schmutziges Geheimnis. Ich bin niemandes Baby.

Verdammt, ich bin ein solcher Verlierer. Ich bin völlig besessen von dem Kerl und er hat sich noch nicht einmal entschieden, ob er jemandem von uns erzählen wird.

August stößt mich mit seinem Knie an und ich verdrehe die Augen.

»Was ist das für ein Blick?«, fragt August.

»Du nennst dein Auto wirklich *Baby*?« Ich schnaube. »Das ist einfach nur traurig.«

August stößt mich leicht an und meine Haut fängt allein durch den Hautkontakt Feuer. Ich muss dringend mit meinem Psychiater über diesen Zustand sprechen, vielleicht kann er meine Medikamentendosis erhöhen und mir damit über diese dumme Verliebtheit hinweghelfen.

Thomas' Lippen verziehen sich zu einem Lächeln, während er uns beobachtet. »Sieht aus, als würdet ihr euch mittlerweile gut verstehen. Vielleicht sollten wir bald wieder einen Familienurlaub planen.«

»Klingt super«, murmle ich und lasse das Bonbon in meinem Mund kreisen. »Ich bin für Hawaii.«

Dann kann ich August nämlich in Badehosen sehen. Er wird mich sicher bitten, seinen Körper mit Sonnencreme einzucremen, und wir könnten am Strand in einem schattigen Tagesbett ficken. Und es wird warm sein. Scheiß auf den Schnee. Ich wünsche mir Strand und Sonne. Viel Sonne.

Thomas nickt und breitet dann seine Arme auf der Rückseite des Whirlpools aus. »Ja, das wäre eine Idee. Natürlich muss ich erst mit Lisa sprechen, aber dann können wir uns alle zusammensetzen und ein paar Pläne schmieden.«

»Ich kann es kaum erwarten«, sage ich trocken.

Leider fasst Thomas meine Antworten als Einladung auf, einfach ewig bei uns zu sitzen. Ich habe das Gefühl, langsam graue Haare zu bekommen. Wird er jemals verschwinden, verdammt?

Als er schließlich aus dem Whirlpool steigt und nach drinnen verschwindet, atme ich zittrig aus und fahre mir mit der Hand übers Gesicht.

»Mein Gott, ich dachte, er würde nie verschwinden.«

»Er gibt sich wirklich Mühe, Em«, sagt August. »Ich sehe, wie er dich ansieht, und ich glaube, du schätzt ihn immer noch falsch ein. Er sieht dich nicht an, als wärst du ein Kaugummi, der an seinem Schuh klebt.«

Ich schnaube. »Wie sieht er mich denn an?«

»Als ob er dich kennenlernen möchte, aber Angst hat, etwas Falsches zu sagen oder zu tun.«

Ich schnaube so stark, dass ich mich fast an meinem Bonbon verschlucke. Ich sehe bereits mein Leben vor meinen Augen vorbeiziehen. Was ich am meisten bereue? August nicht gefickt zu haben. Oh Gott, kann ich bitte noch eine zweite Chance bekommen?

Ich klopfe auf meine Brust, und wie durch ein Wunder kann ich das Bonbon wieder auf den richtigen Weg lenken.

Als ich endlich wieder zu Atem komme, räuspere ich mich. »Ich wäre fast gestorben, so verdammt witzig war das.« Ich räuspere mich. »Nur damit du es weißt, Thomas hatte *Jahre* Zeit, mich kennenzulernen, und bisher hat sich unsere Beziehung kein Stück verändert. Ich glaube, wir sind dazu bestimmt, so lange umeinander zu kreisen, bis einer von uns stirbt. Ich werde wahrscheinlich zuerst gehen ...«

August stupst mich wieder leicht an, und ich rücke ein wenig näher an ihn heran, lehne meinen Kopf zurück und verschränke unter Wasser meinen kleinen Finger mit seinem.

»Warum lässt du niemanden an dich ran, Em?«

»Damit mich niemand enttäuschen kann.«

Dann seufzt er. »Du solltest es mal versuchen. Gib Thomas wenigstens eine Chance.«

»Ich weiß, dass du es gut meinst, weil du einfach ein verdammt großes Herz hast, aber wir haben eine Zeit lang eine Familientherapie gemacht und weißt du was? Er hat nach ungefähr einem Jahr aufgehört, hinzugehen. Er ist einfach nicht mehr aufgetaucht. Wahrscheinlich wollte er sich nicht mehr mit mir und meinen Problemen abgeben.«

»Em.«

»Nein, ich will nicht darüber reden. Ist schon okay«, sage ich, schaue weg und starre auf die weißen Pisten. »Ich verstehe das. Mit mir hat man eine Menge Arbeit. Thomas hat sein eigenes Leben.«

»Du bist sein *Sohn*. Dann muss er sich eben anstrengen.«

Ich zucke mit den Schultern und schaue weg, aber mein Herz flattert immer noch unkontrolliert, als August seine Finger mit meinen verschränkt.

»Du bist es wert, Em.«

Ach du Scheiße. Er sagt immer Sachen, bei denen ich sofort losweinen könnte. Ich bin nicht dafür gemacht. Ich muss mir dringend eine dickere Haut zulegen, wie eine Art Eidechsenmensch, damit seine verdammt süßen Worte nicht zu mir durchdringen können.

Er bringt mich dazu, mich noch mehr in ihn zu verlieben, obwohl ich eigentlich Mauern zwischen uns errichten sollte, um mich zu schützen. Das hier kann einfach nicht gut für mich ausgehen.

»Ich gehe rein«, sage ich, steige aus dem Wasser und schnappe mir ein Handtuch, weil der plötzliche Temperaturunterschied größer ist, als erwartet. Ich nehme meine Tüte mit den Süßigkeiten vom Boden und schlendere ins Haus, vorbei an Thomas und Lisa, die auf der Couch kuscheln. Als sie mich ansehen, zwinge ich mich zu einem kleinen Lächeln.

Ich gehe in mein Schlafzimmer und ziehe mir ein paar trockene Sachen an, bevor ich mein Handy vom Nachttisch nehme und einen Blick darauf werfe.

Lex: Hat er es seiner Mutter schon gesagt?
Ich: Nein. Die Frist läuft morgen früh ab.
Lex: Lass ihn sich nicht herausreden. Männer wie er sind hinterhältig.
Ich: Männer wie er?
Lex: Heteros, die einfach nur experimentieren wollen.

Mein Herz krampft sich in meiner Brust zusammen, und ich lehne mich mit dem Rücken an die Wand und schließe für einen Moment die Augen. Ich stelle mir Augusts hübsches Gesicht vor, wie er mich ansieht und mir sagt, dass ich es wert bin. Mist. Ich blicke erneut auf mein Handy.

Ich: Ich glaube nicht, dass das das Problem ist. Er macht sich nur Sorgen um seine Mutter.
Ich: Er will sie nicht enttäuschen.
Lex: Eltern sind dazu da, dass wir sie enttäuschen. So ist das nun mal, wenn man Kinder hat.
Ich: Ähm, und woher sollen wir wissen, wie normale Eltern sind? Unsere waren drogenabhängig und haben sich gewünscht, wir wären tot.
Lex: Stimmt. Wir sollten einen Club gründen. Den Club der Psycho-Mütter, oder so.
Ich: LOL

Ich reibe mir über die Brust, denn ja, ich weiß nicht, wie es ist, ein Elternteil zu enttäuschen. In meiner Kindheit war es immer nur meine Mutter, die mich enttäuscht hat. Nein, sie hat sogar mehr als das getan. Sie hat mein Leben ruiniert und jede Chance, die ich auf Normalität hatte. Ich glaube nicht, dass Thomas jemals wirkliche Erwartungen an mich hatte, um ehrlich zu sein. Er erfüllt einfach nur seine Aufsichtspflicht.

Lex: Ich will damit nur sagen, dass du dich nicht von ihm bequatschen lassen sollst. Du verdienst es nicht, nur eine geheime Affäre zu sein.
Ich: Ja. Ich weiß. Er hat gesagt, ich sei es wert. Das muss doch etwas bedeuten.
Lex: Wir werden sehen.

»Hey«, sagt eine leise Stimme hinter mir, und ich drehe mich um und sehe August in meiner Tür. »Du bist einfach so verschwunden.«

»Ja, ich ... musste mich umziehen und dann hat Lex mir geschrieben. Das hat mich abgelenkt.«

Ich halte mein Handy hoch, um ihm zu zeigen, dass es keine Ausrede ist.

August wirft einen Blick darauf und fährt sich mit der Hand durch das nasse Haar. »Soll ich dich in Ruhe lassen?«

»Nein, verdammt«, flüstere ich und werfe das Handy aufs Bett. »Aber wir sollten wohl schnell zu unseren Eltern gehen, bevor einer von ihnen Verdacht schöpft.«

»Ja«, antwortet er, schlüpft dann in das Zimmer und schließt die Tür so leise wie möglich.

Verdammt, mein Herzschlag beschleunigt sich augenblicklich, weil ich weiß, was auf mich zukommt. Ich liebe es, wenn er mich überrascht und das Kommando übernimmt. Wenn er das tut, fühlt es sich so an, als ob er doch das Gleiche für mich empfindet wie ich für ihn.

Er kommt auf mich zu, und ich sehe mir jeden Zentimeter von ihm genau an. Seine breite Brust, seine schmalen Hüften und die auffällige Beule vorn in seiner Jogginghose.

»Du siehst mich an, als wolltest du mich fressen«, flüstert er.

»Das will ich auch.«

Er bleibt direkt vor mir stehen und unsere Lippen sind nur Zentimeter voneinander entfernt. Ich spüre, wie sein Atem meinen Mund streift, und mir ist ein wenig schwindelig vor lauter Vorfreude.

»Ich will dich heute Nacht in meinem Bett haben«, sagt er, und ich keuche auf, als er seinen dicken Schenkel zwischen meine Beine schiebt und gegen meine Erektion drückt.

»Als ob du mich davon abhalten könntest«, versuche ich cool zu sagen, aber meine Stimme klingt viel zu atemlos und bedürftig.

Er zieht mir sanft an den Haaren, neigt meinen Kopf und küsst mich dann, ganz langsam. Es dauert nur Sekunden, bevor er sich zurückzieht, aber es reicht, um meinen ganzen Körper in Brand zu setzen.

Dann dreht er sich um und geht zurück zur Tür wie ein gottverdammter Verführer.

»Wir sehen uns draußen«, sagt er und lächelt mich an. Ich zeige ihm den Mittelfinger, denn ich werde jetzt auf keinen Fall da hinausgehen. Das Zelt in meiner Pyjamahose ist so groß, dass eine vierköpfige Familie darin Platz hätte.

So ein Mistkerl.

Er denkt wohl, er kann hier einfach reinspazieren, mich vollkommen aus dem Konzept bringen und damit davonkommen. Wenn meine Mutter mir irgendetwas beigebracht hat, dann, dass Rache verdammt befriedigend sein kann.

Ich stürze mich auf ihn, bevor er durch die Tür gehen kann, und reiße ihn zurück auf das Bett. Er fällt mit dem Bauch zuerst darauf. Das Bett prallt mit einem dumpfen Knall gegen die Wand und ich kichere, als er versucht, sich aufzusetzen.

»Was zur Hölle soll das, Em?«, grunzt er, aber ich spreize seine schmalen Hüften und beuge mich hinunter, sodass mein Mund ganz nah an seinem Ohr ist.

»Du kannst mich nicht einfach so küssen und dann gehen. Ich habe mich die letzten zwei Tage schrecklich zusammenreißen müssen, *deinetwegen*.«

Er bewegt sich unter mir und versucht offenbar, mich aufzugeilen. Er weiß wohl nicht, dass ich mich hier oben wie zu Hause fühle. Ich halte mich an ihm fest, lecke und sauge an seinem Nacken. Seine Augen schließen sich und ein leises Stöhnen entweicht seinem Mund.

»Em, sie können jeden Moment hier auftauchen.«

»Na und?«, flüstere ich und beiße in sein Ohrläppchen, woraufhin er keucht. »Du wirst es ihnen morgen ohnehin sagen, oder? Wen kümmert es, wenn sie etwas früher von uns erfahren?«

August versteift sich unter mir, und ich reibe mich an seinem Hintern. Okay, vielleicht noch einmal, denn verdammt, er macht mich geil. Ich bin jetzt schon kurz davor zu kommen.

»Em«, stöhnt er protestierend, und dann steht er mit einer Art unmenschlicher Kraft auf, und ich lande *hart* auf dem Boden.

»Scheiße«, flucht August und geht vor mir in die Hocke, die Augen weit aufgerissen, die Hand auf meinem Gesicht. »Das tut mir leid. Scheiße, bist du verletzt?«

Ich schlage seine Hand weg, richte mich auf und reibe meinen wunden Hintern.

»Ist schon gut«, murmle ich.

»Tut mir echt leid. Ich bin einfach in Panik geraten.«

Ich seufze, dann nehme ich die Decke vom Bett und lege sie mir um die Schultern.

»Ist wirklich keine große Sache«.

»Doch, das ist es. Ich war zu grob. Kann ich ...«, er fährt sich mit der Hand über den Mund. »Kann ich einen Blick darauf werfen? Um sicherzugehen, dass alles in Ordnung ist.«

Ich versuche, es herunterzuspielen, als wäre es keine große Sache, aber meine Augen brennen. Das liegt jedoch nicht an meinem schmerzenden Hintern, sondern an seiner Ablehnung. »Gib es einfach zu. Du willst nur einen Blick auf meinen Arsch werfen.«

»Em, das ist kein Scherz.«

Als ich ihn ansehe, verdreht er nur die Augen und hält sich dann an mir fest.

»Bist du sicher, dass es dir gut geht? Ich wollte dir nicht wehtun, Em. Das würde ich niemals wollen.«

»Es geht mir gut«, murmle ich und entferne mich dann von ihm, weil die Aufrichtigkeit in seinen Augen mich sonst noch zum Weinen bringen würde. Verdammt, bekomme ich etwa meine Periode oder so? Ist das eine Möglichkeit bei Männern? Das muss ich dringend später nachschlagen.

Ich nicke in Richtung Tür. »Geh schon mal raus. Ich komme gleich.«

August mustert mich misstrauisch. »Okay. Bist du dir wirklich sicher?«

»Verdammt sicher. Geh einfach«, murmle ich.

Er nickt und verschwindet. Als er weg ist, balle ich meine Hände zu Fäusten und versuche zu atmen und nachzudenken.

Was zum Teufel mache ich hier?

———

Als ich später im Bett liege und Candy Crush spiele, geht meine Tür auf. August zieht sie leise zu und schließt hinter sich ab.

Ich schaue auf die Uhr und stelle fest, dass es fast Mitternacht ist.

»Du bist mir aus dem Weg gegangen«, sagt er.

Ich stütze mich auf die Ellbogen und sehe ihn an. »Das bin ich nicht. Ich habe den ganzen Tag mit dir verbracht.«

August beißt sich auf die Unterlippe. »Ja, aber du hast mir beim Abendessen kaum in die Augen gesehen und warst fast den ganzen Abend mit deinem Handy beschäftigt.«

»Ich tue nur, worum du mich gebeten hast und versuche, cool zu bleiben.«

August wackelt mit den Füßen. »Bist du ... bist du beschäftigt? Soll ich gehen?«

»Nicht, wenn du bleiben willst«, sage ich und schlage die Decke um. Er sieht mich an und schlüpft dann kurz darauf neben mich. Ich drehe mich auf die Seite, um ihm gegenüberzuliegen, und unsere Beine verschränken sich. Ich wickle die Schnüre seines Kapuzenpullovers um meinen Finger und ziehe ihn ein wenig näher zu mir.

»Wann wirst du es ihr sagen? Ich habe das Gefühl, ich werde verrückt, weil ich nicht weiß, was du willst oder wie ich mich verhalten soll. Du wirst es ihr doch sagen, oder?«

Er schluckt, starrt auf die Tätowierungen an meinem Hals und ich kann seinen Gesichtsausdruck nicht lesen. Ich hebe sein Kinn an, damit er mir in die Augen sieht, und ziehe fragend die Augenbrauen hoch.

»Ja. Morgen. Bevor wir abreisen«, sagt er und drückt kurz seine Lippen auf meine.

Ich atme auf und bin erleichtert. »Okay.«

»So kann sie es auf der langen Fahrt verarbeiten, und bis wir alle wieder zu Hause sind, sollte alles in Ordnung sein.«

»Gut. Das ist gut«, sage ich und dann krabble ich auf ihn und drücke meinen Mund auf seinen.

Ich liebe es, wie sich seine Arme immer um mich schlingen und mich festhalten, als würde er mich erden.

Ich habe mich nie wirklich irgendwo zu Hause gefühlt ... außer bei August. Es fühlt sich so richtig an, bei ihm zu sein. Seine Arme sind mein absoluter Wohlfühlort.

»Ich würde gerne etwas ausprobieren«, sage ich und sehe August ins Gesicht, der sich auf die Unterlippe beißt.

»Okay, und was?«

»Wie wäre es, wenn ich dich überrasche? Vertraust du mir?«, frage ich und Augusts Griff um mich wird fester.

»Ja, das tue ich.«

»Okay«, flüstere ich und rolle mich von ihm herunter, damit ich nicht abgelenkt werde. »Okay, ab in die Dusche. Jetzt.«

August blinzelt mich an und ich ziehe eine Augenbraue hoch.

»Du vertraust mir doch, ja?«

Er fährt sich mit der Hand durch die Haare und klettert dann aus dem Bett, um mir ins Bad zu folgen. Ich schalte das Wasser ein und blicke ihn über meine Schulter an.

»Zieh dich aus.«

August zieht sein Hemd aus, aber als er auch noch seine Hose ausziehen will, halte ich ihn auf.

»Warte, warte. Ich habe meine Meinung geändert. Ich will es tun.«

Ich gehe vor ihm auf die Knie und schiebe meine Finger in den Bund seiner Hose und ziehe sie langsam herunter. Als sein Schwanz zum Vorschein kommt, lehne ich mich zurück und starre ihn an, denn ich habe ihn noch nie aus der Nähe gesehen. Er ist absolut perfekt.

»Heilige Scheiße«, murmle ich und begegne seinem Blick. »An dir stimmt einfach alles, oder? Du bist perfekt.«

Er errötet und ich kann nicht anders, als meine Hand um den dicken Schaft zu legen und ihn zu streicheln. Augusts Atmung beschleunigt sich. Ich kann sehen, wie sich die Muskeln in seiner Brust anspannen und sein Schwanz springt in meiner Hand.

»Bin ich der erste Mann, der dich so berührt?«, frage ich und er beißt sich auf die Unterlippe.

»Ja.«

»Gefällt es dir?«

»Scheiße, ja.«

Ich lasse meine Hand nach unten gleiten und greife nach seinen Eiern. Er wölbt seine Hüften nach oben, während ich sie in meiner Handfläche rolle.

»Ich will alles mit dir machen. Ich will dir einen blasen, aber ich will auch deinen Arsch lecken. Hm. Entscheidungen über Entscheidungen. Ich muss mich klonen, damit ich alles auf einmal machen kann.«

Er schließt seine Augen und stößt ein leises Grunzen aus.

Ich streichle ihn weiter und als ich mich schließlich entscheide, ziehe ich mich zurück und stehe auf. Augusts Augen springen auf und ich deute auf seine Hose, die immer noch in seinen Kniekehlen hängt.

»Zieh sie aus und geh unter die Dusche.«

Er blinzelt mich an, und ich weiß, dass er in diesem Moment vermutlich alles für mich tun würde. Ich lächle selbstgefällig, denn das fühlt sich großartig an. Was für ein Erfolg. Meine Trophäe nehme ich gerne später entgegen, vielen Dank auch.

Dann ist August plötzlich splitterfasernackt und ich betrachte ihn ganz in Ruhe. Verdammt, ich bin so froh, dass ich diesen Typen anfassen darf. Er ist so was von außerhalb meiner Liga. Ich sollte mich beeilen, bevor er es merkt.

»Geh rein«, sage ich, während ich mir ebenfalls die Kleider vom Leib reiße. »Und wasch dir den Arsch.«

August stolpert leicht, und ich grinse ihn an, mir wird schwindelig. Als er unter das Wasser tritt und es seinen muskulösen Körper hinunterrinnt, verliere ich fast den Verstand.

Meine Augen folgen seinen starken Händen, während er sich einseift und dann an den muskulösen Flächen seines Oberkörpers entlangfährt, aber als er seinen Hintern erreicht, halte ich ihn auf.

»Warte! Ich habe es mir wieder anders überlegt. Dreh dich um, beug dich vor und lass mich sehen. Ich will sehen, wie du dich dort wäschst.«

»Em«, protestiert er, aber ich schüttle nur den Kopf.

»Mach jetzt keinen Rückzieher, August. Ich will *es* verdammt noch mal *sehen*.«

Er schluckt hart und beugt sich dann langsam vor, stützt sich mit der Handfläche gegen die Duschwand und spreizt seine Beine. Weit. Und da ist es.

»Tu es«, flüstere ich, und schon greift seine Hand zwischen seine Pobacken. Er sieht mich an, seine Wangen sind rot, fast so, als sei es ihm peinlich. Aber das muss ihm nicht peinlich sein. Nein, ich bin steinhart und genieße den Anblick einfach nur.

Dann halte ich es nicht mehr aus. Ich stelle mich hinter ihn, drücke meine Hände an seine Hüften und lehne mich gegen seinen Rücken, sodass mein Mund sein Ohr streift.

»Ich werde jetzt deinen Arsch lecken. Meine Zunge wird so weit in deinem Loch sein, dass du würgen wirst.«

August atmet zittrig aus, als ich einen Schritt zurücktrete und ihn noch ein Stück weiter nach vorn beuge. Sein Arsch ist jetzt in der Luft, bereit zum Verzehr.

»Lass uns beten«, sage ich, während ich auf die Knie falle, seine muskulösen Arschbacken packe und spreize.

Wenn er nicht meinetwegen bleibt, hoffe ich, dass ihn wenigstens meine überragenden sexuellen Fähigkeiten zum Bleiben überreden.

»Ich danke dir, Herr, für diese Gaben, die ich gleich genießen werde«, sage ich und lecke mich dann einfach an seiner Arschritze hoch und über sein Loch.

August zuckt zusammen und seine Hände verlieren kurz ihren Halt. Oh, das gefällt mir. Er verliert die Kontrolle. Also mache ich es noch einmal. Und noch einmal, bis er sich gegen mich wölbt.

Ich spüre, wie sich seine Muskeln immer wieder zusammenziehen und entspannen. Er keucht, während ich ihn mit dem ködere, was noch kommen wird. Ich will, dass er weiß, dass es verdammt gut sein wird, wenn ich ihn endlich ficken werde. Er wird mich anflehen, es zu tun.

Als ich schließlich meine Zunge in sein Loch stoße, greife ich um ihn herum und nehme zusätzlich noch seinen harten Schwanz in die Hand. Er wimmert, während ich ihn mit meiner Hand streichle und meine Zunge ihn fickt.

Er stöhnt meinen Namen so leise, dass ich ihn fast nicht hören kann. Und es ist der süßeste Klang, den ich je gehört habe. Am liebsten würde ich ihn aufzeichnen, damit ich ihn mir immer wieder anhören kann.

Ich stoße noch ein paar Mal mit meiner Zunge zu und er keucht, während sein Schwanz in meiner Hand zuckt. Ich schaue gerade noch rechtzeitig nach unten, um zu sehen, wie er auf den Duschboden spritzt.

Langsam lasse ich ihn los und stehe auf. Dann halte ich mich an Augusts Schultern fest, während ich meinen Schwanz genau zwischen seine Arschbacken klemme. Sein Kopf hängt zwischen seinen Schultern, während er leise keucht, und mich einfach machen lässt. Es dauert nicht lange, weil ich so erregt bin. Nach etwa drei oder vier Stößen komme ich auf seinem Rücken. Mein Sperma wird sofort vom Duschwasser weggespült.

Ich lehne meine Wange an seine Wirbelsäule und halte ihn einfach fest.

»Scheiße«, murmelt er, während er einen Schritt nach vorn macht und seine Stirn gegen die Duschwand presst.

»Hat es dir gefallen?«, frage ich, und spüre beim Sprechen, dass meine Zunge ein wenig erschöpft ist.

August stellt sich aufrecht hin, und ich klammere mich an seinen Rücken, die Arme fest um ihn geschlungen.

Er hebt eine meiner Hände und für einen kurzen Moment denke ich, dass er sie von sich wegnehmen wird, aber er hebt sie einfach zu seinem Mund und küsst sie.

»Das war unglaublich. Danke.«

Oh wow, jetzt bedankt sich dieser Typ auch noch. Bisher hat sich noch nie jemand dafür bedankt, dass ich ihm den Arsch geleckt habe. Nicht, dass ich das oft tun würde, aber verdammt, dieser Typ setzt die Messlatte ziemlich hoch; jetzt werde ich Erwartungen haben. Das ist nicht gut. Es ist immer besser, die Ansprüche niedrig zu halten, dann wird man auch nicht enttäuscht.

»Wir sollten vermutlich das Wasser abstellen«, sagt er und dreht sich dann zu mir um. »Wenn wir es weiterlaufen lassen, werden unsere Eltern noch denken, dass irgendetwas nicht stimmt. Sie könnten kommen und nachsehen.«

Seine Augen treffen meine und er sieht fast verlegen aus. Ich mag diesen Blick an ihm. Normalerweise ist er immer so selbstbewusst, aber ich mag es, wenn er errötet und verletzlich ist.

»Das muss dir nicht peinlich sein, August. Dein Arsch war köstlich. Ich würde es jederzeit wieder tun. Du brauchst nicht einmal zu fragen. Gib mir einfach ein Zeichen.«

Er lacht leise und streckt die Hand aus, um das Wasser abzustellen. »Okay, aber ich kann nicht glauben, dass du das gerne machst.«

Ich stöhne, ziehe ihn aus der Dusche und reiche ihm ein Handtuch.

»Warum zum Teufel nicht?«

»Es ist ein Arsch.«

»Es ist *dein* Arsch«, korrigiere ich ihn. »Aber keine Sorge, ich werde mir die Zähne putzen und sogar für dich gurgeln. Denn ich habe vor, dich den Rest der Nacht zu küssen.«

August befeuchtet seine Lippen, als würde er sich bereits darauf vorbereiten und ich recke meinen Hals.

Oh Gott, dieser Mann ist so verdammt perfekt.

Davon werde ich mich nie erholen.

Nicht, dass ich das wollen würde.

———

Es ist so weit.

Als August heute Morgen aufgewacht ist, konnte ich die Entschlossenheit in seinen Augen sehen. Er packte unsere Sachen und gab mir einen Kuss, bevor er in die Küche ging, wo seine Mutter gerade aufräumte.

Wir würden in etwa fünfzehn Minuten aufbrechen. Natürlich hat er es bis zur letzten Minute aufgeschoben, aber ich verstehe das. Es ist beängstigend.

Ich sagte ihm, dass ich dabei sein könnte, aber er schüttelte nur den Kopf und sagte, er wolle es allein tun.

Ich weiß nicht, warum er mich nicht dabeihaben wollte, aber im Geiste bin ich dabei.

Na ja, eigentlich nicht nur im Geiste. Stattdessen verstecke ich mich im Flur und belausche sie.

»Mom, ich muss dir etwas sagen«, höre ich ihn sagen. »Es geht um Emery und mich ...«

Ich weiß, dass es falsch ist, ihn bei dieser Sache zu belauschen, aber ich muss es einfach hören. So etwas hat noch nie jemand für mich getan. Ich hätte nie gedacht, dass er das wirklich tun würde, auch wenn ich es natürlich gehofft habe.

Ich halte an der Hoffnung fest, auch wenn ich es nicht sollte.

Als ich vorsichtig um die Ecke schaue, sehe ich, wie Lisa die Hand ihres Sohnes drückt.

»Darf ich dich kurz unterbrechen?« Als August nickt, lächelt Lisa breit. »Ich bin so froh, dass ihr euch so gut versteht. Ich möchte nur, dass du das weißt. Ich fand es immer schade, dass du keine Geschwister hast, und nach der Sache mit deinem Vater ...« Ihre Stimme bricht und sie schluckt. »Aber jetzt habe ich das Gefühl, dass ich es vielleicht geschafft habe, dir trotzdem einen Bruder zu schenken.«

Oh, verdammt.

Mein Herz sinkt. Allein Augusts Gesichtsausdruck sagt mir alles, was ich wissen muss.

»Oh«, sagt August und schluckt hörbar. Ich kann das Schlucken von dort, wo ich stehe, hören, und dann fährt er sich mit der Hand durch die Haare.

»Ja, Emery ist ... er ist großartig.«

Scheiße.

Großartig ist kein gutes Wort in dieser Situation. Er sollte ihr sagen, dass ich verdammt sexy bin und er seine Hände nicht von mir lassen kann.

»Ich bin so froh, dass ihr beide euch versteht. Ich weiß, dass er ...«, sie senkt ihre Stimme, und ich kann die Worte, die aus ihrem Mund kommen, nicht hören, aber das ist auch nicht nötig. Dafür sehe ich Augusts Reaktion.

Ich sehe, wie blass er wird, wie er nervös von einem Fuß auf den anderen tritt. Und ich sehe die Entscheidung, die er trifft, ohne sie wirklich zu hören.

Sofort dreht sich mir der Magen um.

Einen Moment später zieht er seine Mutter in eine Umarmung, und ich spüre, wie eine eisige Kälte über mich hineinbricht, und alles, was übrigbleibt, ist ein winziger Lichtschimmer, ein kleiner Funken Hoffnung, dass ich das alles vielleicht doch missverstanden habe.

Aber als er um die Ecke biegt und mich sieht, spüre ich, wie die Hoffnung schwindet.

»Scheiße«, sagt er und fährt sich mit der Hand durch die Haare, die dieses Mal tatsächlich nicht ganz so perfekt fallen. Das ist ein schlechtes Omen. Ein sehr, böses Omen.

»Wir müssen reden«, sagt er leise, zieht mich in sein Schlafzimmer und schließt die Tür. Er atmet zittrig ein und fährt sich mit der Hand über das Gesicht.

»Es tut mir leid, Em. *Scheiße*, aber ich kann das alles nicht. Das zwischen uns ... das muss aufhören.«

Jetzt verliere ich wirklich jegliche Hoffnung.

»Was? Warum?« Ich kann nicht anders, ich muss einfach fragen.

»Du warst doch im Flur, oder? Du hast es gehört.«

»Na und? Sie denkt, wir sind Brüder. Sag ihr einfach, dass wir mehr sind als das. Sie wird es verstehen. Sie ist cool.«

August schüttelt den Kopf. »Das ... das kann ich einfach nicht. Nicht jetzt. Ich bin noch nicht so weit.«

Ich blinzle schnell. Verdammt, meine Augen brennen.

»Okay.«

»Scheiße, Em. Es tut mir leid.«

»Ja.«

»Em, sieh mich an«, sagt er, aber ich kann nicht. Ich kann ihn verdammt noch mal nicht ansehen. Er hat seine Entscheidung getroffen. Lex hat recht. Ich muss hart bleiben, und wenn ich ihn ansehe, werde ich nachgeben. Ich werde einfach in Stücke zerfallen und nachgeben, aber später würde ich mich dafür hassen.

Genau wie bei meiner Mutter. Bei ihr habe ich ständig nachgegeben und sie hat mir das Herz gebrochen. Immer wieder.

Das kann ich nicht noch einmal zulassen.

Es ist meine Schuld, dass ich ihn so schnell an mich herangelassen habe.

Das war ein großer, hässlicher Fehler.

»Nein, danke. Das würde ich lieber nicht tun. Du hast deine Wahl getroffen und jetzt müssen wir beide damit leben.«

»Em, bitte«, sagt er mit brüchiger Stimme.

Ich schüttle den Kopf und schaue niedergeschlagen und wütend auf den Boden. »Tu mir nur einen Gefallen. Halt dich verdammt noch mal von mir fern«, murmle ich, bevor ich ihn einfach stehenlasse.

TEIL ZWEI

1 Monat später

KAPITEL SIEBEN

AUGUST

»Ich muss dir etwas sagen«, sage ich, nehme einen Schluck von meinem Getränk und sehe meinen besten Freund Magnus an. Wir sind in seiner Wohnung, spielen Videospiele und trinken Wein. Na ja, Magnus trinkt Wein. Ich trinke Whiskey-Cola und werde auf dem Bildschirm ermordet.

So ähnlich hat sich mein Herz den ganzen letzten Monat gefühlt. Natürlich ist es erbärmlich, denn das alles war allein meine Entscheidung. Damals dachte ich, dass es die richtige Entscheidung war, aber jetzt, wo die Tage zu Wochen werden, bin ich mir nicht mehr sicher. Ich bin es hundertmal im Kopf durchgegangen und weiß immer noch nicht, was richtig und was falsch ist.

Ich weiß nur, dass ich das ungute Gefühl habe, dass ich einen Fehler gemacht habe.

Magnus' Augenbraue hebt sich und er wendet sich zu mir, während er seinen Controller in seinem Schoß ablegt. »Na Gott sei Dank. Ich weiß, dass du dieses Geheimnis schon ewig mit dir herumträgst. Ich kann es kaum erwarten, zu wissen, was es ist. Sem hat mir gesagt, dass ich geduldig sein muss, aber du weißt ja, dass ich so geduldig bin, wie ich groß bin.«

Ich schnaube, nehme einen weiteren großen Schluck von meinem Getränk und mustere ihn. »Wo ist dein Mann überhaupt?«

»Bei der Arbeit. Er wird bald wieder zu Hause sein. Du hast also etwas Zeit, um mir alles zu erzählen. All die *schmutzigen, pikanten* Details. Ich will wirklich alles wissen, August.«

Ich lege meinen Controller beiseite, lasse mich in die Couch zurückfallen und fahre mir mit den Händen durch die Haare. Scheiße, wo soll ich nur anfangen? Der letzte Monat war einfach nur schrecklich. Ich fühle mich, als würde ich mich in einer Art Gummimasse bewegen. Die Zeit vergeht viel zu langsam und ich bin so verdammt verwirrt.

»Also, du hast es schon irgendwie erraten ... du erinnerst dich doch sicher daran, dass Emery und ich im Schnee stecken geblieben sind, oder ...?«

»Wie könnte ich das je vergessen? Ich dachte, du seist tot. Und lass mich dich daran erinnern, dass du dir wirklich sehr viel Zeit gelassen hast, um dich danach bei mir zu melden, was ich *nie* vergessen werde.«

Ich schaue ihn entschuldigend an, aber er deutet mir an, weiterzusprechen.

»Okay, also ... da draußen ist etwas passiert ...«

»Oh, verdammt, ja! Bitte sag mir, dass ihr zwei euch einen Schlafsack geteilt habt. Erzwungene Nähe ist so *heiß*.«

Magnus fächelt sich Luft zu, und ich verdrehe die Augen.

»Reiß dich zusammen, Mag. Bist du etwa untervögelt?«

»Oh Gott, nein. Sem ist wirklich dauergeil, aber hier geht es nicht um mich. Erzähl mir *alles*. Habt ihr nackt gekuschelt, um zu überleben?«, fragt er und lehnt sich näher zu mir. »Sag es mir. Lüg mich *nicht* an. Sag einfach ja.«

Ich stelle mir vor, wie Emery auf mir liegt, wie seine Hüften gegen mich drücken, seine Zunge in meinem Mund. In meinem Arsch. Es ist so viel mehr passiert, als dass wir uns nur einen Schlafsack geteilt haben. Und ich weiß, dass mein bester Freund das weiß, da meine Wangen vermutlich gerade knallrot werden.

Ich räuspere mich. »Ja, natürlich haben wir das. Wir mussten uns warmhalten. Es war eiskalt da draußen.«

»Ich wusste es!« Magnus stöhnt. »Ihr beide habt es euch gemütlich gemacht. Aber da ist noch mehr. Erzähl mir mehr.«

»Na ja, es sind ein paar Sachen passiert und wir ... na ja, aber wenn ich es dir sage ... möchte ich, dass du es für dich behältst.«

Magnus sitzt jetzt praktisch auf meinem Schoß, seine Augen sind riesig. Hält er den Atem an? Bilde ich es mir ein, oder läuft er schon blau an?

»Vergiss nicht, zu atmen«, sage ich mit einem kleinen Lachen. »Und ja ... wir ... wir haben ein paar Grenzen überschritten, falls man das so ausdrücken kann.«

Magnus schnappt nach Luft. »Du kleine Schlampe. Ich *wusste* es, verdammt. Du errötest jedes Mal, wenn ich dich nach ihm frage. Du siehst fast schon aus wie ein schuldbewusster Chorknabe.«

Ich schnaube. »Das stimmt nicht. Und ich werde ganz sicher nicht rot.«

Magnus fuchtelt vor Aufregung mit den Händen und hört mir nicht einmal zu. Oh Gott, jetzt kommt es.

»Wie war es? Ist er überall tätowiert? Hat er auch Tattoos auf seinem Schwanz? Ist er ein guter Küsser? Ich habe ihn nämlich küssen sehen, und das war echt heiß. Wie er diese Sache mit seiner Zunge und seinen Zähnen macht ...«

Ich befeuchte meine Lippen und denke an all das zurück. Ich habe wochenlang davon geträumt. Es passiert nicht selten, dass ich mit einem harten Schwanz aufwache. Es ist ... brutal. Aber gleichzeitig bin ich stolz auf ihn, stolz darauf, dass er zu seinem Wort steht. Emery verdient jemanden, der ihn nicht versteckt. Er verdient jemanden, der stärker ist, besser als ich.

»Es war ... ja. Es war gut.«

Magnus hört auf, mit den Händen herumzufuchteln und dreht sich zu mir um. »Gut? Ist das alles, was du zu sagen hast? Von allen Adjektiven im Wörterbuch ist das, das Einzige, das dir dazu einfällt?«

»Ähm, na ja, weißt du, es war mehr als gut.«

»Das ist noch schlimmer. Gib mir ein anderes Wort.«

»Gut, es war lebensverändernd, okay?«

Magnus hüpft aufgeregt auf und ab. »Okay, das ist *so* viel besser. Also, was habt ihr sonst noch gemacht? Sag mir, dass seine oder deine

Zunge im Spiel war. Oh, bitte sag mir, dass du seinen Schwanz angefasst hast.«

Ich schlucke und schaue weg. »Ja. Das ist alles passiert.«

»Oh ja!« Mein bester Freund springt von der Couch auf und schlägt die Faust in die Luft, als hätte seine Lieblingsmannschaft gerade ein Tor geschossen. »Ich wusste es. Emery sieht dich schon lange so an, als würde er dich wollen.«

Ich beäuge meinen Freund und ziehe ihn wieder nach unten, damit er sich setzt. »Das tut er nicht.«

»Oh doch, das tut er«, antwortet er und stupst mich an. »Er ist so verliebt in dich. Hat er dir seine Gefühle gestanden? Sag mir, dass er es getan hat.«

Ich schlage seine Hand weg. »Nein, das hat er nicht. Die Dinge liefen nicht wie geplant ... ich sollte ...«

Meine Stimme verstummt und Magnus lehnt sich zu mir, seine Augen werden sanft.

»Was ist passiert?«

»Ich sollte meiner Mutter von uns erzählen, aber ich konnte es nicht. Ich hatte es vor. Ich wollte es wirklich, aber dann hat meine Mutter etwas gesagt, und ich hatte das Gefühl, dass ich sie enttäuschen würde. Ich konnte es einfach nicht tun. Also ja, es ist passiert, aber jetzt ist es vorbei.«

Plötzlich sehe ich wieder Emerys Gesichtsausdruck vor mir, als ich ihm sage, dass ich das mit uns nicht weiterführen kann. Dieses Bild würde ich am liebsten aus meinem Kopf löschen. Er sah so traurig aus. Ich hasse es, dass ich ihm wehgetan habe. Ich habe ihm gesagt, dass ich ihm nie wehtun würde, und dann habe ich es doch getan.

Magnus greift nach meiner Hand und drückt sie ganz fest.

»Geht es dir gut?«

Ich schlucke und trinke dann einen großen Schluck von meinem Getränk. Ich fühle mich vollkommen ausgetrocknet.

»Ja, alles gut.«

»Oh, ihr Heteros. Für euch ist immer alles *gut* ... Moment, stehst du jetzt auf Jungs? Das habe ich nicht kommen sehen. Ich dachte, du stehst ausschließlich auf Frauen.«

Ich kann nur mit den Schultern zucken, denn ich habe stundenlang darüber nachgedacht und habe immer noch keine Ahnung, was in meinem Gehirn vor sich geht. Warum habe ich ihn überhaupt das erste Mal geküsst? Warum habe ich es immer wieder getan? Ich habe keine Erklärung, außer, dass ich es wollte.

Ich wollte *ihn*.

Etwas an ihm war so faszinierend, dass ich nicht wegschauen konnte. Und jede Grenze, die wir überschritten haben, war es wert.

»Ich weiß es offen gestanden nicht, aber wahrscheinlich bin ich nicht heterosexuell. Nicht nach all dem.«

»Okay, okay, aufs Große und Ganze gesehen ist das wirklich keine große Sache. Ich meine, es gibt Kriege und Hungersnöte, dagegen ist die sexuelle Präferenz kein Ding. Du musst dich nicht in eine Schublade stecken. Wichtig ist nur, dass es dir gut geht.« Er beugt sich zu mir und mustert mein Gesicht. »Du siehst gut aus, wie immer. Keine große Identitätskrise?«

»Nein. Es war ... es hat mir gefallen, Mag.«

»Das ist gut. Und hast du schon mit ihm gesprochen, seit es vorbei ist?«

»Nein«, sage ich und reibe mir die Brust. »Er war schrecklich wütend. Er hat mir gesagt, ich solle mich fernhalten, also habe ich das getan.«

Sofort erinnere ich mich an die Heimfahrt unseres Trips. Emerys Körper war während der gesamten achtstündigen Fahrt unruhig, aber sein Mund blieb verschlossen. Er hatte kein einziges Wort zu mir gesagt.

Das war die reine Folter gewesen.

Und als ich ihn bei Lex' Wohnung abgesetzt hatte, sah Emery mich nicht einmal an, um sich zu verabschieden. Er schnappte sich einfach seine Reisetasche und verschwand im Haus.

Vor drei Tagen hatte ich Emery zufällig in einem Café am anderen Ende der Stadt gesehen. Er war mit einem großen, schlaksigen Mann mit silbernem Haar unterwegs. Der Typ war auf unkonventionelle Weise attraktiv, mit Tattoos an den Armen und im Nacken und Piercings im Gesicht. Ich hasste es, wie hilflos ich mich fühlte, als ich die beiden dabei beobachtete, wie sie sich aneinander lehnten und wie Emery ihn anlächelte. Der Typ hätte Lex sein können, aber was, wenn er es nicht war? Ich hatte keine Möglichkeit, das zu wissen. Und selbst wenn, ich wusste, dass er eine Vergangenheit mit Lex hatte. War es wirklich so unwahrscheinlich, dass sie wieder miteinander ins Bett stiegen? Dann drehte sich Emery in meine Richtung, und als sein Blick an meinem hängenblieb, wurde aus seinem strahlenden Lächeln ein Stirnrunzeln.

Ich konnte nicht länger bleiben und dabei zusehen, wie zufrieden und glücklich er mit einem anderen Kerl war, während ich die ganze Zeit unglücklich war und ihn vermisste.

Also ließ ich meinen Kaffee einfach stehen und ging hinaus.

Seitdem habe ich nichts mehr von ihm gesehen oder gehört.

Es ist offensichtlich, dass er weitergemacht hat oder es zumindest versucht, also muss ich es auch versuchen. Ich muss loslassen. Muss ihn loslassen. Ich sage mir immer wieder, dass es besser so ist, auch wenn es sich nicht so anfühlt.

Magnus beobachtet mich eine Weile schweigend. »Aber du wirst ihn doch irgendwann wiedersehen müssen, oder? Du kannst ihm nicht *ewig* aus dem Weg gehen. Immerhin gehört er zu deiner Familie.«

Scheiße, wenn ich könnte, würde ich es unter allen Umständen vermeiden, ihn zu sehen. Besonders nach unserer letzten Begegnung. Das ist der Grund, warum ich es gar nicht erst so weit hätte kommen lassen sollen. Ich habe keine Ahnung, wie ich es je ertragen könnte, ihn mit jemand anderem zu sehen. Was, wenn er diesen Typen zu Weihnachten oder zu seinem Geburtstag einlädt? Ich weiß nicht, ob ich das verkraften könnte.

»Ja, aber wenn genug Zeit vergangen ist ... wird es schon gehen«, lüge ich. »Wir werden es schaffen. Es war dumm. Es war ein Fehler. Es wird nicht wieder vorkommen.«

Magnus sieht nicht überzeugt aus und ich kann es ihm nicht verübeln, da ich selbst nicht davon überzeugt bin. Er will gerade den Mund öffnen und mir vermutlich genau das sagen, als das Schloss klickt und Sem in der Tür erscheint. Sein riesiger Körper füllt den ganzen Türrahmen aus. Er legt seine Schlüssel ab und geht direkt auf Magnus zu, hebt ihn hoch und drückt ihn an seine Brust.

»Maggie«, sagt er, als hätte er ihn seit einem Jahr nicht mehr gesehen.

Oh Gott, dieser Typ ist wie besessen von meinem besten Freund.

Sem dreht seinen Kopf und nickt mir zu, bevor er Magnus einen langen Kuss auf den Mund drückt. Ich schaue schamlos zu, weil es mich daran erinnert, wie Emery sich an mich drückte, wie sich seine feuchten Lippen auf meinen bewegten.

Magnus lächelt nur breit und errötet. »Okay, Großer, wir haben Besuch. Lass uns später damit weitermachen.«

Als die beiden sich schließlich schwer keuchend voneinander entfernen, stehe ich auf und schiebe meine Hände in die Taschen.

»Das ist mein Stichwort. Ich sollte besser gehen.«

»Hey, nein, das musst du nicht. Bleib doch zum Essen«, sagt Magnus und dreht sich zu mir um, während Sem sein Gesicht in den Nacken seines Mannes drückt und seinen Duft einatmet.

»Nein, amüsiert euch ruhig. Ich werde auf dem Heimweg etwas essen.«

Magnus will gerade protestieren, aber Sem führt ihn bereits ins Schlafzimmer.

»Ich rufe dich an«, ruft Magnus mir hinterher. »Unser Gespräch ist noch nicht vorbei. Das ist sehr, sehr wichtig ...« Seine Stimme bricht ab. Wahrscheinlich ist Sems Mund der Grund dafür. Der Kerl ist wirklich seltsam, aber er ist auch unglaublich beschützend. Ich bin froh, dass sie glücklich miteinander sind. Das haben sie verdient.

Langsam gehe ich zu meinem Auto, und anstatt direkt nach Hause zu fahren und mich in meinem Selbstmitleid zu suhlen, mache ich einen Abstecher zu den Batting Cages und schlage so viele Bälle, bis mir die Schultern wehtun. Erst als ich vollkommen erschöpft bin, fahre ich endlich nach Hause. Ich fürchte mich vor der langen Nacht, in der ich mich vermutlich immer wieder fragen werde, ob ich meiner Mutter einfach die Wahrheit hätte sagen sollen.

Aber dann denke ich daran, dass Emery weitergemacht hat. Es ist wahrscheinlich gut, dass ich nichts gesagt habe. Vielleicht war ich nie mehr als nur eine flüchtige Affäre für ihn und er hat mittlerweile das Interesse an mir verloren. Oder vielleicht haben wir uns nur wegen der beängstigenden Situation im Schnee verbunden gefühlt.

Langsam gehe ich die Auffahrt hinauf, stecke meine Schlüssel ins Schloss und gehe hinein. Was zum Teufel soll ich in den nächsten Stunden tun, bevor ich in einen unruhigen Schlaf falle. Darüber nachgrübeln, wie sehr ich es vermasselt habe? Mich fragen, was ich jetzt tun würde, wenn ich es nicht getan hätte?

Aber all das verflüchtigt sich, als ich ins Wohnzimmer gehe und sehe, wer da auf der Couch sitzt. Mein Brustkorb zieht sich so sehr zusammen, dass ich nicht mehr richtig atmen kann.

Mein Mund öffnet und schließt sich, während unsere Augen sich treffen.

Diese verdammten Augen.

»Sieh mal, wer vorbeigekommen ist«, sagt meine Mutter, die direkt neben Emery sitzt. »Ich wollte dich gerade anrufen.«

»Oh«, ist alles, was ich sagen kann.

Sie ergreift seine Hand, steht dann auf und kommt auf mich zu.

»Es tut mir so leid, aber ich kann nicht länger bleiben. Ich muss Thomas von der Arbeit abholen und dann wollten wir essen gehen.« Sie senkt ihre Stimme. »Oder sollen wir das Essen absagen? Es scheint ihm nicht gutzugehen.«

Ich schaue zu Emery hinüber, der auf der Couch herumzappelt und dem ein Lutscher aus dem Mund hängt. Er sieht fantastisch aus. Vielleicht ein wenig erschöpft, aber sonst scheint alles in Ordnung zu sein.

»Nein, ich kann mich um alles kümmern. Geh ruhig und amüsiert euch mit euren Freunden.«

Meine Mutter zieht mich in eine Umarmung, bevor sie zu Emery hinübergeht, sich zu ihm herunterbeugt und ihre Arme auch um ihn legt. Emery versteift sich bei dieser Geste, tätschelt aber sanft ihren Arm.

»Morgen Abend sind wir beide zu Hause. Ruft einfach an, wenn ihr etwas braucht«, sagt meine Mutter.

Es widerstrebt mir, Emery allein zu lassen, nur für den Fall, dass er sich aus dem Staub macht, bevor wir die Gelegenheit haben zu reden. Aber ich helfe meiner Mutter trotzdem, ihre Sachen zum Auto zu tragen. Als sie endlich wegfährt, drehe ich mich zu Emery um, der jetzt in dem kleinen Wohnzimmer auf und ab geht.

Er schiebt den Lutscher immer wieder in den Mund und zieht ihn heraus, seine Lippen sind kirschrot. Mein Herz schlägt schneller bei diesem vertrauten Anblick. Eine Haarsträhne fällt gegen seine Wange, und ich kämpfe gegen den Drang an, auf ihn zuzugehen und sie hinter sein Ohr zu streichen. Ich würde ihn so gerne berühren, seinen Duft einatmen. Die Tatsache, dass ich ihn vermisst habe, trifft mich wie ein Schlag in den Magen.

»Was willst du hier?«, frage ich, und meine Zunge fühlt sich plötzlich zu dick an. Ich verschlucke mich fast an meinen Worten. Es ist erstaunlich, dass er überhaupt verstehen kann, was ich gerade gesagt habe.

Emery blickt zu mir. »Ich habe dich vor ein paar Tagen gesehen.«

»Ach ja?«, frage ich und versuche, ruhig zu klingen.

Er verdreht nur die Augen. »Ja, August. *Wir* haben uns gesehen. Und du bist *weggelaufen*.«

Meine Wangen brennen. Ertappt. »Nein. Ich bin einfach nur zufällig in die entgegengesetzte Richtung gegangen. Das ist ein Unterschied.«

»Du hast deinen Kaffee auf dem Tresen stehen lassen. Lex hat ihn getrunken. Er sagte: ›Emery, diesen Kaffee dürfen wir nicht verschwenden. In Afrika gibt es Kinder, die keinen Kaffee bekommen‹. Dann hat er ihn einfach ausgetrunken. *Deinen* Kaffee. Den Kaffee, den *du* zurückgelassen hast. Als du *weggelaufen* bist.«

Ich zucke zusammen und spüre meinen Puls in den Ohren pochen. Oh, Scheiße. Das war also Lex. Der Typ, mit dem er früher gelegentlich Sex hatte. Haben sie etwa wieder Sex? Bei dem Gedanken dreht sich mir der Magen um.

»Es spielt keine Rolle, was vorgefallen ist.«

»Oh Gott«, murmelt er, presst die Handballen auf seine Augen und atmet tief ein. »Warum zum Teufel bist du einfach abgehauen, hm?«

Ich schlucke und fahre mir mit der Hand durchs Haar. »Weil du mir gesagt hast, ich soll mich verdammt noch mal von dir fernhalten, Em. Erinnerst du dich?«

Emery blinzelt mich an, dann kommt er mit einem Stirnrunzeln im Gesicht auf mich zu. Plötzlich sind seine Hände in meinen Haaren und er bringt sie mit einem lang gezogenen Knurren durcheinander, als ob er auf meine Haare wütend wäre und nicht auf mich.

Als er nach wenigen Sekunden zurücktritt, schiebt er sich den Lutscher wieder in den Mund und seufzt schwer.

»Was zum Teufel soll das?« Ich schnaufe. »Warum hast du das getan?«

»Damit ich mich besser fühle. Jetzt siehst du viel menschlicher aus.«

Ich fahre ebenfalls mit einer Hand durch mein Haar und Emery schüttelt den Kopf. »Verdammter Droide.«

»Wie hast du mich gerade genannt?«, frage ich.

»Droide. Ein Bot. Eine Art Cyborg. Genau das bist du, du gefühlloses Arschloch.«

Ich starre ihn an, und dann knabbert er lautstark an seinem Lutscher.

»Warum ... wovon redest du überhaupt?« Ich kann seinem Gedankengang nicht wirklich folgen. Er kommuniziert in einer anderen Dimension.

»Das ist alles deine Schuld. Du hast mich verführt und mich dann verlassen. Und jetzt hast du nicht einmal den verdammten menschlichen Anstand, deswegen traurig auszusehen. Du hättest in der Zeit, in der wir getrennt waren, zumindest ein bisschen weniger hübsch werden können. Du hattest nicht einmal den Anstand, mich um 3 Uhr morgens betrunken anzurufen und mir eine zusammenhanglose Sprachnachricht zu hinterlassen, in der du mir deine unsterbliche Zuneigung bekundest. Was soll der Scheiß, August?«

»Du hast gesagt, ich soll mich fernhalten!«

»Und dann bist du weggelaufen, als du mich gesehen hast. Du hast nicht einmal Hallo gesagt!«

»Du hast gesagt, ich soll mich fernhalten!«, wiederhole ich, dieses Mal lauter. Ich schreie nicht, aber verdammt, am liebsten würde ich es. Wovon zum Teufel redet er? Warum schafft er es nur immer wieder, mich so sehr zu verwirren?

»Ich habe es aber nicht so gemeint!« Er keucht jetzt und schwingt den Lutscher wie eine Waffe vor sich her. »Zumindest nicht wirklich!«

»Was zum Teufel willst du von mir, Em?«, frage ich. »Sag einfach, was du willst. Sag es mir.«

Emery stampft mit dem Fuß. »Ich will, dass endlich mal jemand für *mich* kämpft, verdammt noch mal«, schreit er.

Sofort bin ich wie erstarrt. Stille füllt den Raum zwischen uns.

»Vergiss, was ich gesagt habe«, sagt er und lässt die Schultern sinken. »Ich bin nicht deswegen hierhergekommen ... ich bin gekommen, weil ... verdammt, warum bin ich überhaupt gekommen?«

Er greift in seine Tasche, holt ein Bonbon heraus und fummelt daran herum. Es fällt auf den Boden, und er flucht.

»Em«, sage ich und gehe auf ihn zu. Seine Augen sind immer noch auf die Süßigkeit auf dem Boden gerichtet, aber er macht keine Anstalten, sie aufzuheben. Er steht einfach still da und blinzelt darauf hinunter.

»Em«, sage ich leise, strecke die Hand aus und berühre sanft sein Gesicht. Oh Gott, es fühlt sich so gut an, ihn endlich wieder zu berühren.

Sein Atem kommt nur stoßweise, und dann sehen mich seine großen, braunen Augen an. In ihnen schimmern Tränen und das bricht mir das Herz.

»Es tut mir leid. Ich wusste nicht ...«

Er schiebt meine Hand von sich weg.

»Wie hättest du das auch wissen können? Du bist kein Gedankenleser. Ich *wollte*, dass du dich von mir fernhältst, aber nicht wirklich. Und obwohl du physisch weg warst, hast du es trotzdem geschafft, dich bemerkbar zu machen. Wie kannst du so verdammt leise und gleichzeitig so laut sein? Wie ist das möglich?«

»Wovon redest du?«

»Oh, ich bitte dich. Dass Thomas plötzlich bei Lex auftaucht und mich zum Essen einlädt, war also nicht dein Werk? Oder dass er mysteriöserweise wieder mit der Familientherapie anfangen will? Oder die verdammte Insulinpumpe und das Blutzuckermessgerät? Das waren also nicht deine Ideen, August?«

Ich schlucke und schaue weg.

»Das ist alles auf deinem Mist gewachsen, nicht wahr? Warum bist du nur so verdammt perfekt? Wie soll ich weitermachen, wenn du so einen Scheiß machst? Wie soll ein anderer jemals mit dir mithalten können?«

Bevor ich ihn wieder berühren kann, schiebe ich meine Hände in die Taschen meines Pullovers. Er will nicht, dass ich ihn berühre.

»Deswegen ... bin ich heute Abend gekommen. Um dir zu danken und um dir zu sagen, dass du aufhören sollst, so großartig zu sein. Das ertrage ich einfach nicht länger. Damit will ich nicht sagen, dass du unhöflich sein sollst. Du kannst mich ruhig grüßen, wenn du mich in einem Café am anderen Ende der Stadt siehst. Denn ich existiere noch, August. Ich bin kein Geist, auch wenn dir das vielleicht lieber wäre.«

Er schnaubt, dann vibriert sein Handy und er schaut darauf.

»Lex ist hier. Ich muss los.«

»Warte«, sage ich. »Du könntest doch auch bleiben ...«

»Wenn ich bleibe, würde ich nur etwas tun, was ich hinterher bereuen werde.«

»Würdest du es denn wirklich bereuen?

Er seufzt traurig. »Nein, und das ist das Problem«.

Für einen Moment schließt er die Augen. Er atmet mehrmals ein und aus und ignoriert sein vibrierendes Handy.

Lex.

Ich schlucke schwer.

»Hast du ... hast du Sex mit ihm?«, frage ich leise und Emery reißt die Augen auf.

»Wie bitte?«

»Lex. Läuft da wieder etwas zwischen euch?«

Emery schüttelt den Kopf. »Nein, natürlich nicht. Ich bin immer noch zu sehr mit jemand anderem beschäftigt.«

Er fährt sich mit der Hand durch die Haare und geht an mir vorbei zur Haustür. Dann bleibt er stehen. Die Hand bereits auf dem Türknauf, aber er dreht sich nicht um.

»Ich musste einfach ein paar Dinge loswerden, und jetzt fühle ich mich besser. Irgendwie. Eigentlich fühle ich mich schlechter, aber das liegt nur daran, dass ...« Er verstummt, und dann reißt er die Tür auf, und ich folge ihm. Ich kann ihn noch nicht einfach gehen lassen.

Ich benötige mehr Zeit. Nur ein paar Sekunden, oder alles, was er mir geben wird.

»Warum?

»Das geht dich wirklich nichts mehr an«, sagt er und geht nach draußen.

»Ich begleite dich hinaus«, sage ich und Emery schnaubt.

»Oh Gott, du kannst es nicht lassen, was?«

Er zittert, als der kalte Wind auf seine nackten Arme trifft, und ich öffne schnell den Reißverschluss meines Pullovers und ziehe ihn aus.

»Hier«, sage ich und halte ihm den Pullover hin.

Emery bleibt auf der Veranda stehen und starrt darauf.

»Komm schon, Em. Dir ist kalt. Nimm ihn einfach.« Ich gehe auf ihn zu und lege ihm den Pullover um die Schultern. Er blinzelt mich langsam an, schiebt seine Arme in die Ärmel und ich ziehe den Reißverschluss zu. Meine Hände ruhen auf dem Kragen, ich kann einfach noch nicht loslassen.

Ich will ihn nicht gehen lassen.

»Besser?«, frage ich und Emery atmet tief durch.

»Warum bist du nur so verdammt perfekt«, murmelt er, und dann geht er weg, zum wartenden Auto.

Ja.

Ich habe die verdammt falsche Entscheidung getroffen.

Das weiß ich jetzt.

Scheiße.

KAPITEL ACHT

EMERY

»War er das?«, fragt Lex mit einem Grinsen. Er trägt sein silbernes Haar in einem Fauxhawk hochgesteckt, eine schwarze Hose, ein violettfarbenes Band-Shirt und Stiefel. Eine Hand liegt lässig auf dem Lenkrad, während er mir einen neugierigen Blick zuwirft. Dann zieht er seinen Lippenring in den Mund und wartet offenbar auf eine Antwort.

»Das war er doch, oder? Der berühmte Stiefbruder? Ich erkenne ihn aus dem Café. Der Mann hat wirklich Geschmack, was Kaffee angeht.«

Arschloch. Er kann es einfach nicht lassen. Er denkt, nur weil er mein einziger Freund ist, darf er in meinem Leben herumschnüffeln.

»Ich verstehe, warum du dir jetzt öfter einen runterholst. Der Typ ist echt heiß. Ich verstehe auch, warum du ihm nachweinst. Das würde ich vermutlich auch tun. Es muss ziemlich deprimierend sein, *so etwas* erlebt zu haben und dann ...«

»Halt die Klappe«, unterbreche ich ihn und meine Wangen werden rot. »Ich möchte lieber nicht über ihn reden.«

»Nein, das ist mein Ernst. Man sollte dich studieren. Wie kannst du den Kerl seit einem Jahr kennen und ihm immer noch keinen geblasen haben? Er läuft, als hätte er etwas *Großes* zwischen seinen Beinen.«

Ich kaue auf meinem Daumennagel und schaue zu meinem besten Freund hinüber, denn ja, Augusts Schwanz ist perfekt. Aber ich will nicht, dass Lex darüber redet. Oder auch nur darüber nachdenkt. August gehört nicht ihm. Er gehört mir. Irgendwie. Zumindest war das für eine Weile der Fall.

»Kannst du dich nicht ein Mal im Leben um deine eigenen Angelegenheiten kümmern?«

»Und wie soll ich das machen, wenn dieser Mann auf der Erde existiert? Er ist einfach ...« Lex lehnt sich zurück und stöhnt.

Ich werfe ihm einen bösen Blick zu.

»Und dann scheint er auch noch nett zu sein. Verdammt. Er hat dir sogar seinen Pullover gegeben und ihn dir angezogen, als wäre er eine achtzigjährige Oma. Das hat mein verbittertes Herz ein wenig schneller schlagen lassen. Er gibt mir meinen Glauben an die Menschheit zurück.«

»So ist er nun mal. Er kann einfach nicht anders. Er wurde so geboren.«

Lex zieht eine Augenbraue hoch und sieht mich stirnrunzelnd an. »Wie du meinst. Das alles hast du mir schon letzte Woche erzählt, als du betrunken warst. Du hast geweint und gesagt, dass du Gefühle für ihn hast ...«

Ich schnaufe, wende mich von ihm ab und ziehe eine Packung sauren Weingummi aus der Einkaufstüte, die zu meinen Füßen liegt. Ich habe Magenschmerzen, aber ich will einfach etwas essen, das meine derzeitige Stimmung widerspiegelt. Mein Blutzuckerspiegel ist in letzter Zeit vollkommen aus dem Ruder gelaufen. Es hat eine ganze Weile gedauert, ihn unter Kontrolle zu bringen.

Lex streckt seine Hand aus. »Gib mir ein paar von den Grünen. Du schuldest mir was, weil ich deinen traurigen Arsch hierhergefahren habe.«

Ich reiche Lex zwei grüne Weingummis, und er steckt sie sich beide in den Mund. »Oh Gott, die sind verdammt gut.«

Ich schiebe mir ebenfalls welche in den Mund und lehne dann kauend den Kopf zurück.

»Also, was ist der Plan für heute Abend? In die Kissen weinen? Oder sollen wir uns gegenseitig einen runterholen?«

»Auf keinen Fall.«

»Ah, du hast dir also einen gewissen Standard erarbeitet. Schön für dich. Ich habe ohnehin schon Pläne. Und die machen mehr Spaß, als mit dir rumzuhängen, während du Trübsal bläst und Radiohead in Dauerschleife hörst. Deren Musik ist wirklich deprimierend.«

»Pläne? Mit wem?«

»Mit ein paar alten Damen aus dem Altersheim. Sie haben mich adoptiert. Ich denke darüber nach, einen ihrer Nachnamen anzunehmen, um meinen Samenspender anzupissen. Was hältst du davon?«

Ich schaue ihn an und er grinst einfach nur. »Komm schon, sei bloß nicht eifersüchtig. Du kannst gerne mal mitkommen, dann können wir alle zusammen abhängen. Diese Woche habe ich ihnen ein paar Videospiele gezeigt. Das war echt verdammt witzig. Du hast nicht wirklich gelebt, bis du eine neunzigjährige Urgroßmutter gesehen hast, die *Grand Theft Auto* spielt.«

Ich starre ihn einfach nur an und frage mich, was zum Teufel er mit seinem Leben anstellt. Die meiste Zeit über ist Lex mir wirklich ein Rätsel. Gerade wenn ich denke, dass ich ihn durchschaut habe, tut er etwas so Unvorhersehbares, dass ich nicht anders kann, als alles infrage zu stellen, was ich über ihn weiß.

Ein paar Minuten später setzt Lex mich bei sich zu Hause ab.

»Was für ein scheiß Leben«, murmle ich, als ich in die leere Wohnung gehe, mich auf die Couch fallen lasse und mein Gesicht in dem Pullover vergrabe, den August mir gegeben hat. Ich liege einfach da und atme seinen Duft ein.

Dieser Duft. Oh Gott, ich werde sofort wieder steif. Obwohl ich verzweifelt versuche, über ihn hinwegzukommen, scheint nichts zu funktionieren, um den ewigen Schmerz in mir zu stillen.

Und ich will ihn nicht durch jemand anderen stillen. Nicht jetzt. Ich muss das noch ein bisschen länger hinauszögern, auch wenn es verdammt schmerzhaft ist. Ich bin noch nicht bereit für jemand anderen.

Ich drehe mich auf die Seite und starre die Wand an. Ich bereue vieles, aber, dass ich unangemeldet bei ihm zu Hause aufgetaucht bin, bereue ich aktuell am meisten. Das hätte ich nicht tun sollen. Ich hätte mich fernhalten sollen, aber als sich unsere Blicke im Café trafen, fing mein Zombieherz wieder an zu schlagen.

Obwohl ich ihn die letzten Wochen nicht gesehen habe, war er trotzdem da.

Als Thomas vor zwei Wochen in Lex' Wohnung auftauchte und uns zum Mittagessen einlud, wusste ich, dass das Augusts Werk war. Er hatte das eingefädelt. Und als Lex während des Mittagessens mit meinem Vater flirtete, konnte ich nicht aufhören, an *ihn* zu denken.

Und dann rief Thomas auch noch letzte Woche an, um die Insulinpumpe und das Blutzuckermessgerät zu bestellen.

Ich schlage stöhnend auf die Couch. »Verdammt noch mal. Dieser Mistkerl!«

Das ist doch scheiße. Warum ist es so schwer, über ihn hinwegzukommen? Warum kann ich ihn nicht einfach gehen lassen? Warum habe ich ihn überhaupt gehen lassen?

Ich bin verdammt dumm.

Ich schnaufe frustriert, als mein Handy piept.

Lex: Ich kann dich hören. Reiß dich zusammen.

Ich: Hör auf, mich zu beobachten, Perversling.

Lex: Ich kann nicht anders. Die Kameras sind überall. Nenn mich Sauron.

Ich hebe meinen Mittelfinger und mein Handy piept erneut.

Lex: Du bist ziemlich unhöflich.

Ich kann es nicht ertragen, dass Lex mir nachspioniert, er beobachtet mich einfach ständig. Also stehe ich auf und verlasse seine Wohnung. Ich brauche Raum, um *zu fühlen,* ohne dass er jede meiner Bewegungen analysiert. Ich bestelle mir ein Uber und bevor ich wirklich darüber nachdenken kann, bin ich einen Block von Augusts Haus entfernt. Auf dem Weg dorthin hat der Himmel seine Schleusen geöffnet und es regnet in Strömen. »Sie können mich hier rauslassen«, sage ich dem Fahrer und steige aus dem Auto aus, um mich in Richtung meines Ziels zu bewegen.

Ich sollte das nicht tun, aber ich kann einfach nicht anders.

Ich schleiche um das Haus herum, springe über den Zaun und stelle mich dann vor sein Fenster. Ich bin mir sicher, dass das als Stalking gilt.

Ich habe mich in einen Soziopathen verwandelt, aber ich bin zu verrückt, um mich daran zu stören. Ich brauche nur eine Minute, um mich zusammenzureißen, um einfach in seiner Nähe zu sein, und dann gehe ich nach Hause.

Das ist Wahnsinn. Aber diese ganze Situation war von Anfang an Wahnsinn.

Ich bin mitten in meiner inneren Debatte, als plötzlich das Fenster aufgerissen wird und August herausschaut.

»Was zum Teufel machst du hier, Em?«, brummt er und öffnet das Fenster so weit er kann. »Warum schleichst du dich hier herum, wie Sem? Ich dachte erst, du wärst tatsächlich Sem. Ich wollte gerade sagen, dass Magnus nicht hier ist.«

Meine Zähne klappern laut, als ich durch das Fenster klettere. Ich rutsche auf dem Holzboden aus und beobachte, wie das Wasser an meinem Körper heruntertropft und sich neben meinen Füßen in einer Pfütze sammelt. Ich starre darauf, und mir wird klar, dass dies eine verdammte Metapher für mein Leben ist. Hi, ich bin Emery Evans und ich bin süchtig.

Gibt es Selbsthilfegruppen für Menschen, die süchtig danach sind, mit Mitgliedern ihrer eigenen Familie zu knutschen?

»Du bist klatschnass«, sagt August, greift nach dem Reißverschluss meines − seines − Pullovers und hilft mir, ihn mir von den Schultern zu ziehen. Er fällt direkt in die Pfütze auf den Boden.

Ich bin vollkommen durchnässt und kann nicht aufhören, zu zittern, wobei ich mir nicht sicher bin, dass es nur an der Kälte liegt; ich glaube, mein Gehirn hat gerade beschlossen, dass ein Schock die richtige Reaktion für diesen Moment ist. Augusts Hände sind auf mir und ziehen mir das Hemd über den Kopf.

»Warum hast du nicht einfach die Vordertür benutzt?«, fragt er.

»Wegen unserer Eltern. Ich wollte nicht mit ihnen reden«, murmle ich, während er in die Hocke geht und mir aus der Hose hilft.

»Hat meine Mutter dir nicht gesagt, dass sie das ganze Wochenende weg sind?«

»Ich bin mir nicht sicher. Sie hat mit mir geredet, aber offenbar habe ich nicht richtig zugehört. Ich konnte mich nicht konzentrieren«, murmle ich, als er seine Finger in den Bund meiner Boxershorts krallt und sie mir über die Oberschenkel zieht.

Sein warmer Atem trifft auf meinen halbharten Schwanz, und tausend Szenarien schießen mir durch den Kopf, verflüchtigen sich aber ebenso schnell wieder, als er aufsteht, eine Decke ergreift und sie mir über die Schultern zieht.

»Besser?«, fragt er.

»Ja.« Aber er versteht es nicht. Er hat keine Ahnung, was ich meine. Es geht mir sofort besser, weil er in meiner Nähe ist. Er ist die Wärme, nach der ich mich mein ganzes Leben lang gesehnt habe. Ich habe erst gemerkt, wie sehr mir diese Wärme gefehlt hat, als ich sie von ihm bekommen habe. Und dann musste ich spüren, wie sie wieder verschwand.

»Okay. Ich stecke deine Sachen schnell in den Trockner«, sagt er und hebt meine nassen Klamotten vom Boden auf. »Dann können wir reden.«

Ich knabbere auf meiner Unterlippe herum, weil ich nicht weiß, was ich sagen soll, wenn er mich dazu auffordert, den Mund zu öffnen und etwas zu sagen.

»Bin gleich wieder da«, sagt er, aber ich gehe ihm hinterher, als er in die Garage schlüpft. Ich beobachte, wie er die nassen Klamotten in den Trockner wirft und ihn anstellt. Dann lehnt er sich an die Seite der Maschine und sieht mich mit seinen schönen grünen Augen an.

»In etwa fünfzig Minuten sollte alles wieder trocken sein«, sagt er.

Ich nicke und wende meinen Blick von ihm ab. Ich habe das Gefühl, er kann mich so leicht hypnotisieren, mich seinem Willen unterwerfen.

»Okay.«

»Lass uns wieder reingehen. Da ist es wärmer.«

Als ich durch das Wohnzimmer gehe, schnappt sich August eine blaue Decke von der Couch und legt sie mir um die Schultern. Dann fährt er mit den Fingern über mein Gesicht und streicht mir eine verirrte Haarsträhne hinters Ohr.

Ich kann einfach nicht anders und lehne mich an ihn.

»Em, können wir gleich zur Sache kommen? Warum bist du hier?«

Ich schlucke und schaue weg. Ich kenne die Antwort nicht. Selbst wenn ich sie kennen würde, würde ich sie nicht verraten.

»Komm, lass uns in meinem Zimmer darüber reden. Dort kannst du dich einkuscheln«, sagt er leise und legt eine Hand auf meinen Rücken. Ich kann sie durch die Decken kaum spüren, aber ich weiß, dass sie da ist. Es ist ein sanfter, beruhigender Druck, während er mich den kurzen Flur hinunterführt. Und als wir sein Schlafzimmer betreten, schlägt er seine Bettdecke um.

»Ich kann nicht ... ich will keine Grenzen überschreiten. Geh einfach in mein Bett, bis der Trockner fertig ist. Danach kann ich dich nach Hause fahren«, sagt er. »Wenn du das willst«, fügt er leise hinzu.

Ich weiß nicht, was ich will, aber ich krieche trotzdem in sein Bett, lehne mich mit dem Rücken an das Kopfende des Bettes und lasse zu, dass er mich zudeckt.

»Ist es dir zu dunkel hier drin?«, fragt er.

»Nein, es ist alles in Ordnung.«

August tritt nervös von einem Fuß auf den anderen und mustert mich. »Soll ich Musik anmachen?«

»Willst du mich etwa in Stimmung bringen?«, antworte ich, und er lacht laut auf.

»Nein, aber dann ist es nicht so still. Ich mag es nicht, wenn du so still bist.«

Ich schlucke schwer und er scrollt durch sein Handy. Sekunden später ertönt leise Musik aus einem Lautsprecher auf seinem Schreibtisch.

Ich lausche einen Moment und lächle dann. »Ah, wie ich höre, hat sich dein Musikgeschmack verbessert.«

»Nein, ich bin einfach nur sehr vielseitig«, sagt er, während er mich ansieht.

Verdammt, mein Herz schlägt mit jedem Moment, in dem ich mit ihm in diesem Raum festsitze, schneller. Es fühlt sich so an, als würde es jeden Moment aus meiner Brust springen.

Ich lehne meinen Kopf zurück und beobachte ihn. Oh Gott, er sieht so verdammt gut aus in seiner Flanell-Pyjamahose und dem weißen T-Shirt. So gemütlich. Ich wünsche mir so sehr, dass er sich mit seinem großen Körper auf mich legt und sich an mich kuschelt.

Natürlich hätte ich auch gerne meinen Schwanz in seinem Mund, aber ich würde mich auch mit Kuscheln begnügen.

»Was hast du so getrieben?«, fragt er und holt mich in die Gegenwart zurück, worauf ich mit den Schultern zucke.

»Nichts Besonderes. Ich habe mit Lex gearbeitet, mit ihm abgehangen, war mit Thomas Mittag essen ...«

Unsere Blicke kreuzen sich und August schaut weg. Er steht immer noch, aber wenn ich ihn auffordere, sich zu mir zu setzen, würde ich ihn berühren. Ich bin nicht hergekommen, um zu ficken. Ich bin hergekommen, weil ... ich ihn einfach wiedersehen wollte.

Auch wenn ich nicht weiß, ob er mich überhaupt sehen will.

»Was ist mit dir?«, frage ich. Ich kann höflich sein. Wenn ich will.

»Oh. Es gibt eigentlich nichts Neues. Uni, Arbeit, Sport ...«

Ich kaue auf meiner Unterlippe herum. »Cool. Cool. Hast du, ähm ... du weißt schon, dich mit jemandem getroffen?«

Seine Augen huschen zu meinen und er schüttelt den Kopf. »Nein.«

Ein Atemzug, von dem ich gar nicht wusste, dass ich ihn angehalten habe, entweicht mir, und ich fühle mich bereits zehnmal leichter.

»Warum nicht? Gibt es einen bestimmten Grund?«

»Ich bin im Moment an niemandem interessiert«, sagt er und fährt sich mit der Hand durch die Haare. Mein Herz sinkt.

Meint er damit auch mich?

Wahrscheinlich.

Warum zum Teufel sollte jemand wie August ausgerechnet mich wählen?

Das hat er nicht.

Er hat sich bereits gegen mich entschieden, und ich Idiot bin trotzdem hier und erlebe diesen Schmerz noch einmal.

Wie heißt es so schön: Man lernt nie aus? Offensichtlich lerne ich absolut gar nichts.

»Was machen wir hier?«, fragt er leise, und ich ziehe die Decke fester um mich. »Wir können uns nicht länger aus dem Weg gehen. Meine Mutter hat schon gefragt, warum du nicht vorbeikommst. Ich weiß nicht, was ich ihr sagen soll.«

»Ich auch nicht.«

»Sollen wir versuchen ... Freunde zu sein?«

Ich schnaube, weil das ein *lächerlicher* Vorschlag ist. Freunde? Auf keinen Fall. Lieber würde ich auf der Stelle in ein diabetisches Koma fallen. Dann hätte ich wenigstens etwas gottverdammten Frieden gefunden.

Ich schiebe die Decke beiseite, klettere aus dem Bett und gehe in Richtung Tür.

»Offen gestanden würde ich lieber nicht mit dir befreundet sein.«

August stellt sich vor mich, und ich stolpere leicht, sodass ich gegen ihn pralle. Oh Scheiße. Er fühlt sich so gut an, so groß und muskulös.

Seine Hände liegen auf meinen Armen und sein Gesicht ist *genau* vor mir. Ich könnte meine Zunge herausstrecken und ihn vom Kinn bis zur Wange lecken. Ich könnte mich einfach zu ihm beugen und meinen Mund auf seinen drücken.

»Wir können also keine Freunde sein?«, fragt er, und ich schüttle den Kopf.

»Nein.«

Es ist nur ein Flüstern, aber er hört es und schluckt schwer. Wir starren uns an und ich kann bereits die Funken zwischen uns spüren. Als seine Finger vorsichtig an der Decke ziehen, sodass die Haut meines Halses freigelegt wird, wird es nur noch schlimmer.

Sein Blick wandert zu ihr und ich lockere meinen Griff und lasse ihn ziehen, bis meine Schulter frei ist.

»Mit dir befreundet zu sein, wäre schwierig«, antwortet er, während eine Fingerspitze über meine entblößte Haut gleitet. Eine Gänsehaut breitet sich auf meinem ganzen Körper aus und ich zittere schon bei dieser kleinen, winzigen Berührung.

»Ja. Sehr schwierig«, hauche ich.

Er atmet zittrig aus und zieht seine Hand zurück. »Hast du neue Tattoos?«

Ich lasse die Decke ein wenig nach unten gleiten und nicke. »An meiner Hüfte.«

»Darf ich mal sehen?«

Unsere Blicke treffen sich, und ich weiß, dass das keine gute Idee ist, aber er hat mich berührt, und ich will, dass er es wieder tut.

Ich trete zwei Schritte zurück, bis meine Kniekehlen die Matratze berühren, dann lasse ich mich nach unten sinken und stütze mich auf die Ellbogen.

»Okay«, sage ich, und August stellt sich zwischen meine Beine und zieht mit einer Hand die Decke über meinen Oberschenkel, bis meine rechte Hüfte frei liegt. Er stößt zittrigen Atem aus und lässt sich auf die

Knie sinken. Sein Gesicht ist so nah an meiner Haut, dass ich die Wärme jedes Atemzugs spüren kann.

Seine Fingerspitze fährt über die orangefarbene Blume, die ich mir habe erst kürzlich tätowieren lassen, und dann drückt er plötzlich sein Gesicht dagegen. Er dreht seine Wange und atmet tief ein.

»Ich habe dich vermisst«, flüstert er.

»Oh scheiße«, murmle ich und greife nach seinem Haar, um ihn an mich zu ziehen.

August knurrt. Dann greift seine Hand nach oben und greift über die Decke hinweg nach meinem harten Schwanz.

»Ich habe *das hier* vermisst.«

»August«, stöhne ich, als er beginnt, an mir zu reiben. Es reicht nicht, dass er mich einfach nur berührt. Ich brauche mehr. Ich brauche alles, alles von ihm. Ich schiebe die Decke komplett weg. Mein harter Schwanz wippt vor seinem Gesicht und August zögert nicht. Er fährt mit seiner Nase an meinem dicken Schaft entlang und ich kann nicht anders, als zu keuchen, als sich seine Lippen auf die Spitze drücken.

Wir sollten das nicht tun. Oh Gott, das sollten wir wirklich nicht.

Davon werde ich mich emotional nie erholen.

Unsere Blicke treffen sich, als er seine Zunge herausstreckt und zaghaft die Spitze berührt und den Lusttropfen ableckt, der sich dort angesammelt hat. Dann schnauft er leise, öffnet seinen Mund und nimmt mich auf. Mein Schwanz ist in seinem verdammten Mund. Er saugt an der Eichel, als wäre sie ein gottverdammter Schnuller, und gerade als ich um mehr betteln will, wirbelt er mit seiner Zunge herum – als hätte er das schon hundertmal gemacht. Hat er das? Scheiße, das muss er, denn er ist wirklich gut.

Aber meine Gedanken darüber, mit wem er experimentiert haben könnte, lösen sich in Luft auf, als er mich langsam in seinen Mund bis zum hinteren Teil seiner Kehle einführt, Zentimeter für Zentimeter.

Ich beobachte ihn, ohne auch nur zu blinzeln. Meine Augen tränen, brennen von der Anstrengung, aber ich weigere mich, auch nur einen Moment davon zu verpassen.

Als die Spitze meines Schwanzes gegen seinen Rachen stößt, würgt er. Und das Geräusch ist so heiß, dass ich nach Luft schnappe. Ich erwarte beinahe, dass er an diesem Punkt aufgibt, aber das tut er nicht.

Nein, er geht einfach zurück zur Spitze, und saugt sanft daran. Er wirbelt mit seiner Zunge um mein Piercing und beginnt dann von vorn.

Er würgt *erneut* und stöhnt dann leise. Meine Augen weiten sich. Heilige Scheiße, August Arnette genießt es, meinen Schwanz in seinem Mund zu haben. Ich bin fast versucht, mein Handy in die Hand zu nehmen und zu überprüfen, ob man um diese Uhrzeit noch irgendwo heiraten kann.

Aber ich kann mich nicht bewegen. Ein hässliches, unruhiges Keuchen entweicht meinem Mund, und ich kann nichts anderes tun, als zu zittern und zuzusehen.

Mein Schwanz gleitet mit einem *Plopp* aus seinem Mund, und dann beugt er sich vor, fasst mir in den Nacken und zieht mein Gesicht zu seinem. Seine Lippen treffen auf meine und jetzt kann ich nicht mehr an mich halten.

Ich drücke ihn an mich, während ich meine Zunge in seinen Mund schiebe, aber dann reißt er sich los und legt seine Lippen wieder um meinen Schwanz.

Mein Stöhnen vermischt sich mit seinem und ich versuche nicht einmal, es zu dämpfen. Ich will unsere Leidenschaft in diesem leeren Haus hören. Ich will, dass unser Stöhnen von den Wänden widerhallt.

Oh Scheiße, ich bin jetzt schon kurz davor. Ich will nicht, dass es schon vorbei ist.

Nicht, wenn es gerade erst begonnen hat.

»Hör auf«, hauche ich. »Hör auf.«

August lässt mich aus seinem Mund gleiten und blinzelt zu mir auf. Er sieht so herrlich zerzaust aus, weil meine Hände sich immer wieder in seine Haare gegraben haben. Ich kann sein feuchtes Kinn sehen, seine geschwollenen Lippen, und ich klammere mich an den Ansatz meines glitschigen Schwanzes, um zu verhindern, dass ich allein bei seinem Anblick komme.

»Ich will ...« Es kommt mir fast so vor, als hätte ich vergessen, wie man spricht. »Deinen Schwanz. In meinem Mund«, schaffe ich, zu sagen.

Er leckt sich über die Lippen. »Bist du sicher?«

»Ja, verdammt.«

Dann zieht er sich aus, krabbelt aufs Bett, und ich drehe ihn auf die Seite, damit ich besser an ihn herankomme. Ich lecke mit meiner Zunge an der Unterseite seines Schwanzes entlang und koste ihn. Er stöhnt laut. Ich genieße den Moment, bevor er mich ebenfalls wieder in seinen Mund zieht. Er nimmt mich ganz in sich auf, ich stecke in seiner Kehle, und alle Fähigkeiten, die ich mir im Laufe der Jahre angeeignet habe und mit denen ich ihn beeindrucken wollte, werden zum Fenster hinausgeworfen. Sie liegen zerschmettert auf dem Boden.

Ich bin hilflos und kann nichts anderes tun, als meinen Mund offenzuhalten, während er sich in mein Gesicht drückt.

Er macht buchstäblich die ganze Arbeit. Ich bin ein einziges Durcheinander, während er meine Hüften mit seinen starken Händen zu seinem Gesicht führt. Er verschlingt mich, als hätte er einen Bärenhunger und als wäre ich das köstlichste Dessert, das er je probiert hat. Und alles, was ich tue, ist, um ihn herum zu gurgeln, wobei meine Zunge heraushängt wie ein toter Fisch.

Ich sollte mich schämen, aber mein logisches Gehirn hat seine Sachen gepackt und meinen Körper verlassen.

Ich kann nicht einen klaren Gedanken fassen; ich bin nichts weiter als ein zitterndes, schluchzendes Wrack.

Plötzlich konzentriert er seine Zunge auf mein Piercing und ich stöhne so laut, dass ich mir sicher bin, dass die Nachbarn jedes Geräusch hören können. Kurz darauf entlade ich mich in seiner Kehle. Ich habe nicht einmal Zeit, ihn zu warnen, aber er schluckt jeden Tropfen.

Dann bewegt er seine Hüften immer schneller, und bevor ich überhaupt begreifen kann, was passiert, kommt er ebenfalls und spritzt mir ins Gesicht. Sein Sperma trifft mein Kinn, meine Nase, meinen Hals. Etwas davon landet sogar in meinen Haaren. Ich bin komplett eingesaut und ehrlich gesagt kann ich mich nicht erinnern, jemals so glücklich gewesen zu sein.

Ich bin so überglücklich und erschöpft, dass ich kaum die Augen offenhalten kann. Ich bemühe mich jedoch, da ich sein Gesicht sehen muss.

August drückt mir einen sanften Kuss auf den Schwanz und setzt sich dann auf. Ein kleines Lächeln umspielt seine Lippen.

»Du siehst ziemlich mitgenommen aus«, sagt er, seine Stimme ist rau.

»Äh, ja, weil du buchstäblich mein Gehirn durch meinen Schwanz ausgesaugt hast. Jetzt muss ich erst wieder lernen, wie man läuft und vermutlich die Grundschule wiederholen.«

Er gluckst und tätschelt meinen Oberschenkel. »Komm, machen wir dich sauber.«

Er nimmt ein paar Taschentücher vom Nachttisch und wischt mich vorsichtig sauber.

»Willst du ein Bad nehmen?«, fragt er und streicht mit dem Daumen über meinen Kiefer. Die Berührung ist so zärtlich, dass ich wieder beide Augen schließen muss, um nicht vollkommen den Verstand zu verlieren.

»Em«, flüstert er. »Du siehst so müde aus. Gib mir zwei Minuten, dann bin ich wieder da. Schlaf noch nicht ein.«

Ich nicke und spüre, wie er die Decke über mich zieht und mich zudeckt. Dann verlässt er den Raum. Mir bleibt nur die Stille im Zimmer und die vage Erkenntnis, dass ich gerade den besten Orgasmus meines Lebens hatte ... mit meinem Stiefbruder. Ich weiß, dass ich es bereuen sollte, aber das fällt mir mehr als schwer.

»Hey, ich habe dir Wasser eingelassen«, sagt August plötzlich, und ich schaue zu ihm hoch. Er grinst zu mir herunter. »Komm schon.«

Dann hebt er mich hoch und trägt mich ins Badezimmer, wo die große Badewanne bereits mit Wasser und Blasen gefüllt ist.

Er lässt mich in das warme Wasser hinab und hockt sich dann auf den kalten Kachelboden und wäscht mir vorsichtig mit einem Waschlappen das Gesicht. Der ganze Raum riecht nach Vanille. Warum zum Teufel fühlt sich das so romantisch an? Ich weiß nicht einmal, ob das das richtige Wort dafür ist, denn bisher habe ich noch nichts Vergleichbares erlebt.

Ich räuspere mich. »Weißt du, normalerweise kann ich das besser. Heute war ich einfach nicht in Form. Sonst bin ich außergewöhnlich gut im Blasen.«

August gluckst. »Das bezweifle ich.«

Ich runzle die Stirn und schaue ihn verwundert an, als er mir den Waschlappen auf die Lippen drückt.

»Damit wollte ich nur sagen, dass es bereits perfekt war. Es hätte nicht besser sein können.« Er atmet zittrig aus und leckt sich über die Lippen. »Ich liebe die Geräusche, die du machst und wie empfänglich du bist ...«

Für mich klingt es ganz so, als wäre August verliebt in mich. Und ja, ich weiß, dass das verrückt ist, aber ich arbeite bereits mit Dr. K. daran.

Ich bin ein verdammtes Stück Arbeit, dessen bin ich mir bewusst.

Aber August akzeptiert mich so, wie ich bin.

Das hat er mir selbst gesagt.

»Komm verdammt noch mal her«, murmle ich und spreize meine Beine, damit es keine Unklarheiten darüber gibt, wo ich ihn haben will.

August sieht mich an und stellt dann das Wasser ab. Er steigt in die Wanne und etwas von dem Badewasser schwappt über den Rand. Aber das ist uns beiden egal. Er legt seinen Kopf an meine Brust und ich schlinge meine Arme um ihn und seufze.

Scheiße, ich habe ihn schrecklich vermisst. Ich lasse uns ein wenig tiefer ins Wasser gleiten und schließe meine Augen.

Nur ein paar Minuten. Ich habe so verdammt lange nicht mehr geschlafen.

———

Da sind sie wieder, die vertrauten Stimmen.

Ich höre meinen Namen.

Dann ein ekelhaftes, tiefes Lachen.

Meine Hände sind zusammengebunden, genau wie meine Füße.

Mein ganzer Körper schmerzt.

Ich fühle mich nicht wohl.

Ich bin schwach und müde und habe mir in die Hose gemacht.

Ich drehe meinen Kopf und schaue auf den kleinen Lichtstrahl, der auf den Boden des Schranks fällt.

Und dann ist das Licht plötzlich weg.

Sie werden kommen.

———

Ich erwache mit einem Keuchen, mein Herz schlägt wie wild in meiner Brust.

»Hey«, sagt August. »Em, geht es dir gut?«

Ich atme zittrig ein und räuspere mich.

»Ähm, ja. Bin nur kurz eingenickt. Großer Fehler.«

August dreht sich um, und seine feuchten Finger fahren durch mein Haar.

»Es ist alles in Ordnung. Du bist in Sicherheit.«

Ich lasse mich von ihm berühren und versuche einfach, etwas von seiner Güte aufzusaugen.

»Wir sollten vermutlich langsam raus. Das Wasser wird kalt.«

Scheiße, das ist mir gar nicht aufgefallen. Ich zittere, als wir beide aus der Wanne steigen. August trocknet mich ab und wickelt mich dann fest in ein Handtuch, bevor er mich in sein Zimmer führt.

Dann greift der Mann in seinen Schreibtisch und holt einen Lutscher heraus.

»Oh mein Gott«, stöhne ich, als er ihn auspackt und mir reicht. »Ich wusste gar nicht, dass du Süßigkeiten isst.«

»Ich wollte mal sehen, was es mit dem ganzen Rummel auf sich hat«, sagt er mit einem sanften Lächeln, während ich den Lutscher in meinem Mund drehe.

»Und?«

»Und ... ich verstehe es immer noch nicht«, sagt er.

»Weil du ein Idiot bist«, keuche ich und lächle ihn an. »Danke.«

»Jederzeit«, sagt er und setzt sich neben mich aufs Bett. Im Hintergrund höre ich die leise Musik, die er vorhin angemacht hat, und den Regen, der gegen das Fenster prasselt.

Er holt tief Luft und dreht sich dann zu mir um. »Es tut mir so leid, Em. Alles.«

»Nein, sag das nicht. Wir müssen jetzt nicht darüber reden. Ich bin gerade einfach nur froh, dass ich jetzt hier bei dir bin.«

August ergreift meine Hand und verschränkt seine Finger mit meinen, drückt seine Nase an meine Schläfe und atmet mich einfach ein. Ich weiß nicht, wie ich es geschafft habe, mich so lange von ihm fernzuhalten.

»Wovon hast du geträumt?«, fragt er schließlich.

»Oh Gott, willst du das wirklich wissen? Es war doch gerade so schön. Die düsteren Abgründe meines Verstandes werden mit Sicherheit die Stimmung zerstören. Wir sollten lieber darüber reden, wie die Sonne sich ausdehnt und uns schließlich alle zu Asche verbrennen wird.«

August schüttelt nur den Kopf und lacht leise. Dann stößt er mich mit seinem Ellbogen an. »Du musst natürlich nichts sagen, aber ich würde es gerne wissen, wenn du mir davon erzählen willst. Vielleicht hilft es dir ja ein wenig, wenn du darüber redest.«

Ich ziehe meinen Lutscher aus dem Mund und krabbele auf seinen Schoß, schmiege mich an ihn.

»Gut. Aber ich werde einen kleinen Anreiz benötigen.«

Ich spitze meine Lippen und August drückt einen schnellen Kuss darauf. Ich sehe ihn stirnrunzelnd an.

»Ist das dein Ernst? Das ist alles, was ich bekomme?«

»Hallo? Ich hatte gerade noch deinen Schwanz in meinem Hals.«

Meine Augen weiten sich bei diesen Worten, und ich schnaube. »Na gut, das stimmt. Und das war *wirklich* gut. Hast du das schon mal gemacht?«

»Nein, noch nie.«

»Dann bist du wohl ein Naturtalent.«

Er schaut verlegen zur Seite. »Es schien einfach ... richtig.«

»Natürlich war es das.«

Er neigt den Kopf, und seine grünen Augen bohren sich in meine, während er wartet.

»Na gut. Schön. Wenn du darauf bestehst ...«

Ich will wirklich nicht darüber reden, aber ich weiß, dass ich es tun sollte. Dr. K. sagt immer, ich soll versuchen, mich Leuten zu öffnen, denen ich vertraue. Leider vertraue ich so gut wie *niemandem*. Lex ist die einzige Person, die fast alles darüber weiß, was vorgefallen ist, als ich bei meiner Mutter und im Pflegeheim war. Mit Lex darüber zu sprechen fällt mir jedoch leicht, vermutlich, weil er Ähnliches durchgemacht hat.

Aber August hat das nicht. Sein Leben ist von den Dämonen weitgehend unberührt geblieben. Ich bin mir nicht sicher, ob er verstehen oder sich überhaupt vorstellen kann, was ich durchgemacht habe. Kann ich ihm überhaupt genug vertrauen?

Ja, ich glaube, das kann ich. Immerhin ist er die personifizierte Güte.

Ich schiebe mir den Lutscher wieder in den Mund. »Ich will nicht ins Detail gehen, weil das nicht nötig ist, aber ich werde dir das Wesentliche sagen. Der Kleiderschrank war nur eine Sache. Er war beängstigend und erdrückend. Aber noch schlimmer war es, wenn sie Leute mitbrachte und ... sie Dinge mit mir anstellten. Und nichts davon war meinem Alter entsprechend.«

Er schlingt seine Arme um mich, und ich schließe die Augen und atme ihn einfach ein.

»Meine Mutter hat es zugelassen, oder vielleicht hat sie es sogar gefördert. Ich weiß es nicht genau. Wir haben nie darüber gesprochen. In der Pflegefamilie ging es mir insgesamt besser, aber auch dort sind ein paar ... schlimme Dinge passiert.«

August streichelt über meinen Rücken und drückt mir einen Kuss auf die Schläfe, und ich drehe mich um, um seinem Blick zu begegnen.

»Bist du angewidert? Von mir?«, frage ich.

»Was? Nein, natürlich nicht. Warum sollte ich angewidert sein?«

»Weil ich ... kaputt bin. Ich habe Angst, dass du mich jetzt, wo du es weißt, nur noch als ein Opfer sehen wirst.«

August blinzelt mich an, dann schüttelt er langsam den Kopf und nimmt mein Gesicht zwischen seine beiden Hände. »Als ich sagte, dass ich dich so akzeptiere, wie du bist, habe ich das auch so gemeint.«

Ich schlucke und spüre, wie Tränen in meinen Augen brennen.

»Und du bist nicht kaputt. Du bist ...«, seine Stimme bricht. »Du bist mutig. Und schön. Und lustig. Und klug. Und einfach unglaublich.«

Scheiße, jetzt fließen die Tränen.

Er streicht sie mir mit seinem Daumen weg, während er mich einfach nur festhält, bis ich keine Tränen mehr in mir habe.

»Ich habe sie letzten Monat gesehen«, flüstere ich.

»Wen?«

»Meine Mutter. Sie ist in Lex' Wohnung aufgetaucht. Ich weiß nicht, wie sie mich gefunden hat. Aber sie war draußen ...«

»Wirklich? Was ist passiert?«

»Lex hat sie mit Eiern beworfen. Er hat sie einfach aus dem Fenster geworfen. Eine ganze Packung. Und zur Sicherheit hat er noch einen Karton Milch hinterher geschüttet. Der Bürgersteig roch wochenlang nach Omelett.«

Ein leises Lachen entweicht August und ich lehne mich an ihn, ein kleines Lächeln umspielt meine Lippen.

»Er ist etwas unzurechnungsfähig, und oft ziemlich nervig, aber er würde sie nie in meine Nähe lassen. Er ist loyal. Das ist wahrscheinlich seine einzige gute Eigenschaft.«

»Ich bin froh, dass du ihn als Freund hast.«

»Ja, ich auch.« Ich schniefe, und mein Gesicht fühlt sich vom Weinen geschwollen an. »Und das ist alles, was er ist. Das solltest du wissen. Das ist alles deine Schuld. Ich werde Jahre brauchen, um darüber hinwegzukommen.«

August schüttelt den Kopf und sieht traurig aus. »Das tut mir leid.«

»Das muss es nicht. Ich habe es ja selbst zugelassen. Ich weiß, was das zwischen uns ist ... oder auch nicht ist, und trotzdem bin ich hier«, sage ich seufzend und werfe meinen Lutscher in den Papierkorb. Natürlich treffe ich nicht.

»Wenn es um dich geht, kann ich einfach nicht anders.«

»Heißt das, du bleibst über Nacht?«

»Ja, aber wir sollten vermutlich keinen Sex mehr haben. Wenn wir so weitermachen, werde ich mich noch in dich verlieben. Also noch mehr ... als ich es schon bin.«

August errötet und ich lache, als wäre es ein Witz gewesen.

Natürlich war es kein Witz.

Ich bin jetzt schon Hals über Kopf in August verliebt.

Schon seit einer ganzen Weile.

KAPITEL NEUN

AUGUST

Ich spüre die Sonne auf meinem Gesicht, und als ich meine Augen öffne, sehe ich Emerys Kopf auf meiner Brust, seinen Arm um meine Taille und sein Bein über meinem.

Ich streiche ihm mit der Hand über das Haar, und er schnarcht ein wenig.

Scheiße, ist der süß.

Er hat tatsächlich eine ganze Nacht durchgeschlafen, ohne aus einem Albtraum aufzuwachen. Ich weiß, es ist irrational, aber ich frage mich, ob ich der Grund dafür bin, dass er so gut geschlafen hat. Vielleicht kann ich helfen, die Monster in Schach zu halten.

»Hey«, flüstere ich. »Em.«

Er schmiegt sich enger an mich und dreht dann sein Gesicht, sodass seine Nase genau in meiner Achselhöhle ist. Er drückt sie tiefer hinein und atmet ein. Es kitzelt und ich winde mich ein wenig.

Es ist irgendwie seltsam, und doch gefällt es mir gut.

Ich stehe wirklich auf ihn.

»Em«, wiederhole ich leise. Er zuckt zusammen und setzt sich so schnell auf, dass mir schon beim Zuschauen schwindelig wird.

»Was?«, haucht er und blinzelt mich an.

»Hey, ich bin's nur«, sage ich, und Emery schaut zu Boden und atmet aus.

»Oh, Gott sei Dank«, sagt er und reibt sich den Schlaf aus den Augen. »Wow, ich habe letzte Nacht tatsächlich geschlafen. Ich habe gar nichts geträumt. Für einen Moment dachte ich, ich wäre gestorben. Als hätte mich ein Aneurysma mitten in der Nacht von dieser Erde gerissen.«

Ich lächle ihn an, und er drückt seine Stirn an meine Brust.

»Das Schlimmste war, dass ich für eine Sekunde dachte, ich würde *dich* nie wiedersehen.«

Ich streiche mit meiner Hand seinen Rücken hinauf und hinunter, und er schmiegt sich enger an mich, dann blickt er zu mir auf. »Warum bist du schon so früh auf? Die Sonne ist noch nicht einmal richtig aufgegangen.«

»Doch, sie ist gerade nur hinter ein paar Wolken. Ich muss zum Yoga. Wenn ich den Kurs verpasse, wird Mag mich umbringen.«

»Dieser kleine Kerl? Ich bezweifle, dass er dir viel anhaben kann.«

»Na ja, er hat einen Riesen als Ehemann. Ich bin sicher, er hätte kein Problem damit, Sem zu sagen, dass er mich mit seiner Faust erschlagen soll. Das würde er auf jeden Fall schaffen.«

Ems braune Augen treffen meine und er lächelt. »Nun, dann solltest du sicherheitshalber gehen.«

»Ja, außerdem braucht mein Rücken das.«

Verwirrt runzelt er die Stirn. »Dein Rücken?«

»Ja, vor eineinhalb Jahren hatte ich einen Autounfall. Fahrerflucht. Ich war ziemlich schwer verletzt. Yoga hält mich geschmeidig. Wenn ich nicht hingehe, wird mein Rücken steif.«

»Scheiße. Das wusste ich gar nicht.«

Ich zucke mit den Schultern. »Da haben wir wohl beide etwas über den anderen gelernt, was?« Ich fahre mit meinen Fingern über seine Schulter und seinen Hals hinauf, und seine Augenlider flattern. »Möchtest du vielleicht mitkommen?«

»Ob ich ... du bist verrückt. Yoga ist wie selbstauferlegte Folter. Von außen sieht es ganz friedlich und gelassen aus, aber in Wirklichkeit verrenken sich die Menschen auf eine Weise, die nicht natürlich ist. Und es tut höllisch weh.«

»Komm schon, versuch es einfach. Ich würde gerne den Tag mit dir verbringen.«

Er stützt sich auf seine Ellbogen. »Wirklich?«

»Ja, Em. Wirklich. Aber nur, wenn du es auch willst. Ich will nicht, dass du das bereust.«

Er beißt sich auf die Unterlippe und scheint nachzudenken. »Ich würde es nie bereuen, Zeit mit dir verbracht zu haben, aber den Yogakurs könnte ich bereuen. Gut, ich werde mitkommen ... deine hübschen Hundeaugen sind sehr überzeugend. Gib mir nur etwa fünfzehn Minuten. Ich muss mich geistig darauf vorbereiten.«

———

»Ich wusste, dass ich es hassen würde«, grunzt Emery neben mir, den Hintern in die Luft gestreckt, die Arme leicht zitternd, während er versucht, Halt zu finden. »Das ist wie in Guantánamo Bay. Waterboarding? Ein Kinderspiel. *Das hier* sollten die Gefangenen den ganzen Tag machen.«

Magnus kichert neben mir, er hat natürlich keine Probleme mit dieser Stellung. »Mit etwas Übung wird es einfacher.«

Emery schnaubt. »Ich komme mir vor, wie in einer Selbsthilfegruppe für Masochisten. Es gibt keinen anderen logischen Grund, warum ihr euch das regelmäßig antun solltet. Selbst eine Tätowierung tut weniger weh als das hier. Wenn euer *entspanntes* Hobby mehr schmerzt als echte Nadeln, die in eure Haut gestochen werden, dann habt ihr Probleme.«

Sem schnaubt im Hintergrund – er steht hinter uns und begutachtet den Hintern seines Mannes. Das überrascht mich nicht. Er ist nie weit von seinem Mann entfernt. Er beobachtet Mag ständig, und Mag liebt jede Sekunde davon. Ich versuche, ihre Eigenheiten nicht zu verurteilen; ich bin einfach froh, meinen besten Freund aufrichtig glücklich zu sehen.

»Man gewöhnt sich daran«, antworte ich Emery leise, während die Leute uns schon seltsame Blicke zuwerfen.

Er befindet sich gerade im herabschauenden Hund und ich unterdrücke ein Lachen, weil sein Gesicht so rot ist.

»Jetzt sieh mich nicht so an«, brummt Emery und pustet sich die Haare aus dem Auge. Sie fallen ihm trotzdem wieder ins Gesicht. »Das ist einfach furchtbar. Ich kann nicht glauben, dass du mich dazu verleitet hast. Das liegt alles nur an deinem Hundeblick ...«

»Pssst«, sagt jemand aus dem vorderen Teil des Raumes, und ich beiße mir auf die Lippe, während wir uns in die Krieger-Pose begeben.

Sem murmelt etwas vor sich hin und Magnus schüttelt den Kopf.

»Ich glaube, sie wollen, dass wir still sind«, sagt Magnus nach einem Moment. »Wir sollten nicht reden. Das hier soll erholsam und beruhigend sein.«

»Tut mir wirklich leid, wenn das Geräusch meiner knackenden Knochen die Ruhe stört«, brummt Emery und ein weiteres »Pssst« hallt durch den Raum.

Emery bricht dramatisch auf der Matte zusammen, wischt sich über sein verschwitztes Gesicht, starrt an die Decke und atmet, als wäre er einen ganzen Marathon gelaufen.

»Ich gebe auf. Macht ohne mich weiter«, murmelt er und zieht dann einen Lutscher aus seiner Tasche und packt ihn aus.

»Ich glaube nicht, dass du hier essen solltest«, flüstert Magnus. Aber Emery verdreht nur die Augen und klemmt sich den Lutscher zwischen die Zähne.

»Scheiß auf die Regeln«, murmelt Emery.

Sem hebt die Hand in Emerys Richtung und dieser schlägt mit ihm ein. Dann gibt Emery Sem einen Lutscher, als ob das völlig normal wäre. Ich beobachte, wie der Riese die Süßigkeit auspackt und sie sich in den Mund schiebt.

»Immer der Regelbrecher«, murmelt Mag kopfschüttelnd. Als sich eine weitere Person über die Lautstärke beschwert, richtet Sem sich auf und lässt seinen Blick durch den Raum schweifen. Wahrscheinlich versucht er, herauszufinden, wer der Drängler ist, damit er ihn umbringen kann.

Dieser Typ ist wirklich unzurechnungsfähig.

Das ist wahrscheinlich auch der Grund, warum Emery und er sich auf Anhieb verstanden haben.

Ich schaue zu Emery hinunter, der die Augen geschlossen hat, während sich seine Lippen über die Süßigkeiten bewegen, und ich kann nicht anders, als mir vorzustellen, was ich mit diesem Mund machen möchte.

Letzte Nacht war ... ich wende meinen Blick ab, um nicht mitten im Kurs einen Ständer zu bekommen. Die arme Barbara hinter mir wäre danach sicher vollkommen traumatisiert. Wobei ich vermute, dass sie ihre Matte immer direkt hinter mir ausrollt, um mir auf den Hintern zu starren. Vielleicht wäre ein Ständer nicht das Ende der Welt.

»Du bist verdammt gelenkig«, sagt Emery nach einer Weile, und seine Augen treffen meine. »Immerhin eine Sache, für die es sich gelohnt hat, heute mitzukommen. Deinen knackigen Arsch in der Luft zu sehen, macht einiges wieder wett. Du hast Glück, dass ich nicht auf die Matte sabbere.«

Ich sehe ihn an und beiße mir auf die Unterlippe.

Emery wackelt mit den Augenbrauen und schiebt sich verführerisch den Lutscher in den Mund. Bevor es wirklich peinlich werden kann, schaue ich schnell runter.

»Du bist furchtbar«, flüstere ich und Emery grinst mich an.

»Ich bin unglaublich«, antwortet er mit einem Grinsen, und ich lächle ihn sanft an.

Denn, ja, das ist er auf jeden Fall.

Nachdem er gestern Abend etwas mehr von sich preisgegeben hat, ist mir klar geworden, wie unglaublich er ist. Dass er all das durchgemacht hat und immer noch die Kraft hat, weiterzumachen ... ich schaue Emery an und lasse meinen Blick einen Moment auf ihm verweilen. Er trägt die Shorts, die ich ihm geliehen habe, und ein weißes ärmelloses Top. Die Sportsachen sehen toll aus auf seinem schlanken Körper. Er ist nicht ganz so muskulös wie ich und hat eher die Figur eines Läufers, aber das gefällt mir. Ich mag es, dass er so unterschiedliche Seiten hat. Und fast jeder Zentimeter seiner entblößten Haut ist mit bunten Tattoos bedeckt. Er sieht aus wie eine wandelnde Kunstgalerie. Ich könnte ihn ewig anstarren.

Er ist einfach so wunderschön. Innen und außen.

Als der Kurs zu Ende ist, werde ich aus meiner Trance gerissen. Magnus beugt sich zu mir. »Colin hat ihn übrigens total abgecheckt. Hast du das bemerkt?«

Ich blicke auf und sehe Colin, der gerade seine Matte zusammenrollt. Unsere Blicke treffen sich und er lächelt mich freundlich an. Das ist typisch Colin. Er ist immer verdammt nett. Als er jedoch zu uns herüberkommt und seinen Blick auf Emery richtet, der immer noch mit dem Lutscher im Mund auf dem Boden liegt, werde ich nervös. Natürlich kann ich es Colin nicht wirklich übelnehmen, denn Emery ist wirklich verdammt faszinierend.

»Hey«, sagt Colin zu mir und deutet dann auf Emery. »Ist das ein Freund von dir?«

Emery blickt zu ihm auf und murmelt. »Nein, nicht wirklich. Ich bin sein Stiefbruder.«

»Ah«, antwortet Colin mit einem kleinen Lachen, und zum ersten Mal, seit ich Colin kenne, spüre ich eine gewisse Abneigung ihm gegenüber. Am liebsten würde ich ihm einen Schlag in sein hübsches Gesicht verpassen. Ich verstehe, warum Sem sich so aufgeregt hat, als er dachte, dass Mag in ihn verliebt ist. Wie kann man mit jemandem wie ihm überhaupt konkurrieren?

»Hi, Augusts Stiefbruder. Ich bin Colin«, sagt Colin mit einem breiten Lächeln und einem Winken, und Emery lächelt zu ihm hoch.

Die beiden sind so verdammt charmant. Zusammen wären sie unaufhaltsam.

»Hi, Colin. Ich bin Emery. Oh, ich liebe deine Tattoos.« Emery setzt sich auf und ergreift Colins Arm, um ihn neben sich herzuziehen.

Verdammt, jetzt bin ich wirklich eifersüchtig. Ich mag es nicht, wenn er andere Männer berührt. Aber was wirklich scheiße ist, ist, dass ich nichts dagegen tun kann. Ich verlor das Recht, so zu fühlen, als ich beschloss, die Sache mit ihm zu beenden.

Mag stupst mich an, und ich drehe mich um und schaue zu ihm hinunter. Er wackelt mit den Augenbrauen und ich werfe ihm einen finsteren Blick zu.

»Ich will kein Wort hören«, sage ich und Mag grinst mich an und zieht mich ein Stückchen weiter weg, damit wir uns unter vier Augen unterhalten können.

Er stößt mich in die Brust, und ich schlage nach seiner Hand.

»Du bist eifersüchtig.«

»Nein, das bin ich nicht. Er kann mit anderen Männern reden«, sage ich und schaue dann zu Emery und Colin hinüber. Natürlich lacht Emery genau in diesem Moment über etwas, das Colin gerade sagt. Warum sollte er auch nicht? Colin ist lustig.

Sofort wird mir heiß und ich verschränke die Arme vor der Brust.

Mag beugt sich näher zu mir. »Colin ist sehr attraktiv«.

Sem grummelt leise vor sich hin und stellt sich hinter Magnus und legt ihm eine große Hand auf die Schulter.

Mag verdreht nur die Augen und sieht zu Sem auf. »Sem, du weißt, dass du der Einzige für mich bist. Hör auf, so mürrisch zu sein.«

Ohne auf Magnus zu reagieren, sieht Sem mich an. »Lass dir von diesem Arschloch nicht das nehmen, was dir gehört.«

Meine Wangen werden heiß. »Leute, Em gehört nicht ...«

Aber dann schaue ich rüber und sehe Emery mit seinem Handy in der Hand. Tauschen die beiden etwa Nummern aus? Mein vorheriger Kommentar verschwindet im Äther, als ich schnell zu Colin und Emery hinübergehe, die sich unterhalten. Ich versuche, ganz lässig zu sein, als hätte ich seinen Schwanz nicht erst gestern in meinem Mund gehabt. Als wäre mein Sperma nicht auf seinem Gesicht verteilt gewesen. Als wäre er nicht in mein Bett gekrochen und hätte sich die ganze Nacht an mich geklammert.

»Oh hey«, sagt Emery und sieht mich mit funkelnden Augen an. »Schau dir diese Tattoo-Künstlerin an. Sie ist unglaublich.«

Ich sehe ein Foto auf Colins Handy und bringe ein angestrengtes Lächeln zustande. Denn in diesem Moment wird mir klar, dass ich nicht viel mit Emery gemeinsam habe, Colin jedoch schon.

Vielleicht sollte ich ihn einfach gehen lassen.

Immerhin schaffe ich es noch nicht einmal, meiner Mutter von uns zu erzählen.

Und in Wirklichkeit ist es nicht einmal so eine große Sache. Ich weiß nicht, ob es meine Mutter überhaupt interessieren würde.

Scheiße, vielleicht aber doch. Ich habe wirklich keine Ahnung, wie sie damit umgehen würde. Ich will sie einfach nicht enttäuschen. Ich hasse es, Leute zu enttäuschen.

In meinem Kopf herrscht ein einziges Chaos.

»Cool«, sage ich, und Emerys Lächeln verblasst ein wenig angesichts meines wenig amüsierten Tons.

»Hey, geht es dir gut?«, fragt Em. Er sieht mich fragend an.

»Ja«, sage ich und räuspere mich. »Soll ich dich nach Hause bringen? Ich muss gleich noch ein paar Sachen erledigen.«

»Hast du doch keine Lust mehr, mit mir abzuhängen?«

Er klingt fast verletzt, und das macht es für mich noch schlimmer.

Ich schaue zu Colin hinüber, ziehe Emery weg und senke meine Stimme. »Nein, natürlich will ich mit dir abhängen, aber es sieht so aus, als hättest du andere Pläne.«

Seine Augenbrauen ziehen sich zusammen. »Was meinst du?«

»Vielleicht würdest du deinen Tag lieber mit Colin verbringen?«

Emery öffnet den Mund und sein Lutscher fällt fast zu Boden. Ich greife nach oben, nehme ihn aus seinem Mund und schiebe ihn in meinen.

»Oh Gott, nein. Warum denkst du das? Ich meine, er hat coole Tattoos, aber ...« Er lehnt sich näher zu mir. »Warum zum Teufel sollte ich auf den Kerl stehen, wenn *du* hier bist?«

Meine Brust schwillt an und ich gebe ihm seinen Lutscher zurück.

»Bist du dir sicher?«

Emery schnaubt. »Er fragt, ob ich mir sicher bin ... natürlich bin ich mir sicher.«

»Gut. Dann lass uns gehen.«

»Sollten wir uns nicht verabschieden?«

Ich fahre mir mit der Hand durchs Haar. »Ja. Mist. Ich schätze, das sollten wir.«

Ich will es nicht, aber meine Mutter hat kein Arschloch großgezogen. Also verabschiede ich mich von Colin, Magnus und Sem und nicke dann endlich in Richtung Tür.

»Fertig?«

»Auf jeden Fall«, antwortet er. »Wohin wollen wir zuerst?«

»Ich muss ehrlich gesagt noch Rasen mähen, bevor wir etwas anderes machen können.«

Emery sieht mich verwirrt an, als er sich auf den Beifahrersitz setzt. »Ist das irgendein geheimer Code? Ich habe keine Ahnung, wovon du redest.«

Ich lache. »Nein. Ich muss wortwörtlich noch Rasen mähen. Das mache ich ehrenamtlich für ältere Menschen, die nicht mehr so gut zurechtkommen. Für manche Leute ist Gartenarbeit nicht einfach, also helfe ich.«

»Oh Gott, warum tust du das? Verbringst du wirklich so deine Freizeit?«

»Na ja, nicht meine ganze Freizeit, aber ich nehme mir jedes Wochenende ein wenig Zeit dafür.«

Emery wendet den Blick ab und schaut aus dem Fenster. »Verdammt. Wie soll ich jemals mithalten können, wenn du solche Sachen machst?«

Ich strecke die Hand aus und berühre seinen Arm. »Warum hast du überhaupt das Bedürfnis, dich zu messen?«

Emery zuckt mit den Schultern. »Weil du … du bist und du Rasen für alte Leute mähst, während alle anderen ihre Wochenenden damit verbringen, zu ficken und sich zu besaufen. Das ist der Grund! Ich meine, welcher Typ in den Zwanzigern opfert seine Zeit freiwillig, wenn er nicht gerade auf Bewährung ist?«

»Eine Menge Leute. Es gibt sogar eine Organisation, die alles koordiniert.«

Emery verdreht nur die Augen und lässt sich tiefer in seinen Sitz sinken. »Nun, ich kenne niemanden, der das tut. Na ja, vielleicht stimmt das nicht ganz. Lex hängt mit einem Haufen alter Damen ab, sieht sich *Golden Girls* mit ihnen an und bringt ihnen Videospiele bei. Er verbringt sogar mehr Zeit mit ihnen als mit mir. Aber er mäht ganz sicher keinen Rasen. Ich weiß nicht einmal, ob Lex weiß, wie man das macht. Ich weiß es jedenfalls nicht.«

Ich streiche ihm eine Strähne aus dem Gesicht hinters Ohr. »Das ist doch auch okay. Du musst nichts tun, um mich zu beeindrucken.«

Er schnaubt. »Ich muss auf jeden Fall etwas tun, wenn ich mit dir mithalten will.«

»Soll ich es dir beibringen? Wie man einen Rasen mäht, meine ich.«

Emery lässt seinen Blick über mich gleiten und legt dann den Kopf schief. »Werden Sie denn Ihr Hemd für diese Unterrichtsstunde ausziehen, Mr. Arnette? Denn wenn ja, dann bin ich dabei. Dann können wir gerne jeden Rasen in der verdammten Stadt mähen.«

Ich spüre, wie meine Wangen rot werden.

»Das lässt sich wohl einrichten.«

———

»Hey, du hast gesagt, dass du dein Hemd ausziehst!«, schreit Emery und ich drehe mich um. Emery sitzt mit Mrs. Melnyk auf der Veranda, während ich den Rasenmäher aus dem Schuppen hole. Emery lehnt sich in einem Schaukelstuhl zurück und hält eine Tasse in der Hand, während Mrs. Melnyk ihr Fernglas justiert.

Normalerweise beobachtet sie mich nicht bei der Arbeit, aber Emery hat sie offenbar davon überzeugt, dass es eine gute Idee ist. Er kann wirklich sehr überzeugend sein.

Emery sagt etwas zu ihr und dann fangen die beiden an zu kichern.

»Ich will nicht als Lügner dastehen, August«, ruft Emery wieder, und ich schüttle nur den Kopf und ziehe mir das Hemd über den Kopf. Die kühle Brise, die über meinen Körper streicht, bringt mich zum Zittern.

Ich höre Emery hinter mir pfeifen und grinse zu ihm hinüber. Mrs. Melnyk steht jetzt auf, was ungewöhnlich ist. Vielleicht sollte ich öfter ohne Hemd auftauchen. Ihr helfen, ein bisschen Bewegung zu bekommen.

Doch dann bleibt mein Blick an Emery hängen, der sich mit dem Daumen über den Mund fährt und mich interessiert mustert.

»Los, fang endlich an«, ruft nun Mrs. Melnyk und ich lächle sie an, während ich den Rasenmäher starte.

Zuvor hatte ich Emery im Garten von Mr. Katz gezeigt, wie man einen Rasen mäht, und er hatte es schnell verstanden. Natürlich ist es auch nicht sonderlich kompliziert. Allerdings *waren* die Linien des Rasens schief, und Mr. Katz war ein ziemliches Arschloch und wies ihn darauf hin. Emery zuckte jedoch nur mit den Schultern und sagte Mr. Katz, dass sein Gehirn eben anders verdrahtet ist und er damit klarkommen soll.

Beim zweiten Haus half Emery mir, den Rasenmäher herauszuholen, plauderte dann aber lieber mit Mrs. Jones, anstatt mir zu helfen. Und jetzt hat er es sich auf der Veranda von Mrs. Melnyk gemütlich gemacht. Er hat sogar Tee bekommen und ich habe gesehen, wie er acht Teelöffel Zucker genommen hat.

Ich finde es toll zu sehen, wie er mit ihr plaudert, als wären sie die besten Freunde. Seine Mutter hat wirklich keinen blassen Schimmer, wie toll ihr Sohn ist. Wenigstens scheint sich Thomas nun mehr Mühe zu geben. Vergangene Woche habe ich gehört, wie er am Telefon Pläne mit

Emery gemacht hat. Ich weiß nicht, was für Pläne das waren, aber mir wurde ganz warm ums Herz, als ich die Aufregung auf Thomas' Gesicht sah.

»Er will Zeit mit mir verbringen«, hatte Thomas gesagt, nachdem er aufgelegt und mich breit angelächelt hatte.

Emery denkt vielleicht, dass Thomas nichts mit ihm zu tun haben will, aber ich glaube, Thomas weiß einfach nicht, wie er es anstellen soll. Eine erneute Familientherapie ist ein guter Weg, um das gemeinsam herauszufinden. Emery und sein Vater haben eine Chance verdient.

Als ich endlich fertig bin – der Rasenmäher ist weggeräumt, ich habe mein Hemd wieder angezogen und mich von Mrs. Melnyk verabschiedet –, gehen Emery und ich zu meinem Auto. Emery lehnt sich an mich und hält eine Packung Kekse in seinen Händen.

»Hast du die gestohlen?«

»Hältst du wirklich so wenig von mir? Nein, Edith hat darauf bestanden, dass ich sie mitnehme. Sie meinte, dass sie diese Kekse nicht mehr verträgt.«

Ich schaue Emery an, und er grinst mich an. »Willst du einen?«

»Nein.«

»Weil Kekse viel zu ungesund für dich sind.«

»Ich mag einfach keine Süßigkeiten.«

Emery seufzt. »Warum stehe ich noch mal auf dich?«

Er beugt sich vor und drückt mir einen sanften Kuss auf den Kiefer, und ich erröte bei der Berührung seiner Lippen auf meiner Haut.

»Ach ja, deshalb«, flüstert er und räuspert sich dann. »Jedenfalls hat das Rasenmähen mehr Spaß gemacht, als ich dachte. Ich komme nächstes Wochenende mit dir mit.«

»Du hast nur einen halben Rasen gemäht.«

»Dreiviertel und ich war gut, oder?«

Ich erinnere mich an die krummen Linien im Gras und lächle ihn sanft an. »Ja, sehr gut sogar.«

»Ich bin ein Naturtalent, aber ich möchte dir nicht den Ruhm stehlen. Ich komme nur wegen der moralischen Unterstützung und der Gesellschaft mit, denn ich sage dir, alten Leuten ist wirklich alles egal. Edith war total verrückt. Hast du das Fernglas gesehen? Das war aus dem

Zweiten Weltkrieg und sie hat es einfach aus ihrer Handtasche gezogen, als würde sie täglich Männer ohne Hemd anstarren.«

Ich kichere und Emery fährt fort. »Und weißt du, was sie mir erzählt hat? Oh mein Gott, dieses Bild werde ich jetzt nicht mehr los.« Er reibt sich die Augen. »Sie hat mir erzählt, dass sie keinen BH mehr trägt und ihre Brüste einfach in den Hosenbund steckt.«

Ich blinzle ihn an, als er sich einen Keks schnappt und einen großen Bissen davon nimmt. »Kannst du dir das vorstellen, August? Wie sie sie einfach in die Hose stopft?«

»Und warum sollte ich mir das vorstellen?«, frage ich und wische ihm ein paar Krümel von der Wange.

»Na ja, sie war irgendwie stolz darauf. Das wäre ich wohl auch, wenn meine Titten mir bis zu den Knien reichen würden. Das ist schon eine Leistung.«

Ich gluckse, und er lächelt mich an und schiebt sich den Rest des Kekses in den Mund.

»Du hältst mich wohl für witzig, hm?«

»Ja, Em. Das tue ich.«

Darüber scheint er sich zu freuen. Er schiebt seine Hand in meine hintere Jeanstasche und kneift mir in den Hintern.

»Ist es denn okay für dich, wenn ich dich nächste Woche wieder begleite?«

»Ja, und ich bin sicher, Mrs. Melnyk wird sich auch sehr darüber freuen.«

Er schmiegt sein Gesicht in meinen Nacken und atmet ein. »Was sind jetzt deine Pläne? Ehrenamtlich in einem Tierheim arbeiten? Kindern Geschichten vorlesen? Das Problem des Klimawandels lösen?«

»Ich habe keine weiteren Pläne ... außer Zeit mit dir zu verbringen natürlich.«

»Gut, denn ich habe einen Termin, um eines meiner Tattoos ausfüllen zu lassen. Das wird ein paar Stunden dauern, also nimm ein Buch mit.«

»Warte, du willst, dass ich mitkomme?«

»Gott, ja, ich brauche etwas zum Anschauen. In meinem Kopf kann ich alles Mögliche mit dir machen. Vielleicht kannst du für mich posieren, dein Hemd ein wenig heben, damit ich auf deine Bauchmuskeln starren kann.«

Ich stoße ein kleines Lachen aus. »Darf ich zuerst duschen?

»Nur, wenn ich zusehen kann.«

Auf dem Heimweg fahre ich etwas schneller und zusammen stolpern wir durch die Haustür, seine Lippen auf meinen.

»Oh, Gott. Du riechst nach Gras. Ich will dich auf dem Boden nehmen«, grunzt er, während er versucht, mir das Hemd auszuziehen. Es bleibt um meinen Hals hängen, und er flucht. »Verdammtes Ding. Am liebsten würde ich es zerreißen, aber ich bin nicht stark genug. Ich benötige eindeutig mehr Muskeln.«

»Warte kurz«, sage ich lachend und hebe ihn hoch. Er schlingt seine Beine um meine Taille, während ich ihn ins Bad trage. Mein Rücken schmerzt von der Anstrengung, aber das ist es trotzdem wert. Ich liebe es, wie er sich an mich drückt und welche Geräusche er dabei macht. Als könnte er es kaum erwarten.

Als die Badezimmertür geschlossen und verriegelt ist, drücke ich ihn gegen die Wand und lecke an seinem Hals.

»Wann kommen unsere Eltern nach Hause?«, keucht er. »Ich kann mich nicht erinnern. Kann keinen klaren Gedanken fassen. Ich sollte den Leuten wirklich aufmerksamer zuhören.«

»Später«, murmle ich, während ich an seinem Kiefer knabbere. »Wir haben noch viel Zeit.«

Er stöhnt nur und presst seine Hüften gegen meine. »Ich brauche so viel Zeit mit dir, wie ich bekommen kann. Der letzte Monat war furchtbar. Wir haben einiges nachzuholen.«

»Ich weiß. Willst du darüber reden ...?« Er unterbricht mich, indem er mir die Hand auf den Mund schlägt.

»Scheiße nein. Momentan will ich wirklich nicht reden. Ich hasse es, zu reden.«

Ich lächle gegen seine Handfläche, und er verdreht die Augen.

»Findest du meine Verzweiflung etwa lustig?«

Ich drücke meine Erektion gegen seine und er keucht. Seine Hand gleitet von meinem Mund, ich presse meine Lippen auf seine und lasse meine Zunge hineingleiten. Er stöhnt laut und hält sich an meinen Haaren fest.

»Du bist so verdammt süß«, sage ich, als wir wieder zu Atem kommen.

»Ich bin nicht süß. Ich bin sexy. Und heiß.«

»Hm«, grunze ich.

»Oh Gott, dieses Geräusch. Hast du Gleitgel? Ich brauche Gleitgel«, haucht er gegen meinen Mund.

»Ja«, sage ich und denke an das letzte Mal, als wir zusammen geduscht haben. An die Dinge, die seine Zunge mit mir gemacht hat. Mein Schwanz zuckt, wenn ich daran denke, wie sich das angefühlt hat. So etwas hatte ich noch nie zuvor gemacht und ich hätte nie gedacht, dass ich das jemals mit *irgendjemandem* machen würde.

Und doch habe ich es getan.

»Oh, Scheiße«, sagt er. »Ich will dich ... jetzt«, stöhnt er und stößt seine Zunge wieder in meinen Mund. Wir verlieren langsam beide die Kontrolle und können nicht aufhören, uns zu küssen, während ich zu den Schränken stolpere und blind in einer Schublade nach dem Gleitgel krame.

»Wird das funktionieren?«, frage ich und Emery mustert die Tube.

»Natürlich.«

Er schlingt seine Beine um meine Taille und fährt dann mit seinen Händen über meine Brust. Mein Atem kommt nur noch zittrig heraus, als er die Tube öffnet.

»Keine Sorge. Ich werde dich noch nicht ficken, aber werde dafür sorgen, dass es dir gefällt. Vertraust du mir?«

Ich nicke ihm knapp zu und er packt meinen harten Schwanz und drückt ihn leicht.

»Gut. Zieh dich aus und geh unter die Dusche. Dann beug dich vor und zeig mir deinen Arsch.«

Ich ziehe mich aus, und als ich unter dem dampfenden Wasser stehe, beuge ich mich vor. Hinter mir höre ich ein lautes Geräusch und einen Fluch. Als ich über die Schulter schaue, sehe ich Emery, der an der Wand lehnt und versucht, sich die Hose auszuziehen.

»Ich war wohl ein wenig zu aufgeregt«, erklärt er und tritt seine Hose herunter. Sie landet im Waschbecken, aber er bemerkt es nicht einmal. Er hüpft einfach aus seinen Boxershorts und begegnet dann meinem Blick.

»Scheiße, sieh dich an. Hast du dich testen lassen?«, fragt er und greift nach seinem strammen Schwanz.

»Ja.«

»Negativ?«

»Ja.«

»Oh, Gott sei Dank. Können wir es dann auch ohne Kondom tun?«

Ich balle meine Hände zu Fäusten und stoße meinen zittrigen Atem aus. Denn der Gedanke daran, seinen nackten Schwanz in mir zu haben, macht Dinge mit mir.

»Ja«, flüstere ich und weiß, dass er mich eigentlich nicht hören kann. Anscheinend kann er jedoch Lippen lesen, denn er hebt nur sein Kinn und murmelt unzusammenhängende Worte an die Decke.

Und dann schiebt er sich hinter mich, seine Hände gleiten meinen Rücken hinauf und ergreifen meine Schultern.

»Gott, du bist mein wahr gewordener feuchter Traum. So verdammt perfekt«, sagt er, während er gegen mich stößt.

»Hast du dir schon mal Finger in den Arsch gesteckt?«, fragt er, während seine Hände über meine nackten Hüften wandern.

Meine Wangen erröten. »Ja.«

Emery greift nach oben und fasst mir in den Nacken.

»Wann?«

»Als du mir gesagt hast, ich solle mich fernhalten«, gestehe ich. »Ich habe es versucht.«

»Heilige Scheiße«, haucht er. »Und woran hast du dabei gedacht?«

»An dich und daran, dass ich lieber *dich* in mir hätte.«

Emery beugt sich vor, greift grob in mein Haar und zieht mich zu sich, um mich zu küssen.

»Dein Wunsch ist mir Befehl«, sagt er und dann höre ich es, das Öffnen der Tube. Und ich fühle es, eine Fingerspitze wirbelt um mein Loch und mein Rücken wölbt sich.

»Wie viele Finger, glaubst du, hältst du aus?«, fragt er, während einer in mich gleitet.

Ich keuche und meine Hände rutschen auf der Fliesenwand vor mir ab. »Oh Gott«, stöhne ich.

»Ja, ich will mehr von diesen Geräuschen«, sagt er und drängt sich näher an mich.

Sein Finger beginnt sich zu bewegen, und dann berührt er etwas in mir. Ich rutsche leicht aus und versuche, mich aufrecht zu halten, aber verdammt, meine Beine zittern.

»Da bist du ja«, murmelt er und beginnt, immer wieder gegen die eine Stelle zu drücken.

»Oh scheiße!«, grunze ich und greife dann nach oben und halte mich am Duschkopf fest, um nicht einfach umzukippen, denn was auch immer er mit mir macht, ist einfach unglaublich. Warum habe ich das noch nie gemacht? Warum haben Emery und ich das nicht jeden Tag gemacht, seit wir uns kennen?

»Das ist dein P-Punkt«, murmelt er und dann spüre ich, wie ich weit gedehnt werde, als er einen zweiten Finger in mich hineinschiebt.

»Scheiße, sieh dich an. Du wärst auf jeden Fall ein Power Bottom«, grummelt er und macht dann wieder diese Sache mit seinen Fingern, bis ich mich gegen ihn winde. Ich bin hilflos und kann nichts anderes tun, als zu wimmern. »Gerade als ich dachte, du könntest nicht noch perfekter sein, machst du so etwas.«

Er redet weiter, aber ich kann seinen Worten keinen Sinn abgewinnen. Mein Gehirn ist ein einziges Durcheinander. Ich spüre nur, wie er mich weiter dehnt, wie er seine Finger in mich schiebt und dann bewegt sich seine freie Hand um mich herum und greift nach meinem Schwanz.

Ich schnappe nach Luft, ein Schluchzen entringt sich meiner Kehle, als ich zum Orgasmus komme.

»Guter Gott«, sagt Emery und zieht seine Finger aus mir heraus. »Du wirst mich so gut aufnehmen, wenn es so weit ist.«

Dann dreht er mich mit dem Gesicht zu ihm, legt seine Hände auf meine Schultern und drückt mich herunter, sodass ich auf den Boden der Dusche sinke. Wasser läuft mir über Nacken und Rücken, während er sich an seinem Schwanz festhält.

»Du, vor mir, ist das Schärfste, was ich je gesehen habe.«

Ich halte mich an seinen Oberschenkeln fest und grabe meine Finger hinein.

»Mach den Mund auf. Ich will, dass mein Sperma überall auf dir ist. Ich will, dass du nicht mehr so perfekt aussiehst, August.«

Gehorsam öffne ich meine Lippen, und dann stöhnt er laut auf. Kurz darauf landet sein Sperma auf meinen Lippen, meiner Zunge und meinen Wangen.

Er blinzelt mich mit glasigen Augen an und schmiert mir mit seinen Fingern seinen Samen auf die Haut, bevor er meinen Kopf unter den Wasserstrahl hält.

»Das war noch besser, als ich es mir vorgestellt habe.«

»Ja«, murmle ich, lehne mein Gesicht in seine Leistengegend und drücke ihn an mich.

Es war atemberaubend.

KAPITEL ZEHN

EMERY

»Würdet ihr beide bitte aufhören zu flirten«, brumme ich und werfe August einen mürrischen Blick zu. Meine Finger waren eben noch in ihm, und jetzt plaudert er lächelnd mit Hector. Der heiße Hector, mit seinen großen Muskeln und den hübschen Augen. Hector, der noch nie mit mir geflirtet hat. Verdammt, ich glaube, nicht einmal August hat bisher mit mir geflirtet. Anscheinend bin ich nicht dafür gemacht.

»Was kümmert es dich, ob wir flirten? Du hast gesagt, ihr seid Brüder«, sagt Hector.

»Stiefbrüder«, antworte ich und seufze dann verärgert.

August lächelt mich schüchtern an, aber ich weiß genau, was er hier tut. Das ist seine Art von Rache. Es hat ihn geärgert, dass Colin und ich Nummern ausgetauscht haben, und jetzt rächt er sich an mir.

Ich hätte nie gedacht, dass August so grausam sein könnte, aber anscheinend habe ich mich getäuscht. Er tut es sogar mit einem Lächeln. Hinterhältiger Bastard. Ich werde mich später revanchieren. Vielleicht schaffe ich es ja sogar, ihm eine Entschuldigung zu entlocken.

»Er erzählt den Leuten gerne, dass wir Brüder sind, nur um zu sehen, wie ich darauf reagiere«, sagt August zu Hector.

Ich drehe mein Bonbon im Mund herum. »Natürlich tue ich das. Es macht mir Spaß zu sehen, wie du dich aufregst und errötest, Mr. Mich-bringt-nichts-aus-der-Ruhe.«

Hector blickt kurz auf, lässt seinen Blick über Augusts Körper wandern und schaut dann wieder auf meinen nackten Hintern. »Ich wette, es würde ihm stehen, nicht ganz so perfekt auszusehen.«

»Nicht wahr? Das sage ich schon die ganze Zeit«, rufe ich und runzle die Stirn, als mir klar wird, was ich gerade gesagt habe. »Aber komm nicht auf dumme Gedanken, H. Er ist nicht zu haben.«

Hector drückt mit seiner Tätowiermaschine etwas fester zu, als er sollte, und ich stöhne.

»Verdammt. Ist das dein Ernst? Musst du so grob zu mir sein? Du weißt doch, dass mein Arsch empfindlich ist.«

»In der passenden Situation kann es doch auch Spaß machen, etwas grob zu sein.«

Er wirft August wieder einen schnellen Blick zu, was mich ärgert, aber natürlich verstehe ich es. August ist heiß. Ich kann meine Augen auch nicht von ihm losreißen. Er ist die Perfektion in Person, und das macht einen wahnsinnig. Alles, was man will, ist ihn dazu zu bringen seine perfekte Fassade fallenzulassen.

Ich habe es mittlerweile gelernt.

Er kann sich mir so gut anpassen, ohne sich dabei zu verlieren.

»Wie wäre es mit einem Dreier?«, bietet Hector an, und ich drehe meinen Kopf, um den Tätowierer anzustarren, der bis eben noch mein *Lieblingstätowierer* war. Ich bin kurz davor, aufzuspringen und zu gehen. Sechs Jahre lang habe ich diese wechselseitige Beziehung aufgebaut, aber ein Flirt mit August scheint zu genügen, um alles zum Einsturz zu bringen.

»Ähm, nein. Ich teile nicht. Vor allem nicht *ihn*. Er ist nicht teilbar.«

»Schade«, sagt Hector und August lehnt sich gegen die Wand und beißt sich auf die Unterlippe. Er fährt sich mit der Hand durch die Haare, und natürlich fallen sie wieder perfekt in Form.

So sah er nicht aus, als er vor mir auf dem Boden der Dusche kniete. Nein, er sah errötet und zerzaust und ziemlich geil aus. Das werden wir *ganz sicher* wieder tun. Wobei wir vermutlich erst darüber sprechen sollten. Ich werde nicht ewig damit durchkommen, das

Thema zu ignorieren. Auch wenn dieser Tag bisher ein einziger Traum war.

Wir müssen einige Grenzen setzen.

Ich habe nie wirklich gelernt, wie das geht, aber jetzt muss ich es, sonst werde ich am Ende mit gebrochenem Herzen dastehen. Das will und *kann* ich nicht riskieren.

Dann wird sicher auch Dr. K. schrecklich enttäuscht von mir sein.

»Fertig«, sagt Hector und schlägt mir auf den Oberschenkel. »Du kannst deinen Hintern wieder einpacken.«

Ich stehe auf und ziehe meine Hose hoch.

In diesem Moment lehnt sich Hector zu August, berührt verführerisch seinen Arm und fährt mit den Fingern über seine Haut, als ob er das Recht dazu hätte.

»Ähm, entschuldige bitte. Hände weg«, sage ich und schiebe Hector mit dem Ellbogen aus dem Weg. Was eine ziemliche Heldentat ist, denn er ist riesig und könnte mich wahrscheinlich in seiner Faust zerknüllen und wie ein gebrauchtes Taschentuch in den Müll werfen.

August verbeißt sich in ein Lächeln und ich zeige mit dem Finger auf ihn. »Sieh mich nicht so an. Du bist böse.«

»Jetzt weißt du, wie ich mich ständig fühle.«

»Ja, das tue ich. Danke für diese lehrreiche Lektion. Ich hoffe wirklich, dass dir klar ist, dass du einen Sünder aus mir gemacht hast. Eifersucht ist gegen die Zehn Gebote. Wie fühlst du dich jetzt, wo ich in die Hölle komme?«

»Selbstgefällig.«

»Verdammt.«

Er zieht mich in seine Arme und drückt mir einen Kuss auf die Schläfe, genau hier, mitten im Laden. Mein Verstand ist kurz davor, zu hyperventilieren. Und dabei läuft er bereits auf Hochtouren.

Was hat das zu bedeuten?

Er will es seiner Mutter nicht sagen, aber er hat kein Problem damit, dass alle anderen es wissen?

Warum ist er nur so schrecklich verwirrend?

Warum kann er sich nicht einfach entscheiden?

»Dein Tattoo gefällt mir«, sagt er, offenbar ohne meinen inneren Kampf zu bemerken.

»Vielen Dank.«

»Ich glaube, ich hätte auch gerne eins.«

Meine verwirrten Gedanken kommen zu August zurück und ich blinzle ihn an. »Ein Tattoo? Auf deiner hübschen Haut?«

»Ja. Vielleicht könnte Hector es entwerfen.«

Ich runzle die Stirn. »Er wird auf keinen Fall in deine Nähe kommen. Ich muss die potenziellen Künstler daraufhin überprüfen, ob sie seriös genug sind.«

August gluckst, greift nach meinem Gesicht, neigt meinen Kopf und küsst mich sanft auf die Lippen.

»Okay. Das kannst du gerne machen, Em.«

Bei diesen Worten macht mein Herz einen kleinen Salto.

Hector, der sich bereits auf den Weg zum Eingang des Ladens macht, mustert uns. »Ah, ihr seid also *diese* Art von Stiefbrüdern.«

Ich bin mir nicht sicher, wovon er redet, aber er nickt mir nur zu. Es kommt mir fast so vor, als würde er mir sagen wollen, dass er es versteht und sich in Zukunft von meinem Mann fernhalten wird.

Okay, vielleicht werde ich doch wieder zu dir zurückkommen, H.

»Wohin fahren wir als Nächstes?«, fragt August, der das telepathische Gespräch, das ich gerade mit Hector geführt habe, nicht mitbekommen hat.

»Ich dachte, ich hole ein paar meiner Klamotten und chille mit dir heute Abend? Was meinst du, kann ich dir wieder einen Finger in den Arsch stecken? Oder bevorzugst du meine Zunge?«

August wird rot und verschluckt sich ein wenig an seiner eigenen Spucke, als ich ihn angrinse. Scheiße, seine Schüchternheit macht mich wirklich geil.

»Diesmal überlasse ich dir die Wahl. Lass uns gehen.«

Als wir zurück in die Wohnung kommen, finden wir Lex in der Küche. Er hat Kopfhörer in den Ohren und schwingt seinen Hintern zu einem unhörbaren Beat, während er mit etwas auf dem Küchentisch herumhantiert.

Ich tippe ihm auf die Schulter, und er wirbelt herum und zieht einen Kopfhörer heraus.

»Hallöchen, Eminem. Was machst du denn zu Hause?« Er sieht

August an und grinst. »Oh, und hallo, heißer Stiefbruder. Schön, dass du uns Gesellschaft leistest.«

August fährt sich nervös mit der Hand durch die Haare, die natürlich sofort wieder perfekt fallen.

Lex sieht mich an. »Du hast ja so recht mit seinen Haaren. Das ist ja fast schon unnatürlich.«

Ich lache, und dann tritt August vor und streckt seine Hand aus. »Hi. Ich bin August. Wir sind uns noch nie begegnet.«

»Oh doch, das sind wir. Zumindest fast. Ich habe deinen Kaffee getrunken. Du hast echt Geschmack. Also vielen Dank, dass du ihn mir zum Verzehr überlassen hast.«

Lex schüttelt Augusts Hand und seufzt. »Und große Hände hat er auch noch. Gott, kein Wunder, dass Eminem von dir besessen ist.«

August räuspert sich und sieht zu mir rüber, und ja, ich werde rot wegen Lex und seiner großen Klappe.

»Könntest du einfach die Klappe halten, Lex? Einfach abschließen und den Schlüssel wegwerfen?«

Lex grinst und zieht endlich seine Hand zurück. »Gut, aber du solltest wissen, dass diese Wohnung mit Kameras und Mikrofonen gespickt ist, ich kann jede deiner Bewegungen hören und sehen, also wenn ihr zwei irgendwo in der Wohnung fickt, werde ich es sehen.« Sein Blick gleitet über August und er beugt sich vor. »Und das sage ich nicht zur Abschreckung, ich bin nur gesetzlich verpflichtet, dich darüber zu informieren. Ich würde sehr gerne sehen, wie du entjungfert wirst.«

Ich stöhne. »Du bist wirklich furchtbar, Lex. Schlimmer geht's wirklich nicht.«

Ich nehme Augusts Hand und ziehe ihn ins Schlafzimmer, um meine Sachen zu holen.

»Jetzt hast du Lex also auch kennengelernt«, zische ich und schnappe mir einen Rucksack vom Boden des Kleiderschranks, in den ich wahllos irgendwelche Kleidung stopfe. »Verstehst du jetzt, warum ich ihn hasse?«

»Ich kann dich hören!«, antwortet Lex lautstark. »Kameras. Und er hasst mich nicht, August. Er hängt an mir und das ärgert ihn. Es fällt ihm schwer, gute Dinge zu schätzen.«

August lächelt mich an. »Ich mag ihn.«

»Er mag mich«, ruft Lex und ich verdrehe die Augen und halte einen Finger an meine Lippen.

»Kein Wort mehr«, sage ich und August lehnt sich an die Wand, seine Finger berühren sanft meinen Arm. Der Hautkontakt lenkt mich ab. Ich will seine Hände überall auf mir haben und meine Hände auf ihm. Wenn Lex nicht so ein Ekelpaket wäre, würde ich August umdrehen und ihn genau hier ficken.

»Also gut, ihr zwei«, sagt Lex und erscheint in der Tür. »Ich muss los. Ich muss zwei alten Damen die Haare färben.« Er hält eine Schachtel hoch und schüttelt sie. »Na, was meint ihr? Ist das rot genug?«

Ich werfe einen Blick auf die Schachtel. »Wessen Haare färbst du?«

»Die von Martha und Vicki. Brenda hätte gerne violette Haare, aber die Farbe war nicht lieferbar. Jetzt muss sie leider bis nächste Woche warten.«

August beobachtet uns, als ich Lex die Schachtel zurückreiche. »Sieht gut aus. Viel Spaß mit deinen neuen Freundinnen.«

»Ach, Eminem, sei nicht eifersüchtig. Ich bin trotzdem immer für dich da«, sagt Lex und drückt dann seine Lippen auf meine Stirn. Ich wische über die Stelle, als er sich umdreht und aus der Wohnung tänzelt.

Doch bevor sich die Tür schließen kann, dreht er sich noch einmal um. »Ach, und August, lass mich dich noch kurz warnen. Du solltest dich schon mal darauf einstellen, ein Bottom zu sein. Eminem muss einfach immer oben sein!«

Ich werfe ein zusammengerolltes Paar Socken in seine Richtung, aber die Tür fällt zu, bevor ich ihn treffen kann.

Dieser verdammte Mistkerl.

Dann ist es still und ich lege einen Finger an die Lippen.

»Pssst«, sage ich, und kurz darauf sind auch wir beide aus der Wohnung verschwunden. Netterweise trägt August meinen Rucksack.

Als sich die Tür hinter uns schließt, bleibt August stehen und wendet sich mir zu. »Sollen wir darüber reden?«

»Worüber?«, frage ich und stelle mich dumm.

»Deine ... Vorlieben.«

Ich funkle ihn an. »Du und dein verdammtes Gerede. Es gibt nichts zu bereden. Du hast ihn gehört und er hat recht. Ich bin eben kein

Bottom. Ende der Geschichte. Ich dachte, das hätte ich dir bereits gesagt?«

»Darf ich fragen, warum nicht?«

»Ich ... mag es einfach nicht, mich so verletzlich zu fühlen. Das ist zu viel für mich, damit kann ich nicht umgehen. Das Einzige, was in meinem Arsch sein darf, ist mein Dildo. Wenn das jedoch ein Grund für dich ist ...«

»Em«, unterbricht er leise, und ich schaue überallhin, nur nicht zu ihm. Ich weiß, was jetzt kommt, und es ist in Ordnung. Es ist völlig in Ordnung.

August streckt seine Hand aus, greift in meinen Nacken und legt seine Stirn an meine.

»Oh Gott, wir müssen überhaupt nicht ficken, wenn das ein Problem ist, okay? Wir kommen auch ohne Analsex aus, wenn du nicht ...«

August presst seinen Mund auf meinen. Er ist süß und sanft, und ich kann nicht anders, als mich darauf einzulassen.

»Das ist vollkommen in Ordnung für mich. Ich wollte dich nur wissen lassen, dass es in Ordnung ist. Ich ...« er räuspert sich. »Bisher hat mir alles gefallen, was wir getan haben. Mir wird auch das gefallen, da bin ich mir sicher.«

Mein Atem geht stoßweise und ich muss mich an ihn drücken, um Halt zu finden.

»Hey, geht es dir gut?«

Ich schlucke schwer. »Hier«, sagt August nach wenigen Sekunden und zieht einen Lutscher aus seiner Tasche. Ich blinzle ihn an. Er hat mir einen Lutscher mitgebracht.

Er hat mir einen verdammten Lutscher mitgebracht.

Er hat ihn den ganzen Tag für mich herumgetragen. In seiner verdammten Tasche.

»Ich liebe dich«, platze ich heraus, und sobald die Worte auf die kalte Abendluft treffen, steht mein Gesicht in Flammen.

Oh mein Gott! Warum habe ich das gesagt? Was zum Teufel ist los mit mir?

August erstarrt, seine Hand liegt immer noch in meinem Nacken, die andere hält den verdammten Lutscher fest. Ich will ihn gar nicht mehr. Plötzlich habe ich das Gefühl, ich muss mich übergeben.

»Ich meine ... ich liebe es, dass du mir einen Lutscher mitgebracht hast. Dass du an mich denkst ... oh verdammt ...«

Ich bin dumm. So schrecklich dumm. Ich kann es einfach nicht ändern. Das muss genetisch bedingt sein. Ja, ich bräuchte eine Gentherapie, um es zu ändern.

Diese drei kleinen Worte bleiben, wie ein übler Geruch zwischen uns hängen, als August den Lutscher für mich auspackt und ihn an meine Lippen hält.

»Hier«, sagt er leise. Wenigstens läuft er nicht weg. Er ist immer noch hier. Das ist doch ein gutes Zeichen, oder? Das muss bedeuten, dass er mich nicht hasst.

Ich öffne meine Lippen und er gleitet hinein und dann legt August seine Hand an mein Gesicht. Das macht er immer, er berührt mein Gesicht so zärtlich. Ich weiß nicht, wie lang mein Herz das noch ertragen kann.

»Hey, Em«, sagt er, und ich höre ein Donnern in den Ohren. Es ist so laut, dass ich nichts anderes mehr höre. Augusts Mund bewegt sich, aber ich kann die Worte nicht verstehen. Ich habe das Gefühl, ich werde ohnmächtig.

»Em.«

»Hm?«

August streicht mit dem Daumen über mein Kinn. »Ich mag dich. Sehr sogar.«

»Oh. Sag das nicht. Das macht alles noch viel schlimmer«, murmle ich und wende mein Gesicht von seiner Berührung ab. Es brennt.

Scheiße, das ist mir so peinlich. Am liebsten möchte ich zurückgehen und mich unter der Decke verstecken und nie wieder herauskommen. Ich nicke nur mit dem Kopf und lutsche an dem Bonbon in meinem Mund, damit ich nichts sagen muss. Ich wüsste nicht, was ich sagen sollte. Und ich habe Angst, dass, wenn ich den Mund öffne, es wieder einfach aus mir herausprudelt.

Ich liebe dich.

Ich mag dich.

Als mein Handy in meiner Tasche vibriert, ziehe ich es mit zittrigen Fingern heraus.

Lex: Erbärmlich.

Ja, Lex. Ja, ich weiß.

Ich schaue zu August hinüber, der mich nur misstrauisch beobachtet. Ich kann es ihm nicht verdenken. Das würde ich an seiner Stelle vermutlich auch tun. Ich bin so ein Verlierer.

»Tut mir leid. Können wir bitte einfach vergessen, dass ich das gesagt habe? Ich kann gerade keinen klaren Gedanken fassen«, murmle ich und August nickt.

»Okay.«

Ich fühle mich weder besser noch schlechter. Scheiße. Hätte er nicht etwas anderes sagen können? *Okay* ist nicht das Wort, das ich hören wollte. *Okay* scheint zwar nur ein einfaches Wort mit vier Buchstaben zu sein, aber man sollte es verbieten. Es ist das schlimmste Wort überhaupt.

»Lass uns einfach ... lass uns gehen, ja? Ich will gehen.«

»Em.«

»Nenn mich nicht so. Das macht es nur noch schlimmer.«

Er rückt meinen Rucksack auf seiner Schulter zurecht und folgt mir dann nach draußen.

Und als ob das nicht schon genug wäre, steht plötzlich meine Mutter vor mir. Wie der verdammte Boogeyman steht sie draußen, im Schatten des Gebäudes. Natürlich konnte sie nicht zulassen, dass meine Nacht einfach nur schrecklich ist, nein, sie muss sie noch entsetzlich machen.

»Emery«, sagt sie und allein mein Name auf ihrer Zunge lässt meinen ganzen Körper erstarren.

Oh Gott.

Meine Nerven liegen blank, meine Sicht verengt sich, und mir ist plötzlich schwindlig. In meinem Mund sammelt sich Speichel, und meine Lungen ringen nach Luft. Plötzlich bin ich wieder ein verängstigtes Kind. Der erwachsene Emery verschwindet, und all mein Selbstvertrauen und meine Stärke, die ich in den vergangenen Jahren aufgebaut habe, sind gebrochen. In ihrer Gegenwart bin ich machtlos, das war ich schon immer und werde ich immer sein.

»Nein«, sage ich und weiche zurück.

»Emery. Ich will nur mit dir reden.«

»Verpiss dich«, murmle ich und drücke mich an August. Er wird mich beschützen. Das hat er schon einmal getan. Das wird er auch jetzt tun, auch wenn er mich nicht liebt.

Daran bin ich gewöhnt. Niemand hat mich jemals wirklich geliebt.

Meine Mutter schon gar nicht. Ich habe jahrzehntelange Beweise, um das zu bestätigen.

»Es tut mir so leid, Liebling. Ich würde einfach gerne reden«, sagt sie. *Diese Stimme.* Warum kann sie nicht aufhören, zu reden? Ich muss würgen, als ich zu ihr hinüberschaue und verteile fast mein Mittagessen auf dem Bürgersteig, weil sie die Hände hebt, als wolle sie sich einem wilden Tier nähern. Als ob *ich* hier der Gefährliche wäre. Als ob *sie* harmlos wäre.

Ich weiß es besser.

Ich weiß, wozu sie fähig ist.

»Verpiss dich!«, schreie ich und stolpere rückwärts über den Bürgersteig.

Ich muss fliehen. Ich muss weg.

Sie darf mich nicht bekommen.

Bleib nicht stehen. Lauf.

Und dann bewegen sich meine Füße.

»Em!«, ruft mir eine Stimme hinterher, als ich die Straße hinunterrase, aber ich bleibe nicht stehen. Ich kann nicht. Ich renne. Ich renne so lange, bis es weh tut. Ein stechender Schmerz durchzuckt meine Brust und ich schnappe keuchend nach Luft. Ich kann nicht mehr. Ich brauche eine Pause, aber ich kann meine Beine nicht zwingen stehenzubleiben.

Plötzlich werde ich gepackt und an einen starken Körper gezogen.

Ich reiße meinen Arm zurück und verpasse der Person, die versucht, mich festzuhalten, einen Schlag in den Magen. Meine Füße treten wie wild um mich und ich stöhne.

»Em.«

Diese Stimme.

Das ist *seine* Stimme.

Immer noch keuchend erschlaffe ich in seinen Armen.

»Em, Baby, ich bin ja da«, sagt August und drückt mich fester an sich. »Du bist okay, du bist in Sicherheit.«

Sein Name kommt über meine Lippen, dann drehe ich mich um und klammere mich an sein Hemd, ein gequältes Schluchzen bricht aus mir heraus.

»Oh verdammt«, schreie ich, als er mich an sich drückt, eine Hand in meinem Haar, die andere streicht beruhigend über meinen Rücken.

»Sie ist weg, Baby. Sie ist weg. Du bist in Sicherheit.«

Er wiederholt diese Worte, bis ich mich zumindest teilweise beruhigt habe.

»Es tut mir leid«, flüstere ich und August drückt sich noch fester an mich.

»Dafür musst du dich niemals entschuldigen. Niemals.«

Ich sehe ihn an, und er streicht mir mit seinem Daumen die Tränen von der Wange. Ich schließe meine Augen und lehne mich gegen seine Handflächen.

»Willst du nach Hause?«, fragt er.

Ich nicke und er drückt mir einen leichten Kuss auf die Nasenspitze.

»Dann lass uns gehen.«

Wir gehen langsam zurück zu seinem Auto, meine Augen auf den Zement vor mir gerichtet. Ich will nicht aufschauen, nur für den Fall, dass sie noch irgendwo auf mich lauert. Wenn ich sie nicht sehen kann, ist sie auch nicht da.

Als wir endlich im Auto sitzen und ich angeschnallt bin, drehe ich mich zum Fenster, um nach draußen zu schauen. In meinem Kopf herrscht ein einziges Chaos.

»Du musst nicht mit mir reden, wenn du nicht willst«, sagt August, die Hände auf dem Lenkrad, als er auf die Straße hinausfährt und die kurze Fahrt nach Hause beginnt. »Aber wenn du reden willst, bin ich da und höre zu.«

Natürlich ist er da. Er ist *immer* da. Er ist der Fels in der Brandung meines chaotischen Lebens.

Auch wenn er mich nicht liebt.

Ich denke, man muss niemanden lieben, um das Richtige für die Person zu tun. Selbst als er mich noch nicht mochte, war er immer für mich da. Ich schätze, das ist alles, was er ist ... er ist einfach ein netter Mensch.

Natürlich habe ich mich in ihn verliebt. Ich hatte nicht einmal den Hauch einer Chance; ich war von Anfang an verloren.

»Es ist nie so wie in den Büchern, die alle so gerne lesen«, platze ich heraus. »In denen sich der Hauptcharakter gegen den Peiniger wehrt und dann glücklich bis ans Ende seiner Tage lebt. Solche Menschen wird man nie wieder los. Zumindest nicht wirklich. Es sei denn, sie sind tot. Lex' Mutter ist an einer Überdosis gestorben. Der Glückliche. Aber selbst, wenn sie unter der Erde sind, verfolgen sie uns und tauchen in unseren Albträumen auf.«

August schnieft und ich schließe meine Augen. »Natürlich konnte sie mir diesen Gefallen nicht tun. Jedes Mal, wenn ich denke, dass ich langsam Fortschritte mache, taucht sie wieder auf und macht alles zunichte. Ich weiß nicht, was sie will, und ich will nicht mit ihr reden, um es herauszufinden. Ich hasse sie, August. Ich weiß, es ist nicht gut, sich so zu fühlen ... so hasserfüllt zu sein. Dr. K. sagt, es ist besser, den Hass loszulassen, aber es ist so schwer. Sie hat mein verdammtes Leben ruiniert.«

Ich atme zitternd ein und atme langsam aus. Warum kann sie mich nicht einfach in Ruhe lassen, verdammt? Was will sie nur von mir? Wenn es ihr um Vergebung geht, wird sie sie nicht bekommen. Manche Dinge sind einfach unverzeihlich.

»Und selbst, wenn ich ihr eines Tages verzeihen könnte, möchte ich sie nicht mehr in meinem Leben haben. Dieses Recht hat sie schon vor langer Zeit verloren.«

August nickt schweigend, während er zuhört, und lässt mich einfach verarbeiten und reden. Ich frage mich, was er über mein katastrophales Leben denkt ... aber seltsamerweise habe ich nie das Gefühl, dass er über mich urteilt. Ich glaube nicht, dass dieser Typ auch nur einen bösen Knochen in seinem Körper hat.

»Es tut mir leid, dass du das sehen musstest.« Erschöpft reibe ich mir über die Augen. »Gott, ich bin so ein verdammtes Wrack.«

Er seufzt. »Sag so etwas nicht, Em. Ich bin froh, dass ich da war. Verdammt, ich möchte nicht, dass du verletzt wirst oder traurig bist.«

»Wirst du herausfinden, was sie will, August? Kannst du das für mich tun?«, flüstere ich.

Er zögert nicht einmal. »Ja, das werde ich. Ich werde mit Thomas sprechen. Ich bin sicher, dass sie inzwischen zu Hause sind.«

Als wir wieder bei ihm zu Hause ankommen, laufe ich hinein und direkt in Augusts Zimmer. Mein Kinn habe ich an die Brust gepresst, um den besorgten Blicken auszuweichen, die sicher gerade auf mich gerichtet sind. Ich will nicht darüber reden, das Thema nicht wieder aufwärmen. Ich überlasse es einfach August, sich für mich darum zu kümmern. So wie immer.

Als ich in seinem Zimmer bin und die Tür geschlossen ist, ziehe ich mich aus und krieche unter die Decke. Sein Duft umgibt mich, beruhigt mich, und ich schließe einfach die Augen und atme tief ein.

Wie soll ich ihn je verlassen, wenn ich ihn so sehr brauche? Ich glaube nicht, dass ich das kann. Vielleicht kann ich noch ein wenig länger bleiben. Ich kann unser Geheimnis bewahren, wenn er das will. Ich nehme alles, was er mir zu geben bereit ist. Ich brauche ihn einfach in meinem Leben.

Als ich höre, wie die Tür geöffnet wird, ziehe ich die Decke weiter hoch, um mein Gesicht vor ihm zu verbergen.

»Bist du wach?«, fragt er leise, während die Matratze unter seinem Gewicht einsinkt.

»Ja.«

Ein gedämpftes Licht geht an und ich spüre, wie er eine Hand auf meinen Arm legt. Seine Berührung erdet mich.

»Ich habe mit Thomas gesprochen; er sagt, er kümmert sich darum. Er ist gerade dabei, eine einstweilige Verfügung zu erwirken. Anscheinend kann man die Formulare online herunterladen und bei den Gerichten einreichen.«

»Danke«, sage ich und drücke mein Gesicht in sein Kopfkissen.

»Kein Problem«, antwortet August und drückt dann leicht meinen Arm. »Du kannst gerne hierbleiben. Sie wissen, dass du durcheinander bist, und keiner von ihnen wird sich etwas dabei denken.«

Ich schließe meine Augen. »Okay.« Denn daran hatte ich gar nicht gedacht, aber jetzt schon. Ich hasse es, sein schmutziges Geheimnis zu sein, aber ich will ihn auch nicht verlieren.

Ich bin nicht bereit, das noch einmal durchzumachen.

»Darf ich ... darf ich dich halten?«, fragt August und ich nicke. Er schlüpft hinter mir unter die Decke, legt seine starken Arme um mich und zieht mich an seine Brust. Sein Gesicht drückt er in meinen Nacken, seine Hand streicht über meinen nackten Bauch, sein Bein schlingt sich um meines.

»Morgen wollen meine Mutter und Thomas etwas mit uns besprechen.«

»Oh Gott, diese Familie. Was ist denn jetzt schon wieder?«, murmle ich und August drückt mir einen Kuss auf den Rücken.

»Ich kann ihnen auch sagen, dass es uns morgen nicht passt. Sie können warten. Sie sagten, es sei nicht dringend.«

Ich schnaufe und schüttle dann den Kopf. »Ist schon gut. Ich mache mich nur noch verrückter, wenn ich nicht weiß, was es ist. Besser, ich bringe es einfach hinter mich.«

Stille legt sich über uns, während meine Gedanken in hundert verschiedene Richtungen kreisen. Ich wünschte, ich hätte die Kontrolle über sie, meine Gedanken, aber ich kann nichts tun, außer mich ihnen vollkommen hinzugeben.

»Ich wurde von meiner Mutter weggeholt, als ich acht war«, sage ich plötzlich. »Als ich zehn war, hat meine Mutter an ein paar Kursen teilgenommen und mich zurückbekommen. Sie war kurz davor, ihre elterlichen Rechte zu verlieren, und wollte mich aus Egoismus zurückhaben.«

Augusts Hand drückt fest gegen meinen Bauch, fast so, als würde er mich noch mehr an sich ziehen. Ich würde ganz in ihn hineinkriechen, wenn ich könnte – nur in seinem Licht leben. Ich habe solche Angst vor der Dunkelheit.

»Ich wollte zu ihr zurückkehren. Habe sie sogar vermisst. Kannst du das glauben? Gott, ich war solch ein Idiot. Sechs Monate war sie clean, und plötzlich war alles nicht mehr so schlimm. Für eine Weile hatte ich das Gefühl, eine richtige Mutter zu haben. Aber dann fing sie wieder an, Drogen zu nehmen ... und es wurde schlimmer als je zuvor. Ich hätte nie zu ihr zurückkehren sollen.«

Ein Schniefen entweicht mir, August stöhnt und rollt sich auf mich. Sein Gesicht ist direkt über meinem und er drückt seine Daumen gegen meine Wangen.

»Du warst ein Kind, Em. Es war nicht deine Schuld. Nichts davon.«

Ich schaue weg, aber ich kann ihm nicht entkommen, weil er mich festhält, seinen Körper an meinen presst. Ich beiße mir auf die zitternde Lippe und sein Blick folgt der Bewegung.

»Was brauchst du? Sag es mir und ich gebe es dir. Sag mir, was ich tun kann. Ich hasse es, dich ...« Seine Stimme bricht. »Ich hasse es, dich so traurig zu sehen.«

»Ich brauche dich. Halt mich einfach fest«, hauche ich, und er nickt, drückt mir einen Kuss auf den Mundwinkel und rollt uns dann so weit, bis ich auf ihm liege. Seine starken Hände ruhen auf meinem Rücken und massieren meine Wirbelsäule, genau wie in den langen, kalten Nächten in seinem Auto.

Ich weiß, dass sie uns gefunden haben und dass wir jetzt zu Hause sind, aber wenn ich die Augen schließe, fühle ich mich immer noch ein wenig verloren.

Ich bin so verdammt müde.

Ich brauche Schlaf.

Und vielleicht fühle ich mich dann morgen wieder ganz.

———

Ich wache zitternd auf und drücke eine Hand auf mein pochendes Herz.

Wo zum Teufel bin ich? Visionen von letzter Nacht überfallen mich – die Angst, der Ausdruck auf ihrem Gesicht, das Geräusch meiner rennenden Füße – aber sie lösen sich langsam auf, als ich mich umschaue.

Ich bin in seinem Zimmer. Ich bin in Sicherheit. Aber er ist nicht hier. Das Bett ist leer und fühlt sich kalt an.

Ich streiche mir mit der Hand durch die Haare, schiebe die Decke von mir und stehe auf. Ich ärgere mich, dass er mich nicht geweckt hat, aber dann erinnert mich der rationale Teil meines Gehirns daran, dass er mich wahrscheinlich nicht wecken wollte, weil ich endlich mal einigermaßen friedlich schlafen konnte. Ich hätte mich auch schlafen lassen.

Ich gehe hinüber zu seiner Kommode und durchstöbere sie. Dabei nehme ich mir viel mehr Zeit, als ich sollte, drücke mein Gesicht gegen eine seiner Boxershorts und rieche daran. Ja, ich habe ein Problem, das weiß ich bereits.

Dann ziehe ich eine Jogginghose und einen Kapuzenpulli heraus und ziehe beides an.

Als ich aus dem Schlafzimmer trete, sehe ich, wie August auf der Couch liegt, an einer Tasse Kaffee nippt und sich leise mit Thomas und

Lisa unterhält. Er sieht ziemlich müde aus und ich fummle nervös an der Jogginghose herum, um meine wachsende Erektion zu verbergen.

»Hey«, sage ich, und meine Stimme klingt, als hätte ich Kies geschluckt.

Das kommt davon, wenn man so viel weint. Das scheine ich in letzter Zeit leider viel zu häufig zu tun.

»Hey«, sagt August, steht auf, nimmt eine Decke von der Couch und wickelt sie um mich. Lisa beobachtet das Ganze mit einem verwirrten Blick. Ich habe ein schlechtes Gewissen, weil August es ihr einfach hätte sagen sollen. Es ist offensichtlich, dass sie misstrauisch ist. Ihr Sohn kümmert sich um mich, als wäre ich seine feste Freundin.

»Ich mache dir einen Kaffee«, sagt er, und ich lasse mich auf die Couch fallen, und spüre die Wärme seines Körpers, die von den Kissen ausgeht.

»Viel Zucker, bitte.«

»Nein, nur ein wenig.«

»Du bist nicht mein Boss«, murmle ich, und er lächelt mich an.

Na gut, wenn er will, kann er natürlich jederzeit mein Boss sein.

Als er in der Küche verschwindet, wirft Lisa mir einen Blick zu, und ich lächle sie an.

»Er kann einfach nicht anders«, flüstere ich.

Ihre gerunzelte Stirn glättet sich, und sie nickt, ein Lächeln umspielt ihre Lippen. »Ja. Ich weiß.«

»Seit unserem unfreiwilligen nächtlichen Ausflug in den Bergen scheint er das Gefühl zu haben, mich beschützen zu müssen.«

Lisa nickt und zupft dann an ihrem Pferdeschwanz. »So war er schon immer. Er hat ein großes Herz.«

Gott, als ob ich das nicht wüsste.

Einen Moment später taucht August wieder auf, hält eine Tasse und meine Insulintasche in den Händen und setzt sich neben mich. Viel zu nah. Sein Oberschenkel streift meine Beine und unsere Arme berühren sich ebenfalls.

Nicht, dass ich mich beschweren würde, aber ich bin versucht, auf seinen Schoß zu krabbeln. Das ist sehr, *sehr* verlockend.

»Ich habe etwas mehr Zucker hinzugefügt, als ich es sonst tun würde«, sagt er mit einem kleinen Lächeln, während er mir die Tasse und mein Insulin reicht. Ich probiere und beobachte ihn über den Rand hinweg.

»Hm. Nicht schlecht. Könnte aber *noch* mehr Zucker vertragen. Wenn du nächstes Mal denkst, dass es genug ist, dann nimm das Doppelte.«

»Ich will aber nicht, dass du einen Zuckerschock erleidest«, murmelt er und wendet seinen Blick von mir ab. Ich vermisse ihn sofort.

Thomas räuspert sich und ich blicke zu meinem Vater. Er rutscht nervös auf seinem Platz hin und her und hält ein paar Papiere hoch.

»Ich habe den Papierkram für die einstweilige Verfügung ausgefüllt. Ich brauche nur noch deine Unterschrift und dann können wir alles bei Gericht einreichen.«

Ich nicke und trinke noch einen Schluck Kaffee. Er brennt in meiner Kehle und ich zucke zusammen.

»Danke.«

»Ja, kein Problem. Ich, äh, kümmere mich für dich darum und finde heraus, was sie will. Sie wird dich nicht mehr belästigen. Dafür werde ich sorgen«, murmelt Thomas, beugt sich nach unten und greift nach einem Karton. »Es gibt aber auch gute Nachrichten: Deine Insulinpumpe und dein Blutzuckermessgerät sind hier. Ich habe für nächsten Dienstag einen Termin bei Dr. Bidhan gemacht, um alles mit dir durchzugehen. Das heißt ... wenn dir das recht ist. Du kannst natürlich auch selbst einen Termin machen ...«

»Nein, das klingt gut. Ich werde da sein«, unterbreche ich ihn »Danke, dass du dich darum gekümmert hast«, füge ich nach einer Weile noch hinzu.

Thomas reibt sich die Hände auf den Oberschenkeln und nickt. »Gut. Sehr gut. Gar kein Problem. August hatte recht, ich hätte das schon vor Jahren machen sollen. Ich war nachlässig und dafür möchte ich mich bei dir entschuldigen, Emery.«

»Ist schon okay«, flüstere ich und August räuspert sich. Ich beobachte ihn, denn auch wenn er es nie zugegeben hat, weiß ich, dass er der Grund für all das ist. Der süße, nachdenkliche Mistkerl kann einfach nicht anders.

Wir schweigen einen Moment und ich lehne mich näher an August heran. Leider ist mir das immer noch nicht nah genug.

Ach, scheiß drauf.

»Halt mal«, sage ich und reiche August meine halbleere Tasse, bevor ich mich Lisa und Thomas zuwende. »Ich werde mich auf seinen Schoß setzen. Das machen wir immer so. Macht bitte keine große Sache daraus.«

Und dann krabble ich auf seinen Schoß und schmiege mich an ihn.

Augusts Körper versteift sich unter meinem und ich möchte es bereuen, aber ich bereue *nichts*. Außer vielleicht, dass ich gesagt habe, dass ich ihn liebe. Das war ein Fehler. Damit habe ich alle Karten aufgedeckt, die ich in der Hand hatte.

Aber ich bedaure nicht, dass ich ihn brauche.

Und ich brauche ihn.

Daran ist nichts auszusetzen.

Dr. K. sagt immer, es sei gesund, dass ich mich öffne und jemanden hereinlasse. Ich habe die meiste Zeit meines Lebens damit verbracht, Menschen wegzustoßen und mich gegen Bindungen zu wehren, aber an August könnte ich für alle Ewigkeit gefesselt sein.

August räuspert sich und ich nehme ihm meine Tasse aus der Hand und trinke noch einen Schluck, während ich Thomas und Lisa ansehe, die ziemlich verwirrt scheinen.

»Jetzt seht mich nicht so an. Ich habe Bindungsprobleme.«

Als ob das alles erklären würde. Es erklärt gar nichts. Meine Bindungsprobleme haben nichts mit dem hier zu tun. Ich bin einfach nur schrecklich verliebt in diesen Kerl,

Thomas fährt sich mit der Hand über das Gesicht und Lisa schaut mich neugierig an, bevor sie nickt. »Okay. Das ist nicht ... wir können später noch darüber sprechen.«

»Oh Gott«, murmle ich und August bewegt sich unter mir, die Hände auf beiden Seiten seiner Oberschenkel. Das stört mich mehr, als es sollte. Ich will diese Hände auf mir haben. Immer.

Vermutlich sollten wir einen Schritt nach dem anderen machen. Immerhin hat er mich noch nicht von seinem Schoß geschubst, das ist zumindest ein kleiner Sieg. Unsere Eltern wissen beide, dass ich mehr als nur ein bisschen seltsam bin. Ich kann es einfach darauf schieben. Auf seinem Schoß zu sitzen, bedeutet nicht, dass wir ficken.

Leider.

Hoffentlich können wir es bald tun.

»... wollten mit euch reden.« Oh, verdammt. Lisa ist gerade dabei, etwas zu sagen und ich habe gar nicht aufgepasst. Ich war zu sehr damit beschäftigt, an Augusts heißen Arsch zu denken und daran, wie mein Schwanz in ihn hineingleitet. Ich wickle die Decke fester um mich – ich will nicht, dass unsere Eltern meine Erektion sehen.

»... Thomas und ich haben darüber geredet ...« Lisas Stimme geht zum einen Ohr rein und zum anderen wieder raus. Ich blende sie vollkommen aus. Das ist ein echtes Problem, das ich habe. Ich trinke noch einen großen Schluck von meinem Kaffee und lehne mich an Augusts Brust.

Er ist immer noch vollkommen steif, sein Herz klopft schnell, und ich frage mich, ob ich es zu weit getrieben habe. Vielleicht wird er dieses Mal tatsächlich ausrasten und mich anschreien, weil ich so impulsiv bin. Vielleicht ist das die nicht ganz so subtile Art meines Unterbewusstseins, ihn zu testen. Wenn er schreit, wird es mir vielleicht leichter fallen, über ihn hinwegzukommen.

»... wir möchten euch beiden das Haus schenken.«

Mein Blick wandert zu Lisa und dann zu Thomas, und ich fuchtle mit der Hand vor meinem Gesicht herum.

»Tut mir leid, *was?* Ich habe nicht zugehört. Kannst du das wiederholen? *Langsam.*«

Lisa begegnet meinem Blick. »Wir wollen euch beiden das Haus schenken. Wenn ihr es wollt.«

»Ähm. Warum?«

»Wir möchten, dass ihr beide es bekommt. Unsere Söhne.«

Ich blicke zu August auf und er schluckt hart, bleibt aber ruhig.

»Eure Söhne?«, frage ich und merke, wie meine Augen zu brennen beginnen. Ich hatte keine Mutter mehr seit ... na ja, eigentlich noch nie.

»Und wo werdet ihr wohnen?«, frage ich. Und in dem Moment, in dem ich es ausspreche, weiß ich, dass es eine dumme Frage ist. Natürlich wird Lisa zu Thomas ziehen.

»In Thomas' Haus. Es hat genau die richtige Größe für uns beide und dann, Emery, hättest du auch eine feste Bleibe.«

Ich wische mir über die Augen. »Ich weiß nicht, ob ich das annehmen kann.«

»Das kannst du«, sagt Thomas und mein glasiger Blick trifft seinen.

»Seid ihr euch wirklich sicher?«

Lisa lächelt mich sanft an. »Natürlich sind wir uns sicher. Wir haben das schon vor Monaten ausführlich besprochen und Thomas hat sogar bereits den Papierkram aufgesetzt. Nächstes Wochenende kann ich raus sein. Natürlich nur, wenn ihr beide zusammen wohnen wollt.«

Ich beiße mir auf die Unterlippe und sehe zu August auf. »Willst du mit mir zusammenwohnen?«, frage ich ihn und sein Blick trifft den meinen.

Natürlich leckt er sich in genau diesem Moment über seine verdammten Lippen. »Ja. Warum nicht?«

Ich lächle ihn breit an und lege meinen Kopf unter sein Kinn.

Lisa sieht uns an, hält aber den Mund.

Ja, gut. Sag lieber nichts, denn dass ich in deinen Sohn verliebt bin, ist deine Schuld.

Du hast jemanden großgezogen, der zu perfekt ist, um wahr zu sein.

Ich werde diesen Mann verehren, bis ich auf dem Sterbebett liege.

Niemand wird jemals an ihn herankommen.

KAPITEL ELF

AUGUST

Meine Mutter starrt mich schon den ganzen Tag an. Emery hat die Sache verdammt peinlich gemacht, indem er auf meinen Schoß gekrochen ist und sich dort einfach niedergelassen hat. Als ob das völlig normal wäre.

Das war *nicht normal*.

Gleichzeitig wollte ich ihn aber auch nicht von mir schubsen. Das hätte ich ihm niemals antun können.

Jetzt helfe ich meiner Mutter beim Packen und ich bin mir sicher, dass sie sich fragt, was zum Teufel zwischen uns beiden los ist. Ich kann es in ihrem Gesicht sehen. Aber natürlich würde sie nie etwas sagen, außer ich spreche es an. Sie ist einfach großartig.

Ich muss es ansprechen. Ich muss es ihr sagen. Warum ist das nur so schwer? Ich muss das mit jemandem besprechen. Ich sollte wahrscheinlich Magnus anrufen; er hat normalerweise gute Ratschläge.

»Wer wird wohl das große Schlafzimmer nehmen?«, fragt sie, und ich zucke mit den Schultern.

»Emery kann es haben«, sage ich und sie nickt.

»Ja, das ergibt Sinn. Wir lassen das Bett stehen. Meinst du, es macht ihm was aus? Weil es mein Bett ist, meine ich ...«, sagt sie, aber ich schüttle den Kopf.

»Nein. Das kann ich mir nicht vorstellen. Er schläft schon eine halbe Ewigkeit auf Lex' Couch ...«

Plötzlich taucht Emery in der Tür auf und legt sich mit ausgebreiteten Armen und Beinen auf das große Bett meiner Mutter.

»Oh Gott, ja. Ich würde dein Bett wirklich gerne nehmen. Ich bin im Grunde obdachlos. Dieses Bett ist wie für mich gemacht. Ist das ein Matratzentopper?«

Lisa nickt lächelnd. »Ja, genau. Wie wäre es, wenn ich die Laken abziehe und du heute Nacht hier schläfst. Ich werde sowieso bei Thomas bleiben, dann musst du nicht auf Augusts Boden schlafen.«

Sie sieht mich an und ich werde rot. Sie fragt, *ohne* zu fragen. Ich glaube, das können nur Mütter so gut.

»Ja, das wäre toll. Aber um ganz offen zu sein, Lisa, ich habe letzte Nacht *im* Bett deines Sohnes geschlafen. Nicht daneben. Er hat angeboten, auf dem Boden zu schlafen, aber mit seinem schlechten Rücken ...«

Meine Mutter zupft an ihrem Pferdeschwanz und nickt. »Ja, natürlich. Das ergibt nur Sinn.«

Nein, Mom, das ergibt absolut keinen Sinn, aber zieh ruhig aus, damit ich mit Emery zusammenwohnen kann. Mit dem nervigen, heißen, süchtig machenden Emery.

Er stützt sich auf die Ellenbogen und runzelt die Stirn. »Bist du dir wirklich sicher, dass ich hier einziehen kann, Lisa? Immerhin kennst du mich kaum.«

»Natürlich kenne ich dich«, sagt sie mit einem kleinen Lachen. »Und ja, wir sind uns beide sicher. Wir brauchen keine zwei Häuser und wir wollen, dass ihr beide dieses hier habt. Das habt ihr verdient. Das hast *du* verdient. Thomas hat sogar darauf bestanden.«

Emery schaut weg und blinzelt schnell, und verdammt, am liebsten würde ich zu ihm gehen und ihn in den Arm nehmen. Stattdessen lehne ich mich gegen die Wand und verschränke die Arme vor der Brust.

»Benötigst du heute noch Hilfe beim Packen?«, frage ich meine Mutter und sie wendet ihren Blick zu mir und lächelt.

»Nein. Mein Plan ist, diese Woche schrittweise einzuziehen, damit ich nicht alles auf einmal machen muss. Es ist irgendwie ganz schön überwältigend.«

»Es ist das Ende einer Ära, was?«, frage ich und fühle mich tatsächlich ein wenig melancholisch.

»Ja, aber ich bin so froh, dass damit auch eine neue Ära anfängt.«

Ich schaue Emery in die Augen, der sich gerade ein Bonbon in den Mund schiebt.

»Ja, ich auch.«

———

Sobald sich das Garagentor schließt – ein Zeichen dafür, dass Thomas und Lisa weg sind –, steht Emery vor mir. Seine braunen Augen sind und groß und er kaut nervös auf seiner Lippe herum.

»Du bist wütend. Ich kann es in deinen Augen sehen. Da ist ein wütendes Glitzern«, stößt er hervor.

Ich ziehe eine Augenbraue hoch, wende mich ab und gehe in die Küche, um mir etwas zum Mittagessen zu machen. Ich muss mich auf etwas anderes konzentrieren als auf die Tatsache, dass wir allein in diesem Haus sind.

»Ich bin nicht wütend.«

»Ich habe mich einfach auf deinen Schoß gesetzt«, sagt er und folgt mir. »Vor ihren Augen. Einerseits tut es mir leid, andererseits aber auch nicht. Ich meine, vielleicht tut es mir ein bisschen leid. Eigentlich tut es mir nur leid, wenn du wütend bist.«

Ich öffne den Kühlschrank und schaue hinein, ohne wirklich etwas zu sehen. Ich bin zu sehr damit beschäftigt, über all die Dinge nachzudenken, die wir jetzt, wo wir allein sind, machen können, und spüre, dass mein Schwanz bereits hart wird.

»Es ist alles in Ordnung, Em. Mach dir keine Sorgen. Wir können jetzt nichts mehr daran ändern.«

Und wenn meine Mutter bereits eine Ahnung hat, wird es für sie vielleicht nicht so schwer zu verarbeiten sein. Dann wird es eher ein Aha-Moment sein und keine totale Katastrophe.

»Oh mein Gott, sieh mich doch an«, brummt er, dann packt er mich an den Schultern und stößt mich mit dem Rücken unsanft gegen die

Schränke. Ich stöhne. Seine Augen treffen meine und wandern dann langsam hinunter zu meiner ausgebeulten Hose.

»Oh«, sagt er, und er scheint zu verstehen. »Oooh.«

Ich stoße ein ängstliches Lachen aus. »Hör auf, das zu sagen.«

Er begegnet meinem Blick. »Ich dachte, du wärst wütend. Aber das sieht für mich nicht wütend aus.«

»Nein, ich bin nicht wütend, aber ich würde gerne darüber red ...«

»Sprich dieses *verdammte Wort* nicht aus«, murmelt er.

»Aber es ist doch alles okay. Ich wollte nur ...« Ich fahre mir mit der Hand übers Gesicht, als Emerys Hände unter mein Hemd wandern, und meine Worte kommen nicht richtig heraus.

Ich weiß, dass ich so wirke, als hätte ich alles im Griff, aber das habe ich nicht. Die Sache mit ihm ist mir über den Kopf gewachsen.

»Ich glaube, sie weiß ...«, schaffe ich, zu sagen, während sich auf meiner Haut eine Gänsehaut bildet.

»Dann weiß sie es eben«, sagt er, lehnt sich zu mir und presst seinen Mund auf meinen. »Wen kümmert das schon? Ist es nicht das, was wir wollten?«

Er leckt mit seiner Zunge über meine Lippen und ich klammere mich an seine Hüften.

»Viel wichtiger ist, dass wir dieses Haus nun ganz für uns allein haben werden«, sagt er und seine Hände wandern nun zu meinem Hintern hinunter. »Denk an all die Orte, an denen wir ficken können. Ich kann dich auf jeder Oberfläche in diesem gottverdammten Haus nehmen, wann immer ich will.«

»Ja«, hauche ich, während er sich an mir reibt.

»Ich will, dass du dich vorbeugst und mich anflehst. Ich will, dass du dich dehnst und mich in dir aufnimmst.«

Ich strecke meine Hand aus und halte mich an ihm fest, neige meinen Kopf und küsse seinen süßen Mund.

Dann ziehe ich mich zurück. »Ich denke trotzdem, wir sollten warten«, sage ich, obwohl mein Schwanz bei dem Gedanken daran schreit.

»Warum zum Teufel sollten wir warten?«, fragt er und wirft mir einen wütenden Blick zu.

»Wegen letzter Nacht.«

Emery weicht einen Schritt von mir zurück und funkelt mich an. »Wenn du darauf wartest, dass ich mein Leben in den Griff bekomme, August, werden wir ewig warten müssen. Dafür gibt es keine Lösung. Entweder du nimmst mich, wie ich bin, oder gar nicht.«

Ich betrachte sein Gesicht – seine Schmolllippen, rot von seinen Süßigkeiten, seine verdammt heißen Tattoos und seine verdammt funkelnden braunen Augen – und ich treffe eine verdammte Entscheidung.

»Gut.«

Und dann drehe ich mich um und gehe den Flur entlang. Emery huscht hinter mir her und tritt mir fast in die Hacken, als ich mein Schlafzimmer betrete.

»Gut? Was soll das heißen? Muss ich nun eine Ewigkeit warten? «

Ich schnappe mir das Gleitgel und ein Kondom und werfe beides aufs Bett.

Für einen Moment schweigt Emery und starrt mich einfach nur an.

»Oh, Satan sei Dank. Ich war schon bereit, mich einfrieren zu lassen, um die Ewigkeit überbrücken zu können.«

Ich stoße ein nervöses Lachen aus, und dann kommt er auf mich zu.

»Hör auf zu lachen. Das hier ist ernst. Es gibt so viel, was ich tun möchte. Ich weiß gar nicht, wo ich anfangen soll. Ich will deinen Schwanz noch einmal sehen«, murmelt er und stößt mich nach hinten. Ich falle aufs Bett und Emery folgt mir.

»Gott, oder vielleicht möchte ich erst deine ganze Brust ablecken, vielleicht ein wenig an deinen Nippeln saugen.«

Er schiebt mein Hemd bis zur Hälfte hoch und greift dann nach meiner Hose, die er herunterzieht, sodass nur die Spitze meines Schwanzes zu sehen ist. Dann zieht er sein Hemd aus und wirft es auf den Boden, bevor er mit seinen Händen über meinen Oberkörper fährt.

»Ahh, ich kann mich nicht konzentrieren. Schnell, zieh deine Sachen aus. Sonst wird es ewig dauern. Ich bin schrecklich im Multitasking.«

»Nein, Em. Mir wäre es lieber, du würdest es tun«, antworte ich lächelnd, verschränke die Arme hinter dem Kopf und wölbe meine Hüften leicht nach oben.

Emery starrt auf meinen halbbekleideten Zustand hinunter und stöhnt.

»Du bist schrecklich, weißt du das? Ich habe eine Behinderung. Du bist also gewissermaßen dazu verpflichtet, mir zu helfen.«

Ich lächle über seine alberne Bemerkung, aber dann zieht er meinen Schwanz heraus und streichelt ihn, und mein Lachen bleibt mir im Hals stecken.

»Jetzt ist dir wohl das Lachen vergangen, was?«, fragt er, und ich verkneife mir ein Stöhnen.

Sobald er mir das Hemd ausgezogen hat, ist sein Mund auf meiner Brust, er beißt und leckt, während er mit einer Hand meine Erektion streichelt.

Dann löst er sich von meinem Oberkörper und ich schnappe nach Luft, als er mir die Hose von den Beinen reißt und aus seiner eigenen stolpert. Kurz darauf ist er wieder auf mir und hat das Gleitgel in der Hand.

»Verdammt, ich bin so geil«, sagt er und nimmt den Deckel ab. »Heb die Beine hoch. Hoch! Nein, nicht so ...«

Er wirft das Gleitmittel beiseite, greift nach meinen Händen, legt sie hinter meine Knie und drückt diese an meine Brust.

»Oh scheiße, ja, genau so.«

Er lehnt sich ein wenig zurück und sieht mich an, und meine Wangen erröten, weil er mich einfach nur beobachtet, obwohl ich weiß, dass ich mich vor ihm wirklich nicht schämen muss. Vergangenen Monat hatte er noch seine Zunge in meinem Arsch und offenbar will er mich immer noch.

»Sieh dich an«, sagt er, und dann greift er wieder nach dem Gleitgel und spritzt etwas davon auf seine Finger. Allerdings drückt er ein wenig zu fest, sodass einiges von dem Gel auf meinem nackten Körper landet. Ich zische, als die kühle Flüssigkeit auf meine Haut trifft, und Emery versucht, alles schnell wegzuwischen.

»Oh Mist«, murmelt er und schmiert es auf meinen Bauch und meinen Schwanz, bevor er meinen Arsch erreicht. »Das lief in meinem Kopf irgendwie besser.«

Ein kleines Lachen entweicht mir, verschwindet aber in einem Grunzen, als er den ersten Finger in mich hineinschiebt.

»Oh Gott, so viel Gleitgel. Ich werde einfach in dich reinrutschen. Was für ein glücklicher Zufall.«

Dann schiebt er einen zweiten Finger in mich, um mich zu dehnen.

»Oh, Scheiße, kann ich jetzt einfach versuchen, ihn reinzustecken? Ich werde vermutlich nicht besonders lange durchhalten können. Das ist viel zu heiß«, sagt er und seine großen Augen treffen die meinen. »Und wenn es dir nicht gefällt, kannst du mir einfach sagen, dass ich mich zurückziehen soll. Ja?«

Ich schlucke und nicke. »Ja, Em. Wir können es versuchen.«

Er zieht seine Finger aus mir heraus, und ich muss lachen, als ihm das Kondom, das er zu öffnen versucht, aus den Fingern rutscht und auf das Bett fällt.

»Verdammte, glitschige Gleitgelfinger. Jetzt kann ich das Kondom nicht finden. Es hat sich versteckt.«

»Em«, sage ich lachend. »Beruhige dich.«

»Sag mir nicht, dass ich mich beruhigen soll, wenn ich gleich in dir drin sein werde. Das ist lebensverändernd. Davon habe ich jahrelang geträumt.«

»Wir haben uns doch erst vor einem Jahr kennengelernt.«

»Na und? Ich habe trotzdem von dir geträumt. Du bist in Visionen zu mir gekommen.«

Sein ernster Blick bringt mich noch mehr zum Lachen und er grummelt, während er das Kondom in den Laken sucht. Als er es endlich gefunden hat, reicht er es mir, und ich reiße es mit den Zähnen auf.

»Das ist viel heißer, als es sein sollte. Aber das wundert mich nicht. Alles, was du tust, ist heiß. Ich könnte dir beim Scheißen zusehen und wäre vermutlich vollkommen begeistert.«

»Mein Gott, Em. Du wirst buchstäblich in einer Minute in meinem Arsch sein und du redest ... *darüber*?«

»Oh Gott, ja, das werde ich. Das ist so heiß«, sagt er und hält dann inne. »Warte, das brauchen wir doch gar nicht, oder?«

Ich schaue ihn an und schlucke dann. »Ja, du hast recht. Das hab' ich ganz vergessen.«

Er wirft das Kondom weg und es schlägt gegen die Fensterscheibe, aber er merkt es nicht einmal und positioniert stattdessen seinen Schwanz direkt an meinem Loch.

Ich bewege mich nervös unter ihm. Ich hatte noch nie Analsex und verdammt, es ist ein wenig beängstigend. Und aufregend.

»Bereit?«

Ich atme tief ein und nicke, aber bevor ich mich mental darauf vorbereiten kann, stößt er zu. Seine Spitze gleitet in mich hinein und ich keuche bei dem Gefühl, unendlich weit gedehnt zu werden.

»Oh mein Gott«, flüstert er und drückt meine Schenkel noch weiter auseinander, während er zusieht, wie sich sein Schwanz langsam in mich schiebt. Ich kralle meine Finger in die Rückseiten meiner Beine, um mich zu beruhigen, denn es brennt. Gleichzeitig ist mein Schwanz unfassbar hart. Das ist ein verdammt seltsames Gefühl.

»Du wirst mich ganz aufnehmen, nicht wahr?«, fragt er meinen Hintern und ich verkneife mir ein Stöhnen, als er seine Hüften bewegt und auch den Rest seines Schwanzes in mich stößt.

Und dann erstarrt er und atmet einfach nur, seine Augen treffen die meinen. Seine Wangen sind gerötet, seine Haare hängen ihm ins Gesicht, seine Brust hebt sich.

»Sag mir, dass es gut ist, sag mir, dass du es liebst«, haucht er.

»Es ist ... anders.«

»Ja, aber das ist doch nicht schlimm, oder?« Er bewegt sich in mir, und ich keuche auf. Mein ganzer Körper steht in Flammen. Ich bin vollkommen ausgefüllt. An der Spitze meines Schwanzes bildet sich ein Lusttropfen, und ich weiß, dass er es sieht, weil er sich erst über die Lippen leckt und dann stöhnt.

»Scheiße, du bist so eng. Du erwürgst meinen Schwanz fast. Sag mir, wann ich mich bewegen kann. Ich muss mich bewegen.«

»Das kannst du, aber bitte langsam«, schaffe ich, zu sagen und frage mich, ob dieses Wort überhaupt in seinem Wortschatz vorkommt.

»Okay, aber nur, weil du *bitte* gesagt hast«, antwortet er, während er sich zurückzieht und wieder in mir versinkt. Sobald er wieder in mir ist, sieht er mir direkt in die Augen. »Gut?«

»Ja«, flüstere ich, denn ja, das ist es wirklich. Anscheinend liebe ich Schwänze in meinem Arsch. Ich wusste, dass ich das tun würde. Allein bei der ersten Erwähnung wurde ich hart. Und als ich letzten Monat experimentiert und meinen Finger in mich hineingeschoben habe, habe ich das Gefühl wirklich genossen. Aber verdammt, das Gefühl von seinem Schwanz in mir ist so viel besser als das meiner Finger.

Emery beißt sich auf die Unterlippe, während er seine Hüfte nach vorn stößt und mich stetig, aber nicht zu hart fickt. Mein ganzer Körper kribbelt und mein Schwanz zuckt bei jedem Stoß und bettelt darum, berührt zu werden.

»Oh Scheiße. Das halte ich nicht lange aus«, sagt er verzweifelt. »Versprich mir, dass wir das noch einmal machen können, denn das hier wird lächerlich kurz sein. Bitte, versprichst du es mir?«

Ich begegne seinem Blick und bin plötzlich von Gefühlen überwältigt. »Küss mich, Em. Ich brauche deinen Mund auf meinem.«

Er wimmert und beugt sich hinunter. Unsere Zungen tanzen miteinander, während er sanft in mich hineinpumpt, und ich liebe es. Diese Verbindung mit ihm, sein Schwanz in mir, seine Lippen auf meinen.

»Sag, dass du es liebst«, haucht er in meinen offenen Mund, und sein Haar streift meine Stirn.

Ich schiebe es hinter sein Ohr zurück und begegne seinem Blick.

»Ich liebe es.«

»Oh, verdammt, ja«, sagt er, und dann stößt er schneller in mich. Meine Beine legen sich um seine Taille, während eine Schweißperle an seiner Schläfe herunterläuft. Ich lehne mich hoch und lecke sie von seiner Haut und Emery stöhnt laut auf, sein Verlangen hallt durch den Raum. Ich kann ihn riechen und schmecken.

Unseren Sex.

Emery.

Ich fahre mit einer Hand seine Brust hinauf und greife nach seiner harten Brustwarze, während ich mit der anderen Hand zwischen uns hin- und herfahre und mich streichle. Emery ist jetzt ganz wild, nimmt mich hart, wölbt seine Hüften und trifft genau die richtige Stelle.

»Em, Em ...« Ich rufe seinen Namen und er stöhnt so laut, dass ich es nicht mehr aushalten kann.

Ich komme heftig, mein Arsch zieht sich um ihn zusammen, und meine Erlösung ergießt sich zwischen unseren Körpern. Er flucht und stößt ein letztes Mal in mich, sein Schwanz zuckt ein paar Mal, und dann bricht er schlaff auf mir zusammen.

»Verdammt.« Er atmet zitternd ein und vergräbt sein Gesicht in meinem Nacken. »Ich habe es geschafft. Ich hätte nicht gedacht, dass ich durchhalte. Ich verdiene eine Medaille. Die Tour de France ist nichts gegen das hier.«

Er beginnt, sich aus mir herauszuziehen, aber ich halte ihn fest an mich gedrückt. »Noch nicht.« Sein Blick trifft den meinen.

»Willst du, dass ich in dir bleibe?«

Ich werde rot. »Ja. Ist das seltsam?«

Er drückt mir einen Kuss auf den Mund. »Nein. Für mich ist nichts jemals zu seltsam.«

Dann fährt er mit der Hand durch mein Haar und streicht es glatt.

»Endlich siehst du nicht mehr so verdammt perfekt aus. Ich habe es geschafft. Endlich«, sagt er grinsend.

Ich beiße mir auf die Unterlippe.

»Ich ...«, er schluckt und sieht plötzlich unsicher aus. »Das war ...« Er hält inne und atmet tief ein, ganz so, als würde er nachdenken. »Das war unglaublich. Können wir das wieder tun? Vielleicht sogar bald? Ich kann mich nicht mehr erinnern, was du gesagt hast. Ich habe kein Wort wirklich gehört.«

»Ja. Ja, das können wir.«

Er legt seine Stirn an meine und ein kleines Lachen entweicht ihm. »Ich bin so verdammt froh, dass ich uns im Schnee in den Graben gefahren habe.«

»Irgendwann hätten wir den Weg zueinander gefunden.«

»Vielleicht, aber ich habe es beschleunigt. Das habe ich wirklich gut gemacht.«

»Ja, Em. Das hast du definitiv.«

Ich küsse seine Stirn und mein Herz macht einen Salto, denn ich mag diesen Kerl nicht mehr nur.

Nein, ich bin mir sogar ziemlich sicher, dass ich von ihm besessen bin.

KAPITEL ZWÖLF

AUGUST

Emery kommt in mein Zimmer gestürmt, seine Haare sind durcheinander, seine Augen wild. Ich schaue nach unten und sehe die kleine Beule unter seinem Hemd in der Nähe seiner Hüfte und grinse innerlich. Vergangene Woche hat er endlich seine Insulinpumpe bekommen. Ich sehe, dass er sehr glücklich darüber ist, und auch Thomas sah begeistert aus, als Emery ihm zeigte, wie sie funktioniert. Auf seinem rechten Arm klebt das Blutzuckermessgerät.

Emery scheint meinen musternden Blick nicht zu bemerken, denn er ist zu sehr damit beschäftigt, hin und her zu springen. »Deine Mutter ist komplett ausgezogen.«

»Ja, ich weiß«, antworte ich und reibe mir den unteren Rücken. »Ich habe ihr geholfen, die letzten Kisten einzuladen. Wo warst du überhaupt? Ich dachte, du würdest mir helfen.«

Emery kommt auf mich zu, ein Lutscher hängt aus seinem Mund, und schlingt seine Arme um meine Taille. Er drückt mich sanft an sich und schaut dann zu mir hoch.

»Tut mir leid. Ich habe mit Lex geschrieben und er hat mir irgendeinen komischen Scheiß über Sicherheitskameras erzählt und dann musste ich mir leider ein YouTube-Video nach dem anderen ansehen. Ja ich weiß, ich habe ein echtes Problem, aber dafür weiß ich jetzt alles, was ich über Haussicherheit wissen kann.«

Er holt seinen Lutscher aus dem Mund und küsst mich. Er schmeckt wie ein grüner Apfel. Warum macht mich sein Geschmack nur so süchtig? Ich habe Süßigkeiten nie besonders gemocht, aber auf seinen Lippen liebe ich den Geschmack.

»Tut mir wirklich leid. Ich habe heute Nachmittag vergessen, meine Medikamente zu nehmen. Ich bin im Moment etwas nervös.«

»Ist schon okay. Ich habe es ja geschafft.«

»Ja, aber ich hätte helfen sollen. Das habe ich Lex auch gesagt. Ich habe gesagt: ›Lex, lenk mich nicht ab‹, und dann er: ›Eminem, du musst dir ein gutes System installieren lassen, damit du August ausspionieren kannst, wenn er sich allein zu Hause einen runterholt‹. Und ich dachte, das ist eine tolle Idee. Also habe ich angefangen, mir Videos anzuschauen ...«

Ich fahre mit dem Daumen über seinen Kiefer, während er redet. Ich merke, dass ich mich daran gewöhnt habe, wie sein Verstand funktioniert. Ich liebe das verschlungene Labyrinth, mich mit ihm in seinen Gedanken zu verlieren. Ich liebe es, nie zu wissen, wo ich enden werde. Ich liebe die verdammte Spannung, die das alles mit sich bringt.

»Was denkst du?«, fragt er. »Sollen wir uns ein paar Kameras besorgen?«

»Wenn du willst«, sage ich und denke gleichzeitig, dass es vermutlich eine gute Idee wäre, nur für den Fall, dass seine Mutter wieder auftaucht. Ich will, dass dieser Scheiß für das Gericht dokumentiert wird. Thomas hat den Papierkram für die einstweilige Verfügung ausgefüllt, aber jetzt brauchen wir einen Beweis, dass sie dagegen verstößt. Hoffentlich wird es nicht dazu kommen. Em so verängstigt zu sehen, bricht mir das Herz.

»Aber wir werden sie auf keinen Fall von Lex installieren lassen. Ich traue ihm nicht.«

»Oh Gott, auf keinen Fall. Er wird sie wahrscheinlich installieren, damit er uns ausspionieren kann. Oh Scheiße, ich frage mich, ob er schon ein paar hier versteckt hat. Er ist geistesgestört; wie ein weniger gewalttätiger John Wayne Gacy.«

Ich kichere, als Emery sich von mir losreißt und hektisch eine Nachricht schreibt, wobei sein Blick durch den Raum schweift. »Lex sagt, hier gibt es keine versteckten Kameras.«

»Hm. Warum glaube ich ihm nicht?«

Emery nickt. »Du hast recht. Lass uns ficken.«

Ich ziehe eine Augenbraue hoch und kann mir ein Lächeln nicht verkneifen.

»Ernsthaft? Das ist es, woran du als Erstes denkst?«

»Ja. Ich meine es immer ernst, wenn es um Sex mit dir geht. Es ist schon Tage her, dass ich in dir drin war. Und jetzt haben wir ein ganzes Haus für uns allein.« Er stöhnt. »Oh Gott, ich will, dass du dich über die Couch beugst, über die Toilette, über all diese Dinge. Ich will dir einen blasen, während du auf der Waschmaschine sitzt. Ich will dich auf dem Küchentisch ausbreiten und deinen Arsch lecken und danach können wir zu Abend essen.«

Plötzlich wird sein Gesicht vollkommen blass und er eilt aus dem Raum.

Ich folge ihm und sehe, wie er verlegen den Herd ausschaltet.

»Tut mir leid«, sagt er leise, bringt eine Pfanne zur Spüle und spült sie mit kaltem Wasser ab. Dampf steigt auf, und ich ziehe eine Augenbraue hoch.

»Ich wollte dir eigentlich etwas kochen, aber stattdessen habe ich gerade eine Pfanne ruiniert.«

Ich beobachte, wie er die Hände auf seine Augen presst und seufzt. »Oh Gott, ich bin ein solches Wrack. Das weißt du ja mittlerweile bereits. Wie viel Geduld kannst du noch mit mir haben?«

»Hör damit auf, Em. Ich denke, du bist perfekt«, antworte ich, unfähig, mich von ihm fernzuhalten. »Du solltest nur einfach nicht kochen, wenn du mit den Gedanken ganz woanders bist.«

»Ich weiß. Wenn ich unser Haus niederbrenne, wirst du dich auf keinen Fall in mich verlieben. Dann bin ich verloren.«

Er sieht mich an und ich schlucke schwer, weil ich nicht weiß, was ich sagen soll. Seit dem Vorfall in der Wohnung hat er diese drei verdammten Worte nicht mehr gesagt, aber manchmal frage ich mich, ob er sie nur zurückbeißt. Es gibt Zeiten, in denen er mich ansieht und ich es *sehen* kann.

Aber keiner von uns spricht es an. Er, weil er Angst hat, eine Abfuhr zu bekommen, und ich, weil ... es mir einfach zu schnell geht. Ich war schon immer übermäßig vorsichtig und habe noch nie eine überstürzte Entscheidung getroffen. Mit Emery zusammen zu sein, ist das Waghalsigste, was ich je getan habe. Wir haben in nur wenigen Wochen bereits so viel miteinander erlebt. Für mehr bin ich einfach noch nicht bereit. Und wenn ich es sage, muss ich absolut sicher sein, dass ich es ernst meine und dass es das ist, was ich will, denn ich kann ihn auf keinen Fall noch einmal verletzen.

»Lass uns lieber was bestellen. Wie wäre es mit Thai?«, frage ich.

Ich bin einfach nur erschöpft. Nachdem ich den ganzen Vormittag in einem engen Klassenzimmer mit viel zu vielen Kindern gearbeitet habe und dann nach Hause gekommen bin, um meiner Mutter beim Packen der restlichen Sachen zu helfen, möchte ich mich einfach nur hinsetzen. Mir ist nicht wirklich nach Kochen zumute.

»Ja. Klingt gut. Ich liebe Thai-Essen. Eines Tages möchte ich nach Thailand reisen und ein paar dieser schwimmenden Märkte besuchen.«

»Schwimmende Märkte?«, frage ich, lasse mich auf die Couch sinken und suche die Nummer des Thai-Restaurants in meinem Handy.

»Ja, man sitzt in einem Boot und fährt auf diesen Kanälen herum und kann an diesen Läden auf dem Wasser anhalten und Essen und so kaufen. Hört sich das nicht unglaublich toll und gleichzeitig surreal an? Das habe ich auf YouTube gesehen, als ich nach etwas anderem gesucht habe und dann abgelenkt wurde.«

Ich nicke, lächle und drücke ihm einen Kuss auf die Stirn, weil er einfach so verdammt süß ist. Kurz darauf gebe ich unsere Essensbestellung auf. Und dann rufe ich noch einmal an und ändere die Bestellung, weil Emery vergessen hat, zu erwähnen, dass er auch Frühlingsrollen und einen Eis-Tee mit extra Zucker möchte.

Als das erledigt ist, lege ich mein Handy weg und Emery klettert auf meinen Schoß.

»Ich habe übrigens Neuigkeiten. Willst du sie hören?«

»Immer.«

»Ich habe mich für ein paar Buchhaltungskurse an der Volkshochschule angemeldet«, sagt Emery mit einem schüchternen Lächeln.

»Ach wirklich? Das ist ja toll! Wie bist du darauf gekommen?«

»Na ja, ich bin gut in Mathe und Lex sagt, dass ich ein Händchen dafür habe, die Bücher zu frisieren.«

Mein Gott, denke ich, während ich mit meiner Hand über seinen Rücken fahre. Fälscht er etwa die Bilanzen? Emery wackelt auf mir herum und scheint meine Sorge gar nicht zu bemerken. Ich bin mir fast sicher, dass er nur einen Scherz gemacht hat, aber bei Lex weiß man nie. Der Typ sieht einfach so aus, als würde er sich mit illegalen Dingen auskennen.

»Ich kann ja nicht ewig so weitermachen. Ich muss da rausgehen. Etwas aus mir machen. Ich wollte einfach mal ausprobieren, ob ich wirklich darin gut bin. Dr. K. hält das für eine tolle Idee. Also beginne ich im April mit zwei achtwöchigen Kursen.«

»Das ist großartig, Em«, sage ich und ziehe ihn zu einem Kuss heran. »Das sollten wir feiern. Was willst du noch machen, bevor das Abendessen kommt?«

»Ähm, das habe ich dir doch schon gesagt.«

Ich zucke zusammen und seufze, da mein Rücken schrecklich wehtut. »Ich glaube, das sollten wir lieber auf später verschieben. Ich brauche definitiv ein paar Aspirin, bevor ich mich wieder bücken kann.«

»Du bist wie ein achtzigjähriger Mann. Du musst es langsam angehen. Vielleicht solltest du aufhören, ständig den Rasen von anderen Leuten zu mähen. Vielleicht kann ich nächstes Mal die ganze Arbeit machen, während du Mrs. Melnyk Gesellschaft leistest. Dann ziehe *ich* mein Hemd aus, und *du* kannst mich mit ihrem Fernglas beobachten.« Er stupst mich an und ich muss lachen.

»Ich habe mir heute beim Kistenheben nur den Rücken etwas gezerrt. Morgen bin ich wieder fit.«

Emery sieht schuldbewusst aus und seine braunen Augen weiten sich.

»Oh, ich könnte dir eine Massage geben, da ich dich heute hängen gelassen habe. Würde das helfen?«, fragt er, und ich neige den Kopf.

»Kannst du denn massieren?«

»Na klar. Und außerdem bedeutet das, dass ich dich berühren darf. Ich lebe dafür, dich zu berühren. Wo kann ich mich anmelden?«

Ich lache, und er fasst an den unteren Rand meines Hemdes. »Okay, leg dich hin. Dann wirst du die beste Massage deines Lebens bekommen.«

Er klettert von mir herunter und ich tue, was er sagt. Er schiebt mir das Hemd über den Rücken und seufzt dann. »Du hast so einen heißen Rücken. Dein ganzer Körper ist so sexy. Es wäre jedoch besser, wenn du ganz nackt wärst.«

Ich stoße ein Lachen aus und er murrt leise, als ich keine Anstalten mache, mich auszuziehen. Und dann fangen seine Hände an, fest in meine schmerzenden Muskeln zu drücken. Natürlich hätte ich wissen müssen, dass eine Massage von Emery eine ganz eigene Erfahrung sein würde. Er konzentriert sich nicht erst auf eine Stelle, um die betreffenden Muskelgruppen zu bearbeiten. Nein, er wandert innerhalb von Sekunden von einer Ecke meines Rückens zur nächsten. Und dann sind seine Hände auf meinem Hintern, was, da bin ich mir ziemlich sicher, meinem Rücken nicht helfen wird. Als Nächstes sind mein Nacken und mein Kopf an der Reihe. Warum reibt er mein Ohrläppchen?

Während er arbeitet, rutscht er auf mir hin und her, und ich lächle in meinen Arm.

Er ist so verdammt liebenswert.

»Ich kann sehen, dass du grinst. Ich bin ein schrecklicher Masseur, ich weiß. Ich habe versucht, so zu tun, als ob ich gut darin bin, aber leider funktioniert es im wahren Leben nicht so«, stöhnt er, und ich greife nach seiner Hand, ziehe sie zu meinem Mund und küsse sie sanft. Ich liebe seine Hände. Ich liebe es, wenn sie mich berühren.

»Es ist der Gedanke, der zählt.«

»Jetzt klingst du wie eine verdammte Glückwunschkarte«, sagt er, und ich gluckse, drehe mich um und ziehe ihn auf mich. Er streckt sich träge aus und dann ist sein Gesicht direkt über meinem.

»Wie geht es deinem Rücken jetzt, Hübscher?«

»Tut leider immer noch weh«, sage ich und Emery schiebt die Unterlippe vor, als wäre er ein Kleinkind. Ich lege meinen Daumen darauf und umfasse dann seinen Kiefer.

»Du machst mich so glücklich«, sage ich und drücke meinen Mund auf seinen. »So viel habe ich schon lange nicht mehr gelächelt. Hör bitte nie auf, du zu sein.«

»Meinst du das ernst?«, fragt er und wirkt plötzlich schüchtern.

»Ja, Em.«

Er räkelt sich auf mir und ich fahre mit einer Hand durch sein Haar.

Ich kann seinen harten Schwanz an meiner Hüfte spüren und küsse seine Nasenspitze.

»Ich möchte, dass du in mein Zimmer ziehst«, platzt Em heraus und errötet dann sofort. »Ich möchte, dass es *unser* Zimmer ist. Ich meine, wir schlafen ohnehin jede Nacht darin, es ergibt also nur Sinn. Ich schlafe nicht gerne ohne dich.«

»Das würde mir gefallen.«

Ja, das würde es wirklich. Ich möchte neben ihm aufwachen. Ich liebe es, ihn in meinen Armen zu halten, und wie er sich immer an mich schmiegt. Ich liebe es, dass ich für ihn da sein kann, wenn er verängstigt aufwacht.

»Wie lange dauert es noch, bis das Essen kommt?«, fragt er.

»Sie sagten eine Stunde, also wahrscheinlich noch dreißig Minuten.«

»Okay.«

Ich sehe, wie sich seine Pupillen erweitern, und höre, dass sein Atem leicht zittert. Obwohl er einfach nur auf mir liegt, ist er erregt. Warum ist er nur so perfekt?

Ich stoße ein weiteres kleines Lachen aus. »Okay, Em, komm her. Gib mir deinen Schwanz. Ich werde dir einen runterholen, während wir warten.«

Er starrt mich für den Bruchteil einer Sekunde an, fast so, als würde er meine Worte verarbeiten. Wenige Sekunden später sitzt er auf meiner Brust.

Seine Hände fummeln am Reißverschluss seiner Jeans.

»Oh, Gott sei Dank. Darf ich auf dein Gesicht kommen? Oder vielleicht in deinen Mund ...?« Er verstummt, als ich meine Hand um ihn schlinge und er laut stöhnt.

»O-oder d-du entscheidest«, stammelt er, und ich verkneife mir ein Lächeln.

———

»Mag«, sage ich nickend und ziehe mir einen Stuhl im Café auf dem Campus unserer Uni heran. Wir haben gerade einen Kurs beendet und dann hat Mag einfach nur auf das Café gezeigt und mich angestarrt. Ich konnte nichts anderes tun, als ihm dorthin zu folgen.

»Hallo, bester Freund. Lange nicht mehr gesehen. Wo hast du denn gesteckt? Momentan sehe ich dich ausschließlich in unseren gemeinsamen Kursen oder wenn du dich zu deinem Auto schleichst. Oh, lass mich raten, du hast keine Zeit mehr für mich, weil du damit beschäftigt bist, deinen Stiefbruder zu vögeln?«

Ich erröte und Mag beugt sich zu mir, er weiß Bescheid.

»Versuch gar nicht erst, es zu leugnen«, sagt er und sieht mich an, dann wird seine Stimme leiser. »Auf keinen Fall.«

»Hör auf damit«, murmle ich und presse meine Hände auf meine geröteten Wangen. Warum kann mich dieser Kerl nur so gut lesen? Das ist doch lächerlich. Ich brauche nicht einmal etwas zu sagen, und er weiß sofort was Sache ist. Manchmal ist dieser Typ wirklich unheimlich.

»Okay, damit habe ich offen gestanden nicht gerechnet«, sagt Mag mit einem Grinsen. »Aber es macht doch Spaß, oder? Fühlst du dich manchmal auch wie ein Truthahn an Thanksgiving?« Er wackelt mit den Augenbrauen, und ich wende stöhnend den Blick von ihm ab.

»Was ist das denn für ein Vergleich. Was ist nur los mit dir?«

Er kichert. »Ich habe immer ein offenes Ohr für alle Fragen, die du hast. Zufällig bin ich ein hervorragender Zuhörer.« Er blickt auf sein Handy. »Wir haben noch etwas Zeit, bevor ich nach Hause muss, also frag ruhig.«

»Auf. Keinen. Fall.«

»Warum denn nicht? Ich habe schon viel länger Sex mit Männern als du.«

»Ist mir egal. Wir kommen auch so relativ gut zurecht.«

Magnus wedelt aufgeregt mit den Händen. »Ach ja? Erzähl doch mal.«

»Nein.«

Er seufzt und verdreht die Augen. »Na schön. Aber erzähl mir wenigstens *etwas*.«

Ich beiße mir auf die Unterlippe und schaue weg. Plötzlich wird mir schrecklich übel. »Ähm, na ja, ich habe es meiner Mutter noch nicht erzählt. Das mit uns.«

»Und warum nicht? Sie ist doch cool.«

»Ja, ich weiß. Ich weiß nicht, was mit mir los ist. Sie weiß es vermutlich ohnehin schon, weil Emery neulich einfach auf meinen Schoß gekrochen ist. Direkt vor ihr. Und sie hatte diesen Blick in den Augen, als wüsste sie, dass etwas los ist.«

»Also, was ist dann das Problem?«

»Ich habe mich so oft hingesetzt, um es ihr zu sagen, aber ich bekomme die verdammten Worte nicht heraus, Mag. Warum nur? Kannst du mir sagen, was los ist? Ich habe nämlich keine Ahnung.«

Er tippt sich mit den Fingern an die Lippen und denkt einen Moment nach. »Na ja, vermutlich hast du Angst davor, dich vor der wichtigsten Person in deinem Leben zu outen. Manche Menschen brauchen Jahrzehnte, bevor sie sich als etwas anderes als heterosexuell outen können. Ich habe ja im Grunde erraten, was los ist. Aber deine Mutter ... ist eine ganz andere Nummer. Außerdem wirst du ihr sagen, dass du deinen *Stiefbruder* fickst. Also ja, ich verstehe, dass dich das stresst.«

Ich seufze. »Ach, ich bin so froh, dass du es verstehst. Ich hatte das Gefühl, ich würde verrückt werden.«

»Nun, ich verstehe, dass du deiner Familie nichts sagst. Ich meine, ich habe meiner nicht einmal von Sem erzählt. Und wir sind sogar verheiratet. Ich habe mich ihnen gegenüber nie offiziell geoutet.«

»Na ja, deine Familie besteht auch aus homophoben Arschlöchern, also verstehe ich, warum du ihnen nichts erzählst. Sie haben dich nicht verdient.«

»Ja, aber deine Mutter ist cool, und Thomas wird es sicher auch nicht stören, oder? Ich würde es einfach eines Tages nebenbei erwähnen. Schicke ihnen eine anonyme Nachricht. Klebe ihnen einen Zettel an die Tür und renn weg.«

Ich lache und Magnus lächelt mich an. »Hey, August. Du neigst dazu, die Dinge zu überdenken, und ich möchte, dass du mir in dieser Sache zuhörst. Am Ende wird alles gut werden. Emery betet dich an.«

Mein ganzer Körper erhitzt sich bei diesen Worten. »Woher weißt du das?«

»Wie könnte er das nicht? Du bist umwerfend. Es gibt einen Grund dafür, warum wir beste Freunde sind.«

Ich reibe mir die Augen. »Hör auf mit dem sentimentalen Scheiß, Mag.«

»Oh, ich habe eine Idee«, sagt er dann und klatscht aufgeregt in die Hände. »Lass uns auf ein Doppeldate gehen. Ich möchte euch beide zusammen beobachten. Wie Tiere im Zoo. Die Paarungsgewohnheiten beobachten und so weiter. Wie wäre es mit diesem Wochenende?«

»Du meinst, Emery und ich und du und Sem ... auf einem Date?«

Magnus lächelt. »Ja, natürlich. Wen würdest du denn sonst mitnehmen?«

Ich fahre mir mit der Hand durch die Haare und seufze. »Ja, ich werde Em fragen. Ich glaube, das würde ihm wirklich gefallen.«

»Natürlich würde ihm das gefallen. Und dann, irgendwann in naher Zukunft, sagst du es deiner Mutter. Ich kann gerne zum Händchenhalten mitkommen, wenn du willst. Gemeinsam ist es sicher nur halb so schlimm.«

»Ich will sie einfach nicht enttäuschen, Mag«, flüstere ich.

»Das wirst du nicht. Das garantiere ich dir. Sie ist so stolz auf dich. Sie schwärmt doch ständig immer von dir. Sie will nur, dass du glücklich bist. Ich wünschte, ich könnte sie als Mutter adoptieren.«

Ich schaue weg und blinzle. »Ja, und das ist das Problem. Alle haben so hohe Erwartungen an mich, dass ich Angst habe, alle zu enttäuschen. Meine Mutter. Em. Dich.«

»Ach komm schon«, sagt Mag. »Ich habe null Erwartungen an dich. Überhaupt keine.«

Ich stoße ihn an, und er kichert. »War doch nur ein Spaß.«

»Aber du hast recht. Ich ... ich muss mir darüber klar werden, bevor es ernster wird.«

Wem will ich hier etwas vormachen? Es ist bereits ernst.

————

»Oh mein Gott, unser erstes Doppeldate«, sagt Emery und rutscht aufgeregt hin und her. Das Leder des Sitzes knarrt unter seinem Hintern. Als ich ihm von Mags Angebot erzählt habe, hat er gestrahlt wie ein verdammter Weihnachtsbaum. Er hat sofort zugesagt und sich dann auf mich gestürzt. Mein Arsch ist immer noch wund.

»Sind wir jetzt offiziell zusammen? Funktioniert das so?«

Ich beobachte ihn dabei, wie er immer wieder auf den Fensterknopf drückt, um die Scheibe hoch- und wieder runterzufahren. Vielleicht sollte ich eine Kindersicherung anbringen.

»Wir können es gerne offiziell machen, wenn du willst. Ich hatte noch nie einen festen Freund«, fügt er hinzu. »Du wirst mein Erster sein.«

Ich beiße mir auf die Unterlippe und weiß nicht, was ich sagen soll. Was, wenn das, was ich empfinde, nicht *richtig* ist? Aber andererseits ... wie könnte etwas mit Emery jemals falsch sein? Alles mit ihm fühlt sich einfach so an, als ob es genauso sein sollte.

Selbst mitten in der Nacht, wenn er aufwacht und wegen seiner Albträume weint. Dann bin ich da, neben ihm, und ziehe ihn direkt in meine Arme. Und er beruhigt sich fast sofort, schmiegt sich an mich und presst seine weichen Lippen auf meine.

In diesen Momenten frage ich mich, ob ich extra für ihn gemacht worden bin.

»Oh, vergiss einfach, dass ich etwas gesagt habe«, sagt er und fummelt an den Schnüren seines Kapuzenpullis herum. Nun, eigentlich ist es mein Kapuzenpulli. Er hat ihn direkt aus meinem Schrank gestohlen und trägt ihn jetzt ständig. Er hat nicht einmal gefragt.

Natürlich würde ich nie etwas sagen, denn, verdammt, er gefällt mir in meinen Sachen.

»Aber ich meine, wenn du dir einen festen Freund aussuchen *müsstest*, würdest du ... mich nehmen, oder? Ich bin doch dein Typ, oder? Ich meine, es scheint zumindest so, immerhin kommst du jedes Mal, wenn wir es treiben«, sagt er und sieht nachdenklich aus.

Ich fahre in eine Parklücke in der Nähe des Diners und stelle den Motor ab. Dann wende ich mich ihm zu, und er zuckt zusammen.

»Wenn es schlechte Nachrichten sind, will ich sie nicht hören. Dann lebe ich lieber weiter in Unwissenheit.«

Ich sage kein Wort. Ich greife einfach nach seinem Gesicht und ziehe ihn zu mir heran, um ihn zu küssen.

»Du bist genau mein Typ.«

»Oh, Gott sei Dank«, flüstert er zwischen zwei Küssen. »Ich habe mir schon Sorgen gemacht, dass sich dein Geschmack weiterentwickelt hat.«

»Warum solltest du dir deswegen Sorgen machen?«

»Na ja, weil du verdammt heiß bist und generell immer die richtigen Dinge tust. Und ich bin, na ja ... ich bin ein verhaltensgestörtes Pflegekind, das manchmal ziemlich subjektiv heiß sein kann. Und ich treffe meistens eher schlechte Entscheidungen.« Er sieht mich an. »Nur dir bezüglich habe ich keine schlechte Entscheidung getroffen. Du warst die absolut *richtige* Entscheidung. Wahrscheinlich die Beste, die ich je getroffen habe.«

Jedes Mal, wenn er sich mir gegenüber so verletzlich zeigt, wird mir ganz warm ums Herz. In diesem Moment treffe ich ebenfalls eine Entscheidung. Ich stürze mich direkt ins verdammte Feuer, ohne es zu durchdenken. Ich hoffe nur, dass ich nicht verbrannt werde.

»Em«, unterbreche ich. »Wir können unsere Beziehung gerne offiziell machen.«

Er schreckt so schnell zurück, dass sein Kopf gegen das Fenster schlägt. Langsam reibt er sich die schmerzende Stelle und blinzelt mich an.

»Du machst Witze.«

»Nein, das tue ich nicht.«

»Das ist also kein Witz?«

»Em, darüber würde ich nie Witze machen.«

»Aber deine Mutter ...«

»Ich werde es ihr sagen. Versprochen.«

Er sieht mich an und krabbelt dann auf mich, über die Mittelkonsole und in meinen Schoß. Das weckt Erinnerungen an unsere Zeit in der Hütte und als wir auf dem Parkplatz in der Nähe des kleinen Supermarkts rummachten. Es fühlt sich an, als wäre es schon eine halbe Ewigkeit her, obwohl es in Wirklichkeit erst etwas über einen Monat her ist.

Oh Gott, das geht alles so schnell. Mir wird fast schwindelig, aber ich will auch nicht, dass es aufhört.

»Du bist mein *fester Freund*«, haucht Em und lächelt mich an. Ich erwidere sein Lächeln und streiche mit meinem Daumen über seine Wange.

»Ja.«

»Dann scheint es langsam mit meinem Leben aufwärtszugehen. Hallo Welt, ich bin auf dem Weg nach ganz oben«.

Er beugt sich hinunter und drückt mir einen langen Kuss auf den Mund, und mein Herz schwillt an.

»Heißt das, wir können da drin Händchen halten. Die wissen doch über uns Bescheid, oder?«

»Ja, das können wir. Ich habe es Mag erzählt und er erzählt Sem *alles*.«

»Oh, Gott sei Dank«, sagt er, und dann küsst er mich wieder und drückt seine Hüften gegen meine. Ich kann nicht glauben, dass er schon wieder bereit ist zu ficken. Kurz bevor wir aus dem Haus gingen, habe ich ihm unter der Dusche einen geblasen. Er sagte, wenn ich es nicht täte, könnte er sich nicht davon abhalten, mich mitten im Diner zu vögeln. Irgendetwas sagt mir, dass ich ausgetrickst wurde und dass er trotzdem nicht die Finger von mir lassen wird.

Nicht, dass ich mich beschweren würde. Insgeheim liebe ich es, dass er so in mich verliebt ist.

Als ich ein Kribbeln im Nacken spüre, reiße ich meine Lippen von Emerys Mund, drehe meinen Kopf und zucke zusammen, als ich Sem direkt vor meinem Fenster lauern sehe.

»Ernsthaft?« Ich stöhne und kurble das Fenster herunter. Sem und Magnus beobachten uns mit einem amüsierten Grinsen.

»Ein bisschen Privatsphäre wäre toll«, murmle ich und Emery rutscht von meinem Schoß.

»Er ist mein fester Freund. Wir haben es gerade offiziell gemacht«, platzt Emery heraus und ich seufze, schließe meine Augen und lehne meinen Kopf gegen die Kopfstütze.

»Ach ja?«, fragt Magnus, und ich drehe meinen Hals, um meinen besten Freund anzustarren.

»Ja, wir sind am Feiern. Könnt ihr uns also noch ein wenig Privatsphäre geben? Wir kommen raus, sobald wir damit fertig sind.«

Doch bevor Magnus etwas erwidern kann, sehe ich, wie Sems Bruder Luke auftaucht.

Ich habe Luke ein paar Mal in Magnus' und Sems Wohnung getroffen. Manchmal taucht er einfach auf und bleibt eine Weile da.

Ganz in der Nähe von Luke steht ein Mann, den ich nicht kenne. Obwohl sie ungefähr gleich groß sind, könnten die beiden nicht unterschiedlicher sein. Luke sieht immer ein wenig wild und ungepflegt aus. Meistens trägt er zerrissene, ölverschmierte Jeans, Langarmshirts und eine umgedrehte Baseballmütze, ähnlich wie Sem. Aber dieser neue Typ sieht aus, als könnte er ein GQ-Model sein. Er trägt eine maßgeschneiderte schwarze Anzughose, ein graues Hemd und eine Caban-Jacke. Sein dunkles Haar ist perfekt gestylt, und eine modische Brille sitzt auf seiner Nase, während er uns anderen mustert.

Magnus zuckt mit den Schultern. »Luke ist aufgetaucht, als wir gerade gehen wollten. Deshalb ist dies kein Doppeldate mehr. Jetzt ist es ein Dreierdate.«

»Wir sind nicht auf einem Date«, sagt der Mann neben Luke. Luke lacht einfach nur und legt ihm einen Arm um die Schultern.

»Was redest du denn da, Eli? Mach die Situation nicht seltsamer, als sie ohnehin schon ist.«

»Ich bin wahrscheinlich die am wenigsten seltsame Person hier«, sagt Eli, und ich muss lachen.

»Da hat er wohl recht«, flüstert Emery und sieht mich an. »Fast so wie du.«

»Da muss ich widersprechen«, sagt Magnus. »Ich bin überzeugt davon, dass *ich* hier der Normalste von allen bin.«

»Auf gar keinen Fall, Kleiner. Du bist das verrückteste Huhn von allen«, sagt Luke und hebt Magnus hoch. Sem knurrt seinen Bruder an, zieht seinen Mann in seine Arme, um ihn an seine breite Brust zu drücken.

»Fass ihn nicht an, Luke«, murmelt Sem. »Hast du Todessehnsucht?«

Magnus seufzt, als würde das ständig passieren, macht aber keine Anstalten, sich zu wehren. Stattdessen verschränkt er nur seine Knöchel hinter der Taille seines Mannes und schaut zu mir herüber.

»Ich glaube nicht, dass wir noch mehr Privatsphäre bekommen werden«, sage ich und Emery nickt.

»Ich werde sie verzaubern«, antwortet er und klettert von meinem Schoß, stößt die Tür auf und fällt fast aus dem Auto. Als er sich endlich aufrichtet, lächelt er breit.

»Hey«, sagt Emery, fährt sich mit der Hand durch die Haare und streicht sein Hemd glatt. »Ich bin Emery. Euch beide kenn' ich noch nicht.«

Luke wirft mir einen fragenden Blick zu. »Ich bin Luke. Der ältere Bruder von Sem. Und das ist Elliot, mein bester Freund.«

»Ich bin mir nicht sicher, ob das die richtige Bezeichnung für mich ist«, unterbricht Elliot ihn. »Dieser Mann ist einfach eines Tages in mein Leben getreten und jetzt werde ich ihn nicht mehr los.«

Luke zieht Elliot ein wenig näher an sich heran und tätschelt seinen

Kopf. »Insgeheim liebt er mich. Er liebt es, mit mir anzugeben. Mag meine Muskeln. Das hat er mir selbst gesagt.«

Elliot seufzt, schaut zum Himmel und murmelt etwas vor sich hin, macht aber keine Anstalten, sich aus Lukes Arm zu befreien.

»Okay, das ist verdammt peinlich, aber bei dieser Familie wundert mich das nicht«, murmelt Magnus. »Also gut, alle mal herhören. Der Einfachheit halber, das ist August, mein bester Freund. Und seit heute sind er und Emery ein Paar«, fügt er noch etwas lauter hinzu.

»Das ist korrekt. Außerdem sind wir Stiefbrüder. Unsere Beziehung ist also ziemlich skandalös«, fügt Emery hinzu und hakt sich dann bei mir unter. »Aber ja, er gehört ganz und gar mir. Der Sex mit ihm ist absolut umwerfend. Ich meine, seht euch meinen Mr. Rogers nur an. Wer hätte das gedacht? Wirklich unglaublich.«

»Em«, murmle ich, aber er hört nicht zu. Stattdessen schlägt er erst mit Sem und dann mit Luke ein.

»Stille Wasser sind tief, was?«, fragt Luke und mustert Elliot.

»Oh ja, total. Die sind immer für eine Überraschung gut«, sagt Emery und lächelt mich dann an. Scheiße, er strahlt übers ganze Gesicht, wenn er mich ansieht. Ich hätte ihn schon vor Monaten zu meinem festen Freund machen sollen.

Magnus räuspert sich und unterbricht das Gespräch. »Okay, das reicht jetzt. Lasst uns reingehen und uns was zu essen holen. Um zwei Uhr haben wir eine Reservierung zum Lasertag spielen, aber Luke braucht immer eine halbe Ewigkeit, weil er immer entschieden zu viel bestellt. Die Küche braucht Zeit, um seine Bestellung aufzunehmen.«

»Das stimmt. Ich befinde mich noch im Wachstum«, sagt Luke und zerrt den widerwilligen Elliot die Treppe zum Diner hinauf.

»Im Ernst? Lasertag? Wie cool.« Emery hüpft aufgeregt hin und her und sieht dann zu mir rüber. »Darin bin ich sicher unglaublich gut. Ich habe es zwar noch nie ausprobiert, aber ich habe Videos gesehen und es sieht so verdammt lustig aus.«

Sein Lächeln bringt mein Herz dazu, einen Salto nach dem anderen zu machen und ich kann nicht anders, als meine Lippen auf seine Schläfe zu pressen. Magnus, der immer noch von Sem getragen wird, beobachtet uns und grinst mich an. Ich schaue schnell weg.

»*Wir reden später*«, zischt Magnus mir zu, zeigt auf die Treppe und Sem trägt ihn hinein.

»Dann sollten wir wohl auch besser reingehen, was?«, fragt Emery. Ich greife nach seiner Hand, verschränke meine Finger mit seinen und er starrt auf sie herab. Er zieht unsere Hände zu seinen Lippen und drückt meine Finger an seinen Mund.

»Das ist der verdammt beste Tag meines Lebens. Na ja, einer von ihnen. Wahrscheinlich ist jeder Tag mit dir an meiner Seite großartig.«

Als wir uns endlich am Tisch setzen, drückt sich Emery an mich und lehnt seinen Kopf an meine Schulter.

»Bitte mich nur nicht darum, mein Essen mit dir zu teilen. Darin bin ich furchtbar schlecht«, sagt Emery leise. »Aber kann ich einen Bissen von dir haben?«

»Du kannst so viel haben, wie du willst.«

Er lächelt mich an und wendet sich dann an Luke. »Hast du irgendwelche merkwürdigen Tattoos, die du mir zeigen willst?«

Sofort beginnen die beiden ein interessantes Gespräch über Adler und Meerjungfrauen, das ich nur halb mitbekomme, weil Ems Hand auf meinem Oberschenkel liegt und seine Finger mit dem Knopf meiner Jeans spielen. Das macht mich ein wenig nervös.

Selbst als unser Essen auf dem Tisch steht, plappert Emery einfach weiter, während er sich zwischendurch immer von den Tellern der anderen bedient.

»Isst du das noch?«, fragt er Elliot, der seinen Teller zu Emery schiebt und Emery schnappt sich die Dillgurke und nimmt einen großen Bissen.

»Viele Leute mögen diese kleinen Gurken ja nicht, aber ich liebe sie. Ich stelle mir gerne vor, dass es ein kleiner Schwanz ist.«

Er beißt noch ein Stück von der Gurke ab und Elliot starrt ihn halb entsetzt, halb genervt an. Ich verstehe ihn nur zu gut, ich bin selbst noch dabei, mich an Em zu gewöhnen.

»Du wirst dich daran gewöhnen«, sage ich deshalb zu Elliot, tunke ein paar Pommes in die Ketchup-Lache auf meinem Teller und stecke sie mir in den Mund. Ich tunke noch ein paar ein und gebe sie Emery, der sie mir direkt aus den Fingern schnappt, als wäre das völlig normal.

Langsam wird mir klar, dass das alles nicht normal ist, aber ich glaube, damit kann ich leben.

»Hey, Eli«, sagt Luke und öffnet den Mund, als wolle er gefüttert werden, aber Elliot sieht ihn nur finster an.

»Ich werde dich auf keinen Fall füttern. Du bist nicht mein fester Freund.«

Luke grinst ihn an, dann beugt er sich vor und stibitzt Elliot das Sandwich, das er gerade in den Händen hält.

Als er einen großen Bissen davon nimmt, stößt Elliot einen tiefen Seufzer aus.

»Ich habe in meinem Leben einige Fehler gemacht, die zu dem hier geführt haben«, murrt er und Luke grinst ihn an.

»Nein, Mann. Ich bin das Beste, was dir je passiert ist. Das hast du mir letzte Nacht sogar im Schlaf gesagt.«

Magnus rutscht aufgeregt auf seinem Platz hin und her und starrt sie an. »Wie bitte? Ihr beide schlaft miteinander?«

»Nein, das tun wir nicht«, antwortet Elliot knapp.

Luke lacht nur und legt dann einen Arm auf Elliots Stuhllehne.

»Er ist einfach nur schüchtern. Ich schlafe die meisten Nächte in seinem Bett. Es ist verdammt gemütlich. Er hat diese tolle Matratze, die sich anfühlt, als würde man auf einer Wolke schlafen. Anscheinend hat sie zehn Riesen gekostet. Der Kerl ist stinkreich. Er ist Arzt.«

Elliot wirft Luke einen kurzen Blick zu, und ich kann sehen, dass zwischen den beiden definitiv etwas läuft. Allerdings wird mein Blick schnell von Emery angezogen, der, wie üblich, auf seinem Stuhl herumzappelt. »Oh, gute Matratzen sind wirklich superwichtig. Ich meine, wir verbringen unser halbes Leben damit, auf einer zu schlafen ... aber, bevor ich es vergesse, ... ich habe euch allen etwas mitgebracht.« Er greift in seine Kapuzentasche und holt eine Handvoll Lutscher heraus.

Elliot schüttelt den Kopf, als ihm einer angeboten wird, aber Sem nimmt einen, und Luke schnappt sich gleich zwei, entfernt das Plastik und steckt sie gleichzeitig in seinen Mund.

»Verdammt. Die sind echt gut«, stöhnt Luke.

Magnus verdreht nur die Augen und steckt den Lutscher in seine Tasche. »Den hebe ich mir für später auf. Vielleicht braucht Luke ihn noch. Sieht fast so aus, als hätte er deswegen einen Orgasmus.«

Luke bewegt die beiden Lutscher in seinem Mund umher, und Emery sieht mich mit einem süffisanten Grinsen an.

»Und du dachtest, nur *ich* würde Süßigkeiten lieben«, sagt er mir.

Ich lache und Emery strahlt mich an.

Wenige Sekunden später steht Magnus auf und klatscht in die Hände, als würde er versuchen, die Aufmerksamkeit seiner Kindergartenkinder zu gewinnen. Um ehrlich zu sein, ähneln wir ihnen manchmal.

»Also gut, hört zu. Wir müssen *jetzt* los. Wir brauchen etwa fünfzehn Minuten zum Lasertag und wir müssen uns noch anmelden ... Luke, mach das nicht mit deinem Lutscher. Das ist unhygienisch.«

Elliot sieht Luke an und seufzt. »Für eine Flucht ist es jetzt wohl zu spät, was?«

»Scheiße ja. Du hast mich den ganzen verdammten Tag an der Backe«, antwortet Luke.

»Gut, aber meine Schwestern dürfen nichts davon erfahren«, sagt Elliot.

»Zu spät«, sagt Luke und Elliot stöhnt.

———

Nachdem wir uns angemeldet haben, teilen wir uns in zwei Teams auf, um *»bis zum Tod zu kämpfen«*, wie Luke es nannte. Magnus, Elliot und ich sind in einem Team und spielen gegen Sem, Luke und Emery. Das war Fehler Nummer eins. Es war eine schlechte Entscheidung, die drei ein Team bilden zu lassen, denn zusammen sind sie *wild*. Ich kann sie von dort, wo ich stehe, lachen hören. Sem hat sich sogar eine Kriegsbemalung ins Gesicht gemalt und Emery scheint irgendwo sein Hemd verloren zu haben.

Ist das ein Wolfsheulen, was Luke da ausstößt?

»Die haben wohl vergessen, dass es sich hier nur um Lasertag und nicht um einen richtigen Krieg handelt«, sagt Magnus, und ich fahre mir mit der Hand durchs Haar.

»Ja, das ist überaus peinlich. Sie werden uns vernichten«, antworte ich und lasse mich neben Magnus, der ein wenig rot im Gesicht ist, auf die Knie sinken.

»Ja, das könnte sein, aber ich habe einen Plan. Wir müssen ihnen nur zeigen, wer der Boss ist. Zuerst müssen wir Luke ausschalten. Er ist ihr Joker.«

Wir drehen uns beide um und starren Elliot an, der seine Laserpistole wie eine schmutzige Serviette schwingt.

»Was? Warum sehr ihr mich so an?«, fragt er und Magnus seufzt.

»Zeig ihm, wer der Boss ist, Elliot«, antwortet Magnus. »Lenk ihn ab. Tu irgendetwas. Wenn du es schaffst, ihn abzulenken, können wir die anderen ausschalten. Sem wird nicht auf mich schießen, und ich glaube, Emery wird August einfach anspringen, wenn er ihm zu nahekommt. Dieser Mann scheint aktuell nur an *eine* Sache zu denken. Er braucht August nur zu riechen, und schon ist er hin und weg.«

Elliot zieht eine Augenbraue hoch, und ich zucke mit den Schultern. »Klingt nach einem Plan.«

»Gut, ich mache mit, weil ich ein Teamplayer bin, aber danach brauche ich einen Drink. Einen großen Drink«, brummt Elliot und schlendert davon. Er beeilt sich nicht einmal, sondern geht einfach zu Luke hinüber, der die Brust aufbläht und wie ein Werwolf heult.

Das kann nicht gut für uns ausgehen.

Wobei ich mir auch nicht sicher bin, *wie* es ausgehen wird.

»Wir haben gewonnen, verdammt!« Magnus jauchzt und springt Sem in die Arme. Sem drückt seinen Mann an seine Brust und sein Gesicht an Magnus' Hals.

»Ja, Maggie. Ich wusste, dass ihr gewinnen würdet.«

Emery lehnt sich an mich und rollt ein Bonbon über seine Zunge. Mittlerweile trägt er meinen Pullover, weil er natürlich nicht mehr weiß, wo er sein Hemd gelassen hat.

»Willst du einen bestimmten Preis von mir, wenn wir nach Hause kommen?«, fragt er, während er sich auf die Zehenspitzen stellt und an meinem Ohr knabbert. »Wie wäre es, wenn ich dir meine Zunge wieder in den Arsch stecke. Meinem *festen* Freund dabei zuzusehen, wie er sich immer wieder bückt, hat meinen Schwanz hart gemacht.«

Bevor ich antworten kann, treten Luke und Elliot hinter einem großen Heuballen zu unserer Rechten hervor.

Alle Köpfe drehen sich und starren die beiden an, weil Luke ... ziemlich durcheinander aussieht. Und er scheint nicht der Typ zu sein, der sich von irgendetwas aus der Ruhe bringen lässt.

»Hey, Mann, geht es dir gut?«, fragt Emery ein wenig besorgt und Luke öffnet den Mund, um ihn dann wieder zu schließen.

»Er hat ... mir hinter einem Heuballen einen runtergeholt.«

Wir drehen uns alle zu Elliot um, der sich in den Nasenrücken kneift und seufzt.

»Nein. Ich habe aus Versehen deinen Schwanz berührt. Es gab keine Bewegungen aus dem Handgelenk.«

Luke starrt nur. »Du hast nach unten gegriffen und ihn dir geschnappt, Eli. Gib's zu.«

»Wie ich schon sagte, es war ein Versehen, Luke.«

»Nein, das hast du mit Absicht gemacht. Und zwar nur, damit dein Team gewinnt. Du hinterhältiges Arschloch.«

»Nein, es war keine Absicht. Du hast dich bewegt und meine Hand ist abgerutscht.«

Luke blickt auf seinen Schritt hinunter, und wir anderen folgen seinem Blick.

»Du willst mich wohl verarschen? Ich habe dich kaum angefasst«, brummt Elliot. »Luke van Beek, mach dich sauber. Sofort.«

Lukes Augen schießen hoch und treffen auf die von Elliot.

»Ist das etwa ein Befehl, Eli?«

»Gut erkannt und jetzt geh.«

Luke murmelt etwas vor sich hin und schlendert dann in Richtung Toiletten, wobei er sich mit einer Hand im Nacken reibt.

Alle drehen sich um, um Elliot anzustarren, und dann hebt Sem seine Hand.

Elliot starrt ihn einfach nur an. »Und was soll ich damit machen?«

»Einschlagen«, sagt Emery und zeigt es ihm, indem er mit Sem einschlägt.

»Ich denke, ich verzichte. Ich muss ... ich muss jetzt gehen.«

Elliot nickt jedem von uns zu und geht dann dorthin, wo Luke verschwunden ist.

»Okay, das habe ich wirklich nicht erwartet«, sagt Magnus. »Als ich sagte, er solle ihm zeigen, wer der Boss ist, meinte ich nicht *so*.«

Emery nickt. »Hey, aber wenn jemand Luke zeigen kann, wer der

Boss ist, dann dieser Typ. Wahrscheinlich ist er im wirklichen Leben schon ziemlich dominant. So sieht er zumindest aus. Ganz ernst und so. Ich wette, es macht ihn an, Leute herumzukommandieren. Wahrscheinlich hat er so etwas gesagt wie: ›Auf die Knie mit dir, Luke‹, und Luke hat einfach gehorcht.«

Wir alle starren Emery an, seine Stimme verstummt und er wippt auf seinen Füßen. »Na ja, vielleicht auch nicht. Hört nicht auf mich. Manchmal kommt es einfach so aus mir heraus. Ich bin ein schlechter Menschenkenner.«

»Okay, das ist genug Wahnsinn für heute. Wir sollten gehen«, sagt Magnus und drückt seinen Mund auf den von Sem. »Ich muss noch ein paar Sachen für die Uni machen und ich brauche Zeit, um zu verarbeiten, was ich gerade gesehen habe.«

Als Emery und ich wieder in meinen Geländewagen steigen, wendet er sich mir zu und verschränkt seine Hand mit meiner. Dann sehen seine großen braunen Augen in meine.

»Glaubst du, sie mögen mich?«

»Ja, Em. Ich glaube, sie lieben dich.«

KAPITEL DREIZEHN

EMERY

Als ich von meinem Therapietermin nach Hause komme, habe ich alle möglichen Pläne für August. In letzter Zeit spreche ich in meinen einstündigen Sitzungen mit Dr. K. immer nur über ihn. Darüber, wie verletzlich und offen ich ihm gegenüber bin. Darüber, wie es sich anfühlt, mich einfach auf jemand anderen *einzulassen*. Und darüber, dass manche Risiken es wert sind eingegangen zu werden.

Er ist mein *fester Freund*.

Ich kann es immer noch nicht fassen – kann nicht glauben, dass er mich will.

Es geht ihm noch nicht einmal nur um den Sex. Er scheint *mich* zu mögen. Er hat nicht ein einziges Mal seine Stimme erhoben oder mir ein schlechtes Gewissen wegen meines ADHS-Gehirns und meiner Vergesslichkeit gemacht. Und verdammt, er lächelt mich die ganze Zeit an. Ich glaube, dass er mich liebt. Na ja, ich hoffe es zumindest. Es könnte natürlich auch alles Einbildung meinerseits sein.

Tatsächlich ertappe ich ihn ziemlich oft dabei, wie er mich anschaut, als würde er mich vergöttern. Es war offenbar kein Scherz, als er meinte, dass er mich so akzeptiert, wie ich bin.

Für ihn möchte ich ein besserer Mensch sein.

Boyfriend: Wann kommst du nach Hause?

Oh, er kann es offenbar kaum erwarten. Er ist so still, aber verdammt, er bettelt auf seine eigene Art darum. Manchmal sieht er mich an, und ich weiß, dass er mich in sich haben will. Er ist vielleicht nicht so lautstark wie ich, aber er lässt mich wissen, wenn er bereit ist. Es ist die Art, wie seine Augen mich mustern, wie er an seiner Unterlippe knabbert oder mich berührt.

Ich bin gut darin geworden, ihn zu lesen. Mittlerweile haben wir meine Kama-Sutra-Liste einmal durch.

Als ich August kennenlernte, wollte ich seine unperfekte Seite sehen, und das ist mir auch mehrmals gelungen. Zweimal unter der Dusche und einmal mit ihm über die Couch gebeugt. Oh Gott, der Sex auf der Couch war wirklich unglaublich. Das war direkt nach dem Lasertag letzte Woche. Er hat gegrunzt und gestöhnt, und ich habe auf ihm abgespritzt. Möglicherweise hat die Couch auch ein paar Flecken abbekommen … die sollte ich besser reinigen, bevor jemand fragt, was das für Flecken sind.

Mein Handy piept, und ich rutsche aufgeregt auf dem Rücksitz des Ubers hin und her.

Ich: Ich habe gerade eine Benachrichtigung bekommen, dass ein Paket vor unserer Tür abgelegt wurde. Kannst du es reinholen?
Boyfriend: Schon erledigt.
Ich: Oh gut. Öffne es.
Ich: Warte auf dem Küchentisch auf mich. Nackt.
Ich: Bis auf deinen Cardigan.
Ich: Oh, und bereite deinen Arsch schon mal vor. Ich habe dich vermisst. Ich möchte einfach zur Tür reinkommen, meine Hose öffnen und in dir sein.
Boyfriend: Wir haben kein Gleitmittel mehr.

»Verdammt«, fluche ich und beuge mich vor. »Hey, können Sie vielleicht schnell bei der Apotheke da vorne anhalten? Ich muss nur schnell etwas besorgen. Dauert nur zwei Minuten.«

Meine Fahrerin nickt und wir fahren auf den Parkplatz. Ich springe aus dem Wagen und laufe im Zickzack durch zehn Gänge. Warum gibt es Damenbinden in zwölf verschiedenen Größen? Haben nicht alle Vaginas ungefähr die gleiche Größe? Das sollte ich mal Augusts Mutter fragen. Warum sind diese Läden nur so schrecklich groß? Verstehen die nicht, dass ich es eilig habe? Keiner hat Zeit für so einen Scheiß.

Als ich endlich den Gang mit den interessanten Sachen finde, nehme ich sicherheitshalber drei Tuben mit. Oder besser fünf. Warum nicht gleich sechs?

Wir ficken so oft, dass wir das Gleitgel auf jeden Fall brauchen werden.

Ich schaffe es mit den Tuben in den Armen zur Kasse, und die Frau dahinter beäugt mich neugierig.

Ich zucke mit den Schultern. »Mein Mann ist einfach unersättlich«, sage ich, und sie schaut schnell zu Boden.

Wie auch immer. Wahrscheinlich waren das schon zu viel Informationen, aber ich bin einfach so verdammt aufgeregt. Sex mit August ist nie langweilig. Vielleicht braucht diese alte Hexe auch welchen.

Ich reiße ihr die kilometerlange Quittung aus der Hand, als sie mit dem Kassieren fertig ist.

»Dafür sind sicher einige Bäume gestorben«, sage ich und grinse sie an.

Sie verdreht nur die Augen, und ich zerknülle den Bon und werfe ihn in die Tasche, die sie mir reicht.

»Tschüss«, sage ich und verlasse den Laden.

Und da höre ich sie schon. Eine vertraute Stimme.

Diese *Stimme*.

Ich drehe meinen Kopf und sehe einen Mann, der telefoniert, und mir wird ganz flau im Magen. Er ist es nicht, aber seine Stimme kommt mir so bekannt vor. Bilder prasseln auf mich ein, und ich schlucke die Galle, die mir in die Kehle steigt, herunter, als ich seine Hände sehe, seinen fauligen Atem rieche und sein schweres Gewicht auf meinem Rücken spüre.

Verdammt.

Jetzt bekomme ich wirklich Panik. Warum passiert mir das nur immer? Wird es jemals aufhören oder bin ich für den Rest meines Lebens zu dieser Scheiße verdammt?

Mein ganzer Körper bricht in Schweiß aus und ich stolpere zum wartenden Uber. Ich fummele am Griff herum und falle hinein.

»Fahren Sie los. Schnell!«, sage ich und lehne dann meinen Kopf zwischen meine Beine und atme.

Dr. K hat mir schon früh einige Atemübungen beigebracht, die mir bei Panikattacken helfen, und ich habe sie bisher nur mit mäßigem Erfolg angewendet. Ich atme tief durch die Nase ein und dann durch den Mund aus.

Ich muss mich konzentrieren.

Ich sehe fünf verschiedene Dinge, rieche vier verschiedene Dinge, höre drei verschiedene Dinge ...

»Hey, ist alles in Ordnung?«, fragt die Frau und wirft mir einen nervösen Blick zu. Ich nicke und spüre, wie mein ganzer Körper kribbelt. Ich kann mein Gesicht nicht mehr spüren und meine Hände zwicken. Mein Herz schlägt wie wild in meiner Brust.

»Alles gut«, sage ich und gehe die Übungen noch einmal durch, bis ich aus dem Auto und ins Haus stolpere.

August sitzt auf dem Küchentisch und trägt tatsächlich nur seinen verdammten Cardigan, aber in dem Moment, in dem er mich sieht, vergeht ihm das Lächeln, und er kommt sofort auf mich zu und zieht mich an sich.

»Em, Baby. Was ist passiert?«

Ich presse mein Gesicht in seinen Nacken und atme seinen Duft ein.

August wiegt meinen Kopf in seiner Hand und zieht uns zur Couch.

Wir lassen uns auf die Kissen fallen, wobei ich mich immer noch verzweifelt an ihn klammere.

Ich brauche ihn in meiner Nähe.

»Sprich einfach mit mir«, flüstere ich. »Hör nicht auf.«

August streicht mir mit der Hand durchs Haar und redet beruhigend auf mich ein. Er erzählt mir von seiner Kindheit, von seinen Haustieren, seiner Mutter, seinem Vater und Magnus. Von seinem ersten Kuss, seinen früheren Freundinnen. Von unserem Kennenlernen. Unserem Sex. Ich nehme alles in mich auf – seinen Duft, das Gefühl, das er ausstrahlt. Seine Stimme – so beruhigend, dass sie alles andere übertönt – und die

Bilder in meinem Kopf lösen sich langsam auf. Ich spüre, wie sich mein Körper entspannt, bis ich wie Wachs in seinen Armen liege.

»Em«, sagt er und seine Stimme ist heiser, weil er schon so lange spricht.

Ich seufze und presse meine Lippen auf sein Handgelenk.

»Tut mir leid.«

»Dafür brauchst du dich doch nicht entschuldigen«, sagt er. »Was ist passiert?«

»Ich habe eine Stimme gehört ... eine bekannte Stimme. Eine, die mir wehgetan hat, als ich ein Kind war ... ich ...« Ich lehne mich ein wenig zurück und meine Lippen berühren seine. »Ich brauche dich«, flüstere ich dann.

»Natürlich. Ich bin für dich da. Immer«, sagt er, und ich drücke ihn fester an mich. Und in diesem Moment weiß ich es einfach. *Das* ist es, was ich will.

»Ich möchte mir zurückholen, was mir gehört, und das will ich mit dir tun, August. Ich möchte mein erstes Mal mit dir haben.«

»Ja.«

Es ist zwar nur ein einfaches Wort, aber es ist lebensverändernd. Ich löse mich von ihm und ergreife seine Hand. Seine starken Finger verschränken sich mit meinen und wir gehen ins Schlafzimmer.

Ich schiebe ihn sanft auf unser Bett und er lässt sich bereitwillig fallen, wobei sein Cardigan offen an seiner starken Brust hängt. Ich streiche mit meinen Fingern über seine Haut, und er seufzt, sein nackter Schwanz reckt sich mir entgegen.

Mein Magen rumort und ich atme zittrig aus. Denn verdammt, ich bin nervös, aber gleichzeitig fühlt es sich auch so *richtig* an. Es ist meine Entscheidung, ich treffe sie vollkommen allein und *er* ist bei mir.

Ich greife nach dem Gleitmittel, das ich gerade gekauft habe, träufle es auf seinen Schwanz und gleite mit meinen Fingern seinen dicken Schaft auf und ab. August stöhnt auf, als ich ihn berühre und dann platziere ich ihn direkt an meinem Eingang und seine Augen weiten sich.

»Em«, haucht er, als er merkt, was ich vorhabe.

Ich lasse mich auf ihn herab und nehme ihn ganz leicht in mir auf. Mit August ist alles leicht, nicht wahr? Ich weiß nicht, warum das hier anders sein sollte.

»Ich brauche das«, sage ich, während er mich langsam ausfüllt und mich so weit dehnt, dass ich kaum mehr atmen kann.

»Em«, keucht er, seine Hände greifen nach meinen Hüften, aber er bewegt sich nicht. Er liegt einfach still da, während ich ihn ganz in mir aufnehme.

Als ich es geschafft habe, atme ich tief durch. Ich muss das alles erst mal auf mich wirken lassen. Ich greife nach ihm und ziehe ihn an mich heran. Wir sind jetzt Brust an Brust und die Position drückt ihn weiter in mich hinein.

»Ich will dich hören«, zische ich. »Es kann hier nicht nur um mich gehen, August. Lass mich hören, was du fühlst. Ich *brauche* dich. Alles von dir.«

Er keucht und stöhnt dann, als ich meine Hüften nach vorn rolle.

Seine Hände streicheln mein Gesicht und seine Lippen berühren meine, während wir einfach atmen und ich mein *erstes Mal* mit ihm erlebe.

»Em«, sagt er, mein Name auf seinen Lippen, ein erstickter, gebrochener Klang. Seine Augen sind auf meine gerichtet, und ich weigere mich, den Blick abzuwenden, während ich mich auf seinem Schwanz bewege.

»Du musstest es sein«, sage ich. »Das ist mir jetzt klar.«

Er keucht und stöhnt, während ich mich an seinem harten Schaft auf und ab bewege. Er füllt und dehnt mich einfach perfekt aus. Das ist so anders, als alles, was ich zuvor erlebt habe. So viel besser. So sollte es *eigentlich* sein.

Natürlich ist es besser. Das hier ist *August*.

Sein Stöhnen hallt um uns herum und vermischt sich mit meinem, aber wir sehen uns ununterbrochen an. Wir keuchen, unsere Hände klammern sich aneinander, unsere Augen sind geschlossen.

Er verdrängt meine Vergangenheit. Er ersetzt sie durch ihn.

Meine Zukunft.

»Das ist so gut«, keucht er. »Du fühlst dich so gut an, Em. Du bist so verdammt perfekt.«

Diese Worte. Ich kann spüren, wie sie sich in mein Herz einprägen. Tränen laufen mir über die Wangen.

»Nicht weinen, Em«, sagt er mit brüchiger Stimme. »Schhh, nicht weinen.«

Ich bewege mich auf und ab und kann nichts anderes tun als fühlen. Es ist die Art, wie seine Daumen die Tränen wegwischen, die Art, wie er mich dehnt, der Geschmack von ihm in meinem Mund ...

»Oh Gott«, flüstert er und dann bewege ich mich schneller, weil ich weiß, dass er kurz davor ist. Er krallt sich in meinen Hintern und zittert, und dann spüre ich es – sein Sperma füllt mich aus, markiert mich, und ich will es für immer in mir behalten. Ein Stück von ihm.

»Em«, haucht er und drückt mich fest an sich. »Du bist immer noch hart. Lass mich dir helfen. Ich will es.«

Ich schniefe, begegne seinem Blick und stoße ein kleines Lachen aus. »Du trägst immer noch diesen Cardigan.«

August streift mit seiner Nase über meine und küsst mich sanft.

»Für dich würde ich alles tun. Das solltest du langsam wissen.«

Ich spüre, wie er aus mir herausrutscht, und drücke seinen Rücken gegen das Bett.

»Ich weiß«, sage ich und wünsche mir, dass er stattdessen drei andere kleine Worte zu mir sagt.

Aber er tut es nicht. Er zieht einfach seine Beine an die Brust und öffnet sich für mich.

Als ich eine Weile später meinen Kopf auf seine Brust lege, spüre ich, wie meine Augenlider schwer werden.

»Danke«, sage ich, obwohl er schon schläft. »Du veränderst mein ganzes Leben.«

Er atmet gleichmäßig und ich kann sein verdammtes Herz unter meinem Ohr schlagen hören.

»Ich liebe dich«, flüstere ich. »Ich werde dich immer lieben.«

Ich drücke einen Kuss auf seine Haut. »Vielleicht wirst du eines Tages dasselbe fühlen.«

KAPITEL VIERZEHN

AUGUST

Seit dieser Nacht hat sich viel verändert. Er ist immer noch derselbe Emery, der, der mir in den vergangenen Wochen so wichtig geworden ist, aber in letzter Zeit ist er beinahe schüchtern. Gestern redete er ununterbrochen über irgendein Handyspiel, und dann hörte er plötzlich auf, starrte mich einfach an und wurde rot. Oder heute Morgen, als ich ihm eine Schüssel Müsli gab, bevor ich zur Uni fuhr, wischte er sich mit der Hand über den Mund und flüsterte etwas, das ich nicht verstehen konnte.

Ich möchte wissen, was er mir sagen will.

Ich möchte alles über ihn wissen.

Ich will nur ihn.

»Mom«, sage ich mit einer Selbstsicherheit, die ich nicht spüre. »Ich bin bi und Emery ist mein fester Freund.«

Ich betrachte mich im Rückspiegel, seufze und versuche es erneut.

»Mom. Ich bin bi und ich habe Sex mit Emery.«

Ich schüttle den Kopf.

»Mom, ich muss dir etwas sagen. Ich bin in Emery verliebt. Oh, und ich bin bi. Wir treiben es wie die Karnickel.«

Verdammt, warum ist das nur so schwer?

Noch einmal.

»Mom, ich bin bi und Emery und ich sind zusammen.«

Das gefällt mir am besten. Ich kann ihr nicht sagen, dass ich in Emery verliebt bin, wenn ich das noch nicht zu ihm gesagt habe.

Das muss ich dringend tun. Er muss es hören.

Er muss wissen, was ich für ihn empfinde. Ich konnte mir meine Gefühle vielleicht nicht so schnell eingestehen wie er, aber nach dieser Nacht weiß ich, dass es kein Zurück mehr gibt. Er gehört zu mir.

Als mein Handy piept, werfe ich einen Blick darauf. Mein Herz schlägt schneller, als ich sehe, dass die Nachricht von Emery ist.

Emery: Wann bist du zu Hause?

Emery: Ich habe Abendessen gemacht und dabei nicht das Haus niedergebrannt.

Emery: Diese neuen Pfannen, die du mir gekauft hast, sind unglaublich. Sie sind wirklich feuerfest, wie du gesagt hast.

Ich: Gern geschehen, Em.

Ich: Und ich bin in etwa fünfzehn Minuten zu Hause.

Emery: Oh, denk daran, dass unsere Eltern auch kommen werden. Wir sollten uns also etwas zurückhalten.

Emery: Du solltest also nicht einfach nackt hereinkommen.

Ich: Zur Kenntnis genommen.

Emery: Ich kann es kaum erwarten, dich zu sehen.

Als ich zu Hause ankomme, schaue ich mich um und freue mich über die kleinen Veränderungen, die ich langsam überall in unserem Haus bemerke. Emery hat es sich hier langsam gemütlich gemacht und ich finde es toll, dass er sich wohl genug fühlt, um wirklich einzuziehen. An den Wänden kleben ein paar Haftnotizen, die meisten von Emery, aber auch ein paar von mir, die ihn an Dinge erinnern, die im Haus erledigt werden müssen oder an seine Termine.

Ich werfe einen Blick auf die Plastiktüte, die an meinem Handgelenk hängt. Darin befinden sich zwei elektronische Türschlösser, die ich heute gekauft habe und an beiden Türen anbringen werde, weil Emery ständig seine Schlüssel verlegt. Er wird sicher begeistert sein, wenn er sieht, dass ich das für ihn getan habe.

Es gefällt mir einfach, ihn zum Lächeln zu bringen.

Mein Blick fällt auf die beiden kleinen Kissen mit den aufgestickten Zitaten, die auf der Couch liegen. Die kamen vor zwei Tagen mit der Post. Verlegen zog Emery sie aus der Schachtel.

»Ich kann sie nicht zurückgeben, auch nicht, wenn du sie hasst«, hatte er gesagt. »Die wirst du so schnell nicht mehr los, genauso wenig wie mich.«

Ich hatte sie ihm behutsam aus der Hand genommen und direkt auf die Couch gelegt.

»Hey, Em«, sage ich, gehe in die Küche und sehe, wie sein Handy und sein iPad neben ihm liegen, während er etwas in einem Topf umrührt.

»Sie sind noch nicht da«, sagt er und sieht zu mir herüber, woraufhin ich eine Augenbraue hochziehe.

»Du bist also doch Multitasking-fähig? Das schockiert mich jetzt«, sage ich, und er grinst, während ihm ein Lutscher aus dem Mund ragt.

»Ich werde immer besser darin«, sagt er, und ich schaue hinüber und sehe einen halb gefalteten Wäschestapel auf dem Küchentisch. Ich gehe darauf zu und mache mich daran, den Rest zu falten.

»Ich bin noch nicht fertig«, sagt er und schlingt seine Arme um mich.

»Wie war dein Tag?«, fragt er leise.

»Lang«, murmle ich und drücke ihm einen Kuss auf den Mundwinkel. »Aber ich bin froh, zu Hause zu sein.«

»Ja«, sagt er, nimmt den Lutscher aus dem Mund und mustert mich von Kopf bis Fuß. »Oh Gott, ich will dich einfach nur ficken, aber das geht nicht, weil unsere Eltern fast da sind. Wir haben nicht einmal mehr Zeit für einen Quickie.«

Er beäugt das Essen unglücklich und ich kichere.

»Ein paar Stunden wirst du es wohl noch aushalten, Em.«

»Vielleicht«, sagt er, während er sich vier Teller schnappt. »Hast du Hunger? Ich habe nämlich ein Festmahl vorbereitet.«

Ich werfe einen Blick auf die Pasta, den Salat und sehe etwas aufge-schnittenes Brot in einer Schüssel.

»Du bist wirklich unglaublich«, sage ich und Emery errötet. Dann schaltet er den Herd aus, kommt auf mich zu und küsst mich sanft.

»Ich habe zwar eine Zutat vergessen, aber ich hoffe, es schmeckt trotzdem gut.«

»Da bin ich mir ganz sicher«, antworte ich und werfe einen Blick auf den Küchentisch.

»Wir räumen das besser weg, damit wir Platz zum Essen haben«, sage ich, und er nickt, hilft mir, die restlichen Klamotten zu falten und sie ins Schlafzimmer zu bringen, kurz bevor meine Mutter und Thomas hereinkommen.

»Hey, Leute«, sagt meine Mutter und zieht uns beide in eine Umarmung. »Danke, dass wir an einem Freitagabend mit euch abhängen dürfen.«

Ich umarme Thomas kurz und sehe dann völlig ungläubig zu, wie Emery ihn ebenfalls umarmt und ihm dann auch noch auf den Rücken klopft. Es ist eine dieser unbeholfenen Männerumarmungen, aber die Art und Weise, wie Thomas sich räuspert, lässt mich glauben, dass er den Tränen nahe ist. Er spürt die Bedeutung, die dahintersteckt. Ich habe noch nie erlebt, dass Emery sich ihm gegenüber so verhalten hat.

»Hey«, sagt Emery, ohne seinem Vater in die Augen zu sehen. »Schön, dass ihr hier seid.«

Meine Mutter ergreift Thomas' Hand und drückt sie.

»Und wie läuft das Zusammenleben? Klappt es?«, fragt sie uns, um das Gespräch weiterzuführen.

Ich hole ein paar Gläser aus dem Schrank und fülle sie mit Wasser.

»Ja, wir verstehen uns gut«, sage ich, und Emery schnaubt, während er in Richtung des Tisches gestikuliert.

»Es gibt niemanden, der nicht mit August klarkommen würde«, sagt er. »Er ist ein Traum. Der netteste Mensch, der je auf dieser Welt gewandelt ist. Da hätte selbst Jesus nicht mithalten können.«

Meine Mutter lacht und Emery strahlt und ich muss mich zusammenreißen, um nicht die Hand nach ihm auszustrecken und ihn an mich zu ziehen. Ich muss es ihr sagen. Ich werde es ihr sagen. Nach dem Essen. Vielleicht auch nach dem Dessert. Aber auf jeden Fall heute Abend.

Ich muss es tun.

Meine Mutter und Thomas nehmen sich jeweils einen Teller und greifen nach dem Essen, was Em für uns alle vorbereitet hat. Als wir alle am Tisch sitzen und essen, räuspert sich Thomas. »Ich wollte mit euch über etwas reden ...«

Meine Mutter schüttelt den Kopf. »Thomas, wir haben gesagt, *nach* dem Essen.«

Emery legt seine Gabel ab und sieht seinen Vater an, dann meine Mutter und dann mich. »Jetzt könnt ihr nicht mehr warten, sonst werde ich keinen einzigen Bissen mehr herunterbekommen. Das liegt an meinen Angstzuständen.«

Thomas schaut etwas verlegen drein. »Tut mir leid, ich hätte warten sollen, aber ich ... ich habe mich mit deiner Mutter getroffen.«

Ich greife nach Emerys Nacken und drücke sanft zu. Es ist mir egal, wie es aussieht. Er braucht das. Meine Mutter schaut kurz auf meine Hand, aber dann schaut sie wieder weg.

»Sie sagte, sie sei nur zu dir gekommen, um mit dir zu reden. Sie macht einen Entzug und wollte um Vergebung für alles bitten.«

»Ich werde ihr niemals vergeben«, flüstert Emery und Thomas räuspert sich.

»Ja, das habe ich ihr auch gesagt. Sie wird dich nicht mehr belästigen. Sie weiß von der einstweiligen Verfügung und hat versprochen, sich fernzuhalten. Und wenn sie das nicht tut, dann sag mir Bescheid, okay? Ich bin für dich da.«

Jetzt sieht Emery Thomas direkt in die Augen. »Danke, Dad«, flüstert er.

Ein schweres Schweigen legt sich über uns alle. Thomas starrt seinen Sohn an und Emery zappelt nervös auf seinem Stuhl herum. Ich nehme meine Hand aus seinem Nacken, während wir uns alle nur unbeholfen anstarren.

»Scheiße, ich brauche ...«, murmelt Emery schließlich, schiebt seinen Stuhl zurück und verschwindet aus dem Raum. Thomas blinzelt heftig, seine Hände klammern sich an die Tischplatte.

»Ich glaube ... gebt mir nur eine Sekunde«, sage ich zu meiner Mutter, denn es sieht so aus, als bräuchten unsere Eltern ebenfalls eine Chance, das zu verarbeiten. Also folge ich Emery den Flur entlang und in unser Zimmer.

»Em«, sage ich, als ich sehe, wie er an der Wand lehnt, den Kopf in den Händen.

»Das war dumm von mir, nicht wahr? Ich hätte mit dieser Bombe warten sollen. Ich habe es die ganze Woche mit Dr. K. geübt, aber wusste einfach nicht, wann der beste Zeitpunkt ist, damit herauszuplatzen.«

»Nein, der Zeitpunkt war perfekt«, sage ich, greife nach seinen Händen und ziehe sie von seinem Gesicht weg. Ich hebe sein Kinn an, damit er mich ansieht. »Thomas hat es gefallen. Wahrscheinlich weint er in diesem Moment gerade in seine Pasta.«

Emery stößt ein ersticktes Lachen aus.

»Dieser Mann sieht dich an, als könnte er nicht stolzer auf seinen Sohn sein. Er weiß nur nicht, wie er es dir sagen soll. Aber du gibst ihm eine Chance. Ihr beide habt eine Chance verdient.«

»Ja«, schnieft Emery. »Er gibt sich wirklich Mühe. Das sehe ich jetzt. Er hat keinen einzigen Termin der Familientherapie versäumt und ... ich hätte nicht erwartet, dass er so hilfsbereit ist.«

Ich streiche mit dem Daumen über seine Wange. »So sollten sich Eltern normalerweise auch verhalten. Er liebt dich.«

Emerys dunkle Augen treffen meine. »Ja, das glaube ich langsam auch.«

Ich drücke ihm einen sanften Kuss auf die Lippen.

»Lass uns wieder rausgehen und diesen Abend zu Ende bringen. Dann hast du mich ganz für dich allein.«

Emery blickt zu mir auf. »Und dann kann ich alles mit dir machen, was ich will?«

Mein Schwanz zuckt in meiner Hose und ich nicke. »Ja.«

Als wir beide in die Küche kommen, wischt sich Thomas über die Augen und meine Mutter schnieft. Emery nimmt Platz, und ich beobachte, wie er sich an seine Gabel klammert. Nach wenigen Sekunden kann er nicht mehr an sich halten. »Ich bereue nicht, dass ich es gesagt habe, auch wenn die Situation nun etwas komisch ist. Ich bereue *gar nichts*. Dr. K. sagt, ich solle dich an meinem Leben teilhaben lassen, also versuche ich es. Ich meine, wir kennen uns mittlerweile seit sieben Jahren. Wurde auch langsam Zeit, oder?«

Thomas blinzelt einmal und sieht Em direkt in die Augen. Dann nickt er. »Ja, mein Sohn. Da hast du recht.«

Oh Scheiße, jetzt fangen auch meine Augen an zu brennen. Ich wende mich ab, greife nach dem Griff des Eisfachs und ziehe es auf. Ich versuche, mich zusammenzureißen.

»Anscheinend gibt es jetzt schon Nachtisch«, sagt Emery, und ich schaue zu ihm hinüber, und er lächelt mich an. »Wir haben Eis am Stiel. August hat mir extra Eis gekauft, das wenig Zucker enthält. Ich kann gar nicht genug davon bekommen. Vergangene Woche habe ich vier Packungen gegessen. Mein Blutzuckermessgerät hat verrückt gespielt.«

Ich stoße ein Lachen aus und sein Blick wird sanfter. Verdammt, ich muss es meiner Mutter sagen, es ihr einfach erzählen. Aber ich tue es nicht. Ich drehe mich zu ihr um und sie sieht so verdammt glücklich aus, dass ich die Worte nicht herausbekomme. Was, wenn ich ihr damit den Abend verderbe? Was, wenn sie es nicht gutheißt?

Jetzt helfen mir auch all meine Vorbereitungen nicht mehr. Ich habe die Fähigkeit zu sprechen verloren.

»Welche Farbe willst du, Lisa?«, fragt Emery, ohne mein inneres Dilemma zu bemerken. Wenn er es täte, hätte ich vielleicht den Mut, es zu sagen. Es zuzugeben. Aber er tut es nicht, also verstecke ich es weiter.

Nur noch einen Tag.

Morgen werde ich es ihr sagen.

———

»Oh Gott, du hast das ganze Abendessen über so gut ausgesehen, und was du mit dem Eis am Stiel gemacht hast, war fast schon obszön«, sagt Emery, schließt die Haustür ab und ergreift meine Hand. Obwohl er sein Eis bereits aufgegessen hat, hängt ihm immer noch der Holzstiel aus dem Mund.

»Ich habe wirklich große Lust auf Sex«, sagt er, und plötzlich fühle ich mich verdammt schuldig.

»Ich habe es ihr nicht gesagt«, rufe ich, und Emery zieht den Stiel langsam aus seinem Mund. »Ich habe dich nicht verdient. Ich habe es ihr nicht gesagt.«

»Warte, was? Du wolltest es ihr sagen? Das mit uns? Heute Abend? Warum hast du mir das nicht erzählt?«

»Weil ich es allein schaffen wollte, aber die Worte wollten einfach nicht über meine Lippen kommen. Es tut mir so verdammt leid, Em. Ich fühle mich wie ein Versager.«

Emery seufzt und führt uns dann ins Schlafzimmer. »Du bist zu streng mit dir. Das ist schon in Ordnung. Ich bin mittlerweile schon so verrückt nach dir, dass ich glaube, dass das Geheimnis keine Rolle mehr für mich spielt. Ich weiß, es liegt nicht daran, dass du dich für mich schämst, was ich anfangs dachte. Ich glaube, du hast einfach Angst, es ihr zu sagen, und wenn jemand weiß, wie es ist, Angst zu haben, dann bin ich das. Du wirst es ihr sagen, wenn du bereit bist. Ich werde warten. Ich werde immer auf dich warten.«

Oh Gott, Em kann wirklich mit Worten umgehen.

Ich schubse ihn sanft und wir fallen gemeinsam aufs Bett.

»Oh, verdammt, ja«, sagt Emery, reißt mir die Kleider vom Leib und dreht mich dann auf den Bauch. »Das gefällt dir, hm? Dass ich sage, ich werde auf dich warten. Es gefällt dir, dass ich mich in deiner Nähe kaum kontrollieren kann, was?«

Er zieht mir die Hose herunter. Ich kann uns beide im Spiegel des Kleiderschranks sehen, und ich kann nicht wegsehen, als Emery mich auf den Rücken drückt und meinen nackten Hintern in die Luft hebt.

»Verdammt, das wird nie langweilig«, murmelt er, während seine tätowierten Hände über meine Arschbacken gleiten und sie spreizen. Dann greift er nach dem Gleitgel, träufelt es in meine Ritze und fährt mit einem Finger in mich hinein.

»Ich habe ungefähr zehn Tuben Gleitgel gekauft. Die Frau in der Apotheke dachte, ich sei verrückt, aber andererseits kennt sie dich ja auch nicht. Wenn sie dich kennen würde, würde sie verstehen, warum ich so viel davon brauche.«

»Das liegt nur daran, dass du es überall verteilst, nur nicht dort, wo es hingehört«, schimpfe ich, und Emery begegnet meinem Blick im Spiegel.

»Wie unhöflich«, sagt er, zieht seine Finger aus meinem Arsch und drückt die Spitze seines Schwanzes direkt an mein Loch. Dann stößt er in mich hinein und ich keuche.

»Manchmal, wenn ich sehr aufgeregt bin, spüre ich meine Fingerspitzen nicht mehr. Das ist so eine Diabetiker-Sache.«

»Lügner«, stöhne ich, als er für einen kurzen Augenblick aufhört, sich zu bewegen.

Ich drehe mein Gesicht, um uns im Spiegel zu sehen.

»Es gefällt dir wohl, uns beim Ficken zuzusehen, was?«, fragt Emery, als er meinen abwesenden Blick bemerkt. Er stöhnt, zieht sich langsam zurück und stößt wieder in mich hinein. Ich beobachte, wie sein glänzender, dicker Schaft zwischen meine Backen gleitet und ganz verschwindet.

»Gott ja. Ich liebe es, dich zu ficken. Sag, dass du es auch liebst.«

»Ich liebe es«, stöhne ich.

Ich liebe dich.

Ich schaffe es einfach nicht, es laut auszusprechen. Ich bin ein verdammter Feigling. Zum Glück kann ich im Moment nicht zu viel darüber nachdenken, denn Emery stößt jetzt in mich hinein und ich rutsche das Bett hinauf und kralle mich in den Laken fest, um nicht auf den Boden zu rutschen. Ich kann alles sehen, meine gerötete Haut, den Schweiß auf seinem Körper, seine roten Lippen, während er mich buchstäblich in die Matratze fickt.

»Lauter«, grunzt er, und in diesem Moment lasse ich los.

Ich stöhne laut und das scheint Emery nur noch wilder zu machen.

Ich greife nach meinem schmerzenden Schwanz und reibe ihn, während er immer wieder zustößt. Dann spüre ich, wie sich meine Eier zusammenziehen und ich auf dem Laken explodiere.

»Oh, scheiße«, murmelt Emery, stößt noch einmal zu und stöhnt dabei laut.

»Das war verdammt perfekt«, keucht er, während er sich an mich schmiegt.

Ich will mich gerade umdrehen und ihn in die Arme nehmen, aber in diesem Moment fliegt die Tür auf.

»Mom«, keuche ich und krieche nach vorn, wobei mein Schwanz zwischen meinen Beinen baumelt und mein Arsch vom schnellen Herausziehen schmerzt.

»Oh mein Gott! Ich wollte nicht ...«, sagt sie schnell, und dann knallt die Tür zu, und ich ziehe krampfhaft meine Hose hoch. Emery zieht sich ebenfalls an, aber er ist nicht annähernd so schnell, wie er sollte.

Meine Mutter hat uns gerade beim Ficken gesehen.

Verdammter Mist.

»August«, sagt Emery.

»Nein. Nicht jetzt. Warte einfach hier«, sage ich und habe das

Gefühl, dass ich mich übergeben muss. Ich kann nicht glauben, dass sie gerade gesehen hat, wie ich Sex hatte. Mit Emery. In ihrem alten Bett.

»Mom«, sage ich und eile ins Wohnzimmer, wobei ich schnell meine Jeans schließe. Verdammt, ich kann immer noch spüren, wie Ems Samen aus meinem Arsch tropft und ich werde rot.

»Was war das?«, fragt sie mit leicht blassem Gesicht, die Augen überall, nur nicht bei mir.

»Es war nichts. Es war ... *nichts*«, lüge ich.

»Nichts?«

»Ja, nichts«, sage ich und mein Herz verkrampft sich schmerzhaft. »Es war dumm. Es hat nichts bedeutet.«

»Das war nicht *nichts* ... ich hatte ja keine ... oh mein Gott. Es tut mir so leid, dass ich einfach hereingeplatzt bin. Ich habe mein Handy-Ladegerät vergessen. Ich wusste nicht, wobei ich euch stören würde, aber es hörte sich an, als wäre jemand verletzt ... ich hatte keine Ahnung ...« Sie presst ihre Hände auf ihr Gesicht und schüttelt den Kopf. »Ich meine ... vielleicht hatte ich eine kleine Ahnung, aber ich hätte nicht gedacht, dass es *so* ist. Es überrascht mich einfach ... ich meine, du und Emery ...«

»Ja, verdammt, es tut mir so leid, dass du das gesehen hast. Scheiße. Okay, also ist es nicht *nichts*. Wir ...« Meine Stimme wird leiser und ich schüttle den Kopf. »Ich wollte dir von uns erzählen, aber ich wusste nicht wie. Ich habe es immer wieder versucht, aber ich konnte weder den richtigen Zeitpunkt noch die richtigen Worte finden.«

Sie starrt mich an und fährt sich dann mit der Hand über das Gesicht. »Es tut mir leid, dass du das Gefühl hattest, es mir nicht sagen zu können.«

»Mom«, sage ich und meine Stimme bricht. »Ich wollte nur nicht, dass du enttäuscht bist. Von mir.«

»Oh Liebling, du könntest mich niemals enttäuschen. Du bist der beste Mann, den ich kenne. Kein Wunder, dass Emery sich in dich verliebt hat. Für mich ergibt das absolut Sinn.«

»Oh Gott«, sage ich, lasse mich gegen den Tresen sinken und fahre mir mit der Hand durch die Haare. »Ich bin so in ihn verknallt, dass es körperlich weh tut. Ich muss ... ich muss ihn holen. Kannst du einen Moment warten? Er macht sich sicher schon Sorgen.«

Meine Mutter nickt und ich drehe mich um. »Em!«, rufe ich.

Als ich keine Antwort erhalte, gehe ich den kurzen Flur entlang und sehe, dass das Fenster des großen Schlafzimmers geöffnet ist. Natürlich denke ich sofort an das schlimmstmögliche Szenario und mir wird schrecklich übel. Schnell greife ich nach meinem Handy und schreibe mit zitternden Fingern eine Nachricht.

Ich: Em, wo bist du?
Ich: Bist du gegangen?
Ich: Em, bitte.
Emery: Ich habe dich gehört.
Ich:?
Emery: Ich bin nicht *nichts*.

Scheiße, ich will das nicht übers Handy machen. Ich versuche anzurufen, aber er drückt mich nur weg. Ich rufe erneut an, aber er lässt es einfach klingeln.

»Scheiße, Mom, er geht nicht an sein Handy«, sage ich und meine Mutter zupft an ihrem Pferdeschwanz und schüttelt den Kopf.

»Das ist alles meine Schuld. Ich hätte wirklich anklopfen sollen.«

»Nein, es ist meine Schuld. Ich hätte es dir schon vor Wochen sagen sollen. Ich hätte ihm sagen sollen, was ich empfinde. Und jetzt ist er weg. Ich muss ihn finden. Er wird das Schlimmste denken, nachdem er gehört hat, was ich gesagt habe.«

Meine Mutter sieht mich fragend an. »Hast du denn eine Ahnung, wo er sein könnte?«

Mein Verstand ruft alles auf, was ich über ihn weiß, und ich spüre, wie sich mein Magen zusammenzieht.

Verdammt. Natürlich weiß ich es. Aber vielleicht hat er noch kein Uber angerufen oder vielleicht ist gerade keiner verfügbar.

Wenn ich jetzt gehe, kann ich ihn vielleicht einholen, nach Hause bringen und ihm alles erklären. Ja, genau das werde ich tun. Er wird zuhören. Das muss er einfach.

»Mom, ich muss sehen, ob ich ihn finden kann. Ich muss ihn erwischen, bevor er bei Lex ankommt.«

»Warte, Lex?«

Aber ich antworte ihr nicht, sondern springe einfach in mein Auto und fahre los. Ich fahre in der Nachbarschaft auf und ab und suche nach ihm, aber es scheint, als hätte er tatsächlich ein Uber gefunden.

Scheiße, warum kann ich nicht ein Mal Glück haben?

Ich schlage auf das Lenkrad ein und mache eine Kehrtwende, um auf die andere Seite der Stadt zu fahren.

Aber als ich ankomme, läuft es genauso, wie ich es erwartet habe.

Ich hämmere mit der Faust gegen die Tür, und eine Minute später öffnet mir Lex mit nacktem Oberkörper.

»Wo ist er?«, keuche ich. Ich bin den ganzen Weg die Treppe hinaufgerannt, und vor lauter Angst schlägt mir das Herz bis zum Hals. Fühlt sich so eine Panikattacke an? Denn ich fühle mich, als hätte ich einen Herzinfarkt.

Lex starrt mich ganz lässig an, als ob meine Welt nicht gerade implodieren würde, und bläst mir den Rauch seiner Zigarette direkt ins Gesicht. Dann hält er einen Taser hoch und drückt den Knopf. Ich kann es Knistern hören und starre ihn misstrauisch an.

»Er ist hier. Bei mir.«

»Bitte, lass mich zu ihm. Er hat das alles missverstanden. Er hat nicht alles gehört.« Dann erhebe ich meine Stimme und schreie. »Du hast nicht alles gehört, Em!«

»Er hat genug gehört, um zu wissen, was du von ihm hältst. Hau ab, Arschloch. Du bist vielleicht hübsch, aber das hält mich nicht davon ab, dich fertig zu machen. Und zwar nicht auf eine sexy Art und Weise.«

Er drückt den Taser noch ein paar Mal und hält ihn mir entgegen.

»Em!«, rufe ich und Lex seufzt.

»Er hat Kopfhörer auf. Er liegt in meinem Bett und hört Musik. Er kann dich nicht hören, verdammt.«

Mein Herz klopft jetzt so heftig, dass es wehtut, aber ich mache dennoch einen Schritt auf Lex zu. »Fick ihn *nicht*.«

»Oh, August, ich werde alles tun, was er von mir verlangt. Und wenn es bedeutet, sich zu bücken und sich von ihm ficken zu lassen, dann ist es so. Ich bin ein echter Teamplayer, weißt du.«

Bei diesem Gedanken werde ich sofort blass. Allein der Gedanke daran bereitet mir Bauchschmerzen.

»Er gehört mir«, rufe ich. »*Mir.*«

»Nein, nicht mehr. Und das ist allein deine Schuld. Du hast ihn abgewiesen.«

»Ich habe ihn nicht abgewiesen. Ich habe einen Fehler gemacht. Ich habe in einem Moment der Panik das Falsche gesagt«, erhebe ich meine Stimme. »Es ist nicht so, wie du denkst, Em!«

»Mein Gott, wie verzweifelt kann man sein?«, fragt Lex und mustert mich von oben bis unten. »Wobei ich sagen muss ... die Verzweiflung steht dir.«

Mein ganzer Körper sackt gegen die Flurwand und ich fahre mir mit der Hand übers Gesicht. »Sag ihm, dass ich hier war. Bitte. Sag ihm, dass ich dafür kämpfen werde ... für ihn. Ich wollte ihn nicht abweisen. Er ist nicht *nichts*. Bitte sag ihm das, Lex.«

Er nimmt einen langen Zug von seiner Zigarette und bläst den Rauch aus dem Mundwinkel.

»Ja, ich habe das Falsche gesagt, aber wenn er geblieben wäre, hätte er den Rest gehört. Er hätte den Rest hören sollen.«

Lex starrt mich an und seufzt.

»Gut. Aber ich kann dir nichts versprechen. Er ist empfindlich. Er ist schon zu oft verarscht worden. Stell dich also darauf ein, eine Weile zu warten.«

Ich nicke, stolpere zurück zu meinem Auto und lasse mich auf den Sitz fallen. Verzweifelt schlage ich meine Stirn gegen das Lenkrad und zum ersten Mal seit langer Zeit muss ich weinen.

Denn jetzt habe ich das getan, was ich nie tun wollte.

Ich habe Em verletzt und jetzt ist er weg.

KAPITEL FÜNFZEHN

AUGUST

»Du siehst schrecklich aus«, sagt Magnus und mustert mich von Kopf bis Fuß. Er hat mich nach der Uni bei den Batting Cages getroffen und leistet mir nun Gesellschaft.

»Wie lange ist es her, dass er abgehauen ist?«

»Zwei Tage.«

»Du siehst aus, als wäre es ein Jahr her«, antwortet Magnus und mustert mich besorgt.

Das waren die schlimmsten zwei Tage meines Lebens. Das Haus ist so leer ohne ihn. Ich schlafe furchtbar, wälze mich nur in unserem Bett hin und her. Das ist schlimmer als der ganze Monat, in dem wir getrennt waren, denn jetzt kenne ich das ganze Ausmaß meiner Gefühle für ihn. Ich fing an, mir eine Zukunft mit ihm vorzustellen. Aber jetzt scheint alles verloren zu sein.

»Und er hat immer noch nicht auf eine deiner Nachrichten geantwortet?«, fragt Magnus, schwingt und verfehlt. Er seufzt und reicht mir den Schläger.

»Nein. In unserem Chatverlauf gibt es nur eine ganze Reihe von erbärmlichen Nachrichten von mir, von denen ich weiß, dass er sie liest, aber nicht darauf antwortet.«

»Ich hätte gedacht, dass er dir wenigstens eine Chance gibt. Vielleicht solltest du ihn fesseln und entführen. Bei mir hat das wahre Wunder gewirkt.«

Ich sehe meinen besten Freund an und schüttle den Kopf. »Auf keinen Fall. Das würde bei Em nicht funktionieren. Das ... das würde ihm nicht gefallen.«

Ich schlage die nächsten vier Bälle und wende mich dann wieder Mag zu.

»Ich glaube, ich muss einfach abwarten. Immerhin muss er irgendwann zurückkommen, oder? Sein ganzes Zeug ist noch im Haus. Er wird es irgendwann holen müssen. Dann werde ich ihn einfach zwingen, mit mir zu reden. Irgendwann wird er mir zuhören müssen, oder?«

»Hm«, sagt Magnus und schüttelt dann den Kopf. »Tut mir wirklich leid, mein Freund. Ich weiß, das ist schwierig.« Ich versuche, ihm den Schläger zu reichen, aber er schüttelt nur den Kopf. »Nein. Ich bin fertig für heute. Mir tun die Arme weh.«

Ich zucke mit den Schultern und verbringe die nächsten dreißig Minuten damit, Bälle zu schlagen, bis meine Schultern schmerzen und ich außer Puste bin.

»Glaubst du, er hat Sex mit Lex?«, frage ich keuchend und schlucke schwer. Schweißperlen stehen mir auf der Stirn und ich wische sie weg.

»Falls er das tut, bringe ich ihn um.«

Ich ziehe eine Augenbraue hoch, und sehe meinen besten Freund fragend an. »Ich meine, ich werde ein Machtwort mit ihm sprechen und Sem wie einen wütenden Wächter im Hintergrund stehen lassen.«

Ich fahre mir mit der Hand durch die Haare und schließe die Augen. »Ich bin so traurig, Mag. Und ich bin frustriert und verletzt, dass er mir nicht einmal eine Chance gibt, es zu erklären.«

»Ich weiß, wie du dich fühlst. Vielleicht könntest du dich morgen an ihn heranpirschen. Überwache seine Wohnung und treibe ihn in die Enge.«

»Ich glaube nicht, dass ihm das gefallen würde. Er mag es nicht, so überrascht zu werden«, murmle ich und seufze dann. »Tut mir leid, dass man mit mir gerade keinen Spaß haben kann, ich ... ich ... ich vermisse ihn einfach. Es tut weh.«

»Ich weiß«, sagt Magnus und zieht mich in eine Umarmung. »Er wird wieder zu sich kommen. Er liebt dich. Das weiß ich. Und ich liege mit diesem Scheiß nie falsch.«

»Ich hätte ihm sagen sollen, dass ich ihn liebe, aber er ist gegangen, bevor ich es tun konnte.«

»Du wirst noch die Gelegenheit haben, es ihm zu sagen, August. Da bin ich mir sicher. Nenn es meine Intuition, aber der Kerl ist bis über beide Ohren in dich verliebt. Er kann nur einfach nicht besonders gut mit schwierigen Situationen umgehen.«

»Er dachte, ich hätte ihn zurückgewiesen. Genau wie seine Mutter.«

»Du bist überhaupt nicht wie seine Mutter.«

Ich würde meinem besten Freund zwar gerne glauben, aber es fällt mir schwer.

»Wie verkraftet deine Mutter das alles?«, fragt Magnus und ich seufze, weil ich mich beschissen fühle.

»Gut. Em hatte recht. Wir hätten es ihr einfach von Anfang an sagen sollen. Unsere Eltern stört es überhaupt nicht, dass wir zusammen sind. Thomas schien sogar fast glücklich darüber zu sein.«

Magnus streckt die Hand aus und drückt meinen Arm. »Es wird alles gut werden. Das weiß ich.«

Nachdem wir uns eine Weile später verabschiedet haben, fahre ich langsam nach Hause. Ich bin nicht in Eile, das leere Haus schneller zu erreichen. Wenn ich dort ankomme, werde ich mich nur weiter in Selbstmitleid suhlen. Ich kann mich aktuell einfach nicht anders beschäftigen. Ich habe bereits die Böden gewachst und die Hecken gestutzt. Jetzt denke ich darüber nach, die Wände zu streichen und die Fußleisten zu erneuern. All diese Gedanken verschwinden jedoch, als ich das Haus betrete und *ihn* sehe.

Ich keuche und fühle mich, als hätte ich ein verdammtes Déjà-vu.

Emery hockt auf dem Küchentisch, seine Beine wippen hin und her, ein Lutscher baumelt aus seinem Mund. Er sieht perfekt aus.

Absolut perfekt.

Unsere Blicke treffen sich und seine Beine halten inne. Er hält sich an der Tischkante fest und beobachtet mich misstrauisch.

»August«, sagt er und mein Blick fällt sofort auf den Koffer neben ihm.

»Was machst du hier?«, frage ich und mein Herzschlag beschleunigt sich. Plötzlich ist mir schrecklich schwindelig.

»Ich habe gepackt. Ich wollte mich aber noch verabschieden, bevor ich gehe. Die Kissen passen nicht in den Koffer, also kannst du sie haben. Vorerst. Vielleicht ändere ich meine Meinung. Eines Tages. Ich bin mir sicher, dass wir uns irgendwie einigen werden.«

Ich fahre mir mit der Hand durch die Haare und atme dann zittrig aus.

Verdammt, er will gehen, ohne vorher das Gespräch mit mir gesucht zu haben. Wir *werden* dieses Gespräch führen.

»Wir müssen darüber reden«, sage ich, und meine Stimme zittert ein wenig.

»Nein, danke«, sagt er. »Ich bin nur vorbeigekommen, um dir mitzuteilen, dass ich ausziehen werde.«

Ich balle meine Hände zu Fäusten, knirsche mit den Zähnen und versuche, vernünftig zu bleiben. Das werde ich auf keinen Fall lange durchhalten.

»Nein«, knurre ich, und dann gehe ich auf ihn zu, greife nach seinem Koffer und ziehe ihn zurück ins Schlafzimmer. Die Räder klappern auf dem Holzboden und vielleicht zerkratze ich ihn sogar, aber das ist mir egal. Denn er wird nicht gehen. Noch nicht. Niemals.

Emery folgt mir, aber ich schaue ihn nicht einmal an, sondern werfe seinen Koffer mit einem Grunzen auf das Bett.

»August, hör auf damit«, sagt er.

»Nein«, fauche ich, öffne den Reißverschluss und drehe den Koffer um. Die Klamotten fallen heraus und ich stopfe sie wahllos in die Schubladen hinein. Einige fallen dabei auf den Boden, aber das ist mir egal. Er wird verdammt noch mal nicht gehen.

»August, du kannst nicht einfach meine Sachen wieder einräumen und denken, ich bleibe hier.«

»Wenigstens musst du dir die Zeit nehmen, das Zeug wieder einzupacken«, murmle ich und schließe die Schubladen. Sie gehen nicht einmal zu, sondern klaffen nur auf. So wie mein verdammtes Herz.

Ich habe vollkommen den Verstand verloren. So verhalte ich mich normalerweise nicht. Das ist so untypisch für mich. Was ist hier los?

»August, ich werde nicht bleiben.«

»Oh doch, das wirst du, verdammt«, zische ich und fahre mir verärgert mit der Hand durchs Haar. Mittlerweile zittere ich vor Wut.

»Du wolltest doch, dass meine ach so *perfekte* Hülle endlich fällt, oder? Herzlichen Glückwunsch, das hast du geschafft«, rufe ich, schiebe den Koffer in den Schrank und knalle die Tür zu. »Ich kann nicht schlafen. Ich kann verdammt noch mal kaum etwas essen. Mir geht es schrecklich. Du hast mich *zerstört*, Em. Komm wieder zurück. Das hier ist dein Zuhause. Du bist nicht *nichts*. Du bist *alles*. Siehst du das nicht? Siehst du nicht, was du mir antust? Spürst du es nicht?«

»August«, flüstert Em, seine Augen werden groß, und ich mache einen Schritt auf ihn zu, reiße ihm den Lutscher aus dem Mund und lasse ihn auf den Boden fallen.

»Bleib hier. Es tut mir leid, dass ich gesagt habe, dass zwischen uns sei nichts. Dass *du* nichts bist. Es war eine Lüge, ich war einfach in Panik. Ich habe es nicht so gemeint, nicht einmal eine Sekunde lang. Du sollst wissen, dass ich dich liebe. *Bleib hier.* Bitte bleib.«

Em zittert.

»Du hast mir wehgetan«, flüstert er schließlich.

Meine Hände umklammern seine Taille. »Ich weiß, Baby. Und es tut mir so verdammt leid. Aber wenn du nur eine Minute länger gewartet hättest, hättest du den Rest gehört. Ich habe meiner Mutter sofort gesagt, dass es eine Lüge ist. Ich habe ihr gesagt, dass ich so in dich verliebt bin, dass es weh tut. Du hättest bleiben sollen, aber du bist weggelaufen. Du bist vor *mir* weggelaufen.«

Emery sieht mich an und knabbert nervös an seiner Unterlippe. »Du bist wütend.«

»Natürlich bin ich das. Du hast mir keine Chance gegeben, es zu erklären und du hast dich bei Lex versteckt. Du hast mir nicht einmal eine *Chance* gegeben.«

Plötzlich sieht Emery nervös aus.

»Ich war verärgert.«

»Das war ich auch. Aber du hast zu schnell aufgegeben. Warum läufst du immer vor mir weg? Gefällt es dir, wenn ich dir hinterherjage, Em? Denn wenn es das ist, was dir fehlt, dann kann ich das tun.«

Emery blinzelt wütend, und ich halte mich an seinen Schultern fest und ziehe ihn ein paar Zentimeter näher heran.

»Hör mir zu. Du hast mich auf ein Podest gestellt. Ich habe dir gesagt, du sollst es nicht tun, und du hast es trotzdem getan. Und deshalb habe ich am Ende deine Erwartungen nicht erfüllt. Ich habe dich enttäuscht.« Meine Stimme bricht und ich muss schlucken. »Ich liebe dich so, wie du bist. Kannst du das nicht auch tun? Ich bin nicht perfekt, aber ich werde dich *immer* lieben, verdammt. Das sollte doch genug sein, oder?«

Emery blinzelt mir zu und lehnt sich dann näher an mich heran.

»Ja, es ist genug, August. Es tut mir leid. Du hast ja recht. Ich war zu impulsiv, und ich hätte nicht weglaufen sollen, ohne vorher mit dir zu reden ...«

Meine Schultern sinken und ich atme zittrig aus, aber es ist zu früh, um sich zu entspannen, denn seine nächsten Worte lassen mich fast zerbrechen.

»... aber ich muss gehen. Lex wird in einer Minute hier sein, um mich abzuholen. Wir haben Pläne gemacht. Na ja, eigentlich hat er das und ich kann nicht absagen.«

Ich runzle die Stirn und trete einen Schritt zurück, meine Hände gleiten von seinen Schultern.

»Was für Pläne?«

»Ich ...«, beginnt er und tritt nervös von einem Fuß auf den anderen. »Na ja, Lex nimmt mich mit auf eine Kreuzfahrt. Nach Cabo.«

Hinter meinen Augen beginnt es schmerzhaft zu pochen. »Eine Kreuzfahrt? Was soll das bitte heißen? Fickst du ihn?«

Emery schüttelt eilig den Kopf. »Oh Gott, nein. Wir sind nur Freunde. Es war eine spontane Sache. Er wollte mich aufmuntern, weil ich in den vergangenen Tagen so durcheinander war. Er hat mich einfach heute Morgen damit überrumpelt. Es ist nur für eine Woche ...«

»Eine Woche. Mit *ihm*. Auf einer Kreuzfahrt.« Ich kann nicht glauben, dass das gerade jetzt passiert.

»August«, seufzt Emery und presst die Hände auf seine Augen. »Verdammt. Was für ein Pech. Du gestehst mir endlich deine Liebe und ich fahre nach Cabo. Ich schwöre, ich tue das nicht, um dich zu verletzen. Ich kann ihm nur jetzt nicht einfach absagen. Lex ist immer für mich da. Er hat mich nie im Stich gelassen.«

Diese Worte tun weh. Denn ich habe ihn im Stich gelassen, und das schon mehrere Male. Emery redet immer noch, aber ich höre nichts mehr, weil es in meinen Ohren dröhnt.

»Okay«, unterbreche ich. »Es ist okay. Ich verstehe das.«

»Wirklich?«, fragt Emery und wirft mir einen vorsichtigen Blick zu.

»Ja, ich ... Scheiße. Ich helfe dir beim Packen und bringe dich dann raus.«

Als er sich nicht bewegt, greife ich nach seinem Handgelenk und drücke es sanft.

»Das heißt nicht, dass ich dich gehen lasse. Das heißt nicht, dass ich *uns* aufgebe. Ich werde um dich kämpfen ... um *uns*. Ich werde hier sein, wenn du zurückkommst.«

Emery schluckt und blinzelt schnell. »Okay.«

Mehr sagt er nicht. Er ist die ganze Zeit unheimlich still, während ich ihm beim Packen seines Koffers helfe, und ich verkneife mir den Drang, ihn anzuflehen, doch hierzubleiben. Wenn er das Bedürfnis hat, mit Lex zu gehen, sollte er gehen. Ich werde ihn nicht aufhalten.

Vielleicht ist das die Strafe für meine verdammt schlechten Entscheidungen. Das ist vielleicht genau das, was ich verdiene.

»Ich glaube, das war's«, sagt Emery und betrachtet den offenen Koffer auf dem Bett. Als kurz darauf sein Handy vibriert, zieht er es aus seiner Hosentasche. Er beißt sich auf die Lippe und blickt zu mir herüber.

Ich nicke. Ich verstehe. Lex ist hier.

Mit angehaltenem Atem beuge ich mich vor, schließe den Koffer und stelle ihn auf den Boden.

»Los geht's«, sage ich, rolle den Koffer zur Haustür und öffne sie.

Meine Hände zittern, als ich mit ihm den Zementweg zur Straße hinuntergehe und Lex aus seinem Auto steigt. Er trägt einen rosafarbenen Sarong, einen Sombrero und eine Zigarette hängt aus seinem Mund.

»Bist du bereit, Eminem?«, fragt er, während er mich ansieht. »Hallo, August. Du siehst großartig aus, wie immer.«

Ich bringe nicht einmal ein höfliches Hallo zustande. Ich nicke ihm nur zu. Dann hieve ich den Koffer in den Kofferraum und drehe mich zu Emery, der mich mit großen Augen beobachtet.

»Viel Spaß«, bringe ich noch hervor.

»Eigentlich will ich gar nicht gehen«, sagt Emery und lehnt sich an mich.

»Lügner! Vor etwa einer Stunde hat der Typ noch ununterbrochen davon geredet, Haie zu sehen. Er hat sogar eine Tauchtour gebucht, bei der man Delfine und Kraken streicheln kann«, antwortet Lex und klopft auf das Autodach. Dann setzt er sich auf den Fahrersitz und knallt die Tür zu.

»Hey, es ist alles in Ordnung. Du kannst dich auf diese Reise freuen. Du solltest glücklich sein. Ich möchte, dass du glücklich bist«, sage ich, und Emery sieht mich an.

»Ich bin glücklich ... mit dir. Wirst ... wirst du wirklich auf mich warten?«, fragt er leise, und ich strecke die Hand aus und ziehe ihn an mich, wobei meine Lippen über seinen schweben. Ich atme ihn ein, lasse aber nicht zu, dass sich unsere Münder berühren. Das wäre nicht fair. Ich werde ihn nicht manipulieren, damit er bleibt. Er muss es selbst wollen.

»Ja. Immer.«

Dann lasse ich ihn los, trete zurück und er geht. Als sich auch seine Autotür schließt, fühlt es sich wie ein schlechtes Omen an.

Als das Auto losfährt, breche ich innerlich zusammen.

Und es ist niemand da, der mich auffängt.

EMERY

»Warum schmollst du so?«, fragt Lex, der mich vom Fahrersitz aus beobachtet. Er drückt seine Zigarette aus und ich kurble mein Fenster herunter, um frische Luft ins Auto zu lassen. Ich werfe einen Blick in den Seitenspiegel und sehe August noch immer vor unserem Haus stehen, die Schultern leicht gekrümmt, die Hände in den Taschen. Und mein Herz zerbricht noch ein wenig mehr.

Ich kann meinen Blick nicht von August losreißen, während wir uns immer weiter entfernen. Mein Bein wippt nervös, während ich über jede Entscheidung nachdenke, die ich in meinem Leben bisher getroffen habe. Ich kaue auf meinen Fingernagel und spüre, wie ich in Panik gerate.

Scheiße. Ich habe die falsche Wahl getroffen.

Er liebt mich. Er hat gesagt, dass er mich *liebt*. Was zum Teufel mache ich hier?

»Halt an!«, schreie ich plötzlich, und als Lex sich weigert, meiner Aufforderung nachzukommen, schreie ich erneut. »Halt den verdammten Wagen an, Lex!«

Aber Lex ignoriert mich. Er gibt einfach Gas. Was für ein Arschloch. Also tue ich das einzig Vernünftige und Rationale. Ich öffne die Autotür und rolle raus.

Meine Arme schrammen über den Zement, als ich lande. Mein Kopf schlägt gegen den Bordstein, und der stechende Schmerz lässt mich zusammenzucken. Ich höre Augusts Stimme in der Ferne, als ich mich auf zitternde Beine stelle. Alles dreht sich. Verdammt, habe ich etwa schon wieder mein Blutzuckermessgerät ruiniert, weil ich so verdammt leichtsinnig war? Was ist mit meiner Pumpe? Habe ich eine Gehirnerschütterung?

Wenn ich jetzt sterbe, werde ich mir das nie verzeihen. Dann werde ich freiwillig in die Hölle gehen.

»Em!«, ruft August, und plötzlich ist nichts anderes mehr wichtig. Denn er steht direkt vor mir, seine Hände an meinem Gesicht, seine besorgten Augen auf mir. Er atmet schnell, während er mit seinen Fingern über meine Haut fährt.

»Was ist passiert? Geht es dir gut? Bist du verletzt?«

Ich schlucke schwer und befeuchte meine Lippen. »Ich wollte doch nicht gehen.«

»Em«, stöhnt August. »Du bist aus einem fahrenden Auto gesprungen. Warum hast du das getan? Das war vollkommen verrückt.«

»Ich war verzweifelt. Lex hat mich im Grunde entführt. Er wollte nicht anhalten.«

August stößt ein kleines Lachen aus und zieht mich an sich.

»Geht es dir gut? Soll ich einen Krankenwagen rufen?«

»Nein, ich habe ein bisschen Schmerzen, aber das war es wert. Das war es so sehr wert«, sage ich und umarme ihn. Ich werde ihn nie wieder loslassen.

Nein, jetzt wird er mich nie wieder los.

Eine Sekunde später fährt Lex' Auto neben uns vor und der Kofferraum öffnet sich. Er steigt aus und verdreht die Augen.

»Manchmal bist du wirklich schrecklich dramatisch. Ich hätte schon noch angehalten, ich habe dich nur verarscht«, spottet Lex, hebt meinen Koffer heraus und schiebt ihn auf mich zu. Er stößt gegen mein Schienbein und kommt abrupt zum Stehen. »Ich schätze, dann fahre ich wohl allein nach Cabo. Das ist vermutlich ohnehin besser. Du hättest permanent nur geheult.«

»Stimmt«, sage ich und schmiege mein Gesicht an Augusts Hals. »Ich hätte ihn zu sehr vermisst. Er hat gesagt, er liebt mich.«

»Na, endlich, verdammt. Freut mich für euch«, sagt Lex und sieht August an. »Kümmere dich bloß gut um ihn oder du bekommst es mit mir zu tun. Ich habe da meine Mittel und Wege ...« Dann ist er wieder im Auto und fährt davon, während ich mich mitten auf der Straße an August klammere.

»Es tut mir schrecklich leid. Ich hätte gar nicht erst in das Auto einsteigen sollen. Das war so dumm. Bitte, sei nicht böse auf mich.«

»Niemals«, sagt August und fasst mir ans Kinn. »Ich ärgere mich nur darüber, dass du aus einem fahrenden Auto gesprungen bist und ich gesehen habe, wie dein Kopf auf dem Bordstein aufgeschlagen ist.«

»Ich musste einfach zu dir zurück. Ich durfte keine Zeit verlieren. Ich musste dir doch auch sagen, dass ich dich liebe. Ich liebe dich schon seit einer halben Ewigkeit.«

August beißt sich auf die Unterlippe und presst dann seinen Mund sanft auf meinen. Und obwohl mir seit Tagen kalt ist, wird mir plötzlich warm.

»Lass uns reingehen«, sagt er leise.

Er nimmt mich in den Arm, und als wir wieder sicher im Haus sind, untersucht er meinen Körper auf Schürfwunden und blaue Flecken und säubert eine blutige Wunde an meinem Ellbogen. Ich werfe einen Blick auf meine Pumpe und mein Blutzuckermessgerät, und zum Glück ist beides noch intakt. Dann führt mich August in unser Schlafzimmer.

Er setzt sich auf die Bettkante, und ich krabble auf seinen Schoß, meine Hände in seinen Haaren, mein Mund auf seinem.

»Ich habe dich so sehr vermisst«, sage ich zwischen zwei Küssen. »Ich würde aus einem Flugzeug springen, um zu dir zu kommen. Wer braucht schon einen Fallschirm? Ich würde einfach wie Superman herausfliegen.«

»Tu das bitte nicht«, sagt er mit einem kleinen Lachen. »Du kannst nicht fliegen, und ich will nicht, dass dir etwas passiert.«

»Oh Gott, und ich will dich. Nur dich«, sage ich und drücke ihn an mich. Scheiße, das habe ich vermisst.

»Ich liebe dich. Ich liebe dich. Ich liebe dich«, sage ich.

August lächelt mich an. »Ich liebe dich mehr.«

EPILOG

6 MONATE SPÄTER

EMERY

»Ich habe schlechte Nachrichten«, stöhne ich, fummle an meinem Hemd herum und weigere mich, August in die Augen zu sehen. Ich weiß wirklich nicht, wie er es mit mir aushält. Ich bin absolut lächerlich.

»Liegt es daran, dass du nur einen Schlafsack mit auf unseren Campingausflug genommen hast?«, fragt er mit einer hochgezogenen Augenbraue.

»Nein, natürlich nicht. Das war Absicht. Ich will eben mit dir kuscheln.«

August lächelt mich sanft an. »Okay, was ist es dann? Raus damit. Ich kann es verkraften.«

»Das Gleitmittel ist ins Kackloch gefallen.«

»Em. Es ist ein Dixi-Klo, kein Kackloch.«

»Aber da ist buchstäblich Kacke in einem Loch. Ich habe nachgesehen.«

August gluckst und schüttelt dann den Kopf. »Wie hast du es geschafft, das Gleitmittel da drin zu verlieren?«

»Ich wollte ... ich wollte nur nachsehen, ob wir genug haben, und es ist mir einfach aus den Fingern geglitten. Unsere Reise ist ruiniert.«

August lacht jetzt, aber er begreift nicht, dass dies absolut nicht zum Lachen ist. Ich hatte Pläne, verdammt − sehr wichtige Pläne ... mit seinem Arsch.

»Nun, dann ist es ja gut, dass ich mehr Gleitgel mitgenommen habe. Nur für den Fall, dass dir so etwas passiert.«

»Oh, Gott sei Dank. Du bist unglaublich. Wo ist es?«

Ich schaue fast hektisch umher.

»Das sage ich dir nicht. Wer weiß, was damit passiert, wenn du es wieder in die Hände bekommst?«

Ich schnaufe. »Wie unhöflich.«

»Em, du hast es buchstäblich geschafft, etwa zehn Gleitmittel zu verlegen, seit wir zusammen sind. Fünf davon sind an sehr seltsamen Orten gelandet.«

»Der Kühlschrank war ein Unfall. Die Toilette auch.«

Augusts Lachen wird lauter, und er reibt sich die Augen und zieht mich zu sich heran.

»Komm her, du.«

Dann presst er seinen Mund auf meinen und ich stöhne.

»Wie hältst du es nur mit mir aus?«

»Em, es gibt so viele gute Dinge an dir, dass die seltsamen Sachen gar nicht ins Gewicht fallen. Ich bin nur froh, dass ich dich in meinem Leben habe.«

»Oh Gott, ich auch. Aber jetzt mal im Ernst. Gleitmittel. Bitte.«

»Mach zuerst die Augen zu. Ich will nicht, dass du mein Versteck kennst.«

Ich tue, was er sagt, aber als er sich umdreht, blinzle ich.

Das Arschloch hat das Gleitgel in einem Schuh versteckt.

Wenigstens weiß ich jetzt, wo es ist. Dann kann ich ihn später überraschen.

»Ich weiß, dass du geguckt hast«, sagt August, als ich meine Augen ganz öffne.

»Das würde ich nie tun.«

»Ich habe noch andere Verstecke. Das ist unsere letzte Tube. Willst du das wirklich riskieren?«

Ich mustere meinen Freund und seufze dann. »Gut. Versteck es. Ich würde es vermutlich sehr bereuen, wenn ich es irgendwo fallen lassen würde, wo es nicht mehr zu retten ist.«

August drückt mir das Gleitgel in die Hand und ich schließe meine Finger darum.

»Wie willst du mich?«, fragt er.

»Du willst, dass ich entscheide? Ich weiß nicht, ob ich das kann. Kannst du dich für mich entscheiden?«

August lehnt sich zurück, öffnet seine Hose und lässt sie von seinen muskulösen Beinen rutschen. Als ich mich kurz darauf in ihn stürze, weiß ich ganz genau, dass ich diesen Mann heiraten werde.

Ich meine, ich wäre ein Idiot, wenn ich es nicht tun würde. Er akzeptiert mich so, wie ich bin.

Es war unmöglich, sich nicht in ihn zu verlieben.

EPILOG

3 JAHRE SPÄTER

EMERY

»Du hast es geschafft«, strahlt August mich an. Er zieht mich in seine starken Arme und drückt mir einen langen Kuss auf den Mund. Die Menge um uns herum drängelt, aber ich bin sicher an ihn gepresst. Er ist einfach immer in meiner Nähe, das liebe ich.

Ich liebe ihn.

»Hättest nie gedacht, dass ich mal einen Abschluss mache, was?« Ich grinse.

»Nein, ich *wusste* es. Du bist ein Genie.«

Ich lehne mich an ihn und lächle. »Das stimmt nicht. Außerdem hast du mir sehr geholfen. Du hast wahrscheinlich die Hälfte dieses Abschlusses verdient, wenn ich ehrlich bin.«

»Ich habe dir nur geholfen, dich an deine Aufgaben zu erinnern«, sagt August und streicht mit der Hand über mein Kinn. »Alles andere hast du allein gemacht.«

»Und, wie sieht unser Plan jetzt aus?«, frage ich, als mein Vater und Lisa sich auf den Weg zu uns machen. Beide strahlen mich an.

Verdammt, meine Augen brennen. Ich hätte nie gedacht, dass ich je in dieser Situation sein würde. Ich hätte nie gedacht, dass ich so glücklich sein würde.

»Wie wäre es mit Mittagessen?«, fragt mein Vater, als er mich in eine Umarmung zieht. Wir umarmen uns mittlerweile regelmäßig.

Ich habe mich daran gewöhnt.

Irgendwie gefällt es mir sogar.

»Ja, gute Idee«, sage ich und verschränke meine Hand mit der von August, der seine Lippen auf meine Knöchel presst.

Ich habe später noch Pläne für uns beide.

Ich habe ihm eine Kleinigkeit gekauft.

Ich hoffe, er sagt ja.

Nein, ich *weiß*, dass er es tun wird.

Vielen Dank fürs Lesen! Ich hoffe, Du hattest genauso viel Freude an der Geschichte wie ich. Emery und August haben beide einen ganz besonderen Platz in meinem Herzen. Eigentlich begann ihre Geschichte sehr viel düsterer, aber das hat sich ganz und gar nicht richtig angefühlt. Also habe ich das, was ich hatte, verworfen, ein neues Dokument geöffnet und das geschrieben, was Du hier heute siehst. Ihre Geschichte schrieb sich im Grunde von selbst.

Übrigens ...

Als Nächstes sind Luke und Elliot dran.

Wenn Du wissen willst, was passiert, als August sein erstes Tattoo bekommt, klicke hier!

DANKSAGUNGEN

Vielen Dank an meine Lektorin Angela O'Connell für ihre harte Arbeit an diesem Buch. Du hast mir immer die richtige Richtung gewiesen. Ohne deine Ratschläge und Gedanken wäre dieses Buch nur halb so gut.

ÜBER DIE AUTORIN

Cora Rose liebt alle Arten von Liebesromanen und verschlingt jedes Jahr viel zu viele Bücher. Sie lebt derzeit in den USA und verbringt ihre Tage damit, von den Charakteren in ihrem Kopf zu träumen.

Du kannst sie über ihre Website oder per E-Mail unter CoraRoseRomance@gmail.com erreichen.